蔣介石諉辭說屑

安淑萍、王長生　著

胡序

這一代的年輕人，多數不識誄字，上海辭書出版社一九九九年版的《辭海》對此字的詮釋如下：

> 誄，古代用以表彰死者德行並致哀悼的文辭，亦即為謚法所本。僅能用於上對下。《禮記•曾子問》：「賤不誄貴，幼不誄長，禮也。」《左傳•哀公十六年》：「孔丘卒，公誄之。」後來成為哀祭文體的一種。陸機《文賦》：「誄纏綿而悽愴。」

羅竹風主編的《漢語大字典》則引明代郎瑛《七修類稿•詩文一•各文之始》曰：

> 誄詞、哀辭、祭文、亦一類也，皆生者悼惜死者之情，隨作者起義而已。

「屑」是瑣碎眾多的意思。所以本書的題解便是：蔣介石所撰誄辭選粹與評價。本書所說的誄辭，是一種廣義的範圍，包括祭文、唁電、唁函、悼辭、輓聯、輓辭、輓額、輓詩、碑文、旌忠狀、褒揚令、公祭令、國葬令、公葬令、告殮文、啟靈文、通電、通告、謝啟等等。蔣介石是中國有史以來，撰寫誄辭最多的人，他一生為中外名人一千餘人撰寫過誄辭。他之所以尊重喪儀禮祭，不僅僅體現他崇尚中國傳統文化，提倡尊耆老、重孝道，也是他維繫人際關係、拉攏部下、恩寵鄉黨、安撫功臣、駕馭部屬的一種策略。

蔣介石是中國近代史上的重要人物，更是近代中國許多重大歷史事件的決策者與參與者。如何科學地、全面地、準確地評價蔣介石，不僅攸關一個歷史人物一生的功過，更是推進與發展中國近代史研究的重要指標。由於眾所周知的原因，近一個甲子以來，蔣介石研究一直是中國大陸上歷史研究的禁區。然而，隨著改革開放的深入開展以及海內外官方檔案的逐漸解密，蔣介石研究與民國史研究已由「險學」變為「顯學」，成為海內外眾多歷史學家共同關注的焦點。例如，大陸史學界「四大天王」之一、中國社科院學部委員楊天石教授在一次演講中率直提議「建立中國近代史新的解釋體系」，因為許多史料與史實都證實舊的解釋體系破綻百出、冠履倒置，故未來歷史學界要努力從舊的框架中解放出來，要走出國共兩黨鬥爭的框架，要以準確的史實為基礎去檢驗既往的所有歷史判斷，符合客觀歷史者存之，不符合客觀歷史者則斧正之。

半個多世紀以來，大陸的教科書與黨史一直強調「蔣介石和南京國民政府的對日外交以妥協與退讓為特徵，消極抗日、積極反共。」然而，五年前我去北京出席中國社科院近史所主辦的中華民國史國際學術研討會時，親耳聆聽到華南師範大學歷史系左雙文教授用委婉的口吻提出：一九二八年後南京政府一味忍讓，是為了爭取國際同情，「在當時的國際環境下，以當時中國的實力，面對日本那樣兇狠狡詐的強盜，不可能有什麼天才豪傑，不可能有什麼錦囊妙計，能夠在短時間內使中國立刻擺脫屈辱，揚眉吐氣。它只能是一個漫長的過程，在劫難逃的中華民族，只有經過煉獄般的磨難，才有可能重獲生機……如果是為了整合內部力量、調整對外關係、加緊國防建設，有一些暫時的妥協、作出一些局部的犧牲，儘量避免正面的、直接的交鋒，特別是避免大規模的軍事衝突，不給無事還要生非的日本強盜以擴大侵略的口實，也是無可厚非的……當國者也不可能一碰就炸、動不動就破釜沉舟，在準備很不充分的情況下輕易決策，舉一國之生命財產投入於戰爭之中，而沒有絲毫的遲疑、猶豫。如果是這樣，反而是不可想像的。」

二〇〇一年十月出版的毛澤東機要秘書所撰《王力反思錄》披露，毛澤東親口對他講過：「我毛澤東同蔣介石有兩個共同點：一個是中國要統一，一個是中國要獨立。我們從不放棄用武力解放臺灣，蔣介石也想用武力反攻大陸。我們喊『一邊倒』，誇蘇聯，可是決不聽它的指揮棒；蔣介石靠美國反共，誇美國，可是他也決不放棄獨立國的地位。從朝鮮戰爭開始，到一九五七年，美國逐步加強對臺灣和臺灣海峽、澎湖、金馬的軍事控制，想吃掉臺灣……那時打炮也好，停止炮擊也好，主要是為了支持蔣介石對抗美國的侵略和併吞。」

去年，美國史丹佛大學胡佛研究院斷然宣佈開放一九一五——一九七二年的蔣介石日記。經過一番抄錄與閱讀後，來自海峽兩的學者都認為這部兩千萬字的日記充分展現了蔣介石的民族氣節及抗戰功績，也證實他一直在努力謀求中國的現代化。連續兩次到史丹佛抄錄蔣日記的中國社科院近史所所長張海鵬教授坦承，他是抱著懷疑態度遠涉重洋來看蔣介石日記的，結果卻不得不承認，蔣確實是個偉大的愛國者。楊天石也表示：「蔣介石日記具有很高的史料價值，足以改寫中國近代史。」

誠然，政治是一時的，學術是長遠的，應該運用新發現的資料重寫民國史，回到比較公平、客觀的論述。

《蔣介石誄辭說屑》就是在這樣的歷史氛圍下面世的，作者在逐漸走向客觀評價蔣介石的中國大陸精心撰寫了這部傳世之作，卻是首先發表於厲行「去蔣化」「去中國化」的台灣。由此可見，近幾年中共因深入對外開放，經濟建設明效大驗，自信心隨之提升，似已不必藉竄改歷史來為自己壯膽，於是歷史學家們便有機會面對科學，弄清歷史，寫清史實。這無疑有利於拉近兩岸學術研究的差距，並且有利於兩岸的統一。

王長生、安淑萍女士所撰的《蔣介石誄辭說屑》無疑是對蔣介石、對國民黨的整體評價日趨理性化、科學化的一部典範作品。作者對蔣著誄詞不是光從表面上予以點評，而是回顧受誄者——例如張伯苓、陳其美、李宗仁、閻錫山、戴季陶、張群、石友三、馬福祥、于右任、陳納德、史迪威——一生的成就、勳業、功過、恩怨同誄辭的內容比照，格外顯得匠心獨具、不落窠臼。

據貼身伺候蔣氏父子四十三年的翁元回憶，儘管蔣介石只受過私塾教育，但他的國學根柢十分扎實，也非常喜歡舞文弄墨，每逢盛大慶典，訓詞文稿均由他自己親自起草，一字不苟從不馬虎，字斟句酌甚至達到了廢寢忘食的地步，為數眾多的誄辭、輓聯也都由他自己動筆或口述成文。就以輓額來說，他面對上千個三教九流各行各業名人的不同經歷、職業、學養、專長、德行、成就以及他本人與家屬對逝者的感情，都要濃縮到這四個字裏面，談何容易。拋開政治因素，單從誄辭角度講，他用誄辭為後世譜寫了一曲內涵豐富、淒婉而悲壯的哀樂；他的誄辭在中國喪葬文化藝術寶庫中，有如一顆明珠。他的輓額，有些已被後世廣泛運用，如「英烈千秋」已被用作臺灣一部抗日影片的片名；他為黨國元老胡漢民所撰的輓聯中有「正滄海橫流」一詞，被郭沫若借用到頌毛的〈滿江紅〉詩詞之中，世上大多數人都不知其出處。

蔣介石在中國大地（含臺灣）執政四十八年，連中共黨史權威胡喬木都肯定他「有功於北伐、抗日」，其人格魅力、領導藝術當有過人之處。本書的作者列舉了以下例子：

一、奉系軍閥張作霖被日本軍閥炸死於奉天皇姑屯後，蔣即派特使方本仁北上瀋陽弔喪，送去輓聯「噩耗驚傳，幾使山河變色；興邦多難，應憐風雨同舟」，此聯深深感動了守喪的張學良，結果導致張與日寇翻臉，東北易幟，中國統一。

二、中條山守將、第三軍軍長唐淮源的母親姚氏病逝雲南，蔣介石特准唐離開戰地返回原籍葬母，並贈輓額「岳歐懿範」，唐將軍感激涕零，稱「此身當為國有，誓與中條山共存亡」。一九四一年五月，戰至彈盡糧絕，自戕殉職於懸崖。蔣贈輓聯給唐與同時殉難的寸性奇「百戰殊勳著河上，雙忠大節壯中原」，且追贈陸軍上將。於是，此後又有新二十七師師長王竣、九十八軍軍長武士敏、七十師師長石作衡、二〇〇師師長戴安瀾、暫編三十師師長朱世勤、暫編四十五師師長王鳳山、暫編第五師師長彭士量、一五〇師師長許國璋、第十師師長孫明瑾、新二十九師師長呂公良、三十六集團軍總司令李家鈺、第二十九軍軍長王甲本、第一三一師師長闞維雍、新三十九師師長洪行等高級將領先後慷慨赴死、為國捐軀。

三、一九三五年七月八日，桂系第四集團軍參謀長葉琪上將在南寧墜馬跌死，蔣介石派侍從室主任晏道剛專程赴邕弔唁，送去三十六字輓聯，當時蔣桂正兵戎相見、李白見輓聯深受感動，終於放棄對抗，服從中央，齊心投入抗戰。

四、一九四八年底，蔣介石派長子蔣經國到上海為杜聿明之母祝賀七十壽辰，並送壽禮十萬元

（是陳誠赴臺灣養病所獲的兩倍，且以美金三千元支付），消息傳到淮海戰場前線，指揮二十四個軍、七十萬官兵的徐州剿總副司令兼前進指揮部主任杜聿明銘感五內，遂拒絕毛澤東、陳毅的召降，拼死率部突圍。

五、一九四九年五月二十九日，閻錫山繼母陳秀卿在臺北逝世，蔣介石派人送去輓額「女宗安仰」，下令厚葬。閻錫山牽情動腸，遂在漢口、武昌、西安、南昌、上海、青島均已失守的危局下接收何應欽的爛攤子，出任行政院院長兼國防部長，一直硬撐到翌年三月一日蔣介石回任總統。

蔣介石不計前嫌，厚誄抗日英雄還可見於以下二例：

一、劉桂五是西安事變時指揮捉蔣的東北軍騎兵師團長。一九三八年他在綏遠固陽縣與日寇激戰中壯烈殉國，蔣介石送了二十四字輓聯祭悼這位「捉蔣英雄」。

二、中國戰區參謀長史迪威驕橫跋扈，曾多次當眾羞辱蔣介石，但他離任回國前，蔣特別頒予青天白日勳章，還將自印度雷多經緬甸通向中國雲南的雷多公路易名為「史迪威公路」。一年後，史迪威在美國病故，蔣介石親臨南京舉行的隆重追悼會主祭，還致送輓聯與〈褒揚令〉。

《蔣介石誄辭說屑》自二〇〇五年八月起至二〇〇七年三月，在臺北《傳記文學》月刊斷斷續續連載了十期，由於文辭脈絡分明、出言有章、細針密縷、絲絲入扣，每期都吸引我反覆閱讀。從其修辭的文從字順、古意盎然推斷，作者大約是大學歷史系教授或者歷史研究所研究員；從「到臺灣後，筆者沒有資料掌握」一句，猜測她現居於大陸。聯想到我本人五年前在香港撰寫〈臺灣總統府褒揚過哪些香港人〉一文的經驗，本書作者要參閱二十九巨冊的《蔣中正總統檔案・事略稿本》、十三冊《中華民國褒揚令集》以及毛思誠纂《民國十五年前的蔣介石先生》等典籍，既然能見到那麼多「禁書」，估計並非泛泛之輩。

上月杪，收到安淑萍女士兩封電郵，誠邀我為她寫序，我才得悉本書的作者是一個文革前上小學三年級，文革中所謂的高中畢業，也沒有上過大學。多年來，她耗費大部分工資購買參考書籍，業餘從事歷史研究；退休後更投入全部精力，櫛風沐雨、僕僕風塵於石家莊與各地圖書館之間，每年耗費兩個月光陰查詢、複印資料，然後再用的十個月整理筆記資料，條分縷析，抽絲剝繭，引經據典、旁徵博考，才寫出這麼一部煌煌巨著。她本應含飴弄孫享受天倫之樂，偏偏要以皓首窮經的勁頭在蟲蛀發黴的故紙堆中整日忍受黴味薰鼻與虱蚤叮咬（按：本人亦曾深受其苦），更要遭受不明事理的圖書館職員之刁難和白眼，箇中的辛酸實難言狀；在整個大環境都崇尚物質享受、沉迷於燈紅酒綠、華屋美饌之際，她卻在青燈黃卷中日旰忘餐，孜孜不倦，堪稱安貧樂道。以她此書稿的內容看，足有資格在大學或研究所開課講授中國現代史，有用不完的研究基金飛往歐美日本搜尋秘檔密卷，也有數不清的學生與研究生幫助她整理文稿、打字排版，然而她至今仍然只是一名清寒的退休門房。不過，高居象牙寶塔的「天王」們，倒也未必寫得出這麼一部扛鼎之作。

開筆撰寫這篇序文時，正好香港特別行政區政府正遭逢一場「學銜」風暴——一位有二十五年新聞行政工作經驗的周融先生，因為應徵特區政府廣播處處長這一首長級職位，而被一批野雞大學肄業生砲轟不已，有人公開質疑他「年輕時為什麼不去修讀一個大學學位？」殊不知史學大師錢穆、數學巨擘華羅庚連初中都沒有唸完，毛澤東、朱德、周恩來、鄧小平、蔣介石也都沒有上過大學。

唸過大學又如何呢？一位中文大學教授告訴我，該校有些畢業生離譜到誤司馬懿為司馬燕（影星）、把嚴峻（形容詞）誤為嚴俊（影星）、把盧梭當成盧俊；而文學院畢業生只知有港督葛量洪而未曉晉代有抱朴子葛洪；日前前暨南大學校長李家同公開說：「電機系學生不懂電路版，化工系學生不懂熱交換器。」相比之下，沒有耗用公帑與社會資源、以懸頭刺骨、囊螢映雪、鑿壁偷光而苦學成才的各業專家學者，理應格外受到整個社會的尊敬，而非恣意貶抑埋沒。所以傳記文學社社長成露茜教授銳眼如炬，從億萬人群中發掘出安淑萍這一史學新人，確是功德無量的。遙憶三十年前，我曾貿然致函自學成才的上海復旦大學英語系教授、《英漢四用辭典》的主編葛傳槼，向他請教《靈格風英語》第三冊中的一些疑難問題，他以古稀高齡撥冗親筆給我覆信，稱：「在排外狂熱的逆境中，頂著巨大壓力堅持自修的青年，我認識數十位，故我認為這個國家還是有希望的。」時隔三十年，那批堅持在武鬥年代自學的青年，如今早已成了大陸各行各業的棟樑，安淑萍女士就是其中之一。她的苦學經歷與學術成就證明了，沒有上過大學的人，可以比大學畢業生甚至碩士、博士、院士們取得更出類拔萃的成就。

不久前，聽說大陸也有人醞釀仿效臺灣設立國史館，向為國家作出傑出貢獻的政軍經文各界名人以及捐款興學、鋪路架橋、救災濟困、施醫贈藥的慈善家頒發〈褒揚令〉，以淨化社會風氣、引人向上。不過，在海峽兩岸，能運用古文辭寫出抑揚頓挫、起伏迭宕之〈褒揚令〉的「翰林公」已經十分罕見了。在臺北總統府有個從未當過五院院長的「資政」倪摶九，歷事蔣介石、嚴家淦、蔣經國、李登輝、陳水扁五任總統，專門撰寫總統府〈褒揚令〉，年近九旬尚未退休林下。期望這一本誄辭說屑能使「誄辭」這一古文體裁繼往開來，迸發出更為絢爛的花朵。

最後我要重申：政治是一時的，學術是長遠的。祝願安淑萍女士年年都會推出洛陽紙貴之作。

謹序

香港藝術發展局第三屆文學委員會主席　胡志偉

二〇〇八年三月十二日

目錄

449

第十九章 其他篇

序言

如果評選中國撰寫誄辭最多的人，那麼，蔣中正先生當之無愧！

如果有人編寫「誄辭大典」，那麼蔣中正先生的誄辭中，不乏可為其中最佳範例！

要想全面了解蔣先生，最好涉獵一下他的誄辭，以及誄辭在他縱橫捭闔之權謀中的作用。

有許多介紹蔣介石的書籍，都認為蔣把自己的照片贈送別人，作為他權謀的重要手段。但是也許人們忽略了另一個現象，蔣先生更善於運用誄辭藝術，實現上述目的，並且遠遠超過了贈送照片的作用。的確，照相術傳到中國以後，上層社會就有把贈送照片作為一種高規格的饋贈形式，一直延續到上世紀七〇年代。但這種形式受到許多方面的限制。

蔣介石有許多拉攏部下、恩寵鄉黨、化解政敵的方法，如金錢收買、封官許願、結交金蘭、贈送照片、夫人外交、挑撥離間、資送留學等。但是他運用的最好，以代價和所起作用的雙層標準衡量，就是「頒賜」誄辭了。因中國人素來講究孝道，蔣為其父母撰寫誄辭，對其感化作用十分重要和久遠。

這裡所說的誄辭，是一種廣義的範圍，包括祭文、唁電、唁函、悼辭、輓聯、輓辭、輓額、輓詩、碑文、〈旌忠狀〉、〈褒揚令〉、〈公祭令〉、〈國葬令〉、〈公葬令〉、告殮文、啟靈文、通電、通告，以及談話、演講等。

蔣介石是中國有史以來，撰寫誄辭最多的人（包括他人代筆）。蔣熱衷於寫誄辭，一是因情誼所致，二是為權謀所需。

（一）因情誼所致

蔣注重中國傳統文化思想，提倡孝道，恪守中國殯葬的禮儀習俗，這幾乎影響了他一生。他青年時期，喜交結金蘭，講究江湖義氣。他曾與三十多人結有金蘭之誼，對於他們父輩的去世，蔣都不失「契子」的禮數，而撰寫誄辭是最基本的「契孝」。這也是影響到他執秉權杖後，對部下、同僚之哀，極為重視，儘量擠出時間前往致祭和贈送誄辭。

另一方面，蔣是一個輕生重死的人。許多人在活著的時候被他冷落在一邊，一旦身故，他就會感到「悼惜」，馬上重視起來，又是唁電，又是親臨致祭，追悼會也隆重了，哀悼時痛哭流涕，〈褒揚令〉、〈旌忠狀〉相繼而至。

（二）為權謀所需

蔣介石在中年當國後，為獨步政壇所需，十分善於運用誄辭謀事。事實證明這是一種極為經濟、又節省時間、而且作用巨大、影響久遠的方法。如部下戰死，為鼓舞士氣，不得不寫。元老耆勳壽終，為安撫家屬、同輩，不得不寫。文壇巨匠病故，為籠絡人心，不得不寫。甚至普通人因普通事件而意外，卻關聯方方面面，也不得不寫。

對於一位著名人物的去世，有時他會寫下十幾份誄辭，包括唁電、通電、祭文、對其治喪所作出的命令、指示、告殯文、啟靈文、輓聯、輓額、〈褒揚令〉、〈旌忠狀〉等。陳其美、譚延闓、張自忠、吳佩孚、林森等人去世，蔣均有多次祭悼，多份祭文，對吳佩孚另有兩幅輓聯、三幅輓額。

蔣初到臺灣，吸取失敗的經驗教訓，對於文人學者，還是能夠虛心接受他們的意見，有時甚至是言辭激烈的話語，也能夠強做鎮定，忍聽下去。對於一些將士的生活格外關心，在他們去世後，蔣充分運用誄辭達到拉攏、安撫的目的。對於有的人，如果在以前，他根本不會為其「頒賜」誄辭，可是來臺後，他也不辭辛苦，欣然揮筆。還有的人，甚至和他一點關係都沒有，如羅福星，也為其頒發〈褒揚令〉。所以這一時期，他為普通人頒發的誄辭反而比過去多了。

蔣把失去大陸、敗退臺灣看作是「國殤」，是他一生的奇恥大辱，所以一直發誓要反攻大陸。到臺灣後，每年都在圓山「忠烈祠」舉行兩次祭奠「國殤」的儀式，即每年的三月三十日為「春祭國殤」；九月三十日為「秋祭國殤」。而每次祭「國殤」，宣讀祭文都是重要內容之一。此外，還有「祭孫」（孫中山）、「祭孔」（孔子）以及「晉五百完人祭」、「一江山島烈士祭」、「陳英士逝世四十周年大會」、「吳稚暉百年誕辰紀念」等。這些祭文雖說有不少為秘書代筆，但是遇到重大政治事件及國際形勢變化，蔣都要親自做認真修改，以適應形勢，鼓舞士氣。因此整個五〇年代，他撰寫的誄辭數量都是很大的。

蔣一生到底為多少人撰寫過誄辭？僅目前筆者所搜集，並整理出的有一千五百多人；另外有二百多人目前不知具體內容。其中一九三六年他撰寫的誄辭人物就二十六位，而高峰時期的

第一章 誄辭人物關係篇

蔣介石的誄辭人物中，有許多是有著錯綜複雜的關係，他們或是家族關係、或是夫妻、或是姻親，甚至是姻親的姻親。如浙江湖州南潯鎮，富可名列四象八牛的豪族之間，互相結親，其中周柏年與張靜江既為姻親，兩家俊彥中多人獲得蔣的題誄。而在張靜江的眾多女婿中，至少有兩位獲得蔣的題誄，一位是曾任外交部長的陳友仁，另一位是著名醫學家林可勝。林可勝是新加坡僑領、前廈門大學校長林文慶的哲嗣。陳友仁也有僑居淵源，不過他只比岳父小一歲。作為富甲一方的張靜江，對這樁婚事極為不滿，在勸說女兒無效後，氣憤得不可名狀。一九〇九年秋冬間，同盟會為籌備廣州新軍起義，派遣三位年輕女性，結伴秘密往廣州運送彈藥，這三位女性去世後，蔣都有題誄予以哀悼，她們是黃興夫人徐宗漢、胡漢民夫人陳淑子、馮自由夫人李自平。這決不是偶然與巧合，而是歷史賦予蔣介石，對她們的功業作出應有的回報。

蔣介石題誄人數最多的家族，是他自己的蔣氏家族，如他的內親有祖父母、父母、兄弟姐妹，以及宗親，包括在西安事變中罹難的蔣姓姪、孫輩侍衛。再擴大範圍有他的外戚如外祖父母、舅父舅母、表兄表弟，外甥，甚至異姓舅父舅母（孫琴鳳）等，至少有二十位。從三〇年代初開始，蔣陸續為他們撰寫誄辭。其次才是陳立夫家族，從目前資料看，陳家有九位。在臺灣籍名流中，要以李建興家族為最。

蔣的誄辭人物，最高齡者是一九四〇年褒揚的一二〇歲的青海大通縣老阿訇冶啟良。其次是山東籍一〇六歲的韓介白，他是年齡最高的國大代表，在臺灣沒有親人，他的喪事，由國大秘書處和山東同鄉會籌組治喪會主理。蔣對他很尊重，為他題誄的輓額很新穎，是從來沒有過的：「上首貽徽」。還有一〇三歲的盧連（字枝南），他是一九一二年中華民國成立時，第一位向孫中山祝賀辛亥革命成功的旅美僑領。一九七二年五月八日，宋肯堂（前華北剿匪副總司令）、宋雲堂、宋耀堂之母盧太夫人化羽，年一〇二歲，蔣為她題「義方垂裕」。在蔣的誄辭人物中，超過百歲者，至少有十六位。最小的只有四歲。一個四歲的孩子，有何德何能，竟然獲得蔣的題誄？原來這個孩子不是別人，而是蔣的早夭之弟蔣瑞青（也有資料說，蔣瑞青實際只活了四十個月），一九一九年蔣在他撰寫的〈哭亡弟瑞青文〉中具體描繪了瑞青的聰穎與可愛：「時與吾弟並肩而坐焉，惟見其貌之溫而麗，而其性又靜而澹也。時與吾弟攜手而行焉，則見吾弟瀟灑飄逸，舉止不苟也。時與吾弟嬉笑而遊焉，又見吾弟巽言巧歌，奇行怪狀，群兒之狡者莫能難，乃兄之智慧所弗及也。」

本著「走下神壇，撇開罵名，還一個真實的蔣介石予世人」的原則，簡述蔣介石誄辭人物關係，不但可以更全面的觀察當時社會風俗，政壇狀況，裙帶關係，也能更好的了解蔣介石是一位集細緻又粗心、寬厚而狹隘、多變兼始終、仁慈且冷酷為一身的大政治家。

第一節 家族篇

陳誠家族

陳誠父親陳應麟，字式文，畢業於省立師範學校，先後在高市養正小學和縣敬業小學任教師與校長，一九二五年五月底，陳應麟在青田原籍病故。陳誠請假奔喪，蔣予以慰問並贈賻儀，批准喪假十天為限。

陳誠母親洪太夫人，一九五三年八月十七日因心臟病復發不治，年八十五歲。蔣有題誄，並與宋美齡親臨致祭。（《中央日報》一九五三年八月十八日一版）

一九六五年三月五日，陳誠因纏病多時，藥石罔效，年六十七歲。陳病危時，蔣指示給他在國外讀書的子女寄去飛機票，讓他們回來看望父親，他們先後返國奔喪。蔣對陳誠之喪，有輓聯、輓額、祭文、〈褒揚令〉等。

陳誠姪子陳履坦，於一九七三年二月二十四日在榮民總醫院去世，年五十六歲。去世前為臺灣省公賣局第二酒廠廠長，蔣和嚴家淦均有題誄。（《中央日報》一九七三年三月十七日一版）

▶陳誠。

俞飛鵬家族

▶俞飛鵬。

▶俞濟時。

俞飛鵬父親俞德桂。一九二六年十一月二十日俞德桂病故原籍，俞飛鵬電蔣請假奔喪，蔣在南昌覆電：「南昌俞總監鑒：呈悉，驚聞有失怙之戚，不勝愴悼。惟軍事方殷，該總監轉餉輸粟，責任殊鉅，古有墨縗從軍之禮，況在革命尚未成功之日，所望勉抑哀思，在軍成服，所請辭職，礙難照準。中正。號。」

俞飛鵬的堂嫂。一九六〇年四月十二日，俞濟時母親周太夫人駕返瑤池，年八十九歲。周太夫人生前樂善好施，庭訓嚴謹，滿堂子孫百餘人，可謂福壽全歸。十三日大殮，蔣為之題寫「懿德垂昭」。十五日家祭後發引，葬臺北三張犁寧波同鄉會公墓。（《中央日報》一九六〇年四月十六日第一版）

俞飛鵬。一九六六年十二月十九日，中央銀行副總裁俞飛鵬因肺炎壽終於榮民總醫院，年八十四歲。二十二日蔣輓以「愴懷勳碩」，十二月二十四日公祭。（《中央日報》一九六六年十二月二十四日三版）

陳屺懷家族

一九四三年十月十九日，浙江省臨時參議會議長陳屺懷，在浙江臨時省會雲和病逝，年七十二歲。蔣於二十三日有唁電，公祭時有蔣輓額，並賻贈萬元。一九四四年十二月五日，國民政府頒發〈褒揚令〉。

一九四八年十一月十三日，陳屺懷堂弟陳布雷捐館於南京，年五十九歲。蔣對陳布雷之喪，題誄較多，而且經常祭奠，最著名的是輓額「當代完人」。一九四九年十一月是陳的周年忌日，蔣又題寫「精神不死」。

▶陳布雷。

▶陳訓悆。

一九七二年十月十五日，立法委員，香港《時報》管理委員會主任委員陳訓悆因心臟病在臺大醫院駕鶴西翔，年六十六歲。陳訓悆是陳布雷之胞弟，著名報人。二十四日舉行公祭，蔣題贈「志業遺徽」，葬陽明山第一公墓。他是八個月前辭去《時報》社長職務，全家遷回臺灣。十一月四日香港文教界舉行追悼會。（《中央日報》一九七二年十月二十五日三版、十一月五日四版）

李石曾家族

李石曾母親。一九三五年十月初，李石曾返河北高陽原籍，安葬母親楊太夫人及嫂、姪三具靈柩，蔣有輓詞致送。

李石曾堂嫂。一九六〇年七月二十四日，臺大教授李宗侗的母親張太夫人在臺北仙逝，年八十六歲。張太夫人為張之洞姪孫女，祖父聞遠公為清朝大學士及名畫家，父親張周叔亦為大畫家。七月二十八日上午舉行大殮，蔣題「懿範足式」。（《中央日報》一九六〇年七月二十八日四版）

李石曾於一九七三年九月三十日去世，年九十四歲。生前為中央評議委員會主席團主席、總統府資政。十月十五日公祭，蔣派總統府秘書長鄭彥棻代表致祭，題贈「卓行高風」，嚴家淦送輓匾「山高水長」，葬陽明山。（《中央日報》一九七三年十月十六日三版）

李宗侗於一九七四年三月十六日因腦溢血不治，年八十歲。李宗侗是李石曾的姪子，父親為清郵傳部次郎。李宗侗早年留學巴黎大學，回國後曾任全國註冊局局長，故宮博物院管理委員會秘書長，並在北平師範大學、中法大學，臺灣大學等校任教多年。蔣有輓額致送。

▶李石曾。

王文華家族

▶王文華。

王文華，字電輪，貴州興義人。早年喪父，得舅父劉顯世的資助就學，曾參加同盟會，任黔軍總司令、貴州省長等職。一九二一年三月十六日，在上海被袁祖銘收買的刺客暗殺，年僅三十四歲，葬於杭州孤山。一九三〇年三月，蔣以國民政府名義，頒發〈褒揚令〉，並追贈陸軍上將。

一九三四年九月十六日，王伯群、王文華昆仲的母親劉顯屏太夫人在上海病故，年七十三歲。劉太夫人是劉顯世的胞妹，何應欽的岳母，知書嫻禮，久著清譽。蔣於九月二十二日由牯嶺致滬唁電。此外蔣、林森、汪精衛、孔祥熙、黃郛、吳鐵城、立法委員張知本、中央銀行副總裁陳行等均有誄辭致祭。當時何應欽正在開封督軍，依禮告假。蔣因五年前何父之哀，沒有允許何返籍盡孝，此次若再不通融，那是說不過去的，況且還有王伯群一家人在翹首以盼，於是給假一星期。十月十六日何應欽到滬時，吳鐵城、楊虎、楊德昭等到車站迎接。由於劉太夫人的社會地位，她的葬禮十分隆重，十月二十五日開弔。因上海大夏大學是王伯群出私款一手創辦，故大夏大學師生、校友千餘人參加追悼。上海市公安局長文鴻恩特派武裝警士到場四周警衛，並派軍樂隊奏哀樂。戴季陶為題鴻大賓。二十六日安葬。（參考上海《民報》、《新聞報》、《新聞夜報》等報的一九三四年十月二十四日至十一月報紙）

一九四四年十二月二十日，中央委員王伯群在重慶江北陸軍醫院去世，年六十歲。蔣有唁電，二十八日又蒞臨弔唁，二十九日公祭，蔣有輓額、祭文，並派文官長魏懷致祭。（《中央日報》一九四四年十二月三十日二版）

一九四五年一月二十五日頒贈〈褒揚令〉。

▶王伯群。

周慶雲家族

周氏家族籍隸浙江湖州南潯鎮。南潯為近代中國絲、鹽二業鉅子集居之地，富甲天下。其財富多寡按四象八牛列等，周家就是八牛之一。周氏家族中著名儒商為周慶雲，於一九〇五年投資興建蘇

▶周慶雲與夫人蔣氏。

▶周佩箴。

杭鐵路，一九一三年在杭州開辦天章絲織廠，一九二五年在上海浦東設立五和精鹽公司，後興辦吳興、長興煤礦。他一生收藏書畫、金石、古器頗豐。

周慶雲的姪子周柏年為浙中名士，生平以清介著稱，曾任國民黨中央委員、中央政治會議秘書長、監察委員等職。

周柏年的胞弟周佩箴為同盟會員，一九二二年孫中山委為財政部次長、北伐時期任廣東省府委員兼土地廳長、廣東省護國軍司令，抗戰勝利後任中國農民銀行經理和交通銀行常務董事。

一九三三年十二月七日周慶雲病故，年六十九歲。周柏年聞訃震悼，痛門庭多故，感人事不常，觸動舊疾，一夕而卒於南京寓所，年五十四歲。因伯姪病革前後不及兩小時，各界為之震驚。一九三四年一月十三日，旅滬湖州會館、湖社、浙湖綢業會所、旅滬南潯公會、湖州旅滬中小學、市北中學等單位於湖社大禮堂聯合為周慶雲、周柏年舉行追悼大會，三十一日領帖。林森有輓額、蔣有輓聯。二月，南京、上海、浙江發起興建「柏年紀念林園」，蔣列名其中。（上海《新聞報》一九三四年二月二十六日三版）

周佩箴於一九五二年二月二十七日病逝臺灣，年六十九歲。蔣有題誄。

李建興家族

▶李建興。

李建興母親白娘太夫人，對地方事業頗多貢獻，一九五一年她八十壽慶時，捐出壽誕費用三十萬新臺幣，修建瑞芳國民小學禮堂，一九五二年一月十四日獲得蔣頒發的〈褒揚令〉及嘉獎匾「義行足式」。（《中華民國褒揚令集初編》第十二冊）一九五二年十月，又捐三萬元，協助修建瑞芳一座吊橋。（《中央日報》一九五二年十月二十三日三版）。一九五三年七月十二日駕返瑤池於臺北本宅，年八十四歲。七月十四日公祭，白崇禧主祭，各界名流兩千多人參加，蔣輓以「懿德永昭」。

李家為臺北縣瑞芳鎮人，一九六五年十月二十六日，李建興、建川、建和等昆仲，在瑞芳鎮故居「義方居」，隆重舉行先君伯祿先生百歲及母親白太夫人九十五歲冥誕典禮。何應欽、白崇禧、谷鳳翔等五千多人前往觀禮。李建興（時為臺灣省府顧問，中央銀行理事）率他的兄弟子姪輩一百多人，依古禮向他的父母冥誕壽堂焚香禮拜，並讀祝文。典禮後，應瑞芳鎮民之請，於下午將李伯祿、白太夫人的遺像、銅像，遊行鄉里，家家戶戶燃放鞭炮，表示敬意。（《中央日報》一九六五年十二月七日三版）

李建成為李建興之介弟，李建川、李建和之四兄，立法委員李儒聰四叔，李建成為臺灣煤礦業鉅子，於一九七〇年四月十日上午棄世，年六十八歲。十八日在臺北市立殯儀館公祭，蔣題誄「積厚揚芬」。（《中央日報》一九七〇年四月十八日六版）

一九七〇年五月十一日，李建興夫人黃斯淑病故，年七十三歲。黃女士亦為臺北縣瑞芳人，事親至孝，相夫教子，曾膺選臺灣模範母親，為鄉邦稱譽。蔣題「懿德揚芬」。（《中央日報》一九七〇年五月十四日六版）

李建和於一九七一年九月二日，病故於臺大醫院，年六十一歲。李建和別號子平，生前為中央評議員、省議會交通小組召集人，熱心社會公益事業，對地方建樹頗多。其治喪會由謝東閔任主任委員。十九日，蔣以「藎勞堪念」悼念。（《中央日報》一九七一年九月十二日六版）

胡漢民家族

一九三六年五月十二日，胡漢民在廣州病故，年五十八歲。蔣有唁電、輓額、輓聯、祭文、〈褒揚令〉等，並撥款六十萬治喪，定為國葬。

一九四二年九月十四日，胡夫人陳淑子病逝，十月七日舉行追悼會，蔣有唁電慰問胡木蘭（胡漢民的女兒），及輓聯、賻贈，並派呂超代表致祭。

一九五七年十二月四日，胡漢民的堂弟、國策顧問胡毅生因腦溢血不治，年七十五歲。胡毅生名毅，號隋齋。一九〇五年參加同盟會，追隨孫中

▶胡漢民。

山反滿抗清，但他最出名的事件是涉嫌於一九二五年策劃暗殺廖仲愷而被通緝。胡毅生擅詩畫、通書法。十二月七日舉行大殮，蔣於五日題誄「績懋望隆」，派張群代表致祭。（《中央日報》一九五七年十二月六日、八日三版）一九五八年一月三十日，蔣明令褒揚胡毅生。

程天放家族

一九六五年五月七日上午，程天放妻黃婉君因肝癌去世，年六十四歲。黃為江西宜黃縣人，是晚清鴻臚寺卿黃爵滋的曾孫女、江蘇候補知縣黃傳之女，一九一八年與程結婚，有一子一女，子名程瑗，一九四五年秋在重慶溺水，女名程琪，曾留學美國明尼蘇達及加州大學，專攻國際政治。女婿錢純曾任財政部長。五月十日，蔣為黃婉君題「淑範長昭」。（《中央日報》一九六五年五月十一日三版）

▶陳淑子。

▶程天放。

一九六七年十一月三十日，考試院副院長、中央評議員程天放病逝於紐約長老會醫院，年六十九歲。蔣有唁電。十二月十日舉行公祭，蔣為程題寫「學淵績懋」。

程天放的姪女程淑琛，於一九七三年六月二十九日病故於臺大醫院，年七十三歲。七月二十二日公祭，蔣、嚴家淦均有誄辭。其杖期生楊家瑜為臺灣電力公司董事長。（《中央日報》一九七三年七月二十三日一版）

第二節　家庭篇

張繼一家

張繼父母。張繼之前母孫太夫人於一八七一年二月二十一日病故，年二十八歲。父親張化臣於一九二三年四月八日壽終於原籍河北滄縣孫清屯，年七十八歲。生母王太夫人於一九三〇年十二月七日仙逝，年七十六歲。先是一九二八年九月，張繼以母病請假。九月二十五日，蔣電張：「湯山甚適療養，請求來京，以便共商要政」，實為婉拒張的請假；而此時張以丁憂請假獲准，於十二月返籍歸葬三位尊親。十二月十九日蔣「電張副院長繼，唁喪母，並致賻儀五千元。擇於一九三一年一月六日出殯合葬」。（參考《蔣中正總統檔案‧事略稿本》第九冊，頁二一〇、《中央日報》一九三〇年十二月三十一日一張一版、《大公報》一九三一年一月十一日報紙等資料編寫）

張繼於一九四七年十二月十五日捐館，年六十五歲。十八日獲得〈褒揚令〉。一九四八年一月十七日戴季陶身著乙種禮服，佩一等采玉大綬勳章，作為大賓，為張繼點主。十八日公祭，蔣為主祭，並自己宣讀祭文。一九四九年十二月十六日，張的兩周年忌日，國民黨中央舉行紀念會，蔣親自主持，並題「黨國矜式」。

張繼妻子崔振華，字晢雲。河北滄縣人，天津女子師範學校畢業，歷任天津競存（靜存）學校校長、國民黨中央監察委員、國民參政會參

▶張繼。

政員。去世前為監察委員。一九七一年三月九日早五時，病逝臺大醫院，年八十六歲。她的喪事，主要由河北同鄉會操持，治喪主任委員是河北同鄉李嗣璁。三月二十一日在臺北市立殯儀館舉行家祭和天主教追思禮拜，最後是公祭。蔣題寫「淑行坤儀」。（《中央日報》一九七一年三月二十二日三版）一九七一年七月九日獲得〈褒揚令〉。

戴季陶一家

一九二九年二月二十五日，戴季陶母親黃太夫人病逝四川原籍，年七十五歲。三月三十日起開弔兩天。蔣有輓聯、祭文等，並贈萬元賻儀。

一九四二年九月十五日，戴季陶元配鈕有恆病故，年五十七歲。鈕父鈕瑨江，是浙江湖州的一位名士，曾十三次參加科舉。鈕有恆年長戴季陶五歲，與戴結婚後，努力於勞軍工作，晚年致力於慈善事業。蔣有唁電、輓聯等。

一九四九年二月十二日，戴季陶自殺於廣州，年五十九歲。蔣為之哀誄以「痛失勳耆」。十五日出殯，蔣率中央執委、監察委全體出席。三月十二日頒發〈褒揚令〉。三月三十一日又頒〈國葬令〉。（參考《戴季陶傳》，頁一三四—二四五）

▶戴季陶一家。

湯恩伯一家

抗戰時期，湯恩伯父親在原籍辭世。蔣得知囑咐不得告訴湯本人，有恐他分心軍務，下令撥款治喪，並為之題寫墓碑。湯是在抗戰勝利後，返籍時才知實情。（《湯恩伯史料專輯》，中國文聯出版社，頁二二一）

一九五四年六月十九日，湯恩伯在日本病逝，年五十六歲。七月十五日舉行公祭，蔣親臨致祭，並哀以「忠勤永念」。一九五四年八月九日蔣頒〈褒揚令〉。

一九七〇年六月四日下午，湯恩伯母親林太夫人壽終於三軍總醫院，年九十二歲。十八日舉行公祭，治喪主委何應欽，蔣題誄「懿德長昭」。（《中央日報》一九七〇年六月十九日一版）

▶湯恩伯

黃杰一家

一九三一年冬，黃杰祖父黃國尊仙遊於長沙，時黃杰任旅長在江西剿共，不能奔喪，只得在軍中設奠遙祭。

一九三八年五月黃杰母親唐太夫人

▶黃杰母親唐太夫人。

▶黃杰父親黃德溥。

辭世，黃杰正參加河南歸德之戰，當時戰事方酣。蔣令不與黃杰聞知，派員蒞臨湘省存唁，厚賻兼金，並題誄「精忠垂教」象贊。

一九四四年冬，黃杰父親黃德溥病逝成都，年六十四歲。當時黃正率十一集團軍強渡怒江，反攻滇西。蔣仍對黃封鎖消息，撥治喪費十萬，派軍校教育長萬耀煌代表致祭，暫厝成都東郊。就是憑著這三位尊親的葬事，黃杰均未親臨與祭，而是由蔣指令安葬，黃對蔣感念不已，所以在五〇年代初，黃又從越南率殘部回到臺灣，由此也更加得到蔣的信任和重用。（以上三條參考黃杰，〈先君先慈百齡誕辰書感〉、〈祖德與親恩〉，《傳記文學》第三十七卷第二期頁五八—五九、六十八卷第一期頁三七—四〇）

▶黃杰。

王正廷一家

一九四五年一月二十二日上午，王正廷夫人施美利病革重慶歌樂山寓所，年六十二歲。蔣有唁電。

一九四六年一月二十六日，王正廷母親施太夫人在上海仙逝，年九十三歲。於二月二十六日在上海寧波同鄉會所舉行追悼會。蔣有唁電、輓額。

一九六一年五月二十一日，外交界耆宿王正廷博士，在香港九龍病

▶王正廷。

逝，年八十歲。二十二日蔣宋聯名電唁王夫人周淑英女士節哀。六月二十五日舉行追悼會，蔣題「愴懷耆彥」。（參考《王正廷傳》，頁三三一、《中央日報》一九六一年五月二十二日二版、五月二十四日一版編寫）

黃興一家

黃興捐館後，繼母易太夫人移居長沙文星橋，含飴弄孫。一九二九年六月二十二日，易太夫人仙逝，年七十二歲。省主席何鍵發起追悼，湖南省政府第二十一次常委會議決定，公推何鍵主持喪事，定於八月二十八日至九月一日在長沙文星橋本宅治喪，並分訃各界。何鍵呈報中央請求優恤、褒揚。蔣應何鍵之所請，贈以輓額。（根據《中央日報》、長沙《大公報》、湖南《消息報》等報一九二九年六月一日至八月三十一日報紙編寫）

一九四四年三月八日，黃興夫人徐宗漢病故重慶，年六十八歲。十日，蔣派中央黨部秘書長吳鐵城代表前往致祭，並特贈五萬元治喪費。同年六月三日蔣頒令褒揚。

一九六六年十一月二十九日，臺北舉行黃興逝世五十周年紀念會，蔣派人送去四個字「革命典型」（《中央日報》一九六六年十一月二十八日一版）

▶黃興夫婦。

陳嘉尚一家

▶陳嘉尚。

陳嘉尚父親。一九五八年十二月八日晚，空軍司令陳嘉尚封翁陳國麟壽終，年七十二歲。十九日開弔，蔣誄以「義方足式」。（《中央日報》一九五八年十二月九日一版）

陳嘉尚母親。一九六一年六月十日陳嘉尚母親朱太夫人，因糖尿病併發症不治於仁愛路住所，年七十七歲。十四日公祭，蔣題「教忠垂範」哀悼。（《中央日報》一九六一年六月十五日三版）

陳嘉尚。一九七二年三月六日下午三時，駐約旦大使陳嘉尚上將，因肝硬化不治於榮民總醫院，年六十四歲。三月二十八日公祭，蔣有題誄。（《中央日報》一九七二年三月二十九日一版）

周枕琴一家

蔣早年在奉化鳳麓學堂求學，校長是周枕琪，故蔣有時常到周家玩耍，得到周母葛太夫人、周枕琪、周枕琴兄弟的照顧。蔣成年後，對太師母葛太夫人很是感念，對周枕琪、周枕琴昆仲多方重用。一九二四年蔣在廣州辦黃埔軍校，邀請周枕琴出任軍校軍需處處長，一九二七年任浙江省財政委員，兼理兩浙鹽運使。一九三六年為陸軍軍需總監（中將銜）。周枕琪

▶周駿彥。

曾出任寧波法庭刑庭長。一九四〇年周枕琴因病住院，蔣常派蔣經國和蔣緯國探望，二人口稱「伯父」（按師道算，應尊以師祖），十分尊敬。

一九三〇年一月十五日，身為總司令部經理處處長的周枕琴母親葛太夫人在奉化原籍仙逝，年八十六歲。周當即請假奔喪，當時周家有周駿聲、周駿耀、周駿彥三兄弟治喪。在南京的好友，紛往紫金坊周寓唁慰。蔣氏夫婦由張群、熊式輝陪同，於三月二十日，乘楚有艦從鎮江返回溪口，參加葬禮，並有誄辭和賻儀贈送。

一九四〇年七月二十九日，蔣赴中央醫院探視重病的軍需處長周駿彥，第二天周即棄世，年六十九歲。聞噩耗，蔣發唁電，派張治中代表致祭，並贈賻儀金一萬元。七月三十一日大殮，蔣有題誄。八月一日出殯，八月二日國民政府明令褒揚。（參考《中央日報》一九四〇年八月、《傳記文學》第六十一卷第二期頁一五〇等資料編寫）

王景岐一家

王景岐字石蓀，亦作石孫，號流星，別號椒園，福建閩侯人。早年入武昌方言學堂法文班，後留學法國專攻國際法。一九一四年任外交部主事，頗受陸徵祥重用，一九一八年參加巴黎和會。此後出任駐比利時、義大利、瑞典、挪威、波蘭等國公使或公職。在文學方面，王景岐是同鄉林紓主要的法文翻譯合作者之一，當時人們所熟悉的《保爾和薇吉妮》、《波斯人信劄》就是兩人合作的結晶。

一九三四年十月十一日，王景岐母親陳太夫人仙遊，年七十三歲。蔣有唁電致慰。

一九四一年八月二十五日，外交家王景岐病逝日內瓦，年六十歲。蔣有唁電。

王景岐妻子鄭畹秀，於一九六六年五月二十日壽終內寢，年八十四歲。鄭畹秀的兩子三女皆為博士，故有「一門五博士之賢母」尊稱，其長子王遂徵在澳洲任教授，次子王季徵任駐比利時大使，時已奔喪回國。長女王長寶為布魯塞爾大學博士，一九五四年逝於上海。二女王錫民與夫婿陳凌雲在她臨終時隨侍在側，三女王亞徵（適吳）為香港新亞書院教授、因心臟病已故。鄭畹秀治喪會主委為何應欽，五月三十日大殮，蔣誄以：「教忠有方」，派吳明順局長代表致祭。（《中央日報》一九六六年五月三十日三版）

▶王景岐與夫人鄭畹秀。

俞鎮臣一家

一九〇三年，蔣介石在鳳麓學堂讀書，與同學俞鎮臣（又名忠郊、作屏）、胡朝陽義結金蘭。一九二五年蔣在廣東任東征軍總指揮，討伐陳炯明，召俞鎮臣前往任總司令部秘書，旋又委以海山場主任，不久，提升為淡水縣縣長。當時有兩派群眾械鬥，俞前去調解，不幸被石塊擊中而意外身亡，蔣有題誄。俞身後遺有子女七人，依次為長子俞國成、秉坤（女）、國華、秀坤（女）、志坤（女）、國斌，還有一個幼女。據俞志坤說：「父親死後，國民政府頒發撫恤金，供給我們讀書和生活，直至大學畢業。」二子俞國華是蔣重點培養的對象。三子俞國斌，一九二三年生，重慶復旦大學經濟系畢業，一九四九年隨蔣氏父子去臺灣，曾任臺灣駐紐約總領事。

一九六七年七月二十七日，俞鎮臣繼配胡夫人（俞國華、俞國斌生母）在大陸原籍仙逝，年八十四歲。俞家輾轉聞耗，哀毀逾恆。八月二十四日在臺北善導寺追薦，蔣對俞國華、俞國斌等人有口諭慰唁。

一九七四年九月十三日，俞國斌在駐宏都拉斯大使任內，遭遇襲擊殞命，年五十二歲。九月十九日臺北舉行公祭，蔣誄以「悼惜英才」。（《中央日報》一九七四年九月二十日三版）

▶俞國華。

路思義一家

路思義是美國長老會著名傳教士，一八八八年入耶魯大學，一八九七年九月帶著新婚妻子來華傳教，先在山東登州文會館一面學習中文，一面任生物學教師。曾先後三次回美國募捐用於在華辦學，一九一六年再次從美國募得十六萬美元，將文會館從登州遷到濟南，組建成齊魯大學，出任副校長。因與英籍校長發生辦學分歧，轉而支持司徒雷登在北京創辦燕京大學，任副校長，常年駐美負責募捐。一九二七年退休，在哥倫比亞大學與協和神學院任教，並專心研究中國歷史、宗教與文化。

▶路思義。

▶亨利・魯斯。

一九四〇年十二月七日無疾而終，年七十五歲。蔣發有唁電。

亨利・魯斯是路思義的長子，一八九八年四月三日生於登州，前後在中國留居十二年，十四歲時回到美國。畢業於耶魯大學，然後在牛津攻讀一年，開始其在《芝加哥日報》的記者生涯。一九二二年創辦「時代雜誌社」，此後逐步建立龐大的雜誌帝國，其中著名的《時代》、《生活》、《幸福》、《體育畫刊》等蜚聲世界。三〇年代魯斯與蔣氏夫婦建立良好的私人關係，在早期，他所辦的刊物大力宣傳國民黨政治觀點、策略；後來又成為蔣向美國爭取援助的「美國舌頭」。所以，有的美國報紙也對他不滿，說「好像他生來就是專門為中國向美國要錢的」。數十年來充當蔣介石在美國的政治代言人角色。他曾多次訪問大陸和臺灣，宋美齡到美國，與魯斯會面是重要內容之一。一九四五年九月他應中國政府邀請來華訪問，盛傳他將出任駐華大使，雖未果但也足以說明他在中美關係中的分量。一九四八年十一月六日，魯斯母親病逝，她於一八九七年至一九二六年在山東從事傳教和教育活動。宋美齡代表蔣有唁電致慰。一九六七年二月二十八日，魯斯棄世，年六十八歲。三月一日，蔣、宋聯名發出的唁電中有：「……每當我國遭遇最艱困的時期，他始終是站在我們一邊，而且在當代每一次道德的爭論中，他總是以正確的判斷和無畏的勇氣來充當人類天良的呼聲……。」嚴家淦副總統也發去唁電。臺灣駐美大使魏道明與代表劉鍇則電唁魯斯的夫人和姐姐。（《中央日報》一九六七年三月一日二版）

第三節　父子篇

張靜江父子

一九二六年十月十八日，張靜江父親張定甫病逝滬寓。當時張靜江在廣州任中央常務委員會代主席，蔣兩次電唁，希望張不要返籍，要他移孝作忠，在粵成服。一九二七年五月張靜江隨北伐軍到上海後即籌備治喪，五月十九日開弔，蔣先一日到張家致祭，並有誄辭致送。（《申報》一九二七年五月二十日九版）

一九五〇年九月三日張靜江病逝美國，年七十四歲。蔣對張靜江之喪，贈賻儀金，並有唁電、〈褒揚令〉、輓額、祭文等多種。一九五六年張八十冥誕、一九六六年九十冥誕，臺灣均舉行紀念活動，蔣有頌詞，還在臺北為他建銅像。

▶張靜江夫婦。

石瑛父子

石瑛，字蘅青，湖北陽新人。早年留學英法，是同盟會歐洲支部創建人。武昌起義後，任孫中山軍事秘書，後兩度任南京市長。與嚴重、張難先並稱不同流俗的鄂籍清正人物，此三人有「湖北三怪」之譽。石瑛一生特立獨行，做出了許多不合世俗人情的事情，有「民國第一清官」雅稱，但也得罪一些官僚，蔣對他是既欽敬、又畏懼而疏遠。

一九三五年一月四日，石瑛父親仙遊，年七十五歲。蔣對石丁憂給予慰問，准假一個月，國民黨中央、行政院均對石的辭職慰留。六日大殮，八日成服。

一九四三年十二月四日，中央委員、湖北省參議院議長石瑛病逝，蔣派中央黨部秘書長吳鐵城代表慰問家屬，十二月二十七日舉行追悼會，蔣有輓幛、輓聯，並親臨弔唁。

▶石瑛。

曹浩森父子

曹浩森的父親曹光澗（字靜山），早年苦讀寒窗，應科舉省試得中舉人，一度出任江西餘幹縣令，後退居鄉里，以詩書教子。一九三二年八月十九日，曹光澗病故原籍，年七十四歲。當時曹浩森為贛粵閩湘邊區剿匪參謀長，乞假奔喪。蔣有慰唁，並令朱紹良代理參謀長。

一九五二年二月二十三日，監察委員、陸軍上將曹浩森去世，年六十七歲。他的元配、長子都留在大陸，身後蕭條。蔣贈萬元治喪，題誄「懋績情操」。

▶曹浩森。

朱慶瀾父子

朱慶瀾，字子橋，浙江紹興人。辛亥時為四川副都督，後任黑龍江督軍兼巡按使，率軍收回沙俄把持的黑龍江航運權。一九一七年任廣東省省長，開始傾向孫中山。一九二三年任中東鐵路護路軍總司令。一九二五年後放棄高官，從事社會救濟與慈善事業，組織「華北慈善聯合會」，救助各地災民數百萬。朱慶瀾還注重保護各地的文物古蹟。

▶朱慶瀾。

一九四一年一月十三日，朱慶瀾在西安謝世，年六十七歲。十八日國民政府頒佈褒揚令。三月十二日重慶舉行追悼大會，蔣輓以「國喪老成」，林森題「忠勤可敬」，給治喪費五千元。（《朱慶瀾》頁三三）

朱榕是朱慶瀾長子，東北講武堂畢業，曾在吉林省督軍孫占鼇部任團長，駐防吉林省延吉、琿春一帶。「九・一八」事變後身陷敵營，被脅迫當了偽軍，但他總是尋機脫離魔窟。此時朱慶瀾在北平組織「遼吉黑熱民眾抗日後援會」，父子成為對立陣營，朱慶瀾因不明真相，在天津《益世報》刊登與朱榕脫離父子關係的聲明，這對朱榕是極大的傷害。日軍也曾脅迫朱榕勸說朱慶瀾歸順偽滿，被朱榕拒絕，日軍再使伎倆，讓朱榕赴日拜見天皇，以造成某種宣傳攻勢。朱榕決心以死相抗。一九四〇年十月在日艦上，他尋隙蹈海以殉！朱榕的妻子通過吳鐵城的秘書，將朱榕之死真相，和他寫給家人的絕筆信，報送重慶最高當局，至此，朱榕漢奸罪名得以昭雪。

一九四一年六月二日，國民政府頒令褒揚朱榕，令文為：「朱榕，為賑濟委員會常務委員朱慶瀾之長子，教秉義方，效忠黨國。曾任陸軍旅長，駐防關外。瀋陽事變，身陷敵營。去秋寇擬艦送東京，中途乘隙蹈海以死。志節凜然，殊堪矜式，應予明令褒揚，並准入祀紹興縣忠烈祠，以彰忠孝而示來茲。此令。」

李延年父子

▶李延年。

李延年封翁李之權，於一九六三年一月六日去世於新店寓所，十三日在極樂殯儀館治喪，蔣題「教忠有方」、陳誠題「教忠貽則」。于右任、何應欽等三百餘人與祭。（《中央日報》一九六三年一月十四日三版）

李延年於一九七四年十一月十七日，壽終於三軍總醫院，年七十一歲。十二月八日舉行公祭，蔣輓以「往績堪念」，葬於新店空軍公墓之旁墓地。（《中央日報》一九七四年十二月十日三版）

第四節　母子篇

陳調元母子

一九三八年五月十六日，陳調元母親楊太夫人壽終於滬寓，年八十九歲。蔣有唁電致陳調元。

一九四三年十二月十八日，軍事參議院院長陳調元於重慶北碚病故，年五十八歲。十九日大殮，蔣親臨致祭，並有輓聯、祭文，還特諭發給治喪費。（《中央日報》一九四三年十二月十九日二版）一九四四年三月六日獲〈褒揚令〉。

▶陳調元。

陳繼承母子

陳繼承為江蘇鎮江人，保定軍校三期畢業。一九三五年十二月四日，陳繼承母親謝太夫人在江蘇靖江原籍壽終，年七十六歲。陳向蔣請假未獲准，只得在漢口駐防遵禮成服。蔣有唁電和輓額。到一九三六年四月八日，陳返籍舉行家奠，並與兄弟三人安葬母親。

陳繼承於一九七一年十二月十日下午辭世，年七十九歲。二十二日舉行公祭，蔣題「績著旂常」，派參軍長高魁元代表致祭，以隆重軍禮安葬於陽明山。（《中央日報》一九七一年八月二十三日三版）

▶陳繼承。

王柏齡母子

一九三六年四月二十三日，王柏齡母親程太夫人在揚州去世，年八十六歲。蔣有唁電。七月十七日領帖，蔣有輓幛，十九日發引。

一九四二年八月二十六日，中央委員王柏齡病逝成都。年五十六歲。蔣有唁電、輓額。

▶王柏齡。

文鴻恩母子

一九三四年三月一日，上海市公安局長文鴻恩母親病故，年七十三歲。蔣有唁電、輓額。

同年十一月十二日，文鴻恩捐館於上海。十四日，蔣電上海市長吳鐵城，對文之去世，不勝悲悼，請吳轉送撫恤金三千元。（《中央日報》一九三四年十一月十七日一張二版）十七日在中國殯儀館大殮，陳策、吳鐵城、顏惠慶、徐桴等往弔，蔣有題誄。一九三五年二月十三日，國民政府發佈〈褒揚令〉。

梁鼎銘母子

梁鼎銘為廣東順德人，十四歲開始習畫，十六歲拜師學西畫，後投身黃埔軍校，受知於蔣介石，主編《革命畫報》，一九三〇年得到蔣的資助，出國考察，遊歷歐洲。梁氏以民族自衛戰爭和古人的節義史實為主要創作題材，畫風大氣磅礴，被稱為革命畫家，出版過多種畫冊。梁氏兄弟三人均為畫家。

一九五二年十一月五日下午，梁母黃太夫人在臺北寓所仙逝，年八十九歲。七日大殮，蔣有輓額。

一九五九年三月一日，政工幹校美術組主任梁鼎銘，在家中繪「古寧頭大捷」大幅油畫時，突感不適，旋即昏迷，由其介弟又銘、中銘送入臺大醫院救治，終歸罔效，年六十二歲。梁氏晚年生活清苦，身後蕭條，治喪會發起募捐，為其子女籌措教育費。三月四日公祭，蔣題「藝林垂範」。（《中央日報》一九五九年三月十一日三版）

▶梁鼎銘（前二）、梁又銘（前一）、梁中銘（前四）兄弟。

虞洽卿母子

一九二九年九月七日，上海工部局華董虞洽卿母方太夫人在鎮海伏龍山本宅謝世，年八十九歲。擇於一九三〇年五月九日領帖。蔣派陳立夫代表致祭，並贈賻儀、誄辭。

一九四五年四月二十六日，虞洽卿作古於重慶，死後多時不曾瞑目，是他的三子順慰替他合上雙眼。二十七日蔣有唁電，輓匾為：「輸材報國」，祭文洋洋灑灑千餘字。（《中央日報》一九四五年四月二十八日二版）一九四六年十二月二十四日移靈回上海時，萬人空巷。

▶虞洽卿。

徐源泉母子

一九三七年四月二十六日，徐母段太夫人在漢口病故，年八十歲。當時徐在四川防次，電呈蔣、何應欽，請假一個月。這次蔣沒有為難他，不但准予所請，還有唁電慰問。何也有唁電送達。六月二十六日成主，三十日家奠，蔣有誄辭。七月二日徐扶棺回黃崗發引。七月十八日蔣派何成濬代表致祭。徐母葬禮，是當時湖北較隆重的大型喪事，南京官場亦很重視。（參考《中央日報》一九三七年五月二十九日至七月二日報紙）

▶徐源泉。

一九六〇年十一月十一日，立法委員徐源泉棄世於臺北市中心診所，年七十六歲。十六日大殮，蔣賻贈五千元，輓以「忠勤永念」。（《中央日報》一九六〇年十一月十七日三版）

尹仲容母子

尹仲容為湖南邵陽人，交通大學電機系畢業。抗戰前曾任職交通部電政司。一九五〇年任中央信託局局長，外匯貿易審議委員會主委。生前為外貿會主委、美援運用委員會副主委、臺灣銀行董事長，他對臺灣經濟的發展，貢獻斐然。

一九六三年一月二十四日尹仲容病逝，年六十一歲。當即組成由一百三十餘人參加的治喪會。三十日舉行追思會，蔣與夫人、陳誠夫婦均往弔祭，蔣題「忠勤盡瘁」，卜葬陽明山。臺灣工商界為他設立紀念基金會。（《中央日報》一九六三年一月三十一日三版）四月二十三日獲得〈褒揚令〉。

尹仲容母親石守箴，於一九六三年十月十八日在臺大醫院瑤池添座，年九十一歲。蔣於二十四日題「懿德遐齡」，另贈賻儀，並派總統府副秘書長黃伯度代表致祭。（《中央日報》一九六三年十月十九日三版）

▶尹仲容。

劉峙母子

一九三二年七月二日劉峙母親胡太夫人駕鶴於開封寓所，當時劉任河南省主席，即向行政院長汪精衛請假並懇辭一切職務，汪不允，劉於五日再辭，汪給假半月。蔣有輓聯。（《川報》一九三二年七月二十九日三版）一九三三年六月四日胡太夫人靈柩運回原籍江西吉安城外營葬，不久被匪徒搗毀，劉聞訊再向蔣請假修墓，蔣予以撫慰。

一九七一年一月十五日，劉峙病逝，年七十九歲。生前為陸軍上將、國大代表、光復大陸設計研究委員。蔣有輓額。

▶劉峙。

馬君武母子

一九三一年五月，馬君武母駕返瑤池，蔣贈以輓匾。

一九四〇年八月一日，馬君武在廣西桂林病逝，八月二日大殮，蔣有唁電慰問家屬，給治喪費五千元。（《中央日報》一九四〇年八月三日二版）一九四〇年八月十日國民政府頒發〈褒揚令〉。

田桐母子

田桐，字梓琴，號玄玄居士，晚號江介散人，湖北蘄州（今蘄春）人。幼從父蒙學，一九〇一年入白鹿書院，補縣學生，考入武昌文普通中學堂，與同學宋教仁共倡排滿。

一九三〇年七月二日田桐病故上海寓所，年五十一歲，葬武漢洪山。蔣有唁電、祭文，輓聯為：「革命推先覺，著書策太平」。（上海《國民日報》一九三〇年十一月三日二張三版）

一九三四年十月，田桐母親在原籍故去，蔣過漢口時，得知田家境況，頗為感慨，贈千元治喪費，何成濬等人均有捐贈。（《中央日報》一九三四年十月十二日一張三版）

▶馬君武。

▶田桐。

上官雲相母子

一九四二年八月十三日，上官雲相母親王太夫人壽終於皖南寓所，年七十二歲。蔣有唁慰。

一九六九年八月八日，陸軍中將上官雲相病故於臺北，年七十七歲。二十一日公祭，蔣題「績著旂常」，葬陽明山。（《中央日報》一九六九年八月二十二日三版）

楊永泰母子

一九三三年三月五日，楊永泰繼母蘇太夫人病逝上海，年六十二歲。五月十五日在上海設奠，蔣有唁電。

一九三六年十月二十五日，楊永泰在漢口遇刺，年五十七歲。蔣有唁電、輓聯、祭文等，並撥款治喪。

▶楊永泰。

韓人金九母子

金九，號白凡，一八七六年生於韓國黃海道海州八峰山，韓國著名獨立運動鬥士和傑出的政治家。一九四〇年三月韓國在華的臨時政府主席李東寧在沱灣去世後，金九成為臨時政府領導人。

一九三九年四月二十六日，金九母親郭樂園於「大韓民國二十一年已卯四月二十六日上午」在重慶故去，在渝的韓國僑民組成「郭樂園先生治喪委員會」，蔣有唁電慰問。

一九四九年六月二十六日中午，金九在位於漢城西的京莊橋寓所被李承晚派人殺害，年七十四歲。蔣與金九有良好的私人感情，聞訊極為震驚，當即發有唁電。七月五日，各界群眾三百多人在京莊橋向他告別。一九六六年六月二十七日，漢城舉行金九追念儀式，蔣、嚴家淦、張群等人送了花圈，蔣的悼詞由臺灣駐韓國大使梁序昭宣讀，追念這位去世十七年的不屈的獨立鬥士。（《中央日報》一九六六年六月二十九日二版）

▶金九。

第五節　父女篇

陳少白父女

▶陳少白。

一九三四年十二月二十三日，陳少白在北平去世，年六十六歲。一九三五年一月十一日家祭，十二日公祭，十三日發引。（《中央日報》一九三五年一月十九日二張四版）二十一日，陳少白追悼會在南京華僑招待所舉行，蔣有輓聯，行政院長汪精衛主祭，並報告事蹟，行政院撥葬費一萬元。

陳少白女兒陳英德於一九六八年十一月二十六日在華盛頓因心臟病去世，年六十二歲，蔣有輓額。陳英德出生於廣州，曾獲得芝加哥大學醫學博士學位，終身未婚，以教書及醫學工作為樂。（《中央日報》一九六八年十一月二十九日二版）

第六節 夫妻篇

莫德惠夫妻

一九三〇年四月二十九日，莫德惠元配傅夫人病故哈爾濱寓所，年四十七歲。擇於一九三一年三月七日家祭。當時發生中俄中東路軍事衝突，莫德惠由張學良推薦給蔣，作為調解人，頻繁往來於南京和哈爾濱之間，與蔣反覆洽商平息爭端。一九三一年二月二十三日，莫離開南京前，蔣設宴款待，席間，蔣對莫夫人之喪表示慰唁，贈四字輓辭。並商定莫於三月十五日由哈爾濱赴莫斯科斡旋。

莫德惠於一九六八年四月十七日下午仙遊，年八十六歲。莫去世前為國大代表、總統府資政、光復大陸設計研究委員、中國銀行董事。蔣題「愴懷耆賢」。四月二十七日大殮，蔣親臨弔祭，並贈賻儀金，慰問遺屬。韓國駐臺大使金信，代表韓國政府獻花致祭，並追贈「建國功勞」勳章。莫德惠遺有三子一女，十二個孫子，七個孫女，九個曾孫子孫女，他晚年有一個四世同堂的幸福大家庭。（《中央日報》一九六八年四月二十八日一版）一九六八年四月二十六日蔣頒發〈褒揚令〉。

▶莫德惠。

▶莫德惠夫人傅靜嫻。

許世英夫妻

▶許世英。

一九三七年七月三十日晚，許世英夫人在原籍去世，八月二日大殮，時許世英在日本任大使，聞噩耗向蔣「乞假歸國，未邀准」，因當時中日已經開戰，關係極為緊張，許只得在任持服。考慮到時局，蔣要求此喪事不對外發表，並對許予以慰問，為許夫人致送輓辭。大使館人員在館內遙祭，國內喪務由公子及親友主持。

一九六四年十月十三日，國大代表、總統府資政許世英病逝空軍總醫院，年九十二歲。十九日大殮，蔣贈：「德高望重」，並親臨弔唁。（《中央日報》一九六四年十月十九日第三版）

邵元沖夫妻

一九三六年十二月，邵元沖應蔣電召入陝，適逢西安事變，被圍於西京招待所，十二日晨邵因跳窗逃走，被士兵擊傷，兩日後在醫院故去，年四十七歲。蔣與邵元沖有金蘭之義，對邵之喪題誄形式較多，有唁電、祭文、輓額、輓聯等，甚至在西安事變二十三周年暨邵七十冥誕，蔣又為他題寫

▶邵元沖。

▶張默君。

「藎猷永式」。（《中央日報》一九五九年十二月二十三日三版）

邵夫人張默君是辛亥元老、著名社會活動家、詩人、教育家，於一九六五年一月三十日晨病逝，年八十二歲。二月七日大殮，蔣題「彤史坤儀」，並親臨致祭。（《中央日報》一九六五年二月八日三版）

何成濬夫妻

▶何成濬。

一九三七年十二月二日，何夫人呂慎安逝於武漢黃陂路寓所，年五十二歲。呂氏為湖北隨縣名儒呂鳳九之胞妹，通詩書，治家儉約。五日蔣派人送來輓額和唁函，輓額為：「懿德流芳」。（《大公報》一九三七年十二月四日三版）

一九六一年五月七日，國大代表、中央評議員、總統府資政、陸軍一級上將何成濬因肺癌不治，年八十歲。五月十一日大殮，蔣親臨弔祭。（《中央日報》一九六一年五月十二日一版）同年六月二十三日，何獲得蔣以總統名義頒發的〈褒揚令〉，七月二日安葬陽明山。

黃郛夫妻

一九三六年十二月六日黃郛病逝，年五十七歲。蔣與黃郛為結拜兄弟，曾任外交部長，在對日政策方面曾為蔣背黑鍋，對黃郛之喪，蔣較為重視，給治喪費一萬元，派上海市長吳鐵城往祭，八日又派宋美齡致祭。蔣的誄辭較多，其中慰問黃夫人唁電兩次，及輓聯、輓額、祭文等。一九四五年十二月六日為其病故十周年，重慶舉行紀念會，蔣追思並令修復其紀念祠，一九四六年十一月二十八日，又為黃夫人所作《黃膺白先生家傳》作序，以後遇到黃的周年忌日、冥誕等，蔣都有題誄。

一九七一年十一月十五日，黃郛夫人沈亦雲在美國紐約寓所病故，年七十八歲。蔣有唁電。

▶黃郛、沈亦雲夫婦。

丁惟汾與元配

一九五四年五月十二日丁惟汾棄世，年八十一歲。蔣有祭文，輓額為：「清德耆勳」。十五日大殮，蔣親臨致祭。（《中央日報》一九五四年五月十九日一版）同年八月九日蔣又頒贈〈褒揚令〉。

丁惟汾夫人於一九五九年十一月二十六日病逝臺北醫院，年八十五歲，十二月一日上午公祭，蔣題贈輓匾「懿德永昭」。（《中央日報》一九五九年十二月二日四版）

▶丁惟汾。

馮自由夫妻

一九五八年四月六日，國民黨元老、國策顧問馮自由因腦溢血突發不治，年七十七歲。蔣聞噩耗，派總統府副秘書長黃伯度，向其家屬慰唁。四月九日蔣題誄「勳望永昭」。同年八月七日獲得〈褒揚令〉。

馮妻李自平於一九六〇年九月二十六日去世，年七十六歲。李自平是旅日僑領、老同盟會員李煜堂的女兒，廣東台山人，早年參加革命，對乃夫的革命工作頗多襄助，並先後參加同盟會、中華革命黨，奔走革命，不遺餘力，曾獲得中央黨部勳績審查委員會頒給的「致力國民革命勳績證書」。蔣為她題誄「芳徽足式」。一九六一年九月二十六日，夫妻靈骨合葬於陽明山公墓。（《中央日報》一九六一年九月二十七日四版）

▶馮自由。

朱紹良夫妻

生長於福建的朱紹良，原籍為江蘇武進人，字一民。一九六三年十二月二十五日，身為國策顧問的朱紹良上將，因腦溢血在臺北中心診所故去，年七十三歲。二十八日蔣題輓「勳勞永念」，陳誠有輓聯。三十日大殮及公祭，蔣親臨弔唁。（《中央日報》一九六三年十二月二十九日三版）

▶朱紹良夫婦。

朱夫人花德芬女士在丈夫去世後的第十九天，也駕返瑤池，年六十六歲。花夫人原纏病多時，又遭喪夫之痛，悲傷逾恆，雖經家人一再勸慰，仍拒絕療養，病體終告不支。朱家好友皆悼惜不已。一九六四年一月十九日大殮，蔣題輓額「壼範長昭」。人們又重新為朱氏夫妻舉行安葬儀式，二月七日在陽明山舉行合葬典禮。（《中央日報》一九六四年二月八日三版）

李生達與如夫人

李生達，字舒民，山西晉城人，原為閻錫山部下。蔣對江西井崗山圍剿時，命閻錫山派李生達率部參加。蔣對李多方拉攏，委為十九軍軍長，閻還風聞蔣贈李十萬元，李也有投蔣之意，至使閻對李不滿。紅軍到達陝北後，閻錫山以晉西北防務吃緊，要求蔣介石將李部歸還建制。李部調回後，在晉西北沿黃河佈防。適李生達如夫人王氏與李貼身衛兵有染，為李偵知，藉故將衛兵開除。此事為閻錫山獲悉，將衛兵收買。一九三六年五月三十日李率軍赴陝西剿共，在山西離石被此衛兵暗殺，年四十五歲。蔣聞知極為憤怒，當即電令閻錫山破案，又慰問家屬，六月二日特別撥撫恤金三萬元。閻錫山也隆重為李治喪，晉系將領及李的部下、李生達親屬均對王氏極為憤恨，必欲除之而後快。李家於六月五日開弔，有人故意「不慎將蠟燭引燃紙錢，殃及席棚，火勢漫天」，在混亂中王氏急忙搶救孩子，突然一個燃燒的花圈套在王氏的脖子上，王氏避火不及而「意外」，年僅三十一歲，另有兩子受傷。消息傳來，各界震驚，王氏也被晉系熱火朝天的宣傳成殉夫的烈女，以消除猜疑。蔣再次電慰李家。七月一日李家重開祭奠，二日蔣追贈李為上將，三日發引於太原，八日歸葬原籍。同年十月，蔣於離開太原時，在機場特意接見李的遺孤，予以撫慰。

毛思誠夫妻

毛思誠是蔣的老師，頗受蔣的推重，蔣曾為毛思誠母親的牌坊題寫橫額「賢母」。毛思誠於一九三九年病逝，年六十七歲。蔣撥專款為其治喪，並賻贈一萬元。十月頒〈褒揚令〉，是蔣業師中享此殊榮唯一者。不久毛氏夫人作古，蔣仍然撥萬元喪儀，贈輓匾。

鈕永建夫妻

一九六五年十二月二十三日，總統府資政鈕永建在美國因肺炎久纏不治，年九十六歲。鈕氏是一九五八年到美國治病，因健康原因，醫生一直不贊成他作長途旅行，他曾說：「如果我不能活著回國，死了以後也要回去。」當天下午在美國舉行追思禮拜。二十六日，蔣致電鈕夫人，對鈕去世表示哀悼。臺灣方面於一九六六年二月二十五日頒發〈褒揚令〉，二十七日舉行追悼會，由張群主持。蔣輓以「永念耆勳」。（《中央日報》一九六六年二月二十八日三版）

鈕夫人黃梅仙於一九七〇年三月十二日因胃癌在美去世，靈柩暫厝紐約弗恩克烈夫公墓。三月十八日在臺北強恕中學禮堂舉行追思禮拜，蔣氏夫婦送了花圈。

▶鈕永建。

趙恆惕夫妻

▶趙恆惕。

趙恆惕歷來與蔣關係不睦，但在一九四九年的大失敗後，蔣極力拉攏耆老賢尊避往臺灣，趙恆惕就是在這時毅然捨棄多年家業，主動來臺，這讓蔣很感動。此後蔣對趙格外尊重，節日贈款，生日祝壽，微恙探視，不一而足，一九五二年趙獲得國民黨裏只有德高望重、功勳卓著的高級政界人士才能有的崇高職位——總統府資政，並在當時住房空前緊張的臺北得到一棟日式住宅，但他基本不參與政事。

一九六六年二月二十二日，趙妻董慧君病逝榮民總醫院，年七十四歲。二月二十七日舉行公祭，蔣題「淑德揚芬」。（《中央日報》一九六六年二月二十八日三版）

一九七一年十一月二十三日，總統府資政、國大代表趙恆惕捐館於榮民總醫院，年九十三歲。十二月二日公祭，蔣輓以「志行遺範」，並派張群代表致祭。（《中央日報》一九七一年十二月三日三版）

宋哲元夫妻

宋哲元於一九四〇年四月五日病逝綿陽，年五十六歲。蔣有輓聯、輓額、祭文、〈褒揚令〉，並追贈陸軍一級上將。一九四九年，宋夫人常淑清攜子女七人來臺，多年來受到蔣的關照。

▶宋哲元。

一九六六年八月八日下午四時，常淑清因心臟病不治於空軍總醫院，年七十二歲。八月二十一日公祭，蔣題「淑範長昭」，葬於陽明山。（《中央日報》一九六六年八月二十二日三版）

朱執信夫妻

朱執信於一九二〇年九月二十一日遇難，年三十六歲。蔣與朱私人感情很好，朱曾應蔣所請，撰寫〈蔣介石父親蔣肅庵先生墓誌銘〉，蔣很是感謝。當蔣得知朱之噩耗，非常悲傷，在日記中記述說自己常在夢中被驚醒，並發誓要為朱復仇。蔣對朱之喪有輓聯、輓額、悼詞等多種，並多次追悼。一九二八年九月二十二日，蔣在南京舉行的「朱執信先生殉國八周年紀念會」上發表演講。（《申報》一九二八年九月二十三日九版）

朱執信夫人楊道儀於一九六七年十二月十九日在香港作古，年八十八歲。蔣有輓額送達。

▶朱執信。

吳忠信夫妻

一九五九年十二月十六日，總統府資政、中央評議員、國大代表吳忠信因肝疾不治，年七十六歲。二十日大殮，蔣兩次親臨弔唁，頒輓額「勳望永昭」（《中央日報》一九五九年十二月二十日三版）

吳夫人王惟仁於一九六三年一月七日上午，因心臟病逝於臺灣療養院，年七十九歲。十一日在極樂殯儀館舉行大殮和公祭儀式，蔣題「懿範長昭」，與吳忠信合葬於陽明山。王夫人早年贊助吳從事革命，平居茹素禮佛，數十年如一日。（《中央日報》一九六三年一月十一日三版）

▶吳忠信。

陳儀父母

▶陳儀。

陳儀早年隸屬孫傳芳部下，一九二四年任孫部第一師師長，隨後接替夏超第一次主浙。北伐軍興，所向披靡。陳派人與蔣聯繫，暗中接受國民革命軍番號，為孫傳芳偵知，幾至被害。陳歸順後，甚得蔣信任，一九二八年被蔣派赴歐洲考察軍事，回國後出任國民政府兵工署署長、軍政部次長。

一九二九年十一月十六日，陳儀母親王太夫人在紹興原籍壽終，年七十一歲。陳儀向蔣呈請丁憂獲准，蔣有輓辭和賻儀。陳儀返籍與兄陳威治喪，十二月二十一日出殯，在紹興偏門外亭山殯舍安厝，擇日歸葬。（參考《蔣中正總統檔案・事略稿本》第三冊、《中央日報》一九二九年十二月二十九日、《紹興日報》等報紙編寫）

陳父靜齋先生於一九三六年一月一日在北平寓所病故，年七十五歲。陳電呈辭本兼各職，四日奉得蔣電准給假十五天治喪，囑：「時艱方亟，望勉抑哀思，移孝作忠。」（《中央日報》一九三六年一月五日三版）。一月十八日在北平和福州同時開弔（當時陳任福建省主席，不能返籍治喪，只得在任所成服），蔣有輓額。北平於十九日發引，暫厝法源寺。一九三七年二月二十八日由北平移靈紹興原籍歸葬。

陸運濤、周淑美等三對夫妻

▶陸運濤與夫人周淑美。

一九六四年六月在第十一屆亞洲影展閉幕後，有十四位影人赴臺參觀，不幸於六月二十日因所乘飛機在豐原上空失事全部罹難。這十四人中，有三對夫妻，即：陸運濤、周淑美夫婦，周海龍、翁美麗夫婦，吳紹燧、石春霖夫婦。噩耗傳出，各界震驚。臺灣組成以黃季陸為主任委員的二〇七人治喪會，六月二十五日起，在臺北市國際學舍舉行公祭。有六十五個團體約五千餘人到靈堂行禮。蔣的輓誄為「痛隕俊彥」，並派張群代表致祭。副總統陳誠的輓額為「哀深折翼」。

泰國空軍總司令差林傑夫妻

一九六〇年四月十日，來臺參加太平洋國家空軍首長聯誼會的泰國皇家空軍總司令差林傑上將，在會議結束後，於十四日乘泰國空軍專機返國，因風大雲低，起飛不久即撞在飛機場東南的山坡上，同機十八人全部罹難。其中有兩對泰國夫妻，即差林傑（四十六歲）夫婦、舒安少將夫婦，另有臺灣方面三人。蔣於當日電唁。臺灣空軍自十五日起，下半旗哀悼。十七日上午在臺北舉行公祭，蔣題「星隕同悲」，並派參軍長黃鎮球代表致祭。（參考《中央日報》一九六〇年四月十五—十八日）

羅斯福夫妻

美國總統羅斯福於一九四五年四月十二日，因腦溢血在喬治亞州逝世，年六十三歲。蔣有唁電、祭文，輓額為「名垂宇宙」。但蔣私下對羅斯福的評價是「姑息俄國，袒護中共；但不是強權主義之霸道者，其對外政策也是自主而不受外人操縱。」（戎向東，《蔣介石評說古今人物》，團結出版社二〇〇三年，頁五〇〇）

羅斯福夫人是美國第二十六任總統的姪女。她晚年有一個幸福的大家庭，有五位子女，孫與外孫輩十九人，曾孫、外曾孫四人。一九六二年十一月八日，羅夫人在曼哈頓公寓離世，年七十八歲。她去世的當天，蔣夫人代表蔣發去唁電。（《中央日報》一九六二年十一月九日二版）

▶羅斯福。

▶羅斯福夫人。

林挺生父母

林挺生一九七一年為臺北市議會議長、臺北市黨部主任委員、中國工程師學會理事長、大同股份公司董事長。

林挺生母親楊太夫人，於一九六八年十一月二十二日瑤池添座，年七十三歲。楊太夫人名芙蓉，號妙賢，祖籍福建同安，生平篤信佛教，慈悲為懷。一九二八年與大同公司創辦人林尚志先生結婚，勤儉持家，友愛鄰里，扶弱濟貧，德風廣被，膝下有二女一男。十二月八日下午火化。十日在臺北善導寺誦經追悼。蔣贈「教忠有方」輓匾，千餘人前往弔祭。（《中央日報》一九六八年十二月十一日三版）

一九七一年六月五日，臺灣著名企業大同公司創辦人林尚志駕鶴道山，年八十歲。八月二十四日舉行追悼會，有兩萬五千餘人前往弔唁，其中包括與大同公司有業務往來的六十餘個國家的廠商代表。蔣輓以「義方垂裕」，派中央秘書長張寶樹代表致祭，葬於陽明山。（《中央日報》一九七一年八月二十五日三版）

▶林挺生。

向構父夫妻

向構父為湖南寧鄉人，著名報人，曾任民社黨主席。一九四九年去臺，聘為國策顧問。一九六三年三月三日，向構父夫人姚季宣棄世，年六十八歲。八日蔣為之題誄：「淑行流芳」。

（《中央日報》一九六三年三月九日三版）向構父於一九七〇年十月十二日壽終於榮民總醫院，年九十三歲。二十三日舉行公祭，蔣有輓額。（《中央日報》一九七〇年十月二十四日三版）一九七一年一月十三日蔣頒發〈褒揚令〉。

李文範夫妻

李文範為國民黨元老、中央評議員。一九五一年因右腿患動脈阻塞，於同年十一月二十八日鋸去右腿，至一九五三年六月八日離院返家。一九五三年六月二十三日，因心臟衰竭作古，年七十歲。六月二十五日大殮，蔣親臨致祭，題贈「忠謨永式」。（《中央日報》一九五三年六月二十四日一版）

一九六八年九月十二日，李夫人龍荔紅女士公祭儀式在臺北市立殯儀館舉行，蔣以「懿德永昭」誄之。嚴家淦哀以「厚德流徽」。（《中央日報》一九六八年九月十三日三版）

▶李文範。

▶向構父夫婦與女、女婿、外孫。

齊耀珊夫妻

齊耀珊為吉林伊通人，北洋時期曾任內務部總長、農商部總長、教育部長、山東省長等職。蔣與齊耀珊沒有多少交往，但在一九四八年冬平津戰酣，危急日近，年已八十四高齡的他，毅然拋棄數十年的田園處舍和悠閒生活，輾轉來到臺灣。而在臺灣，他只有隨侍而來的妻子朱英、三子齊崧胞、姪兒齊志學，其他親人都留在大陸。這樣一來，在大陸的親屬因他而受到不公正的待遇，他在臺灣也生活較為困苦，這讓蔣很感動，故對他多有關照。

一九五四年二月十五日，齊耀珊因心臟衰弱不治於臺北寓所，年九十歲。二月二十一日大殮，蔣題贈「德範永昭」。行政院長陳誠撥五千元治喪。（《中央日報》一九五四年二月二十四日三版）

一九六七年四月十一日，齊妻朱英棄世，年八十三歲。四月十五日大殮、火葬，四月二十四日，齊家刊出謝啟，稱蔣有題誄。（《中央日報》一九六七年四月二十四日一版）

蔣夢麟夫妻

一九五八年五月十四日蔣夢麟夫人陶曾穀病逝，年五十六歲。十六日下午舉行追思禮拜，由周聯華牧師主持，宋美齡代表蔣送去鮮花紮成的十字架。（《中央日報》一九五八年五月十五日三版）

▶蔣夢麟。

▶陶曾穀。

一九六四年六月十九日，蔣夢麟因肝癌辭世，年七十八歲。二十三日公祭，嚴家淦任治喪主委，蔣有輓額。

第七節 祖孫篇

蔣鼎文與祖母

一九三〇年九月四日，蔣鼎文父親蔣子朗棄世，年六十一歲。同年十二月八日，蔣鼎文的繼祖母俞老太太在原籍駕返瑤池，年八十三歲。當時任第五師師長的蔣鼎文欲返籍丁憂。留在南京處理軍委日常事務的朱培德，於十二月十日致電在前線的蔣介石，報告蔣鼎文請假盡孝。蔣介石覆電慰唁，並令經理處發給治喪費三千元，以節哀順變，移孝作忠為勉。（參考《蔣中正總統檔案・事略稿本》第九冊，頁一九七、《中央日報》一九三一年二月十五日一版）

一九七四年一月十六日，臺北為國大代表蔣鼎文上將舉行公祭和安葬儀式，蔣題誄「忠昭勳著」，並追贈陸軍一級上將，葬陽明山。（《中央日報》一九七四年一月十七日三版）

▶蔣鼎文。

吉星文與祖父

吉鴻昌十八歲加入馮玉祥部，開始戎馬生涯。他有膽有謀，作戰勇敢，在北伐中，所率部隊被稱為國民革命軍第二集團軍的「鐵軍」，與孫良誠、韓復榘、石友三、孫連仲並稱馮的五虎將，同張宗昌戰於河南，所向披靡，馮甚愛之。蔣曾對吉進行拉攏，吉也應蔣的要求，抓獲共產黨師長張澤銘及十二名士兵，押解漢口。但吉終究不是蔣的嫡系，在軍需待遇上有所差別，讓吉感到難容於蔣。一九三一年吉鴻昌因不願替蔣介石打內戰，被蔣解職並勒令出國「考察」，在歐美期間多次發表抗日演說，號召海外僑胞「用熱血擁護祖國」。一九三四年十一月九日被蔣殺害。

一九三一年五月二十四日，二十二路總指揮吉鴻昌父親在河南原籍仙逝，當時正是蔣極力拉攏吉鴻昌時，於二十七日派劉峙攜帶他的誄辭和一萬元喪儀，親赴喪宅弔唁。（成都《國民公報》六月十一日、十四日三版）

吉星文是吉鴻昌姪兒，抗戰名將。一九五八年晉升中將，任金門防衛司令部副司令。五月二十八日，於金門砲戰中被解放軍砲火擊中身亡，年五十歲。一九五九年三月二十日獲得總統褒揚令。三月二十八日舉行追悼會，蔣親臨致祭，並誄以「氣壯山河」。（《中央日報》一九五九年三月二十九日一版）

▶吉鴻昌。

▶吉星文。

第八節　兄弟篇

丁文江、丁文淵兄弟

▶丁文江。

▶丁文淵。

丁家為江蘇泰興縣黃橋鎮人，丁文江父親丁禎祺，字吉庵。元配王氏，生長女；王夫人病故後，娶單氏，生長子文濤、次子文江、三子文潮、四子文淵。單夫人又隕，再娶譚氏，生五子文瀾、六子文浩、七子文治。丁家是一個人丁興旺的士紳大家族。

一九三六年一月五日，丁文江因煤氣中毒，逝於長沙湘雅醫院，年四十九歲。蔣有誄辭。十八日南京為他舉行追悼會，第一個走到靈前致祭的就是蔣介石。同年五月四日安葬長沙。丁的撫恤金為一四、四〇〇元，這是根據「學校教職人員養老條例」及「恤金條例」規定得來的。（參考《丁文江傳》頁三七四、《中央日報》一九三六年五月十日二張四版、《大公報》一九三六年五月十二日等編寫）

一九五七年十二月二十九日，國大代表丁文淵在香港病逝，年六十一歲。三十日蔣電唁家屬。一九五八年一月二十九日，臺灣舉行公祭，蔣贈以「多士楷模」，並派張群致祭。三十日，蔣頒發〈褒揚令〉。丁文淵早年留德學醫，曾任上海國立同濟大學校長。來港後，創辦《前途》雜誌，任教珠海、新亞兩書院，並出任香港中國文化協會主委，對扶助流落在港的清寒文化人士多有貢獻。（《中央日報》一九五七年十二月三十一日三版）

石志泉、石鳳翔兄弟

▶石志泉。

▶石鳳翔。

石家為湖北孝感人。石志泉，字友漁，法學家，曾留學日本東京帝國大學獲法學學士學位，回國後任北洋政府司法部次長代理部務。到臺灣後為民社黨副主席、總統府資政。一九五四年由民社黨提名參加第二屆副總統競選。石鳳翔早年畢業於日本京都大學，回國後投身紡織業，是紡織專家，著有《棉紡織》一書。石鳳翔與蔣是親家（他的女兒嫁給蔣緯國），也是國大代表、紡織業鉅子、中國人造纖維公司董事長，有八子二女。

一九六〇年二月十七日晚，石志泉在陳啟天家中，參加青年黨與民社黨聚餐會發言後，突然病發遽逝，年七十五歲。二十四日大殮儀式舉行，蔣親臨致祭，並題誄「永懷耆彥」。（《中央日報》一九六〇年二月二十五日一版）

一九六七年五月二十九日，石鳳翔病逝榮民總醫院，年七十五歲。六月九日舉行公祭，蔣誄以「軫懷令績」。（《中央日報》一九六七年六月十二日三版）

林辛、林損兄弟

一九四〇年八月二十六日，國學大家林公鐸（林損）在浙江瑞安故里辭世，限於戰爭原因，延至一九四三年舉行公祭，蔣有輓聯。

一九五九年一月十日，國大代表、臺灣省立師範大學國文研究所教授林尹之尊翁、國學耆宿林次公（林辛）之喪，於上午八時設奠。蔣題「耆年碩學」。（《中央日報》一九五九年一月十一日四版）林尹，浙江瑞安人。中國大學國學系、北京大學研究所國學門畢業，韓國建國大學榮譽文學博士。歷任北平師範大學、四川大學、政治大學等校教授、臺灣師範大學國文研究所教授兼所長。著有《中國聲韻學通論》、《文字學概說》、《訓詁學概要》、《周禮今注今譯》、《兩漢三國文滙》等書。

▶林公鐸。

馬麒、馬麟兄弟

一九三〇年一月五日國民政府任命馬麒為代理青海省主席。第二年八月五日馬麒病逝西安，年六十二歲。八月十一日，蔣褒恤「已故青海省主席馬麒，任馬麟繼代。」（《蔣中正總統檔案・事略稿本》第七冊，頁五二三）

馬麟，字勳臣，回族，積石山縣藏鄉人，是馬麒胞弟。八歲入私塾，一八九一年後在家鄉經商。一八九五參加反清圍河州城戰役，後隨父降清。一九〇〇年八國聯軍進犯北京，隨父兄在北京東交民巷、直隸廊坊阻擊侵略軍，後任哨官。一九〇九年任步營管帶、都司銜。辛亥革命後任西寧鎮標左路統領、寧海軍參謀長兼右營統領。一九一九年任玉樹支隊防備司令。一九二六年八月，寧海軍政編為國民軍暫編第二十六師，任副師長。一九二九年任青海省建設廳廳長。馬麟在主政青海時，受到擁兵自重的姪子馬步芳（馬麒長子）對他權利的挑戰，一九三六年不得不將主席大印拱手相讓，僅以「代理青海省主席」，一九四一年以「國民政府委員」名義退居。一九四五年一月二十六日病逝家中，年七十一歲。二十九日，蔣電唁家屬。（《中央日報》一九四五年一月三十日二版）

▶馬麟。

第九節　翁婿篇

林獻堂夫妻與女婿高天成

林獻堂是日本殖民時期，以漢人本位思想（一生不說日語、不穿木屐，堅持漢民族的傳統生活方式）從事對日本大和民族的文化侵略進行抗爭。一九一八年他在日本東京成立「六三法撤廢期成同盟」，爭取廢除「六三法」，以提高和爭取臺灣同胞合法的政治地位和權利，是位有道德勇氣與使命感的民族運動先驅。一九四九年九月二十三日以養病為由黯然離臺，自此寓居日本，留下「異國江山堪小住，故國花草有誰憐」的傷感詩句。一九五六年九月八日病逝東京，年七十六歲。九月二十一日

骨灰運抵臺北，蔣為之題寫「宿望永昭」。（《中央日報》一九五六年九月二十二日三版）

一九五七年二月十五日，林獻堂夫人楊冰心瑤池添座，年七十六歲。夫人平日相夫教子，夙有令名，且樂善好施，為人慈祥，蔣有題誄。

臺大醫院院長高天成為臺南市人，字不凡，一九三〇年一月三日與林獻堂的女兒結婚。高天成是著名外科學權威，細菌學家，一生盡瘁臺灣的醫學教育事業，於一九六四年八月十三日病逝臺大醫院六一七病室，年六十一歲。高生前留有遺囑，捐出遺體作為醫學教學之用，得到各方讚揚。蔣題「績學清猷」。

▶林獻堂夫婦與家人。

第十節　婆媳篇

黃太夫人與沈慧蓮婆媳

一九四二年四月三十日，國府委員、中央組織部副部長馬超俊母親黃太夫人在廣東台山原籍仙逝，年九十七歲。馬超俊出身貧苦，未滿周歲時父親便去世了，他有兩姐一哥，一門孤寡，家徒四壁，靠母親守著四分薄田堅苦度日。他十四歲到香港謀生，當再次與母親相見時，已三十歲了，又帶了妻子沈慧蓮，母親異常高興。因馬超俊奔走國事，未盡孝親，始終有愧於母親。五月四日噩耗傳到重慶，林森、蔣均有唁電。馬氏即在蔭廬設靈位遙奠。六月三日在夫子池舉行追悼會，蔣有輓額。

馬夫人沈慧蓮於一九七四年十一月四日下午在榮民總醫院奉主恩召，年八十四歲。十一月二十日舉行公祭和安息禮，蔣題贈「芳猷淑範」，宋美齡參加弔唁，並慰問家屬。（《中央日報》一九七四年十一月二十一日三版）一九七五年一月二十四日，國民黨政府以蔣的名義頒發〈褒揚令〉，這是蔣一生中最後一次以他的名義頒發的〈褒揚令〉。馬超俊一九六九年八月四日患腦血管栓塞症，長期臥病醫院，於一九七七年九月十九日在臺灣榮民總醫院病逝，年九十二歲，葬於臺北近郊金山富貴墓園。

第十一節　岳母與女婿篇

廖仲愷與岳母

一九二五年八月二十日，廖仲愷偕同何香凝參加中央常務會議，在中央黨部大門前遇刺，年四十九歲。蔣對廖誄辭較多，有唁電、輓聯、輓額、祭文、演講等，而且追悼次數較多。

▶沈慧蓮。

▶馬超俊。

一九二八年八月十日何香凝母親在香港病故，蔣的日記中有「……香凝先因母喪離京。」蔣派人送有喪儀及輓辭。（參考《蔣中正總統檔案・事略稿本》第四冊，八十三頁、《何香凝傳》、《三民導報》、《申報》等資料編寫）

▶廖仲愷。

陳大慶與岳母

胡偉克將軍的母親郝太夫人，亦是陳大慶的岳母，於一九六九年二月二十三日在空軍總醫院謝世，年八十五歲。郝太夫人為英國人，相夫教子，素稱閨閣懿範，蔣有題誄。

陳大慶於一九七三年八月二十二日卒於臺北，年六十九歲。蔣有題誄。陳大慶，字養浩。江西崇義人。黃埔一期，曾參加東征、北伐等戰役，歷任師、軍長、副總司令、集團軍總司令。到臺後，任國家安全局局長、臺灣警備總司令、軍管區司令、陸軍總司令、省府主席、國防部長。

▶陳大慶。

第十二節　特殊關係篇

這一類人物，是蔣誄辭中比例最大的一個群體，他們中有的人是因為子女顯赫而獲得蔣的題誄，有的是因丈夫的高位而使蔣哀誄妻子，還有的人是被蔣尊誄後，親人（大多是子嗣）旋即被蔣殺害，如吉鴻昌、任應岐、李玉堂等。有一些人的父母獲得蔣之題誄，而子女後來倒向中共，如邵力子、郭沫若、張鈁等。還有的人是父輩得到蔣的題誄，而自己因壽享高齡，死在蔣後，要由蔣經國來替父親題誄，更有的人甚至是死在蔣經國之後，如何應欽、張群、張學良、陳立夫等，他們反過來，竟為蔣家兩代總統哀以尊誄，歷史就是這樣的多變和有趣。

周至柔母親

▶周至柔。

一九六〇年二月十日，臺灣省主席周至柔母親侯太夫人在臺中仙逝，年九十三歲。周聞噩耗，當即從臺北飛臺中奔喪，同時電呈蔣辭去一切職務。當時蔣正忙於連選連任總統大事，覆電勸周打消辭意，移孝作忠，並派陳誠飛去致祭，又為侯太夫人題誄「懿德垂操」。十三日公祭，五千多人參加，周披麻帶孝，甚為悲哀。蔣題誄「懿範昭垂」，安葬於觀音山。（《中央日報》一九六〇年二月十一—十三日）周自幼由寡母一手拉拔成人，事母至孝。周太夫人是在一九五〇年，以八十三高齡，從浙江故鄉隨國民黨游擊隊，突破海岸重圍，經大陳島來到臺灣。十餘年來，母慈子孝，且太夫人身體健康，為臺灣政壇佳話。每到過年，太夫人總是按家鄉習慣，將二十元的紅包給他作壓歲錢。周十分高興，每逢有人來拜年，他就得意地拿出來說，這是母親給我的壓歲錢。周於喪事完畢，將節省下來的喪儀五千元，捐贈省立臺北育幼院。該院院長陸采蓮

女士以此款建一座接待家長的亭子。（《中央日報》一九六〇年二月二十七日四版）

何應欽父親

▶何應欽。

一九二九年九月十五日，何應欽尊翁何明倫在原籍謝世，年七十七歲。何明倫，字其敏，早年略讀詩書，以出租土地，雇工染織，或奔走城鄉買賣雜貨為業。噩耗傳到南京，何立即向最高當局呈辭本兼各職，準備返籍奔喪。當時正值中原大戰前期，蔣怎能讓何藉故抽身？他親自到何的住處慰問，並退還何的辭呈，勉以：「勖以移孝作忠」，給假守制，在南京設奠，「以盡孝思即可，不必拘丁憂舊制，使黨國蒙受影響」，又動員其他人相勸。何無奈，只好打消奔喪念頭，在南京設奠，定十月二十五日、二十六兩日開弔。但又恐未盡孝親之禮，遭人譏笑，特派人往訪戴季陶、胡漢民等人。適戴不在南京，只找到胡，胡以元老資格，家長輩分勸慰：中華民國的正式禮制尚未頒佈，因此守制之喪禮亦無規定，不若斟酌情勢，擇一簡樸而能表示哀悼之形式進行。何這才安下心來。蔣對何明倫之喪，有輓聯、祭文、象贊、輓額等，還動員凡在南京的官員，儘量到靈前行禮。十月二十七日，何在南京宴請籌備喪事的有關人員，旋即返回鄭州任所。（參考《何應欽——漩渦中的歷史》、何輯五，《貴州政壇憶往》、《中央日報》一九二九年九月十六日至十一月編寫）

古應芬父親

▶古應芬。

蔣介石在早期與古應芬關係十分親密，那時古的職位比蔣高，社會影響也較蔣大，故蔣對古較為敬重。一九二一年蔣母王采玉病逝溪口，古親撰輓辭祭奠，蔣很感激，並與其他人的誄辭合在一起編輯成冊作為紀念。

一九二六年五月十七日，古應芬父親介楠老先生在原籍病逝，年七十六歲。古以丁憂辭廣東國民政府民政廳長職務，政府給假一個月。古家擇於十八日大殮，蔣偕葉楚傖等赴古宅弔唁。六月六日開弔，蔣送輓聯，慰留甚殷。假期到限後，古再辭，政府派秘書長陳樹人到古家慰留。（參考《廣州國民日報》、廣州《國華報》一九二六年五月至八月報紙編寫）

張岫嵐母親

▶張岫嵐。

一九六七年十二月二十一日，監察委員張岫嵐母親楊太夫人在臺北仙遊，年八十六歲。楊太夫人長子張濟美在大陸，次子已故，在臺只有她的女兒張岫嵐出面操持喪事。蔣為之題誄。（《中央日報》一九六七年十二月二十八日一版）。

陳紀瀅母親

立法委員、著名作家陳紀瀅的母親董太夫人，於一九七一年二月十九日下午去世，年八十八歲。三月七日舉行公祭，蔣題「懿德永昭」。

謝東閔母親

一九七一年四月一日，謝東閔母親黃樸太夫人仙逝。追悼會於四月五日舉行，蔣題「義方垂裕」，嚴家淦題「懿德長昭」。蔣經國在李煥陪同下，於下午往弔。謝東閔為省參議會議長，為遵行「國民生活須知」，對太夫人去世未發訃聞，僅按禮超度，但登記前往弔唁的團體超過三十餘個，葬二水鄉謝家墓地。（《中央日報》一九七一年四月五日三版）

劉鍇父親

一九六七年八月六日，臺灣常駐聯合國代表劉鍇尊翁劉承暢，因心臟病而終，年九十四歲。八月九日蔣致電劉鍇表示慰唁，當時劉正在由加拿大返美途中。劉承暢被安葬在美國。

▶陳紀瀅。

▶謝東閔。

▶劉鍇。

黃仁霖父親

一九五九年四月九日下午，招商局董事長黃仁霖父親黃幹臣息勞歸主，年八十二歲。彌留之際，黃幹臣囑咐黃仁霖：如親友有所賻贈，悉數捐聯勤總部所辦子弟教養院。十一日舉行哀思禮拜及家祭和公祭，蔣贈「教忠有方」，蔣夫人和副總統親臨致祭。到五月二十二日，各界致送賻儀達五〇、七七〇元，黃仁霖遵遺囑，以償父親素志，二十五日教養院登報鳴謝。（《中央日報》一九五九年四月十二日一版）

▶黃仁霖。

李組紳之父

李組紳原籍浙江，早年遷居津門，在三〇年代為天津工商業鉅子。其父李抱與（寶裕）起家寒素，一生刻苦勤奮，行義好善而唯恐不及。幼年航海經商，以誠義孚於人，對鄉里民事尤熱心，修堤築路，興建學校，施醫濟賑，且教子以工商救國。李組紳北洋大學畢業，是著名的治礦專家，經營河南六河溝煤礦多年，創辦中國礦學會，南開大學的礦科就是他出資創辦的。他還是浙江會館的首席董事，浙江旅津公學董事長。其胞弟李組才是津門商界領袖，辦有利濟公司、打包公司、通城貨棧，對國際貿易極富經驗。李氏昆仲交遊廣泛。一九三〇年二月十三日，李抱與在天津病故，年七十五歲。十四日大殮，十五日接三，三月二十三日舉殯。天津《益世報》在報導李家喪事時說：至昨天止，李宅收到唁事，已達三千餘號之多，上至國府主席，下至販夫走卒，輓幛輓聯，奠文祭品，同聲致悼，備極哀悼。（天津《益世報》一九三〇年三月二十三日十版）

李根源母親

▶李根源。

一九二三年，因曹錕賄選，曾官至代理國務總理的李根源（李於一九二三年六月十二日以農商總長兼代國務總理），對時局深感失望，便退出政壇，隱居蘇州十全街。一九二七年四月十日，李母闕太夫人病逝，年七十二歲。五月五日成主，六日展奠，七日發引，暫厝上方台寺。一九二八年李根源買下吳縣（現為蘇州市吳中區）小王山百畝山林，於三月九日遷葬於此，送葬者各界名流千餘人。張一麐、黎元洪、李烈鈞、蔣介石、閻錫山、于右任等人有題聯。此後李根源在小王山守墓十年。（參考李根源、李根雲編，《觀貞老人哀輓錄》，一九二八年四月刊印之家刻本線裝書）

李玉堂母親

▶李玉堂。

一九四八年六月二十六日，第十綏靖區司令李玉堂母親延太夫人在重慶本宅仙逝，年八十二歲。七月十日，蔣致電慰問。李玉堂，字瑤階，山東省廣饒縣大王鎮大王西村人，黃埔一期。一九四六年，李玉堂從湖南調任山東兗州第十綏靖區司令官。一九四八年七月，中共以重兵圍攻兗州，第十綏靖區全軍覆滅，李玉堂化裝孤身潛逃。一九五〇年，蔣令李任三十二軍軍長，駐守瓊島。中共一面實施包圍，一面派人對李進行策反。其時，李的副官李剛就是長期潛伏在李身邊的策反人員。李最終接受李剛的意見，但他對李剛不放心，又通過妻子陳伯蘭、內兄陳石清，與葉劍英取得聯繫，準備起義。因葉手書密信輾轉香港時，海南島已被中共佔領。李未收到葉的密信，不知情況，也未作抵抗，只帶副官李剛及十餘士兵乘快艇逃往臺灣。中共又派人與香港的陳伯蘭、陳石清會晤，轉達葉劍英機密手令，囑李與夫人、陳石清、李剛去臺潛伏。李到臺不久，李剛便被逮捕。李剛終因受刑不過，供認一切。一九五一年二月五日，李玉堂、陳伯蘭、陳石清和李剛被害。一九八三年山東省人民政府經查實報國務院批准，追認李玉堂為革命烈士。不過，臺灣方面有不同觀點，認為是冤案，李玉堂自己在死前也苦述冤屈，後來劉安祺將軍甚至要求為李平反。

徐庭瑤母親

一九三〇年徐庭瑤在中原大戰中救了蔣一命，並因此負傷，蔣給徐三個月養傷，適逢母親金太夫人去世，徐奔喪，國民黨高官紛紛電唁，蔣派人送來「母儀足式」輓額。（參考馬俊如，〈徐庭瑤生平〉，《安徽文史資料》第三十輯，頁二五七）

▶徐庭瑤。

楊杰夫人

一九三〇年八月中原大戰期間，楊杰夫人趙丕頎在上海病故。楊因羈絆沙場，未能見最後一面，很傷心，蔣多次安慰他：「為國效勞，不顧個人情誼，古今少有。你對國家的安危盡到了力量，對自己的家室沒有盡到情誼，真是忠義難全，望自保重，無為悲傷。」後來楊杰在南京為趙夫人設靈堂，蔣氏夫婦前往悼念。（參考《民國高級將領列傳》第二集，頁一二四）

▶楊杰。

方振武岳母

一九三二年十二月一日，方振武岳母高母王太夫人在南京羊皮巷辭世，十二月二十四日開弔。林森、蔣、九世班禪、章嘉活佛等各部會長官均有輓辭致送，或派代表參加，參加者四百餘人。二十五日安葬。（《中央日報》一九三二年十二月二十五日）

邵力子母親

一九二五年五月二十六日，邵力子母親張太夫人病逝

▶方振武。

上海。到一九三三年十一月二十日，邵力子以「二十五日奉櫬」，向中央請假，蔣予以慰唁，安葬於紹興富盛鄉棠蔭公墓。當時邵為陝西省長，故此次歸葬，聲勢浩大，官場紛紛賻贈，僅在陝西就收到賻金二、五六〇元，邵氏兄弟又自捐四四〇元，合成三千元，移作西安第一女子平民職業學校經費。而在南京、浙江、上海等地所得賻儀由陝西省政府駐南京辦事處辦理，一九三四年一月，邵力子、邵伯謙昆仲將所收葬儀，正式移充南京某小學基金。（根據《中央日報》一九三三年十一月二十九日至一九三四年八月十四日報紙編寫）

▶邵力子。

楊慶山母親

楊慶山（一八八七—一九五三）又名楊震，湖北黃陂人，貧苦出身。早年混跡市井，後加入洪幫。一九二四年「開碼頭」到上海，與張嘯林、黃金榮、杜月笙、楊虎交好。三〇年代又與CC兄弟結交，出任「綏靖公署偵緝處」任少將處長，得以大開山堂，廣收門徒。民間私下有「洪幫將軍」之調侃，而公開稱謂是「漢口聞人」。後就任行政院專員，一九四八年當選國大代表。一九五〇年被中共逮捕，一九五三年十月十三日被處死。

一九三五年八月九日，楊母韓太夫人在漢口去世，十三日楊敦請綏署主任何成濬點主，十四日家祭，十五日出殯，暫厝漢陽懷善堂。楊氏以本年鄂省水災，將所收喪儀充作賑款。同年十一月二十四日開追悼會。這一天恰好也是黎元洪夫妻移靈武漢的第二次國葬大典，兩喪並舉，途之為塞，轟動一時。楊家的追悼會在漢口商會大禮堂舉行，總參議朱傳經、辦公廳主任陳光組、武漢市長吳國楨、蔣的代表為陳立夫堂兄，漢口市公安局長陳希曾、綏靖公署參謀長楊揆一、偵緝隊長東方白等中外人士數千人與祭。蔣、張學良、何成濬、吳國楨、陳立夫等均有輓聯。杜月笙、黃金榮、虞洽卿、王曉籟等派代表來漢。（參考武漢《大光報》一九三五年十一月二十五日五版、《武漢文史資料選輯》一九八八年增刊《武漢人物選錄》，頁五〇四）

龍雲妻子

龍雲有三位妻子，元配係其舅父之女，育有長子龍繩武、次子龍繩祖、三子龍繩曾。第二位夫人是雲南著名中醫李燦亭之女——李培蓮，生四子，即老四龍繩文、老五龍繩勳、老六（幼殤）、老七龍繩德、老八為女。李氏與龍雲結伴十年病故於昆明。三夫人係滇軍將領顏小齊將軍之長女顏映秋，她畢業於北平高等女子師範，未生育，陪伴著龍雲的晚年，於一九六八年辭世於北京。

一九三四年李培蓮臨終前，遺囑將五萬元之服飾及各種物品捐作雲南省立醫院為經費。蔣頒「遺惠長存」匾額，並於同年七月三十日發佈〈褒揚令〉。

▶龍雲。

劉揆一

▶劉揆一。

一九四九年十一月一日，劉揆一在湖南湘潭故去，年七十三歲。

一九五〇年秋吳稚暉、于右任、鄒魯等人聯名報請蔣，以劉在中共威逼、折磨下仍堅貞不屈，大節不奪，被中共迫害致死，請蔣予以褒揚。蔣對四九年以後在大陸「殉難」的「黨國堅貞」，在不了解真實情況下，一般是不予以題誄和褒揚的，況且中共方面曾宣佈劉「受聘於湖南人民軍政委員會顧問」。到一九五二年秋吳稚暉、于右任、鄒魯、王寵惠、趙恆惖等人據說得到確切消息，聯合二十三人，再次聯名呈請蔣褒揚。當時蔣剛到臺灣，對於這些元老還要倚重，不忍過拂他們的情面，一直拖延到一九五三年一月十七日，蔣才發佈〈總統令〉，對劉揆一給予褒揚，准予題頒「勳昭行潔」，並將生平事蹟宣付國史館備存。

藍蔭鼎母親

▶藍蔭鼎。

藍蔭鼎為臺灣著名水彩畫家，宜蘭縣羅東人。曾拜日本畫家石川欽一郎為師習畫四年，畢生誠摯研究水彩畫技，常以「天賦是上帝所賜，來自上帝亦應歸予上帝」等語自勉。作品曾在日本、法國、英國、菲律賓、義大利、美國、泰國、新加坡展出。藍蔭鼎的母親劉治是武秀才之女，為父親藍欽的繼室。劉治不但女紅精巧，還擅長繪畫，對藍蔭鼎早年產生繪畫興趣有一定影響。

一九五七年九月二日，藍蔭鼎母親劉太夫人蒙主恩召，年七十八歲。九日蔣題寫「荻畫揚芬」。十日在中山堂舉行告別儀式，安葬於大直基督教墓地。（《中央日報》一九五七年九月十日三版）

鄧昌黎母親

鄧昌黎為福州市人，生於北京。一九四六年獲北平輔仁大學物理學士，一九四八年獲美國芝加哥大學物理碩士，同時兼任助教。一九五一年獲芝加哥大學物理學博士，任明尼蘇達大學助教。一九五三年任維契達州立大學副教授。一九五五年任美國阿岡國家原子能研究所理論組組長。

一九五八年十月五日，鄧母何建民醫師因患腦溢血棄世，鄧於十二日下午返抵臺北奔喪。蔣欲拉攏鄧為臺灣服務，對鄧破格接待。十一日蔣輓鄧母以「教子有方」，三日大殮後火化。（《中央日報》一九五八年十月十二日五版）

▶鄧昌黎。

魏德邁母親

一九四四年十月史迪威被撤換回國後，魏德邁（一八九七—一九八九）接替史迪威的工作至一九四六年三月為止。任內協助國民政府抗日，尤其在對國民黨軍隊的訓練、後勤及裝備的提昇有一定貢獻。日本投降後的受降、接收等問題亦由魏德邁協調，因此獲得國民政府贈予的「青天白日」勳章。一九四七年奉命組成調查團再度訪華，並對國民黨的腐敗力加批評，但還是極力建議美國大力援助國民黨政府，惟其意見不被美國政府採納，所以魏德邁被外界稱為：國民黨最後的諍友。

一九五八年十一月二十一日，魏德邁的母親在內布拉斯加州奧瑪哈城去世。二十二日宋美齡致電魏德邁：「蔣總統與我驚聞太夫人仙逝，閣下事母至孝，定必悲哀逾恆，特電慰唁。太夫人現已解脫塵世一切痛苦，傷祈節哀。」（《中央日報》一九五八年十一月二十三日一版）

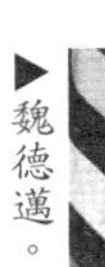

▶魏德邁。

上官業佑父親

一九五九年十一月六日，上官業佑封翁在湖南原籍去世。上官業佑時為臺灣省黨部主任委員，依照中國傳統應守制在家，各方表示關切。但當時臺灣正進行轟轟烈烈的選舉，蔣接上官辭呈後，擔心上官因守制而影響選舉，特於二十六日召見上官，對乃翁之喪表示哀悼，同時要求他早日返回工作崗位。上官已遵令，並取消發佈訃告之初衷。（根據《中央日報》一九五九年十一月二十七日三版至十二月一日三版編寫）

▶上官業佑。

陳逸雲

一九六九年六月二十九日凌晨，立法委員陳逸雲在美國西雅圖郊區經營的蒙古烤肉餐廳結帳後，獨自回家於黑暗處，被劫匪自腦後棒擊殞命，年五十九歲。八月十二日，陳逸雲丈夫李欽若欲為妻子昭雪，在美國英文報紙刊登破案懸賞，賞金由兩千元，增至一萬美元。八月十五日臺北舉行公祭，黃國書為治喪會主委，蔣題「軫念芳猷」。（《中央日報》一九六九年八月十九日三版）

▶陳逸雲。

郭寄嶠母親

一九六七年四月十四日，蒙藏委員會委員長郭寄嶠母親梁太夫人仙逝，享年九十九歲，以百齡治喪。梁太夫人生前克勤克儉，教子有方，所生六子一女，均立足社會，服務國家，卓然有成。十七日蔣題誄「教忠垂範」。二十三日上午公祭、發引。（《中央日報》一九六七年四月十八日三版）

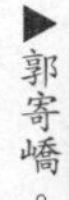
▶郭寄嶠。

韓國總統朴正熙夫人

一九七四年八月五日，韓國總統朴正熙偕夫人陸英修參加獨立慶典時，遭遇襲擊，陸英修不治身亡，年四十七歲。蔣宋夫婦、嚴家淦夫婦、蔣經國夫婦等均有唁電致慰。陸英修為教師，虔誠佛教徒，一九五〇年二十五歲時與朴結婚。婚後參與社會公益事業，遺有兩女一男。八月十七日蔣派行政院副院長徐慶鐘夫婦為特使，參加漢城十九日舉行的葬禮（參考《中央日報》一九七四年八月六日至二十日等有關報紙）

孫運璿母親

一九七〇年四月十九日，經濟部長孫運璿母親楊太夫人仙逝，年八十一歲。二十日，蔣題誄：「教忠垂範」。二十二日公祭，葬陽明山。（《中央日報》一九七〇年四月二十一日六版）

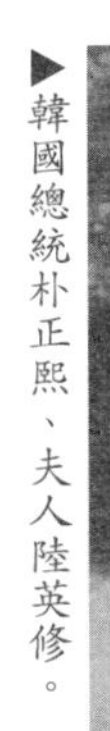

▶韓國總統朴正熙、夫人陸英修。

▶孫運璿。

▶孫運璿父母。

李進發父親

李清樹為旅日老僑領，原籍臺中縣。李清樹哲嗣李進發時任日本名古屋日華親善協會副會長。一九七一年十一月十九日李清樹仙遊，年九十歲。十二月八日在臺北善導寺舉行家祭和追悼會，蔣誄以「義方裕後」。（《中央日報》一九七一年十二月九日一版）喪事結束後，李進發拜會僑務委員會委員長高信，將父親喪事所節約的七萬多元，交由僑委會轉交為僑生獎學金三萬元，遺族子弟學校基金兩萬元，臺北市冬季救濟金一萬元，家鄉石岡鄉一萬元。

余紀忠母親

▶余紀忠。

《中國時報》社長兼發行人余紀忠令堂儲太夫人，世居陽湖，系出名門，于歸常州余幼舫。不幸幼舫公英年早逝，時長女宗英八歲、子紀忠四歲、次女宗玲猶在腹中。儲太夫人守節撫孤，含辛茹苦，終達子女卓然有成。一九七二年三月二十九日儲太夫人仙逝，年九十四歲，四月十日公祭，蔣感念儲太夫人的慈母遺徽，為她題寫「義方垂裕」。（《中央日報》一九七二年四月十日六版）

苗培成繼室

苗培成（一八九三—一九八三）山西運城人，曾參加國民黨第一次全國代表大會，晚年出任國策顧問、中央評議員。苗培成繼室章企民為浙江人，光復大陸委員、國大代表、中國天主教女青年會理事長。

一九七三年三月二十九日，章企民女士因病不治於榮民總醫院，年六十二歲。蔣與嚴家淦均有誄辭。（《中央日報》一九七三年四月十六日一版）

▶苗培成。

張存煜

張存煜，諱兆，國大代表、光復大陸設計研究委員、教育部聘任督學、歐洲語文中心主任、中國留法比瑞同學會理事。一九七〇年十一月五日下午出席教育部部務會議時，因心臟病突發而逝，年六十五歲。他的夫人和三個兒子都留在大陸，只有他的外甥女和女婿為他操辦喪事。蔣感念他的學養和淒涼晚境，為他題誄。（《中央日報》一九七〇年十一月十一日六版）

王耀東母親

一九七一年一月七日，王耀東博士母親張箴女士，壽終於彰化故里，年八十二歲。張太夫人生前恤貧救孤，捐米施棺，受惠者不可勝數。一九五三年五月當選首屆模範母親，一九六二年十二月被地方人士推薦為「好人好事」代表，得到宋美齡召見。她的子女均有優異成就，長子王耀東為臺北市衛生局長，次子王耀南博士任臺灣省黨部委員、彰化縣醫師公會理事長，三子王耀文任臺大醫

院婦產科教授。三位女兒均為本省名醫，堪稱醫學世家。蔣為之輓以「義方垂裕」。（《中央日報》一九七一年三月三日一版）

劉安祺母親

一九五二年七月七日，臺灣中部防區司令劉安祺母親程太夫人謝世，年七十七歲。蔣於十一日電唁。十二日大殮，行政院長陳誠派員致祭。十三日在臺中賢覺寺公祭，蔣輓以「母儀足式」。（《中央日報》一九五二年七月十四日五版）

宋教仁之子

一九三六年七月二十日，宋教仁獨子宋振呂（號稚漁）在南京病故，年僅三十三歲。九月二十三日南京舉行追悼會，蔣有題誄。

吳開先母親

一九六〇年八月九日，吳開先母親周太夫人病逝於臺北中心診所，年八十歲。當日移靈極樂殯儀館。十日開弔，蔣誄以「懿德永彰」。（《中央日報》一九六〇年八月十日一版）

▶劉安祺（右）、母、弟劉安愚。

▶宋教仁。

▶吳開先。

唐守治母親

唐母書太夫人於一九七一年一月三日在高雄仙逝，年九十六歲。唐氏三兄弟泣淚敬謝蔣、嚴家淦為之題誄。（《中央日報》一九七一年一月十五日一版）

邵逸夫之兄邵邨人

一九七三年九月十八日，香港邵氏影片公司負責人邵邨人在香港九龍捐館於聖德肋撒醫院，年七十五歲。九月二十六日移靈回臺，二十七日公祭，蔣有題誄。

劉闊才母親

立法委員劉闊才母親羅太夫人，於一九七二年三月五日壽終，年八十三歲。三月十二日在苗栗高級中學禮堂公祭，蔣題誄「義方垂裕」。（《中央日報》一九七二年三月十三日六版）

▶左起：邵邨人、邵仁枚、邵逸夫。

▶劉闊才。

袁守謙父親

一九五八年十月二十七日，交通部長袁守謙父親袁伯安老先生棄世，十一月四日上午在善導寺舉行祭奠，蔣以「教忠有方」哀悼。（《中央日報》一九五八年十一月五日四版）

▶袁守謙。

韓復榘母親

一九二九年七月十九日韓復榘母親李太夫人逝於原籍，年七十二歲。當時韓在河南省主席任所，其弟韓復森、韓復彬隨侍在側。韓欲辭職奔喪，蔣有慰唁。一九三〇年一月一日家奠，二日開弔。（參考《大公報》、《三民導報》、《益世報》等一九二九年八月至十二月報紙）

▶韓復榘。

田炯錦岳母

田炯錦岳母崔怡岑太夫人於一九七一年三月五日病逝榮民總醫院，年八十八歲。三月十七日公祭，蔣題「義方垂裕」，嚴家淦題「懿德長昭」，葬陽明山。崔太夫人在臺有四位顯赫的女婿，除田炯錦外，還有曾任福建省政府委員沈向奎、國大代表谷熹、駐上伏塔大使徐懋禧。（《中央日報》一九七一年三月十七日六版）

任應岐父親

任應岐，河南魯山人，生於一八九二年，六歲入私塾，十八歲考入淮陽師範學校。一九一三年揭竿為匪，不久投靠鎮嵩軍劉鎮華。一九一八年二月，靖國軍胡景翼部圍攻西安，陝西督軍陳樹藩向劉鎮華求援，任應岐隨軍前往，此役奠定了任應岐的軍事地位。一九二二年九月，被推為河南自治軍總司令。一九二六年九月，任應岐接受南方國民政府改編。一九二七年一月被任命為十二軍軍長，後回應蔣介石的編遣，所部被蔣縮編為第四十九師，至此他以為是投靠了蔣介石。當時任與石友三都是響叮噹的人物，兩人有共同的特點：極力擴軍，並控制地盤，以便就地籌餉。任號稱擁七萬人馬，槍械五萬有餘，實際兵力不足五萬，槍械近兩萬條。而蔣顯然重視石友三而輕視任應岐，這不僅是因為石有較強的戰鬥力，更是看在了石的身後有馮玉祥，及同生死、共患難的西北軍將領間的友情。但蔣還是委任應岐以軍事委員會委員、軍事參議院參議。不久任將家眷接到天津。

一九二九年十月八日，任應岐父親任壽岳（一作「壽山」）在天津日租界榮街十八號本宅去世，年六十八歲。時任即將赴漢口為平息宋哲元、石敬亭「破壞編遣，稱兵作亂」。任接喪電，即向蔣請假奔喪。十月十日蔣覆電：「……電悉。任師長准予給假一個月。在津治喪，由北平行營就近派員前往致唁。蔣中正蒸（十日）。」北平行營派朱伯林代表前往天津致祭。（《北京日報》一九二九年十月十二日三版）任到天津後，定喪事為十一月一日誦經，二日家奠，三日成主，四日開弔，五日發引。當時石友三的母親在北平去世，石、任兩人公開是互派代表往來於平、津間致祭，暗中則攀比喪事的排場，但石家顯然占了上風。就在任籌備喪事時，十五日，任又接蔣的催電，稱「西北叛逆作亂，防務吃緊」，要任「移孝作忠，貢獻黨國」。喪事可於十月十六日先行移靈，並即日回海州原防地。同時蔣指派南京的申鴻升北上，與任具體協商一切。任應岐很聽話，移靈後對家人囑咐報捷後再開追悼會，便匆匆返回防地。但此後任家再也沒有機會為任壽岳舉行追悼會了。

儘管任應岐一心想得到蔣的信任，但蔣卻沒有這層意思，任不得不為數萬人的開銷作努力，先是剿匪，而各山頭的大小土匪所劫掠的浮財並不足遺用，後來任自己也成為一個大大的土匪，打家劫舍、搶掠商鋪，影響很壞。一九三四年十一月二十四日，任應岐在北京與吉鴻昌同時被害，罪名是「參加了共產黨」。

▶任應岐。

▶右一為任應岐，右二為吉鴻昌。

第二章 家族篇

第一節 七十二年之九誄

民國史上有一個人們津津樂道，長盛不衰的話題：蔣宋孔陳，四大家族！四大家族實則自蔣、陳結緣開始，又以蔣、陳互致誄辭貫穿於始終，最後又以誄辭結束。四大家族之末位的陳家，盛極而終，是最先垮下來的。而居首位者蔣家，卻是最後向世人謝幕，這期間長達七十二年之久（從一九一六年蔣為陳其美題寫誄辭算起，到一九八八年蔣經國去世）。在這七十二年間，蔣為陳家七人題寫誄辭祭悼，而陳家竟為蔣家兩代總統之喪，以輓聯回饋「亙兩代深仁厚澤」。民國史上沒有一個家族可以與陳家相比，竟有四位「先哲」，先後五次獲得國民政府頒發的〈褒揚令〉（陳其美兩次），也沒有一個家族竟有七人，獲得蔣題誄的如此「哀榮」。

一、陳其美

蔣介石為陳氏家族題寫誄辭的第一人，無庸贅言，就是眾所周知的陳其美。

一九〇六年，陳、蔣在日本相識，彼此情投意合，很快結為好友。經陳引見，蔣在異邦認識了許多國內來日的革命義士，使他眼界大開，提高了他對民族革命的更深刻認識。此後蔣一直追

▶陳其美。

隨陳，視陳為可信賴的兄長，對他言聽計從。上海光復後，陳、蔣與黃郛三人義結金蘭。陳對蔣的影響是巨大的。同時，沒有一個人（包括孫中山）能像陳其美那樣得到蔣終生的感念！一九一六年五月十八日，陳其美在上海被暗殺，年三十八歲。蔣得知當即失聲大哭。當時陳的親朋好友中無一人敢去收領屍體，惟有蔣將屍體運回自己在上海的寓所入殮。並為陳撰寫輓聯：

> 天道無知，苦思公十年舊雨；
> 中原多故，乃壞汝萬里長城。

一般說來，此輓聯標誌著蔣介石五十九年誄辭史的開始。五月二十日，蔣撰〈祭陳英士文〉。同年七月的某日，陳其美的追悼會在法租界尚賢堂舉行，約千餘人參加，張群首先登臺高呼開會，並報告說，此次會議本應有孫中山先生主祭，但因他胃疼難忍，不能到會，改由黃克強先生主持並主祭。隨後黃興致開會詞，胡漢民報告陳的事蹟，又請章太炎發表演說。戴季陶宣讀各界唁電和祭文。接著譚人鳳拍桌頓足的痛罵袁世凱。吳稚暉身著多羅麻長衫，手持大芭蕉扇，蓬髮披於腦後，以村學究的派頭又是一番怪罵後，讚揚陳其美的精神與五嶽同在。（《中央日報》民國五十六年二月一日第六版）第二年五月蔣又把陳的遺體歸葬陳的故鄉吳興縣太湖之濱。孫中山親題墓碑「陳英士先生之墓」。一九二七年，蔣北伐到上海，專門舉行了一個「陳英士先生殉國十一周年紀念會」，親自主持，發表「紀念陳英士同志」的演說：「我們追溯國民黨領導國民革命的成功，我們第一紀念總理，第二紀念陳烈士，沒有陳烈士，就沒有國民黨。」一九四八年五月十九日，國民政府再次下令褒揚。

一九五六年五月十八日，于右任主持陳英士犧牲四十周年追悼大會，蔣親臨致祭。

二、陳駪夫

蔣為陳家題誄的第二人，是陳其美的長子陳駪夫。陳其美殉難時，遺有一個女兒，及長子駪夫，年僅三歲，次子惠夫，更是弱為待哺，才一歲。陳其美死後，夫人姚文英為他守節，並專心撫養兩位稚子成長，備嘗艱辛，幸而得到蔣的不時接濟。到一九二一年後，蔣在南方戎行一展軍事才幹，領兵籌餉，從中擁墨頗為裕如，始有經濟能力對兩位小姪兒格外關照，不久又全面負擔起她們一家的生活費用，使幼兒寡母免於凍餒。繼而再出資供駪夫、惠夫上學，一直到惠夫大學畢業為止。

陳駪夫酷似乃父，是個「勇敢包裹著固執，衝動趕走了忠言」的年輕人。一九三一年，高中剛畢業，年僅十八歲的他就跑到杭州，報考了「契叔」任校長的「中央航空軍官學校」，終於當上一名飛行員。幸而他遇到一位很有名的老師石曼牛，石是老資格的飛行教練，他聽說駪夫是陳立夫的堂弟，又了解到他的家庭境況，不免動了惻隱之心，對駪夫很關心，不久師生關係就十分親密了。不料在一九三二年九月九日的飛行中，陳駪夫駕駛的教練機的螺旋槳竟撞上了石曼牛的飛機尾部，兩人不幸同時罹難。九月十二日中央常委會電陳英士夫人。蔣介石在第二天得知，非常震驚，立即致電他的嫂夫人姚文英，予以慰問，協力治喪。一九三三年一月七日在杭州舉行追悼會，蔣送輓聯：「隕石震吳山，鼙鼓猶聞飛將逝；禦風防島寇，風煙未熄烈魂悲。」（上海《時事新報》一九三三年一月九日三張三版）姚文英早年喪夫，中年喪子，接連打擊，悲不欲生，但對蔣則感恩不盡。

三、陳果夫

第三人，是陳其美的姪兒陳果夫。

一九五一年八月二十五日，中央評議員陳果夫病逝於臺北，年六十歲。當天成立治喪委員會，蔣於二十六日親赴靈堂弔唁。二十七日大殮，蔣再度到楓東殯儀館弔唁，在回去的路上，蔣對隨行人員說：「果夫還年輕，他不應該走得這麼早啊！」回到辦公室，提筆寫下「痛失元良」，作為輓額（另一說為「革命元良」），派人送到殯儀館。二十七日下午入殮。

陳果夫的父親陳勤士（其業）於二十六日中午，從臺中趕來護喪。他沒料到，白髮人送黑髮人的悲劇，竟然落在自己身上，竟兩次昏厥過去。陳立夫時在美國，萬里遙望，奔喪無由，於二十六日電唁嫂夫人予以慰問。宋美齡當時也在美國，亦電唁陳夫人朱明。十六日出殯，蔣再次親臨致祭。發引時執紼者逾兩千人。九月十五日，蔣以總統名義頒發〈褒揚令〉，令曰：

▶陳果夫。

前國民政府委員，監察院副院長陳果夫，資性弘毅，志行純篤。繼承革命家風，效忠三民主義，越四十年如一日。溯自民前加盟，先後參與武昌起義暨討袁、北伐、抗戰、戡亂諸役，贊襄締創，卓著勳勤，中經辦黃埔軍校，主治淮河水利，敬恭將事，均彰懋績。嗣更外膺疆寄，內佐銓衡，肅政培才，彌宏實效。對於共匪倡亂，尤能卓識機先，襄力防杜，冒險犯難，弗渝初志。至其匡維禮俗，研考衛生，改革地政，倡導合作，蓋盡良謨，有裨建國，乃以憂勞，觸發舊疾，賁志溘逝，追懷政績，軫懷彌深！應予明令褒揚，從優議恤，生平事蹟，存備宣付國史館，用彰政府篤念勳庸之志意！此令！中華民國四十年九月十五日。

在陳果夫病故十周年之際，一九六一年八月二十五日，臺北舉行紀念會，千餘人參加紀念活動，于右任為主席，並致辭。會議決定設立「果夫獎學金」，又在他任校務委員及教育長多年的國立政治大學建「果夫樓」，以資紀念。後來「果夫獎學金」成為臺灣一項著名的獎學金。

四、陳其采

第四人，是陳其美之三弟，國策顧問陳其采。

一九五四年八月七日，前國民政府審計長、國策顧問陳其采因心臟衰弱，氣喘病發作辭世，年七十五歲。

陳其采，字藹士，一八七九年生，自幼聰穎，九歲便熟讀四書五經，十六歲入鄉學。一八九六年考入上海中西學院，後入金陵國文館。一八九八年留學日本，一九〇二年從日本陸軍士官學校以第一名成績畢業。回國後任湖南武備學堂監督，隨後出任湖南新軍標統。曾資助二哥陳其美留學日本。一九〇六年調任南京

▶陳其采。

第九鎮參謀長，不久升任中樞軍咨府第三廳廳長，掌握全國新軍的管理調度。因傾向維新，遭清廷排擠，一九〇八年離開北京南下到上海，與陳其美會合，共同投入反清鬥爭。期間他與幫會建立密切關係。一九二四年蔣在廣州任黃埔軍校校長，邀請他南下擔任軍職，陳予以婉拒，但同意負責籌餉。一九二八年南京政府成立，先後任浙江財政廳長、江海關監督、江蘇省財政廳長、導淮委員會副委員長等職，一九三四年國民政府設立主計處，出任主計長，一九四八年因病辭職。一九四九年去臺灣。

八月九日大殮，蔣題「痛失勳舊」悼之。在陳氏家族裡，除早年的陳既夫外，陳其采的葬禮是最簡單的，既不如他的二嫂、陳其美的夫人姚文英葬禮隆重，也不如姪媳婦、陳果夫的妻子朱明葬禮的那樣氣派。

九月二十七日，蔣發布總統令，褒揚陳其采：

國策顧問陳其采，襟素沖和，操履篤實。早歲負笈東瀛，精研軍事。歸國後，先後主持財政、金融，及水利事業，逾三十年，莫不擘畫周詳，卓著績效。政府推行主計制度，復命出長主計處，酌古准今，確立計政規範，至今利賴。方期克受遐齡，長資倚畀。遽聞溘逝，軫悼彌深。應予明令褒揚，生平事蹟，宣付國史館，用示政府篤念勳賢之至意。此令。中華民國四十三年九月二十七日。

五、陳其業

第五位，是國大代表陳勤士。

一九六一年三月十五日上午，九十一高齡的陳勤士壽終於寓所。喪報傳出後，蔣儘管事先已有所預料，但還是「極為震悼」，當即特派總統府秘書長張群為代表，前往致祭。陳誠及各政府機關首長均「同深悼惜」。陳立夫則以「先嚴一生節儉，已遵從遺志，婉告官長、親友、故舊，此次發喪，絕對不能鋪張浪費。」三月十六日，蔣下令成立治喪委員會，公推何應欽為主任委員，谷正綱、朱家驊、張道藩、蔣經國為副主任委員。十七日，蔣為之題寫「明德貽徽」輓額。副總統陳誠、張群、于右任、何應欽、國民黨中央委員會等均有輓聯致送。各界所贈輓聯、輓幛、花圈盈滿靈堂。十九日下午三時，舉行大殮、公祭儀式。蔣氏伉儷親臨極樂殯儀館靈堂，恭為祭悼。各界人士兩千多人參加，連美國駐臺大使莊萊德夫婦也送來素色花籃弔唁。治喪委員會宣讀「告殮文」、國民黨中央委員會有「祭文」、陳立夫有「祭父文」。二十日發引，安葬於觀音山、他的兒子陳果夫墓旁。

陳勤士的葬禮，遠比六年前，他的弟弟陳藹士之喪，隆重的多。這是由三個方面的因素決定：一是因為年齡，蔣喜歡為人瑞者治喪，陳勤士壽享九十一高齡，可謂福壽全歸。而陳藹士歿年僅七十有五。二是陳勤士有兩個顯赫千秋的兒子。三是蔣對CC陳氏兄弟的怨恨，多有化解，他也逐漸完成了將權力向兒子蔣經國轉移的準備工作，放鬆了對陳立夫的戒心。所以，蔣對二者題贈的輓

▶陳其業夫婦。

額，僅從字面上看，尊誄的規格是有所不同。而陳勤士所獲得之〈褒揚令〉，比陳其采多了一百多個字。六月九日，蔣以總統名義頒發〈褒揚令〉，令曰：

第一屆國民大會代表，光復大陸設計研究委員會委員陳其業，幼而岐嶷，長而有聲於庠序。時值滿清末葉，痛國勢之阽危，以春秋大義訓迪其子弟，矢志救國，不為身謀。嘗考察日本工業，倡導蠶絲之改進。民國二十年，被選為國民會議代表。抗戰軍興，任國民參政會參政員。勝利行賓，膺選第一屆國民大會代表暨全國商聯會常務理事、全國工聯會理事，獻替施展，皆有造於邦家。宗其平生，居敬存誠，足為多士楷模，義方啟訓，尤堪矜式奕葉，聲華方盛，則淡泊自甘。國家有急，則赴難恐後。年逾髦耋，而志節彌堅，明德高風，兼而有之。茲聞溘逝，軫悼良深。應予明令褒揚，以示政府篤念老成之至意。此令。中華民國五十年六月九日。

六、姚文英

第六位是陳其美的夫人姚文英。

姚文英很對得起陳家，華年孀居，為陳其美撫孤守節達四十五載。在那兵荒馬亂、凍餒頻襲的歲月，真不知她是怎樣熬過來的。為了排遣青燈明月兩相望的孤寂，她開始撚珠誦經。蔣得知後，贈送她一件珍貴禮物：抗戰時期，蔣派吳忠信赴藏宣慰，西藏當局委託吳轉交給蔣一尊精美小巧的純金佛像。姚文英對這一禮物很珍視。那時她在重慶，日軍飛機頻頻轟炸，每每在躲入防空洞時，她什麼都不拿，惟將這尊佛像帶在身旁。蔣知道後很是高興。來臺後，她住在臺北潮州街一處很小的房子裡，蔣欲給她調一處寬敞的住所，她卻拒絕了。蔣面帶失望神情，她又馬上解釋說：「那不是太浪費了嗎？」

在她去世前的幾年，竟又改信基督教了。原來，一九五七年三月，她因腦溢血住進臺大醫院三○一室，而三○三室住著法學大家王寵惠，王夫人只要來探病，就不忘看望她，又向她講述基督教教義，不久她就改變信仰了。這可難為了她的老契弟，因為蔣一時找不出一件更適合的禮物，讓嫂夫人帶在身邊，對他念念不忘了。

姚文英臥病三年，終於藥石罔效，於一九六一年十月九日下午二時，逝於臺大醫院三○一室，年八十三歲。也就是說，在陳勤士壽終不足七個月，他的弟媳也隨之而去。至此，兩代多難的陳家先一代，全部謝世。陳誠首先派代表錢壽恆前往致唁，並慰問家屬。連日來弔唁者有蔣經國、余井塘、萬耀煌、黃伯度、周宏濤、張志智等數百人。十日成立治喪會。十五日上午舉行追思禮拜，蔣題贈輓額「盛德堅操」，陳誠題「彤史流徽」悼之。

七、朱明

蔣介石最後一次為陳家題寫誄辭者，是陳果夫的妻子朱明。

朱明的父親朱五樓在上海開錢莊，是湖州一大富豪。一九一四年，陳果夫和朱明正式結婚。陳果夫雖官居顯要，卻沒有尋花問柳的劣跡，朱明也謹守婦道，從不干涉丈夫的政事，默默無聞地相夫教子，不像國民黨其他高官太太那樣飛揚跋扈。朱明的性格磊落豪爽，在孝順侍候長輩的同時，對陳果夫的小弟妹們也關心疼愛，一大家人和睦相處，其樂融融。「二次革命」前後，當時革命經費很緊張，朱明曾典賣自己的首飾，以維持革命黨人的生活。一九一一年，陳果夫在漢陽戰役中，不小心傷了肺，造成終身痼疾，朱明數十年侍奉有方而無倦。一九四八年，陳果夫在上海舊病復發，住院醫治數月未痊癒，甚至肺膜從肋骨穿通，幸賴夫人照料。這時，蔣預備退往臺灣，指示果夫去臺灣養病。果夫與朱明帶著一家人，包括女兒澤寶和嬸母（陳其美的夫人），扶老攜幼，一同前往臺灣。

朱明於一九七四年元月三日，因患急性肺炎，纏病多時，至二月間又以痰塞高熱，中風昏迷，進入中心診所治療。終以年高病久，回天無術，於四月五日去世，年八十二歲。然而可怪的是，恰恰是一年後的這一天，正是蔣本人的喪日。朱明的兒子陳澤安（朱明無出，陳立夫的兒子過繼給果夫）時在美國，女兒澤寶（也是過繼的養女）在母親彌留時隨侍在側。陳立夫全家、陳惠夫、陳漢夫等至親友好，均在旁照料始終。

四月十五日，蔣為朱明題誄輓匾「淑範坤儀」，副總統嚴家淦題贈「淑德長昭」悼之。十八日，公祭和安葬儀式在臺北市立殯儀館舉行，前往致祭的機關團體有國大代表聯誼會、國立大學校友會、中央財務委員會、前江蘇省政府同仁、浙江同鄉會等十餘團體。以及嚴家淦、蔣經國、倪文亞、田炯錦、楊亮功、余俊賢、張群、何應欽、蔣緯國、黃杰、張寶樹、王世杰等千餘人。公祭後於十時半發引，安葬於觀音山，與陳果夫合塋。

八、陳立夫之輓

一年後的四月五日，蔣介石自己也駕鶴道山，這回輪到陳氏家族的長青樹陳立夫，以誄辭為蔣一生的功業蓋棺作定論了，其輓聯為：

總理以革命未竟事業付公，自受命而還，歷東征北伐戡亂抗日，憲政樹宏規，溯五十年沾溉追隨，飽渥領袖深情，叔姪契誼；

昊天俾曠代出類聖哲降世，從獻身厥後，秉大公至正盛德休容，闓澤流寰宇，縱一夕間盡瘁溘逝，長流民族浩氣，黨國馨香。

▶一九五〇年陳立夫與蔣介石於日月潭。

又過了十二年半，「今總統」蔣經國也去世了，陳立夫再一次當仁不讓的承擔起代表陳氏家族，為謝蔣家「亙兩代深仁厚澤」，恭輓誄辭的重任，其輓聯為：

於私為弟兄，於公為同志，一木大廈獨撐，繼志承烈，死而後已；

於國為柱石，於黨為干城，千秋丕業初奠，含辛茹苦，民不能忘。

蔣介石一生為陳氏家族七人撰寫過誄辭，而陳氏家族的傑出代表，竟為蔣家兩代總統回贈輓聯，誰說天道無常？豈不知人世有情。蔣、陳兩家之難解的恩恩怨怨，可以說是用誄辭串起來的七十二年之史載！

第二節　兩代多難一門有成

一九六一年三月十五日，國大代表陳勤士壽終於臺北寓所，年九十一歲。

此前，在二月中，蔣根據報告，探望病中的陳勤士，那時他處於時有昏迷不省的狀況，探病經驗豐富的蔣，預料陳可能來日無多，即令蔣經國致電在美養雞的陳立夫，以實情告之，希望他能回國侍奉送終。陳勤士的女婿沈百先，姪兒陳惠夫，及舊部余井塘等亦於二十日與陳立夫通電話，轉告總統對其關懷之意，請其速回。陳立夫接電後，一聲歎息，萬端感慨。想起十年前，兄長果夫之喪，他只是接到陳誠以行政院院長名義拍發的電報：「華盛頓中國大使館轉陳立夫先生：昨午後四時五十分果夫先生逝世，悲悼莫名！先生誼篤鴒原，傷情更切，望為國珍重，勉節哀思，此間治喪事宜，由各知友負責料理，一切當盡力為之，以期至當。特電唁慰。弟陳誠。未。宥。秘印。」實則拒絕他返國奔喪。他知道這是陳誠秉承蔣的旨意，否則他是不敢如此大膽的專權。

在蔣的嫡系中，文武兩個陳姓，早在三〇年代，為爭奪對三青團的領導權，就已經形同水火。不過蔣善於搞平衡，有時抑此揚彼，有時又揚此抑彼，從中取利，結果是兩家陳姓積怨逾深。到一九四九年大失敗後，國民黨開始找失敗原因，蔣也正欲有替罪羊為他彌補面子，ＣＣ兄弟恰當其時，成了對象。陳誠對ＣＣ兄弟更是大加撻伐，有一次他請ＣＣ系幹將張道藩、余井塘吃飯，目的就是讓兩人轉告他對陳立夫的一句「進言」：陳立夫是個大混蛋！到臺灣後，陳誠對CC兄弟的攻擊有增無減，但因陳果夫重病在身，他不忍心再多為難，對陳立夫就沒那麼客氣了。所以，陳立夫以一人之身，承當整個CC系的全部責任，確實有失公允。陳立夫對此，辯解不能，承載不忍亦不堪，對陳誠之恨，可想而知。可是現在，兄長重喪在即，實在放心不下，卻不能盡手足之情，無奈，不得不低下高貴的頭，極盡謙恭的給陳誠覆電：「陳院長辭修吾兄勳鑒：家兄病逝，承不遺在遠，賜電慰唁，感激莫名！弟遠在海外，奔喪無由，一切善後，多蒙照料，自屬妥帖，特此申謝，並頌政祺。弟陳立夫叩世。」在這裡，僅四字的「奔喪無由」，道盡了他對蔣不允返臺奔喪的怨恨。

▶陳氏兄弟，一九四五年九月。左起：陳惠夫、陳果夫、陳立夫。

二陳兄弟感情篤深，立夫小時，年長他八歲的果夫對他處處關照，後又送他出國留學，陳立夫曾回憶說：果夫兄當時三分之一的薪水，是用來供給自己的學膳費。回國後，又帶領他從政，將自己的政治經驗傳授給他。他後來多次對人說：「果夫兄對我是功德無量，可是卻沒有見到他最後一面，我心中有愧啊！」有一次他對果夫的妻子朱明說：「果夫兄離開人世之際，我沒有在他身邊照顧他，想起來就心中不安，今後我要好好照顧嫂子您，這樣在冥冥地府的果夫兄可能會原諒我吧？」——說著就抽泣起來，朱明又反過來安慰他。

如今，老父年邁，重病在身，決不能再錯過盡孝道的機會。去國萬里，歸心十年，所以他讓夫人早作準備。一家大小，早早於二月二十四日飛回臺北。然而他所見到的老父已是昏迷不醒，縱使他千呼萬喚，也不回一應，不免又生出對蔣的幾多怨恨。他只有整日圍在病床前，侍奉不倦。終於有一天，他聽到昏迷中的父親，毫無意識的發出那種久違而又熟悉的吳儂軟語：「姆媽」、「回來啊」、「回來！」這種斷斷續續的喃喃聲，令他默默流淚。他聽說，每當有人去美國，父親就委託傳話，讓他們一家早點回來，他向對方說他實在想念這些兒孫們。立夫體諒父親的思親之情，經常把全家的照片及時寄回去。每當想念他們一家時，老父就找出照片來，雖然已是老眼昏花，幾乎看不清什麼了，但手摸照片，他覺得孩子們就在身邊。一想到這些，立夫忍不住竟失聲痛哭，在病床前面對父親長跪不起！可是，當蔣召見他時，他還得對蔣允許他返臺奉親，表示了千恩萬謝。（《中央日報》民國五十年二月二十六日第一版）政治這個怪物，有時讓人權傾天下，享盡榮華富貴，有時又使人生離死別，痛苦萬分。三月十五日，陳勤士終於回天無力，黃泉有徑，陳立夫悲痛欲絕。十七日，蔣題寫輓額「明德貽徽」，自副總統陳誠以下各界所贈輓聯、輓幛、花圈盈滿靈堂。

人們為陳勤士所撰寫的輓聯，大多從陳家的家族歷史，對國民黨政權建立的功業為主線，由「一門忠賢，兩代元勳」為著筆點，如陳誠的輓聯：「兩代英賢出故家，更擷述相承，忠孝平生真不愧；一門志士光青史，有勳名常在，哀榮並世已無倫。」國民黨中央委員會的輓聯中有：「兩代勳光華黨史」句，張群輓聯中有：「忠孝一門」之詞，其他誄辭也大多如此。

其中最具代表性，也最引人矚目的是髯翁于右老的大作：「兩代難兄難弟；一門成仁成功。」人們在對髯翁的輓聯藝術拍案稱奇、擊掌為歎之餘，無不聯想到：先一代之難，即陳其美殉國是袁世凱的血腥暗殺，而後一代之難，如陳立夫之兄喪不能顧及，父病不能親聆其聲，親澤其恩，又是誰之過錯？陳立夫對髯翁這一輓聯也是極表欽佩。一九六四年十一月十日，髯翁病逝。陳立夫因在美國，得知消息較晚，遲至二十四日才致唁電與髯翁長公子于望德，極盡哀悼之意，又敬輓一聯：「一萬里聞訃悲哀，同是清風餘兩袖；八六齡立功彪炳，豈惟大筆有千秋？」

▶陳立夫夫婦於一九六一年返臺奔父喪。

不過這是題外話。言歸正傳，三月十九日，陳勤士的大殮和公祭儀式在極樂殯儀館舉行，蔣氏夫婦親臨弔唁，何應欽為治喪委員會主任委員。陳立夫親自宣讀〈祭父文〉，他對自己去國十年，未能親奉湯藥，十分自責，泣淚悲之不能自持：

嗚呼！自父之歿，近五日矣，哀傷昏瞀，抑又何言？惟兒去國十年，聞父疾而歸省者，其間才二十日耳，從兒千呼，終未一應，抑不知兒之歸也？……罄南山之竹，不足以書不孝之罪；傾東海為淚，亦何以止不孝之哀！……

不知蔣介石聽了，會作何種感想？

第三節 一門四委員 兄弟皆部長

民國時期，在貴州安順縣民間有個順口溜：「帥燦章家的銀子，陳九德家的穀子，谷蘭皋家的兒子。」說的是在安順的紳耆中，帥燦章以經商致富，商鋪連街，腰纏累萬；陳九德是有名的大地主，田土連片，每年收的租穀最多。谷蘭皋的家產只能算作平平，但他省吃儉用供出了三個留學的兒子，回國後都歷任高官。要說這谷家，也確實顯赫，連軍政部長何應欽也要禮讓三分。谷蘭皋為前清舉人，武秀才，世居安順縣城大箭道，他也的確以三個兒子谷正倫、谷正綱、谷正鼎為榮耀。谷家有許多奇事為世人所津津樂道。谷正倫一九二八年五月任南京上將戒嚴司令，為蔣所倚重，後出任憲兵司令，一九四七年五月就任糧食部部長。谷正綱一九三四年任實業部常務次長，一九三九年十一月的六屆五中全會榮升社會部部長，是谷家三兄弟中第一個部長。谷正鼎一九四六年十一月調任國民黨中央組織部副部長。在一九三五年十一月的國民黨五全大會上，谷正倫、谷正綱當選中央執行委員，谷正鼎為候補中央執行委員，被人們稱為谷家的「滿堂紅」。最輝煌的還是在一九三七年二月的五屆三中全會上，谷正鼎遞補為正式中執委，這就是被人們稱為「一門三中委，兄弟皆部長」的由來。如果從廣義的範圍說，應該是「一門四委員，兄弟皆部長」，因為谷正鼎的妻子皮以書在一九四七年三月當選立法委員，這在當時是絕無僅有。此為谷家之一奇

一九二五年初，孫中山病危的消息公佈後，正在上海的谷正倫十分著急，匆匆趕往北京。孫中山在病榻上，向谷正倫佈置應怎樣聯絡湘軍中的革命力量，為兩廣大軍北伐創造條件。孫去世後，谷

參與治喪事項，其中活躍著一位漂亮的女學生，她就是一年後成為谷正鼎妻子的皮以書。也就是說，谷家一門有兩人參與籌備孫中山的葬禮，此為谷家之另一奇。

谷正倫的繼配夫人陳白堅一九一八年來歸谷家，一九二八年起在宋美齡領導下，從事婦女、勞軍工作。谷正倫主政甘肅，她又奉婦女工作總會會長宋美齡之命，隨往隴右，主持婦女工作委員會蘭州分會，設立抗屬工廠、經濟食堂、抗戰托兒所、幼稚園、女子中學等。（《傳記文學》第五十卷第四期，頁七十六）可以認定，谷家一門有兩房媳婦是追隨宋美齡從事婦女工作，此為谷家又一奇。

一九四八年初，谷正鼎在家鄉安順區當選立法委員，皮以書在自己的家鄉四川南川區同時當選，以「夫妻雙立委」而烜赫一時。谷家再一奇是，谷氏三兄弟的發跡，既沒有巨富資財為鋪墊，也沒有顯赫家族作後盾，他們半靠機遇，半靠個人奮鬥，這在國民黨內，實屬罕見。谷氏三兄弟雖然同時在南京做官，但彼此來往很少，公開場合見面也視同陌路。這是因為在國民黨內錯綜複雜的矛盾中，三兄弟所依靠的派系不盡相同，擔心來往過密會引起非議。

一、谷父與四谷

谷蘭皋，號中藩。妻胡氏，生有五男一女，谷正倫為長，其妹居次，老三谷正楷，老四早逝，老五谷正綱，老六谷正鼎。谷家為黔中望族，谷蘭皋在鄉里被稱為「谷三太爺」，有安順「縉紳馬首」之尊。他平時深居簡出，除內親至戚之間外，很少參與其他活動。谷老先生的嗜好之一是親自主持家政，常挽著籃子到新橋市上買些家用，甚至在籃子裡放一桿秤，表明我不占別人的便宜，也不讓別人占我的便宜，但有時也對商販們給予寬待，所以與他們極為熟悉。老太爺晚年最得意的一件事，是谷正鼎未與汪精衛逃往河內。谷蘭皋的另一善舉是一九四五年，將家藏《四庫全書》捐獻給省立安順初級中學，整整擺滿了三個大木書架，葉校長特別在圖書館裏設立「蘭皋書架」。

二、谷正倫

谷正倫生於一八九〇年。一九〇八年被保送日本留學，喝過三年東洋墨水，善於文墨而拙於言談，講話總是「這個，這個」的。一次他作報告，速記員王彪是個有心人，他一連記下十四個「這個」，谷才講出第一句話。他早年的得意之舉是與何應欽的角逐：一九一六年，谷正倫投奔職掌貴州軍政大權的王文華手下，與何應欽同為王的中堅力量，一九二一年王被暗殺後不久，谷正倫與何應欽為爭奪黔政的頭把交椅，展開廝殺。開始何因身兼貴陽市長等八個要職，占了上風。谷於一九二二年謀得黔軍總司令，也毫不示弱，以文武兩個方面進行反擊，殺得何應欽陣腳大亂，接著，他大造輿論，說何「欺世盜名，獨斷專行，民心怨怒……」。何隻身逃入貴陽北天主教堂裡匿居三天，才轉往昆明。後來何不

▶谷氏全家。前排為谷蘭皋及胡太夫人，後排左起：谷正綱、谷正倫、谷正楷、谷正鼎。

得不向谷修書求和，最終安順兩大強龍言歸於好。谷正倫雖見過大世面，但謹守舊禮節，在安順老家時，凡是招待客人，只要父親在場，他是不就座的。有一次，谷蘭皋宴請他的警衛連長冷如冰，他始終站在父親身後斟酒，弄得這位連長好不自在。如果父親不在，他便以長兄自居，頗有家長儀態。一次，他從甘肅回來探親，谷正綱去迎接，向他鞠躬敬禮，他好像沒有看見一樣，卻和谷正綱的隨從寒暄，鄉人誇他肖似乃父。

三、谷正楷

谷正楷，字紀書。因品性敦厚，做事細心，得乃父賞識，欲留在身邊。他自幼孝恭異常，深明父意，只得代替三位兄弟看守門庭，奉養雙親。谷氏三兄弟發跡後，谷正楷被推舉為縣參議員，但他待人和氣，做事低調，體恤鄉情，不求聞達於諸侯，也很少參與政事活動，唯一嗜好是吸鴉片，「全縣都知道，無人敢管！」

四、谷正綱

谷正綱（一九〇一－一九九三年），字叔常。一九一六年考入貴陽省立開明中學十五期就讀。一九二二年偕弟正鼎考入柏林工業大學。一九二三年轉柏林大學哲學系。一九二六年三月，奉國民黨中央委員會之命，赴俄莫斯科孫逸仙大學研究革命理論，任國民黨在孫逸仙大學特別黨部的組織部副部長。一九二六年十二月，奉調回國任中央青年部秘書。一九二九年二月國民黨第三次全國代表大會在南京召開，與長兄谷正倫分別以地區代表身分參加。一九三一年當選為中央委員，並當選為中央組織委員會委員。一九三四年任實業部常務次長，並與王美修女士結婚。一九四九年元月，蔣第三次下野，谷正綱也辭謝就任十年的社會部長，陪同湯恩伯堅守上海。當時上海已陷入危城，湯派人送來七張船票，讓谷夫人王美修帶領五男二女即刻轉赴臺灣。這時一位舊識陳老先生一家七口要去臺灣，買不到船票，苦苦相求。谷出於同情，就把自己的船票給了陳。沒承想，「太平輪」不太平，在航行中失事，人客無一倖免。谷好心助人反倒害了陳老先生全家，每思及此，心有戚戚，不禁潸然而強忍。谷正綱晚年家庭和睦幸福，雖然他忙於政務，無暇兼顧家事，但夫人賢惠雍容，以孟母三遷、岳母刺字的精神教育子女，五子二女各有所成。八〇年代他的一個孩子回臺灣結婚時，黃少谷前往祝賀，並當場口占一聯相贈，最能反映谷家的美滿生活：「五子五登科，兩老兩人仙。」

▶谷正綱夫婦。

五、谷正鼎

谷正鼎（一九〇三—一九七四），字銘樞。畢業於德國柏林大學，後入蘇聯莫斯科中山大學進修。曾任二十六軍政治部主任兼黨代表、國民黨北平特別市黨部委員兼常委。抗戰勝利後，歷任西北綏靖公署廳長、軍事委員會委員長天水行營政治部主任、兼特別市黨部書記長、陝西省黨部主任委員等職，主持黨務與政戰工作。一九四八年出任中央組織部長。一九五二年改任中央評議委員。因他早年追隨過汪精衛，汪潛赴河內，準備投日，所以蔣派他於一九三九年二月去河內，給汪帶去汪的出國護照和五十萬旅費，勸汪出國旅行，放棄與日單獨媾和的計劃，被汪拒絕。谷正鼎晚年在臺灣鬱鬱寡歡，其政治活動除協助四哥正綱的亞盟工作外，就是陪同夫人亮相於勞軍旅途，婦聯會場。

六、皮以書

在谷家三妯娌中，才情頗盛的是谷正倫夫人陳白堅。默默無聞的是谷正綱夫人王美修。從政並至高官的是谷正鼎夫人皮以書，但她也是去世最早的一位。皮以書為四川南川縣人，家中殷實。她的哥哥皮以莊、皮以淨都在國民黨裡做官，只有弟弟皮以德參加了共產黨，在國民黨追捕皮以德時，他躲到姐姐皮以書家裡，谷正鼎和皮以書輪番勸說，要他脫離共產黨，遭拒絕。谷正鼎威脅要把他交給憲兵，甚至罵道：「你給我滾！」他不堪辱罵，悄然夜遁。皮以書，一九〇五年四月二十二日生，先後畢業於北平中國大學、莫斯科中山大學，歷任中國國民黨中央黨部民訓會總幹事、婦女科科長、北平市黨部婦女部長、西安兒童保育院院長，一九四七年任立法委

▶谷正鼎與皮以書。

員、國民黨中央委員、中華婦女聯合會總幹事。自抗戰開始，即追隨宋美齡從事婦女戰時工作，先後獲得國民政府頒發的勝利勳章，美國政府頒贈的自由勳章。皮出名於二〇年代，在孫中山的葬禮上，她是執紼的青年學生代表。一九二五年底，赴莫斯科中山大學留學，與谷正鼎同學，次年在莫斯科結婚。從事婦女工作四十餘年，以精明能幹受到人們尊敬，也為蔣夫人所賞識。一九六九年檢查出患有肺癌，在臺灣和美國治療後，仍堅持工作。就在她六十九歲時，還帶著慰問品到偏僻的海島看望駐守士兵，其中有一個觀測站只有十二人，她不顧海風和道路的崎嶇，爬上觀測站與他們話家常，親若子姪。

七、谷蘭皋之哀

一九四九年七月中旬，谷蘭皋因腸胃疼痛，引起舊病復發，時有昏迷，且幾次念叨：正鼎未與附逆投敵，是家族一大幸事矣。谷正楷立即電告谷正倫，希望兄長能及時趕回，探望父病。當時谷正倫為貴州省主席，接電後，即告知谷正綱、谷正鼎。因顧慮局勢，又電告谷正楷：「我們回家探病，不要聲張，更不要地方警衛森嚴，使人家感到害怕，反引起波動，要像平時一樣。」正綱、正鼎由廣州乘飛機到貴陽，與正倫會合。當他們一同趕回家時，谷老太爺已經不省人事了，兩天後故去，年七十八歲，以「八十壽享」治喪。他們三人中，只有老大帶了劉副官及隨從二十多人，正綱、正鼎均未帶一兵，且三人均未帶妻子，顯然是對局勢有所顧慮。但這樣一個顯赫門第，對於父喪，不能不強作鎮靜，禮請鄉賢商議治喪。三兄弟均按鄉俗禮法，分別向中央呈報丁憂，谷正倫的辭呈為：「嚴親棄世，哀慟逾恆，特電呈行政院閻院長，請辭本兼各職。在中央未決定繼任人選以前，主席職務由中委兼秘書長何朝宗代行。」（參考《小春秋報》一九四九年八月四日四版）。很快中央批覆下來：以國事為重，從權移孝作忠，事畢速復原職。八月一日谷正倫在國民黨控制區主要報紙刊發「哀啟」，同時聲明：對父喪力行節約，拒收部屬及各機關禮物。他在發送訃告時，還附素箋一紙，以備各方「題誌」。（貴州《新新新聞報》一九四九年八月三日三版）

八月二日谷家收到蔣的唁電：「紀常、叔常、正鼎三同志禮鑒：聞報驚悉封翁仙逝，老成凋謝，無任愴悲，賢昆季至性逾恆，必勝蓼莪之痛，尚希節哀順變，為國珍重。特電申唁。蔣中正。午二十。遵印。」（《小春秋報》八月三日四版）李代總統、何應欽、張群、閻錫山、端木傑、馬星野、胡宗南等及各院、部、會均有唁電。三日蔣派人送來銘旌一幅，上書：「世愚姪蔣中正敬題」，被谷家掛在大門前。貴州省軍區副司令劉漢珍、省保安司令參謀長張法乾、貴陽警備司令夏之時，均到靈前弔唁。谷家大門上貼孝聯一付，據說是貴州大學校長張廷休（陳立夫親信）代擬的，聯句中充滿谷氏家族由盛而衰之哀歎：「尚行清德，感召難忘，當時彌留之頃，念念勿情家聲，唯忠，唯孝，唯友，唯廉明，永志休乘，垂目強開猶切囑；搶天呼地，哀痛何極，但願有生之年，時時謹遵遺訓，為鄉，為黨，為國，為民族，努力以赴，鞠躬盡瘁報深恩。」贈輓聯者中，職位最高為何應欽，但其輓句表露了對國民黨之敗局已定的無奈：「太翁乃桑梓耆宿，壽至耄耋，福備箕裘，緬懷蹈德函仁，極一時哀榮詩卷；嗣君皆國家梁棟，契結苔芩，思及風雨，寄語抑情順變，撐半壁破碎河山。」

谷家籌備治喪期間，三谷概不接待來客，迎來送往均由鄉親舊友代為，上門弔唁者，先在門口司書房登記，入內必須雙手露外，孝子方出房行謝禮。身材瘦小的谷正鼎，穿著黃呼嘰中山裝，跟在大哥谷正倫身後送客。谷正倫留著花白的大八字鬍子，頭戴銅盆帽，手拄大手杖，已顯老態。點主時一個題紅大賓，四個陪賓，院中安放五張公案，桌椅披墊大紅呢氈。題紅大賓楊覃生，陪賓黃元操、董叔明、黃志臣、張文屏（貴州省保安司令參謀長張法乾之父）均係地方紳士，惟張文屏沒有功名。

在商討出殯時，多數鄉紳提出時局不靖，為安全計，提議由谷正楷一人代替三谷送葬，若生意外，地方難負其責。谷正綱反駁道：「送葬亦禮之大也，為人子者，父喪在側而不送葬，將何以楷模鄉里？且桑梓地尚不能保全，何以為人？我一定要送葬，安危不計！」谷正鼎說：「大哥在省主政，得罪面寬，可從人議，不去送葬，我與三哥、四哥代送。」谷正倫始終一言不發，不待議罷，就由警衛營長陪同坐小汽車經玄壇街出北門到墓地去了。士紳無計可施，只得一面請省里加派軍警，增強戒備。一面再與老二谷正楷協商。谷正楷很有辦法，以路祭為名，用大桌子隔斷顧府街和東街路口，以便於警衛。很快由貴陽派來一個營的警力，營長楊景石親自巡查，在街上增派崗哨，又派四個憲兵、四個警察護靈。送葬時行列兩旁，由軍警荷槍實彈，夾隊而行。大街通行，小路口一律用桌子堵死，觀看者只能在自己的家門口停立觀望。臨出喪時，省內知名人士，均不敢牽孝子的手，怕的是黑槍誤傷，只好請幾位無名之士代表代牽。就這樣，烜赫一時的「一門三中委」的這場大出殯如此結束。

（《安順文史資料》五輯，頁一一六—八）

喪事結束後，四兄弟遵父遺囑，將在貴築縣的水田四畝七分，全部捐給省立醫院，用作補助貧寒病人。恰在此時，谷正倫也接到何應欽的慰問電，同時何還委託將自家在貴陽市茴香嶺住宅、安順的田地房產全部賣出，捐助災民。看來他們都在為撤離大陸做最後安排。八月十七日谷正倫接蔣電令，立即返回貴陽。只有谷正綱膽大，不顧局勢的變幻，與兒時的夥伴竟夜長談，唏噓不已，大有「無限江山，別時容易見時難」的改朝換代之感慨！

八、谷正倫之哀

一九四九年十一月十五日貴陽失陷，谷正倫原準備在鎮寧一帶佈兵抵抗，但在解放軍的強大攻勢下，八十九軍潰不成陣，谷在急亂中舊病復發，胃部大出血，蔣令他去香港治病，不久轉臺灣。一九五三年十一月三日上午，谷正倫終因胃出血不治在臺北中心診所病逝，年六十四歲。當時蔣正主持吳稚暉的啟靈祭。谷氏彌留之際，谷正綱、谷正鼎及家屬友好在側，當即商議組成治喪委員會，推舉張群、陳誠、吳忠信、王世杰、張道藩等六十二人為委員，何應欽為主任委員，黃珍吾、韓文源任正副總幹事。當年老父重喪在即，谷家三房媳婦都沒有回鄉盡孝，這次長兄臨葬，三房媳婦卻在臺灣拭淚頓首，列名同在了。蔣為之頒〈褒揚令〉，贈輓額：上款「紀常同志千古」，輓文為：「忠藎垂型」，落款「蔣中正」。十一月五日上午九時，在極樂殯儀館舉行大殮，家祭後，舉行公祭。蔣於十時整親臨弔奠，先到靈前行禮，注視遺容，然後與谷夫人、谷正綱、谷正鼎頷首致意。何應欽、張道藩、桂永清、蔣經國將國民黨黨旗覆蓋在靈柩上。張其昀代表國民黨中央委員會致祭文，何應欽代表治喪會致祭文。參加者三千餘人，包括韓國駐華大使金弘一及其他外國使節。

九、皮以書之哀

皮以書最後一次從美國治病回來後仍在工作，過度的勞累，使她在一九七四年三月十四日突然昏倒在辦公室，再也沒有醒來，蔣夫人曾涖臨醫院探望。終因藥石罔效，於二十二日病逝榮民總醫院，年七十歲。四月五日上午，在臺北市立殯儀館舉行安息禮拜和公祭，蔣和夫人頒贈輓匾，上款為「以書同志安息」，匾文為「痛失楨幹」，下款「蔣中正蔣宋美齡」，蔣夫人另送一個由白菊花綴成的十字架。上午八時三十分，蔣夫人在蔣經國的陪同下，參加皮以書的安息禮拜，並向谷正鼎及家屬握手致意。嚴家淦等參加了公祭。靈堂裡掛滿了輓聯和輓額。張群、陳立夫、倪文亞、馬沈慧蓮在靈柩上覆蓋國民黨黨旗。接著公祭，國民黨中央委員會、行政院、立法院、國防部、婦聯總會、中央婦工會、振興復健醫學中心、華興育幼院等團體代表前往致祭。陶希聖的輓聯被傳誦一時：「或稱為嫂，或呼為姐，並感懷其高風厚誼。弔唁者滿堂，哭泣者盈室；或誦其言，或景其行，更欽敬其銳志熱忱。功業在一界，貢獻在全民。」（《中央日報》一九七四年四月三日十版）

▶赴外島勞軍的皮以書。

十、谷正鼎之哀

一九七四年四月谷正鼎罹患腸癌，經手術治療後，轉為肝癌，十一月一日在臺北榮民總醫院病逝，年七十二歲。他當時的頭銜為立法委員、中央評議委員。臨終前，立法院秘書長袁雍、立法委員陸京士、林棟，以及他的三哥，亞盟理事長谷正綱在側。很遺憾的是，這一天是蔣生日的第二天，當時蔣正昏迷不省，蔣家對喪祭忌諱，他的葬禮只得推延。十一月九日成立以倪文亞為主任委員，劉濶才為副主委的治喪委員會。谷正鼎的葬禮遠不如他夫人的隆重。十一月十六日上午七時半在臺北市立殯儀館景行廳舉行家祭，八時追思禮拜，九時大殮，隨即公祭，蔣題頒「軫懷忠藎」，副總統嚴家淦誄以「謨猷長昭」哀悼。前往致祭者有副總統嚴家淦、行政院長蔣經國、立法院長倪文亞等各部、會首長約兩千餘人。何應欽、顧祝同、余漢謀、黃杰在靈柩上覆蓋國旗。張群、黃少谷、倪文亞、陳立夫覆蓋國民黨黨旗。靈柩於十時三十分發引，安葬於觀音山之陽（以上參考《安順文史資料選輯》第四輯、第五輯、第八輯、第十一輯；《遵義民國軍政人物》、《何應欽傳》、《安順》、《貴陽老照片》、《小春秋報》一九四九年八月三日四版、《貴陽日報》一九四九年七—八月報紙、貴州《新新新聞報》一九四九年八月一日三版，以及各時期的《中央日報》等。）

第四節　兩代拜兩母　四世騁三朝

民國時期的西北，有一個顯赫的家族，叱吒三朝（清、北洋、國民黨政府），烜榮四世，父子兩代均與蔣介石建立非同尋常的私人關係，霸居一方數十餘年。這就是馬福祥、馬鴻逵家族。

一八六三年，甘肅河州人馬占鼇聯合馬悟真、馬海晏等，揭竿反清，攻破河州，勢力在甘肅迅速擴大。一八七二年，清廷派左宗棠率湘軍入甘清剿，馬占鼇誘敵深入，大敗左三十營。馬占鼇卻在這時主張降清，認為打了勝仗，比失敗後再降好！遭眾多將領的反對，要求乘勝攻取左的統帥大營。河州韓家集人馬千齡支援降清，因馬占鼇是馬千齡的同族姪女婿，在得到馬千齡、馬海晏等的支持，終於降清受撫。左宗棠改編馬占鼇部為馬隊三旗，委馬占鼇為三旗督幫。馬千齡因勸降有功，被左贊為「良回」，也受到重賞，遂發展為河州一帶巨富。馬千齡有四子，其中次子馬福祿、四子馬福祥十分出眾。馬福祿的兒子馬鴻賓，馬福祥的兒子馬鴻逵先後成為割據一方的霸主。馬鴻逵的兒子馬敦厚、馬敦靜等在四〇年代也相繼出任軍、師長。

一、馬福祥

馬福祥，字雲亭，甘肅省河州（今臨夏回族自治州臨夏縣）韓家集人。生於一八七六年，幼讀私塾、勤習武，一八九七年考中甘肅武舉第二名，從此開始了他的政治軍事生涯，成為甘肅三大回族地方軍閥之一。一九一三年任寧夏護軍使，一九二一年任綏遠都統，一九二五年不得不依附馮玉祥，所部改稱國民軍第七師。一九二八年後南下投蔣，歷任青島特別市市長、安徽省主席和蒙藏委員會委員長，以及國民黨中央候補執行委員、國民政府委員、軍事委員會委員等要職。一九三二年春，因心臟病辭蒙藏委員長，居津養病。

馬福祥自幼好讀書，工書法，及長留心時政，喜結交，善遊說。與馮國璋、曹錕、吳佩孚、張作霖、蔣介石、閻錫山、馮

▶馬福祥。

玉祥、戴季陶、邵元沖、劉鎮華、何應欽、陳果夫等人相與往還，或訂為金蘭，或結為密友。常語人：「生平無不可言之事，天下無不可交之人。」又自書「賀蘭舞劍，青山立馬，滄海濯纓，長江觀潮」，敘其經歷。馬福祥的結交方式為「三送」：如他欲結交某人，先送去帖子問候，當對方也回饋有此意，他就尋找各種機會大肆送禮，在所不惜。當交往一段時間後，了解了對方的習性、嗜好，又送來八字庚帖，就此結拜為兄弟。

馬福祥甚至還與清末大太監小德張歃血結盟，那是在八國聯軍攻打北京時，西太后倉皇西逃，馬福祥主動趕來西安護駕，得以與小德張相識，並就此結拜。與太監結拜，在滿清那叫本事，到了民國就是齷齪了。可馬福祥不這樣認為，那時他的兒子馬鴻逵在袁世凱的總統府做侍衛（實則是為取得袁的信任，作為人質），每逢年節他都命馬鴻逵赴天津向小德張豪爽送禮。民國後的北洋新權貴，甚至是土著軍閥，經常藉機敲詐前清的遺老遺少，他們大多忍氣吞聲。有一年，袁世凱的親家、警察總監陸朗齋派人，給寓居天津的小德張送去一份帖子，說：「你訂的頭號炸彈一箱、二號炸彈兩箱，明日送到總管府，望查收！」小德張何人？他在宮裏宮外，看這些把戲太多了，還怕這個？直接去找袁世凱「道謝贈禮」。袁大怒，立即打電話將陸訓斥了一頓。此後，誰也不敢造次了。過去那些嘲笑馬福祥的人，不得不佩服馬的眼光，又轉而與他攀緣。一九一九年，馬福祥發動驅逐甘肅督軍張廣建的「甘人治甘」運動，就是由馬鴻逵請小德張向大總統徐世昌說項，起到一定的作用。

到小德張的母親唐氏七十五歲大壽，前來祝賀的京劇名角程永龍、李吉瑞、小竺英等大唱堂會三天，載振、載濤、馬福祥、馬鴻逵、傅作義等均到場祝賀。一九二八年，唐氏駕返，小德張為之

「大出殯」。數里長的送殯隊伍中，增加不少國民黨顯貴的悲淒面孔。

馬福祥的四海結交，讓兒子馬鴻逵苦不堪言，因為這些人無論見面，還是書信，甚至是拜託求助，無不以「世姪」稱之。比如戴季陶，僅長他一歲，也開口閉口的「世姪」如何如何，很是親切，真讓他受不了，使他在同僚、部下面前也擡不起頭。有一次，接南京電函，司書剛念到「少雲世姪……」，他馬上吼道：「別念了！」又轉過頭小聲說：「老漢（指馬福祥）也真是的……」

一九三二年八月十九日，馬福祥在涿州琉璃河旅途中病逝，年五十七歲。蔣對馬的去世，較為重視，因為他涉及到對西北諸馬將領的安撫。二十日蔣唁電致馬鴻逵慰問。二十四日國民政府發布「國民政府主席林撥雲亭公治喪費並派致祭令」，給治喪費五千元，派河北省主席于學忠，代表前往致祭。蔣私人贈萬元賻儀。而宋美齡也動了哀思，不但拍發唁電，還賻贈五千元。有人不解，問：「馬既非蔣的嫡系，又非至親，何以勞夫人浪費表情，破費錢財？」知情者說：「這有何之怪？義妹為義姐夫致弔，情理之中！」公祭在北平和南京分別舉行，蔣有一百五十餘字的祭文和輓聯送達。戴季陶與馬相交至深，得馬死訊時，正泛舟太湖，即在船上作輓詩七首。馬福祥七周年忌辰時，馬鴻逵特意編輯〈馬福祥榮哀錄〉，請蔣題字，蔣又撰寫了「象贊」。蘭州、銀川建有「馬雲亭紀念堂」、「馬雲亭紀念碑」和「馬雲亭紀功碑」等。

二、馬鴻逵

馬福祥病逝後，蔣因「眷念西北宿將」，任命馬鴻逵為寧夏省政府主席。一九三三年一月，馬率部由河南信陽趕抵寧夏就職。馬鴻逵雖不是蔣介石的嫡系。但因其父子投蔣較早，為蔣忠實效力，受蔣的重用。自此，西北地方的控制權，便從馮玉祥那裡轉到了蔣介石手上。

馬鴻逵，字少雲（一八九三—一九七〇），表面胖憨不敏，其實另有心計，也別具特點：

一，善於裝傻。一九二九年馮玉祥預謀反蔣，在南京召集手下將領訓話，抨擊南京時政，並要求每人都得寫「心得」，實為表態。那時，馬福祥已暗中籌畫投蔣，所以馬鴻逵是萬萬不能寫，託以「讀書不多，不會作文」婉言拒絕。馮看他胖乎乎的，神志呆若，信以為真。當馬鴻逵也投蔣後，蔣特意予以召見，席間，與他拉近乎，殷殷慰語，他一一做答。但是當蔣問到最近是否見過其父和家人時，因他不知父親是否已脫離馮的控制，就顧左右而言他。宋美齡再一次催問，他又以聽不懂蔣、宋的方言，搖頭又擺手，使蔣尷尬不已，懷疑對這樣的呆胖子是否有必要重用！他表面上接受蔣的領導，卻對蔣的滲透企圖巧妙排斥，包括人事、經濟、司法等各方面。那時CC兄弟控制教育界，向各省派教育廳長是慣例。可是寧夏的廳長在他的多方排擠下，只得偷跑回去。他裝傻給蔣一電報，說：「我的教育廳長失蹤了！」陳立夫看過電報，立刻覆電道歉，又派去一個新的。不到兩個月又被趕回來。這樣四、五人換下來，陳立夫無可奈何，只得放棄。由他自己選擇教育廳長了。

▶馬鴻逵。

▶馬鴻賓。

二，邀寵功柢深厚。馬鴻逵曾下工夫研究「邀寵學」，他對乃父的大肆送禮，廣為結交方式有微詞，認為應該少花錢而重點結交。他對在任官員的遷升緣故感興趣，欣賞張治中的「邀寵」訣竅。張因長沙大火被撤銷湖南省主席後，做侍從室主任。蔣每天中午要休息一會兒，是由張安排並負責叫醒。當蔣睡下後，張悄悄的把蔣的鞋子踢到床裡面，待蔣醒來找不到鞋，張就四處尋找，最後趴下身，從床下的深處找到，又親自給蔣穿上，頗得蔣的好感，果然再獲大任。這件事對馬的啟發不小。一九四二年，蔣到西北視察，在寧夏停留期間，馬全程陪同，每天早晚兩次請安。有一天深夜，蔣在批閱，聽到外面有腳步聲，由遠及近，便問：「外面何人？」沒有回答，蔣疑心莫非二次西安事變？馬上拿起軍服，腳步聲又做，蔣再次大聲問：「何人遊走？」只聽：「報告！少雲在此巡哨！」蔣的疑心隨同手裡的軍服一起放下來。至此，對他增加了一分信任。不久，授予他「勝利勳章」、「忠勤勳章」等榮譽。

三，胖。說到他的胖，頗多典故，還有一個三級跳的說法：開始，他被譽為「中國最胖的將領」，不久升級，改為「中國最胖的軍人」，最終位居「中國最胖的人」。他最胖時是在一九三五年至一九三八年間，體重達二百七十磅，連小汽車也坐不下，只能坐敞篷馬車出入，左右有十數名持槍騎馬衛兵保護，故有「馬胖公」雅稱。中國人的幽默別具風格，「公」字用在此處，不見尊敬與老成，倒是徒增胖的臃腫和呆笨。一九四九年他逃出寧夏，輾轉於七月來到廣州，雖然體重已減至二百四十八磅，仍熱得他苦不堪言，認為天下最好的地方就是涼爽的寧夏。可惜他已回不去了。

三、馬母歸真

一九四八年七月五日，馬福祥元配、馬鴻逵嫡母馬太夫人在銀川安息。當時蔣在各戰場連遭重創，而身為寧夏省主席的馬鴻逵，還手握近十萬武裝，可資遣用。故蔣對馬母喪祭格外重視，派西北行轅主任張治中飛來主祭，並為之哀以四百字的祭文，又手筆藍底黑字的特大「奠」字，以及「令儀則茂」和「教忠懿範」兩份輓額，足見尊誄的分量。馬太夫人的追悼大典在清晨開始誦經，六時家祭，九時公祭。各界人士參加者眾多，張治中主祭，宣讀蔣的祭文。張治中夫人、張的二女兒、傅作義、鄧寶珊、胡宗南所派代表、甘肅耆老水楚琴、詩人易君左、外省軍政長官代表等襄祭，中央駐省各機關及本省機關團體首長陪祭。哀樂贊聖完畢，即行典祭禮，由張治中及各省軍政長官代表獻花，隨讀祭文，自總統以下單獨致祭。十二時結束。

而馬鴻逵哭母輓聯則情真意切：「侍湯藥，期屆兼旬，幸慈體漸康。詎料數日遠離，竟成永訣；視含殮，途間萬里，歎歸程多阻。是真百身莫贖，抱憾終天。」馬對母親十分孝順，每當他要槍斃誰，或揭誰的背花（一種殘忍的背部肉刑），大多有人報告她，老太太就會趕來訓斥，他總是唯唯遵照。當時有「兒子造孽，老媽積德」的說法。喪事結束後，馬鴻逵遵照母親的「口喚」（遺言），在銀川「雲亭紀念堂」東面，開粥場四十天施賑，來者每人一碗「二流子粥」（一種很稀的黃米稀飯），一塊熟牛肉，一個油糕。

四、庶母安息

一九六六年六月二十三日，馬福祥的第四位夫人馬書城在臺大醫院瞑目，年七十六歲，隨後移靈臺北市新生南路清真寺。二十四日下午三時，在臺北清真寺依回教儀式，舉行殯禮。蔣送花圈，題贈「讜論流徽」，派臺灣省主席黃杰代表致祭，副總統嚴家淦輓以「厚德嘉猷」，親臨致祭。參加者有黃國書、倪文亞、張維瀚、白崇禧、田炯錦、蔣經國、郭寄嶠等五百餘人。張群、谷正綱等人送花圈輓聯。殯禮後，安葬於六張犁回教公墓。

當時馬鴻逵在美國重病纏身，難以返回盡孝，只得以「訃聞」和「謝啟」矜鑒，遙祭哀思。而年近八十高齡的蔣，精力大不如從前，對其他人的側室已多不動筆了，為何如此眷顧馬書城？

馬汝鄴，字書城，是馬福祥最後聘娶的夫人，為清末學部郎中成都馬淑午之女。馬書城幼承家學，通經史，工詩詞，著有《絳珠館近稿》。尤以書法享盛名，史志載：「尤善行楷，是折肱王右軍者，其片紙隻字，遠近爭得之。」所書「檗窠大字，亦筆力雄渾，不類出自婦女之手，……寸縑片簡，人皆珍視。」她又是馬福祥對外交往的「禮節夫人」，曾拜倪太夫人為義母，與宋美齡姐妹相稱，時有往來。一九二八年六月十二日，蔣、宋夫婦與馬書城同乘永豐艦，自南京抵鎮江遊覽。在金山江天禪寺，馬書城看到與寧夏景色不同的迷人風光，雅興所至，當即吟成一聯：「此地妖饒千秋風月，今日始迎兩位神仙」，引得蔣、宋交口稱讚。抗戰時期，曾任寧夏省婦女會會長，又成為宋的下屬。到臺後，經宋的提議，任馬為立法委員，每月享受一份養老金。像這樣一種關係，蔣就不得不為她題誄了。

五、馬鴻逵歸終

馬福祥有四位夫人，兒子馬鴻逵出青勝藍，抱擁六房妻妾。在榮享齊人之福的同時，也為妻妾間的爭寵苦惱不堪。得寵當家的是四姨太劉慕俠，為其外交夫人，與宋美齡交好，後拜宋為義母。

一九四九年十月馬鴻逵飛到臺灣。蔣任命他為中央評議委員。十一月，監察院夥同山西省一些監委，提出議案，彈劾馬鴻逵、馬步芳貽誤軍機，喪失防地。臺灣報紙公開報導，朝野議論紛紛。有人問：全國各省相繼丟失，為何單罪此二人？又有人分析：因為他們非蔣嫡系；更有人解氣的說：罪有應得！

馬感歎長此以往，後果不堪設想。於是，先以劉慕俠看病為由，將其遷往香港。十二月初，劉慕俠來電「病危」，要求「夫妻見最後一面」，馬持電報，向陳誠請假，帶六夫人趙蘭香等於八日飛港。次年，五夫人鄒德一和馬敦靜一家等人也以種種藉口先後飛港。一九五三年馬從香港攜全家飛往三藩市暫住，最後在洛杉磯定居。愛馬也懂馬的他，在那裡辦起一家牧場，以養馬為業。蔣曾屢次電召，馬未予理睬。

晚年他有兩大心願，一是死後葬於臺灣，二是將珍藏多年的泰山封禪玉冊奉獻國家。

一九三一年春，馬鴻逵駐防泰安，為修烈士祠及「討逆陣亡將士紀念碑」，在蒿裏山頂掘出唐玄宗和宋真宗禪地玉冊。馬視為拱璧珍藏，秘而不宣。直至一九三三年《北平晨報》將此事披露，各界譁然。據史籍記載，古代帝王只有在祭天地五嶽時，才使用玉冊。自宋真宗封禪泰山之後，其他帝王到泰山只祭祀，不再封禪。唐玄宗的封禪玉冊，用不透明的白玉雕製，共十五簡，為長方形的六面體，上下有孔用銀絲連繫，每枚玉簡刻有隸書共九字，落款為玄宗手筆楷書的「隆基」二字。宋真宗玉冊為十六簡，用金線連繫，每簡刻有楷書十六字，字字塗有金泥。可謂價值連城。抗戰爆發，馬為防不測，將其再度入土，埋入天津家中達八年之久，抗戰勝利才見天日。到美國後，馬將其存入洛杉磯一家銀行。

一九七〇年元月十四日，馬病逝於洛杉磯市郊，年七十八歲。兩天後靈柩運回臺北安葬。十七日，蔣以「往績堪念」悼之。三月八日，臺北方面在清真寺大禮堂為他舉行追悼會，蔣特派參軍長上將黎玉璽代表致祭，嚴家淦親臨弔唁。谷正綱任治喪委員會主委，並主祭、致悼詞，六百餘人參加。追悼會以回教殯禮舉行，沒有懸掛遺像，也不奏樂，但氣氛依然肅穆。

六、國寶歸國

馬鴻逵晚年的第一個願望，由五夫人鄒德一為他實現。第二個願望，則由四夫人劉慕俠奔走告慰。這也是馬氏伉儷功德無量，值得大書一筆的。

劉慕俠是北京人，關於她的出身學歷，有兩種不同說法。大陸說「為藝人出身，曾在北京第一舞臺唱過戲，挑過班」。臺灣說為「北平女師大畢業」，是馬鴻逵「出得廳堂」的外交夫人。劉因在宋美齡面前恭謹備至、曲意奉承，得到宋的多方關照，曾任寧夏婦女會主委、寧夏省黨部委員、中央社會部委員，到臺灣後出任國大代表。有一次，馬鴻逵為兒子馬敦靜謀求軍長，派劉找宋說項，劉向蔣、宋敬獻龍鳳黃綢睡衣。此後，又向何應欽、宋子文、陳誠等送禮。

宋對劉也時有回贈。一九四八年四月，馬鴻逵偕劉慕俠到南京出席國民代表大會，宋拉劉去吃飯，席間她對劉說：「蔣先生準備把西北軍政交馬主席，惟顧慮馬步芳會有意見，你告訴馬主席，可與青海方面及早聯繫，達成一致。」劉既轉告馬，馬非常高興。大會一閉幕，他便飛往西北籌畫去了。多年來，馬鴻逵與蔣，表面親密無間，實則互相提防，遇到大的坎坷，多由宋、劉設法緩頰。

一九七一年十月十四日，劉慕俠攜玉冊返臺，作為獻給蔣八十五嵩壽的禮貢。所獻唐、宋玉冊及大小翡翠共四十二枚，翡翠原是鑲嵌在盛玉冊的盒子外面，發掘時盒子已散。蔣氏夫婦十分高興，於十八日下午接見劉，蔣對劉說，已囑交臺北國立故宮博物院珍藏，不久將對外展出。劉則解釋：早在一九四八年競選總統時，馬料定蔣必將獲選，所以馬、劉攜玉冊到南京，準備在蔣就任儀式上敬獻。未幾，馬太夫人在寧夏仙逝，夫妻倆匆忙奔喪。以後因種種原由耽擱至此。

劉慕俠於一九七四年一月十二日，在美國洛杉磯醫院病故，年七十五歲。靈柩由其孫馬學禮、孫媳白玉潔於十四日護送回臺北。在機場接靈有馬鴻逵之子馬敦厚、中央黨部副秘書長薛人仰、國大秘書長陳建中、國大代表馬繼援等百餘人。到機場後，隨即移靈清真寺，依回教儀式舉行殯禮。蔣提早「寫好」輓額：「懿行流芳」派人送來，但是否真跡，就要打問號了？蔣經國送有花籃、嚴家淦親臨弔祭，並哀以「謨猷長昭」。參加者有田炯錦、谷正綱、黃少谷、鄭彥棻、郭寄嶠等二百餘人。殯禮後，安葬於六張犁回教公墓。

第五節　八十七萬大用處

一、探望閻書堂

一九三四年十一月八日，蔣在傅作義、端納的陪同下，從張家口飛到太原與閻錫山會面，希望閻配合東北軍向陝北發動夾擊，協助高桂滋、井岳秀「圍剿」紅軍。而閻則藉機向蔣要錢要武器，雙方一拍即合，很快達成協定。但是蔣還不放心，為鞏固與閻達成的成果，在與閻一起進餐時，突然向閻打聽去閻的家鄉河邊村的道路，表示要立即去看望閻的老父閻書堂。閻錫山聽罷「啊」了一聲，不知蔣安的什麼心，驚惑不安，當時閻父已重病在身，躺在床上不能起身。閻深思後連說：「不用，不用！」蔣卻再三堅持。

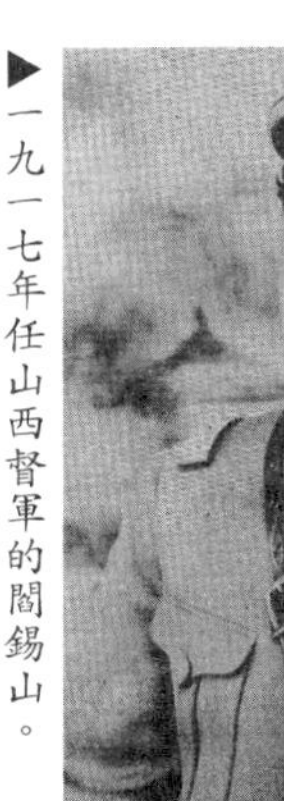

▶一九一七年任山西督軍的閻錫山。

次日上午，蔣、閻等人馳車來到河邊村（《中央日報》民國二十三年十一月十日第一張第二版）。閻書堂家人急忙出門迎接，並叫人把閻書堂用太師椅擡到院子中，蔣介石畢恭畢敬地站在閻老漢面前，脫下帽子，口稱老伯，一連行了三個鞠躬禮。

閻書堂惶恐不安，哆囉哆嗦的看著蔣：「錫山不肖，請委員長多加指教。」

蔣溫和地說：「哪裡，哪裡！」

午間，閻的嫡系將領賈景德、趙戴文設宴招待蔣、閻。晚間，由閻錫山正式款待蔣。蔣提出約見賈景德、楊愛源等人，表面上是對中午宴請的回禮，實際是藉機與閻的部將建立直接聯繫，為日後分化晉系軍閥做準備，後果然實現這一目的。

有人說：委員長河邊之行，三鞠躬一箭雙鵰。也有人說，閻書堂沒有福氣享受委員長的三鞠躬，不把他燒死，也把他嚇煞。結果竟不幸而言中。

一個多月後，十二月十七日，閻書堂因患腦溢血去世，年七十四歲。當時蔣介石在溪口掃墓，得知後，下令撥發「治喪費」十萬元，為其隆重治喪。閻則以「丁憂」辭本兼各職，蔣力加挽留。一九三五年一月十日，閻家開弔，蔣派何應欽為代表，到河邊村致祭，並攜蔣親書輓聯：「德昭顏訓，勳業付兒曹，多士謳歌思元老；數備箕疇，聲名垂黨國，吾公福命是神仙。」何應欽嚴格恪守蔣的旨意：他先代表蔣致祭，三鞠躬後，走出靈堂，再返回以自己身分鞠躬。他的棺木上覆蓋著林森題寫的「勳五位子明閻太公之銘旌」。閻書堂原本只一個土財主，也算是享盡「哀榮」了。

二、追悼繼母

在一九四九年國民黨的大失敗、大混亂、大潰退時，蔣介石卻有閒暇、有耐心，於六月四日在臺北舉行一次隆重的葬禮。包括閻錫山、何應欽夫人、祝紹周、俞鴻鈞、熊斌、傅斯年、闞吉玉、陳誠等在內的數十位黨國要員，從大陸的各個戰區，趕來致祭。那些由於種種原因不能前來者，如于右任、吳稚暉、熊斌、徐永昌、賈景德、劉攻芸等也紛紛派代表在靈前行禮。蔣本人雖未親赴會場，但是，與祭者卻能處處感受到他諭令治喪的「奉葬」場面，臺灣省主席陳誠代表「蔣總裁、何前院長應欽、李代總統致祭」，並恭讀蔣、何、李三人的祭文。

是何人有如此大的派頭，享受如此哀榮？說來人們就會啞然失笑，因為逝者絕非黨國政要，而僅僅是閻錫山的繼母陳秀卿。

蔣此時大肆排場，不吝耗資，厚葬陳太夫人，決不是無由的心血來潮，而是深思熟慮過的。其中既有歷史淵源，又有現實必要，可謂是「公私兼顧」，恰當其時。內幕只有蔣、閻心知肚明，他人難以揣摩。

三、現實必要

一九四九年一月，蔣第三次下野後，以李宗仁「代總統」為過渡，但是為制衡李，先以何應欽為閣揆，三月，何走馬行政院，執行蔣的密令，一面加緊編組兵力布控長江，圖憑藉長江天險阻擋解放軍的攻勢；一面與李宗仁派出和談代表北上與中共佯作談判。到四月二十三日，解放軍渡江成功，佔領南京，又向滬杭推進，在武漢、九江一線擺開架式。而國軍連遭重創，開始不聽從何的指揮，直接聽命於蔣。何見大勢已去，又無實權，乃於五月二十一日在廣州辭行政院院長。

就在蔣為閣揆後繼人選發愁時，從太原逃出來的閻錫山被蔣看中：閻借蔣、李之間的矛盾，居中調停。蔣暗自慶幸：「我正欲困覺，來個枕頭！」因蔣不知戰局如何發展，也難以預料到臺灣後，中共何時攻打？臺灣是否能確保？所以他對閻還要倚重。閻於六月十三日出任遷往廣州的國民政府行政院長兼國防部長。他就職後宣稱「以爭取勝利為第一要著」，要在「束手無策，坐以待斃」的局面下，「不惜一切犧牲，不顧一切障礙，勇往直前」。還發行「銀圓券」以代替如同廢紙的「金圓券」；又提出「扭轉時局方案」和「反共救國實施方案」等一系列措施，希望扭轉局面。

當此關頭，五月二十九日下午，閻的繼母陳秀卿在臺北寓所去世，得年七十九歲。她在彌留之際，叮囑不要告知在廣州的閻錫山，要簡單料理喪事。閻匆忙於六月二日上午飛赴到臺北，跪拜之後作了吩咐：「當此國難，一切從簡辦理，不登報、不發訃，不收禮。」閻原準備在六月三日主持葬禮後，很快返回廣州，過一番閣揆癮。但蔣另有打算。說實在的，在「黨國生死存亡關頭」，除蔣之外，包括閻在內，誰都沒心思關注此喪祭。蔣卻要尊誄厚葬陳太夫人，藉以籠絡閻，同時也對其他敗將予刻意安撫。還要還十三年前的「願」。所以葬禮推遲一天，於四日舉行。蔣特派人把輓額「女宗安仰」和祭文送達。

四、歷史淵源

說起蔣與閻錫山的繼母陳太夫人的歷史淵源，還要追溯到閻父閻書堂去世。一九三四年十二月十七日，閻書堂病逝於故里，蔣除哀以輓聯外，又下令撥款十萬元治喪，派何應欽為代表前來弔唁，並主持祭禮。就是這十萬元葬費，使閻家的喪事性質改變了，後來閻錫山編寫的其父安葬過程取名為《閻子明先生奉葬實錄》，僅一個「奉」字，足以說明，由於蔣的撥款，使閻家喪祭從家喪（原充其量是省級）變為國家級別的「大事」，閻家上上下下都可以趾高氣昂的號啕大哭，聲震九州了。

最感到自豪的還是比閻錫山年長十二歲的繼母陳秀卿，她認為這是提高了閻家的地位。而實際上，在她心中還有更深層次的原因：閻錫山六歲時生母曲氏病故，閻父續娶十八歲的陳秀卿，陳是大戶小姐，以堅決不養前房遺子為條件，閻父只得把唯一兒子遷居到閻錫山的外祖母家生活，使幼年的閻錫山嘗盡世態炎涼。後陳未生養，閻父又對閻錫山看重起來，送他讀書，教他理財經商。如今，丈夫去世，陳在閻家靠山即倒，一旦閻錫山對自己不好，今後無如之何？陳雖然沒有多少文化，卻有一點政治心機，她認為蔣十萬元錢的治喪款，其政治意義可使自己餘年無憂。

其實，閻錫山對繼母是很敬重的。義和團運動發生時，西太后倉皇向西避走，八國聯軍緊追不捨，五台山一帶內有清軍滋擾，外有強敵逼近，加之土匪乘機作亂，鄉民無奈組織起來保境自衛。年僅十九歲又見過世面的閻錫山被推為「糾首」。當時村裡沒有防務費用，閻偷偷將繼母的首飾當掉，用於購買槍械。繼母知道後未加責備，也沒有告訴丈夫。義和團運動結束後，因村裡安然無恙，閻氏母子以「母義子勇」而傳為佳話，受到推重，閻父這才知道。閻也改變對繼母的態度。到閻錫山成為山西土皇帝後，對繼母依舊侍奉如親娘，並無半點不敬。閻認為，對繼母之尊，就是對生父之孝。一九二九年五月，閻錫山在家鄉河邊村建一所醫院，就是以繼母名字命名為「秀卿醫院」。

五、八十七萬買飛機

雖說閻對繼母的孝敬，口碑遠播。可早年驅趕養子，猶如揮之不去的陰影，讓陳秀卿寢食不安。至於想像的最高當局撥款厚葬的「庇護」，後來她才明白，那是看在養子的面子上——陳氏儘管生活無憂，卻總感諸事多不順心。

一九三六年十月三十一日，是蔣介石五十大壽，陳立夫提出「獻機祝壽」運動，號召社會各界捐款購買飛機，鞏固空防，為蔣祝壽。不少海外華僑紛紛響應。國內官員、富室捐款一般以十萬為限。陳秀卿未與閻家任何人協商，獨自捐出八十七萬元，購機祝壽。一來感謝蔣當年撥款厚葬，榮耀家族，澤及三晉；二來也為自己今後作謀算。

消息傳來，如石破天驚。各大報紙，有專題介紹，有玉照刊載。這筆可等同於兩萬頭牛的鉅款，讓社會各界議論紛紛。最高興的是陳立夫，他沒想到，自己的提議，竟有這樣「識大體」的慷慨擁護者。蔣的諸多喜悅自不必說（蔣曾對夫人說過將來要對陳給予回贈），僅讓夫人尋機看望陳秀卿（去否？不得而知）就可以表明一切了。

在繼母提出捐款時，閻錫山曾得到一點消息。閻認為，捐一點錢未嘗不可，但如此鉅款，讓同僚怎樣評論？那些想捐而沒錢的人，又會怎樣看待閻家？就設想勸說繼母少捐一點，但想到父親喪祭時，因自己沒有與繼母協商，便私自決定五服內親屬，每人批五尺白布做孝服。陳秀卿認為這樣不分親近遠族關係，會使本家人不滿，更是看不起她這個繼母的表現，心裡想：「你父親剛死，你就這樣對我，將來我可怎樣活啊？」一氣之下大鬧靈堂，扶棺長哭不起，任憑閻說盡百般好話，最後又跪在她面前賠罪，經鄉賢長輩勸說，才作甘休。閻可算領略繼母的威嚴了，他也博得孝子的美名。

六、名分之爭

於是閻讓妻子徐竹青勸說繼母。而這又有另一層因緣。徐與閻感情深厚，但徐婚後多年未曾生養，閻父知道是徐的原因後，勸說兒子娶小，以延續香火。開始兒子不同意，還為徐說好話。但他終究不能違抗父親的旨意，閻父則暗中打聽、四處討買。這樣，十四歲許姓姑娘便來到閻錫山身旁，沒有幾句話，閻就喜歡上這個連眼睛都會說話的大美人，高興的為她改姓為徐，取名叫徐蘭森。婆母便為徐竹青和徐蘭森宣佈閻書堂制定的家規：兩人以姐妹相稱，竹青為長，蘭森為幼，蘭森將來生了孩子，要叫竹青「媽」，叫蘭森「姨」。我和你爹在，要聽你爹和我的，我們不在，要聽竹青的。徐竹青滿心歡喜。徐蘭森先後生五子一女，徐竹青對他們視若己出，疼愛有加。可是後來她知道孩子們背著自己叫徐蘭森「媽」，徐用一肚子的委屈與閻錫山大鬧一場，閻氏父子多有偏袒蘭森之意。一個沒有生過孩子的鄉村婦女，是多麼盼望有人喊自己「媽」，更何況這些孩子和自己有了很深的感情。

有了孩子，閻漸漸淡化了與徐竹青的感情，但他是一個做事周全的人，怕徐心裡不痛快，對她較為體貼，常有意讓她代表自己到家鄉看望長輩。遇有婚喪大事，社會活動，也盡可能讓她出頭露面。一九二八年十二月十二日，閻偕徐到南京參加編遣會議，受到蔣氏夫婦的熱情接待，新婚不久的宋美齡頭一次接待地方大吏的正妻，格外用心，與徐相處極為友善。此後閻又帶著徐接待過馮玉祥夫妻，馮妻李德全在晉祠生孩子亦得到徐的關照。這些活動，不僅使徐地位提升，大開眼界，也得到社會各界的好評。但她的無子與婆母同病相憐，有時與閻爭吵後，索性住到婆母的房裡，與婆母無話不談，相依為命。所以閻請徐竹青勸說繼母是順理成章的事。

七、大用處何所指

陳秀卿一聽徐竹青的話音，就明白八九分，細言輕語的說：「娃兒啊，妳說錢多少是個夠？這些錢對咱家不算什麼（閻書堂去世時，僅在他名下的財產就有六百多萬），可是拿出去將來會對妳對我，都有大用處！」徐不解的問：「什麼大用處？」陳笑了：「這我說不好。過日子，寬餘時要想到窄巴處，妳看吧，將來肯定會有大用處的！」

徐一直猜不透婆母「大用處」的含義。在婆母追悼會上，才猛然醒悟，不禁對她產生一種敬佩。不由得思量，自己會怎樣享受這八十七萬捐款帶來的「大用處」？

一九六〇年五月二十三日，閻錫山在臺灣去世，年七十八歲。蔣親往致祭，並頒「愴懷耆勳」輓額。八月一日，蔣明令褒揚。十二月六日，舉行安葬儀式。徐竹青全程恭與葬禮（徐蘭森於一九四六年底因腦血栓病故，四十八歲）。

在閻錫山去世十年後，徐竹青於一九七〇年三月十八日，瑤池添座，壽享八十八歲。四月五日，在臺北市立殯儀館舉行公祭，蔣題寫「懿德永昭」悼之。副總統嚴家淦、總統府秘書長張群、黃少谷、張維瀚、鄭彥棻、郭澄、關吉玉、陳慶瑜、谷正鼎、張慶思、陳良等五百餘人參加祭禮。公祭後，與閻錫山合葬於陽明山青山墓。徐竹青雖然一生無出，但徐蘭森的五個子女均在「訃告」、「謝啟」中尊稱她為「先母徐太夫人」。不知早年陳秀卿所說的「大用處」，對徐竹青來說，是指蔣的四字輓額，還是「先母徐太夫人」名義的蓋棺回歸？

第六節　委婉數語欲罷不能

蔣介石在敗退大陸前，派出許多人，進行了一場「勸說運動」，就是把黨國元老、社會名流、科技俊傑勸說到臺灣去。其中不乏脅迫之舉。對有的耆老賢尊，蔣甚至親自出面勸說，如他對南開大學校長張伯苓，曾三次登門，反覆勸說，但未能奏效。

司法院長居正早年曾是蔣的上級，後來卻被他這位下級關押起來。一九四八年總統選舉時，又上了蔣的當，參加競選，受到黃埔系的奚落和為難，說居是「無為而治的院長」。後來在蔣的勸說下又尷尬的退出競選，令他窘迫不堪。氣憤的他提出辭去司法院院長，蔣立即接受，改以王寵惠接替。吃夠苦頭的他，發誓再也不上蔣的當了，並表示堅決不去臺灣。

可是蔣對此很有信心，他要親自勸駕。相見後，蔣殷殷探問居的身體健康，又提出去居父母的墳上掃墓。這在當時的軍政形勢下是根本不可能的，但這一句話，卻勾起居對往事的回憶。

一九二一年六月十四日，蔣母王采玉病逝於溪口，蔣在家依禮守制葬母。居正、戴季陶、陳果夫等人趕來，為蔣母治喪，居還題寫墓碑，蔣十分感謝。

▶居正、鍾明志夫婦與子居浩然。

一九二二年冬，居正母親胡太夫人去世，轉年六月一日在上海楊行本宅開弔，孫中山、蔣等人均有題誄。一九二六年三月，居正父親在原籍棄養，居正原本要回籍奔喪，因當時正召開國民黨第二次全國代表大會，居被全代會同志苦苦留住，只得在上海楊行設奠遙祭。蔣有慰唁。一九三四年，居正父母歸葬，蔣得知親筆題寫碑文，致送賻儀金。後來居正的女兒想赴美留學，因沒有名額，還是蔣出面解決的，臨行前，蔣又贈款相送。一九三五年湖北發生大水災，居正擔心祖塋浸水，請假修整靈寢，蔣予以慰問。（以上參考《菩薩心腸的革命家——居正》、《大公報》、《大漢報》等一九三五年報紙編寫）

一九四二年五月三日，居正的長子居伯強在西安患腦膜炎去世（曾留學歐洲專治陸軍，時任某集團軍裝甲兵團長）。蔣於五日得知，立即電唁居正：「居院長覺生先生大鑒：驚悉伯強世兄病逝西安，英才甫展，而遭殞盭年，悼惜何巨，先生遽此喪明之痛，自必傷悲逾恆，務望勉遣悲懷，善自葆靖。適有會議，不及親趨握談。謹電致意，惟得鑒納。蔣中正叩。魚。」居伯強對電視原理有研究，曾向國人介紹這門新興科學。一九四五年三月十日，留歐同學會為紀念他，在重慶發起成立「伯強電視研究所」，得到蔣的支援，還推舉戴季陶為董事長。（《中央日報》一九四五年七月三日五版）

一九四五年二月一日，居正五弟棄世。十一日，蔣偕戴季陶來居宅弔唁。居正在日記中有：「……詣靈前行禮。伯齊兒答禮，紹強呆立一旁，頗失禮，蔣詢問是何小孩？」（《居正日記書信未刊稿》頁十七）

想到這些，居正堅決的心軟了下來，對蔣的態度也變了。最終，蔣沒有去掃墓，居正卻跟著蔣到了臺灣。

一九五一年十一月二十三日，居正無疾坐化於臺北寓所，年七十六歲。蔣兩度親臨弔唁，又派蔣經國致祭，並明令組織治喪會，致誄辭「碩德豐功」，頒〈褒揚令〉。十二月二日公祭，蔣親自宣讀祭文。（《中央日報》一九五一年十一月二十四日至十二月三日報紙）

一九五六年二月二十日，居正妻子鍾夫人瑤池添座於臺大醫院，年六十五歲。

一九六九年三月十五日，居正第五女居瀛九病故，年五十六歲。居瀛九畢生從事教育事業，其夫張驚聲為淡江文理學院創辦人，張去世後，居瀛九負責校務，如今這所聲譽顯赫的著名學府，就是她一生的紀功碑。三月二十四日舉行追悼會，蔣題「教澤流芳」。

居正年長蔣十一歲，可是一家三代有六位在去世後，得到蔣的誄辭，成為蔣誄辭史上的奇聞。而誄辭藝術在蔣的權謀馳騁中，得到又一次極致的發揮。

第三章 母子篇

第一節 孝園往事

成都曾產生過兩位國民黨政府的高官，這兩人都與蔣介石有深遠的歷史關係，同與蔣是留日同學，又都與蔣有金蘭之誼，而且都盡心盡力輔佐蔣的「黨國大業」，同為蔣所依靠的重臣。這兩人就是張群和戴季陶。

張群和戴季陶雖為同鄉，卻並未見兩人彼此結盟或共謀利益，頗有各自為政的味道。雖說都是為蔣服務，但兩人對蔣的服從程度是不同的，蔣對兩人的利用方式也有所區別。張群對蔣毫無怨言，任憑驅使；戴對蔣的缺點失誤，敢於規勸，甚至是頂撞，以至於引起蔣的反感，甚至拳腳相加，但過後，又幡然悔悟，不得不向戴道歉。在官職上，張群有時是封疆大吏，權傾朝野；有時是外派欽差，頤指氣使；有時又辭官為民，做了海派寓公。戴則不同，自一九二七年國民黨在南京建政，就穩坐中樞要隘，以理論家的資格，從事對國民黨、國民政府的理論建設，對政權、制度、規章、典籍的研究和確立，做出過巨大的貢獻。退一步說，就是在尊親去世的喪祭方面，蔣對戴、戴對蔣，都與張群截然不同。

一、噩耗驚傳

一九二九年二月底，國民黨中央常委、宣傳部長戴季陶，正忙於籌備國民黨第三次全國代表大會的組織工作，並負責起草大會宣言。二十七日，他連接川中兩份急電，報告母親黃太夫人於二十五日化羽仙遊。多病善愁嗜哭的戴，突接噩耗，當即昏迷，醒來後大哭一場。他想到去年七月，大哥傳薪病逝，母親因哀傷過度，致病臥床。今年二月初接姪兒來電，謂祖母病重，水米少進，可否來川一行？戴焦急萬分，決心摒擋一切，堅決返川！當即向蔣請假，蔣以再稍延數日即可。幾天後接向傳義和姻親范稟武先後來電，均稱經醫治已有起色，面色發光，每日可飲牛奶蛋花，戴這才略微寬心。後來他隱約感覺到是蔣委託張群，通過川省當局延請名醫施診的效果。

▶戴季陶。

他拿著電報找到蔣，要求請假即日奔喪。他了解蔣，料定他不外是「移孝作忠，在京成服」那一套，所以想好了應對的辦法。沒想到蔣除了殷殷慰語，還爽快的答應了，又說讓典禮局準備喪儀金。蔣看到戴心情平靜下來，又對他說：川局近來極不平靜，某某鬧得厲害，某某又怎樣傾向和平，某某可以利用，你去看看，誰可以爭取過來？戴這才明白蔣爽快的原因，是要他公私兼顧，謀求川政。他沒說什麼，也沒向蔣告辭就不客氣的走了。

二、哀思連寐

回去後，他腦海裡反覆出現的圖像，只有家鄉和母親。外祖母家在湖北黃州，世代經商。母親生有四子三女，季陶居末。他後來為母親作傳稱：「侍尊嫜以孝，撫兒女以慈，族戚鄰里無閒言。」母親不但女紅美譽赫然，而且得丈夫醫術秘傳，先協助丈夫行醫，後又獨立懸壺。她曾想把這神奇異術傳授給季陶，但兒子匆匆遠赴國外留學，致使秘笈失傳。一九〇五年他十五歲赴日留學時，家中貧困，大哥做主，賣掉祖田三十畝，祖母、母親又當掉首飾，湊了七百元，滿足他的心願。沒有了祖田，以後只有靠母親行醫、大哥教書，聊以度日。

他自言自語：吾戴家真多難也！三位哥哥，均先於母親去世，家中僅餘三位寡嫂相協度日。凡有出息的姪輩，無不在外求學、謀生。如今，母親去世，何人在料理喪事？先嚴當與慈母合葬，祖塋怎樣安排？墳前種樹幾許？……他實在放心不下，真想立即就趕回去。

可是蔣允許他奔喪的條件，是為蔣圖謀川政歸於中央！不禁讓他想起一句俗語：吃著碗裡的，看著鍋裡的。只是你蔣中正有沒有這般胃口？那川政是「好圖」的？你蔣中正有沒有聽說過歐陽直公在《蜀警錄》裡的名言：「天下未亂蜀先亂，天下已治蜀後治」的警告。

戴之所以畏懼「圖川」，是有歷史的教訓。當年孫中山在遭到陳炯明叛變後回到上海，希望借助其他地方軍政力量，恢復對廣東的管轄，於一九二三年十月底，派他入川，對各派川軍進行聯絡、爭取。他很高興，一來可以回到離別十七年的家鄉；二來，要為明年母親七十大壽做生日，好好慶祝一番。當他赴宜昌途中，得知川軍內戰一觸即發，根本無法聯絡，即大失所望。他在四川住了一年多，深切體會到，四川的大小軍閥數量，全國最多；四川境內的軍閥戰爭之次數，全國最頻繁；四川軍閥的派系矛盾，全國最複雜，他根本無法完成孫交給的任務。這期間，他因「公私的前途，都無一點光明」，而投江自殺，幸為漁民救起。此一經歷，讓他刻骨銘心。他想找到一個辦法，既得以奔喪，又拒絕蔣的「圖川」委託。

三、無奈屈服

各界對於黃太夫人去世，紛紛表示哀悼，戴家收到的第一封唁電，是林森與吳鐵城的聯名之哀，其次為朱家驊、鄧錫侯、陳大齊、張之江、陳布雷、潘公展、何西亞、劉文輝、陳銘樞、石青陽、馮玉祥、張學良等。報界對此格外關注，如南京的《民生報》在一九二九年二月二十八日三版的「要聞簡報」中有題目為：〈戴傳賢即可奔喪回川，定明日成行〉。內容是「戴昨日得川電丁內艱，已向國府請假奔喪獲准……」。《中央日報》發表署名「紫唇」的文章：「用革命的精神來弔革命的母親」，稱黃太夫人是「篤勤」的母親。

戴宅治喪處將訃告遍發各親知友，訃內影印黃太夫人手書孝經、著名人物題跋的珍貴墨蹟多幅，殿以戴手筆的哀啟，合成精緻一冊。戴宅在全國多家主要報紙，如天津《大公報》、上海《申報》等刊出「訃聞」，其中南京的《中央日報》同時登載「戴宅報喪」、「戴宅治喪處啟事」、「戴太夫人訃告」三種啟事，一連十二天。而最具權威性的是三月二日《中央日報》頭版刊載的「喪聞」：「戴季陶同志之母黃太夫人於二月二十五日壽終於成都，噩耗到京，同深哀悼，即日起在首都毘盧寺設靈，凡我同志可隨時就近致弔。蔣中正譚延闓蔡元培胡漢民王寵惠孫科等同啟。」以蔣名列首位，為結拜兄弟之母喪祭，發布「喪聞」，在蔣一生中只有這一次。

當時蔣上臺不久，對於報刊輿論的重要作用認識不夠，對文化宣傳的統治經驗不足，對報刊的控制也沒有形成有效制度，不知怎麼就把蔣要戴「圖川」的事給抖落出來，而最先報導的竟是國民黨中央的機關報《中央日報》：「……戴氏以年來奔走國事，對於先人怡養，深疚失職，故悲痛異常，昨日即呈具國府請假，俾能即日赴川奔喪。蔣主席之意，將命戴乘入川之便，調度川局。」其他報紙也爭相刊載。本來是秘密進行的事，現在公開了，令蔣很尷尬。這樣一來，蔣認為戴沒有必要再回川了。蔣知道戴不同於隨便擺布的張群，於是他不出面，暗中佈置，三月二日下午，中央舉行常委會議，議決：「因戴氏任務繁重，不便返川，決定給假十天，在京遵禮治喪。對辭職一事，毋庸再議！」又給戴安了個頭銜「三全大會秘書長」，到大會閉幕後，再給你老太太治喪，這下看你還能脫身？還動員眾多元老，以慰問為名，恩威並施的警告：「黨國大政離不開戴季陶！」

而戴辭意堅決，奔喪不改！他也知道蔣會有新辦法對付自己，於是從三月二日起，戴閉門謝客。于右任、林翔、葉楚傖、居正等也一概不見。到五日，有近百人吃了閉門羹。四天裡，他只見了兩人，這就是蔣氏夫婦。據等在門外的記者說，蔣氏夫婦在戴府二十分鐘，才面帶笑容向記者頷首離去。

聰明絕頂的戴，這次和蔣、宋怎麼談得？不得而知。不過他知道胳膊擰不過大腿，僵持下去，會與蔣的情面過拂，今後怎麼辦？況且如此多的老朋友，總不能都得罪吧。最重要的是，該死的記者，把蔣要他「圖川」的目的捅了出去，就是回去，那些個個都不好鬥的川將和軍師，處處都會提防自己，少不了門前按哨，身後尾隨，那又有什麼意思？不如賣個面子，隨了他們。想通了後的戴，於三月五日，率其親屬到毘盧寺萬佛樓成服，考試院的同仁及治喪會的所有辦事人員均到場致祭。戴氏為世代佛教之家，其祖母、母親，均篤信佛教，戴自幼年，耳濡目染，頗通佛理。夫人鈕有恆自幼禮佛虔誠而不虧一日。如今，更是每日黎明，夫婦同往毘盧寺靈前誦經，常至泣不成聲。

在這期間，考試院無人主理，行政院不得已，致電該院秘書陳大齊，從速返京，輔助副院長料理院務。

▶考試院長戴季陶。

四、哭攪三全會

三月十五日上午十時，三全大會在中央軍官學校大禮堂舉行，出席代表二百一十三人，出席人數三百九十九人，列席六十人。推定主席團為胡漢民、譚延闓、蔣中正、陳果夫、潘公展、陳耀垣、孫科、于右任、古應芬。蔣致歡迎詞，並作黨務報告，何應欽作軍事報告。

戴本為秘書長，因守制期間，故暫由葉楚傖代理。在代表們坐定後，那些吃了閉門羹者，見到戴，紛紛前來與戴握手慰問，戴則默然還禮，一時間堵了通道。秩序恢復後，戴才坐在張靜江和李石曾兩人中間。戴略與兩人寒暄，張則調侃道：「你有什麼冤屈的？比我強多了，兩年前，我是在廣州

『成服』的，你的南京是首都，比廣州大多了……」這一句話，又勾起戴的哀傷，竟控制不住的大聲哭起來，代表們有的過來安慰，有的起身觀望，會議不得不暫時終止。

蔣的態度如何？他好像當沒有發生此事，「在會場上態度雍容，當有人向他談話，則立起與其握手，笑容可掬，略道寒暄。」三全會結束後，三月二十八日起，戴家開始籌備公祭，蔣以戴確有「哀怨」，又給假三天，理由是：守制期間，適有會議，不得已，銷假出席，現在彌補。

五、葬禮

黃太夫人之喪，從三月三十至三十一日，開弔兩天。國民政府典禮局先期發出通知，安排好具體事項。南京西華門毘盧寺從大門到禮堂，高紮素彩，內外遍掛輓聯，一望潔白。蔣介石、馮玉祥、閻錫山、蔡元培、張學良、于右任、唐紹儀、胡漢民，以及日使芳澤，其他各省官員，機關團體的輓聯、輓幛、花圈二千多件。禮堂外由市政府特派素服專警十餘人，仗劍守衛。禮堂正中，隔以孝幛，內懸黃太夫人的傳神油畫像，是大畫家徐悲鴻根據去年冬寄自川中的照片精心繪製，只見她面帶微笑，手持佛珠，慈眉善目。周仲良、楊熙績等所贈銀鑄相片也陳列在架案，極為精美。

早六時，戴率眷屬舉行家奠。八時，公祭開始。程序是：來賓先在大門前簽到，由招待員導至禮堂行禮如儀，戴氏及其夫人、子姪輩在幃內答禮。禮畢，招待員帶入客廳，上香茶美點。來賓有譚延闓、王寵惠、何應欽、古應芬、馮玉祥的代表鹿鍾麟、閻錫山的代表劉樸忱、張學良的代表宋朱光沐（女）、許世英、陳果夫、張維瀚、焦易堂、劉汝賢、張治中，考試院及其他機關、團體等四百餘人。在外國來賓中人數最多的是，被戴稱為做妾行盜的日本方面（戴季陶有一個形容中日關係的著名論斷：中國強，日本是妾；中國弱，日本是賊！），如日使芳澤、芳澤隨員崛內有野、日駐滬總領事重光、領事上村、駐京領事岡本、副領事島田及梅屋莊吉等五十餘位。其中海軍中佐柴田從上海乘日艦趕來，只為送兩個花圈。

三十一日，舉行追悼大會，由行政院院長譚延闓主祭，恭讀蔣的祭文：

維中華民國十八年三月三十一日，國民政府主席蔣中正，及委員職員等，謹以香花酒醴之奠，致祭於戴母黃太夫人靈曰：嗚呼，伏女雲徂，宣文已邈，徒象無聞，遺經熟紹，瓊哉賢母，實為女師，揚芬錦水，毓德峨嵋，生稟懿純，長稱淑惠，和喈遠聞，來賓於戴。雞鳴禮肅，鴻協心同……

上海大中華影片公司拍攝了兩天來的全程新聞記錄片，留做紀念。

第二節　體貼入微的「御廚」

有人評論張群之與蔣介石，認為張最了解蔣，正因如此，張對蔣奉命唯謹，從令如流，不求聞達，當求無過，更不透露其與蔣的特殊關係。所以，深得蔣的信賴和重用，蔣的很多重大的決策，他都參與其中，是蔣的高級幕僚和智囊人物。蔣潰退臺灣後，張群仍然效命如前。曾經有人評論說：「岳軍？只能呼為蔣之使女而不得稱為如夫人，以如夫人尚有恃寵撒嬌時，而張並此無之，惟知唯唯諾諾，蔣欲如何便如何，無一絲違抗。」不過，對張、蔣關係最形象的比喻，卻是張群自己。他曾對盧漢說：我與蔣的關係太深了。一九五七年，張群訪問日本，有記者問：「你追隨蔣先生最久，和他關係最好。大陸失陷，你是否也要負一部分責任？負一部分沒有進言的責任？」張群回答：「我只是個廚子，主人喜歡吃什麼菜，我做什麼萊。」這句戲謔之言，真實而又貼切地道出了他與蔣介石的關係。張認為他的這個「著名比喻」，這還不夠直接和明瞭，於是更直白的說：「張群何人？蔣介石走狗也！」

那麼，張群在自己尊親去世後，治喪時，是如何烹調出主人滿意的佳餚？

一、家庭情況

蔣身邊的人，哪一個不是侍奉尊親至孝？這是蔣所看重者，人品中最基本的一條。如戴季陶、戴笠、陳誠、胡宗南等。張群也不例外，是當時國民黨高層孝親的典範。

一九五八年三月四日，時任總統府秘書長的張群，其母姚太夫人以九十四高齡，在四川華陽原籍駕返瑤池。由於兩岸軍事對峙，資訊封鎖，到第二年的八月四日，張才通過香港有關方面得知噩耗，令他悲痛不已。對於母親，張群是有愧的，首先是「不奉養」，其次是「無救難」。他在「訃聞」中稱：「不孝群，越在臺灣，頃聞耗，違

▶張群。

侍十年，久虧子職。罹此鞠凶，痛疚曷極。」也算是情真意切了，只不過這樣的愧疚，來得太晚了。

張群，一八八九年五月九日生於四川郫縣，其後寄居華陽。其父為人純樸、敦厚，以作幕為生。張群兄妹四人，他居長。二弟張徹，字達泗，才能平平，曾任成都營業稅局局長。三妹嫁與伍某。四弟張驤有紈褲劣習，故張群對兩弟多有不滿。一九二九年，張任上海市市長，張驤找來，張群拒不見。張驤於夜潛入認錯，被張群拖至其父遺像前痛杖。一九四二年張群在成都坐車出行，適逢張徹欲搭車，張群說：「這是主席用車，你不能搭乘！」此事傳出，張群有「公私分明」美譽。張群居高官，從無問舍求田，也從不為親屬謀官職。張徹、張驤做官與張群無關，而是地方大吏為向張群示好。一九四九年張群赴臺，兩弟均留在大陸，張徹先於母逝，張驤一九五九年病故，葬於成都北郊磨盤山其母墓側。

張群為政圓滑，喜交結，朋友遍及社會各個階層，甚至包括鄉紳、會黨。

二、親娘與岳母

一九一二年九月，張群與馬育英結婚後，篤信基督教的岳母彭金鳳，就由女婿恭迎奉養。而母親姚太夫人則由張徹、張驤輪流贍養。到張群顯達後，兩弟在四川得各路軍閥多方照顧，境遇轉好。但姚太夫人仍欲使兩弟減輕生活負擔，提出與張群同住。姚太夫人在張群家，頗感不適，如張群生活崇尚西化，規矩刻板難耐，用度過為「嚴謹」，即使餅乾也要論塊計算分食。而姚太夫人喜鄉間自由散漫生活。更重要的是，兩親家言語不解，習慣不同，宗教信仰尤異，一念珠吃齋誦經，一祈禱上帝虔誠，家中宛如兩台戲對唱一般，很是熱鬧。據說有一次，張徹來哥哥家探望母親，恰逢張群回家，見弟弟正與母親分食水果，張群笑道：「你們現在是靠我生活而已吧？」張徹低頭不語，母親仰面乾笑相對。過了幾天，張徹仍然將母親接回自家中。一九三三年張群出任湖北省主席，岳母則隨住省府。四弟張驤任漢口電報局局長，母親就隨張驤住電報局，兩家相距不遠。張群有時將母親接來省府午餐，飯後又送回電報局。倒是馬育英善解細微，常有精備時鮮果蔬，過往探視婆母，問寒嘘暖。此外，張群有時忙於公務，無暇兼顧，就經常命兩個兒子去看望母親。抗戰時期，為躲避日機轟炸，張群與母親協商，由張群妹妹接到華西壩，侍奉晨昏。

一九四九年，國民黨高層作退居臺灣打算，蔣介石要求務必將家屬子女先行接去。張群最後一次去成都，就是去接母親轉道來臺。可是這時蔣有一個重要使命，第二次親自前往重慶南開中學教工宿舍「津南村」，勸說避居於此的考試院院長張伯苓去臺灣，並準備接受張所提出的一切條件。這一細節，在蔣氏父子的日記中，均有記載。蔣深知自己言辭不達，欲找一位能言善辯親信同往，這樣，蔣介石、張群、蔣經國就又一次碰了張伯苓的軟釘子。此次相勸，趣事頗多，蔣相勸無效，心灰意冷，在上汽車時，額頭在車門框碰了一個大包。張伯苓夫人還提出讓蔣批准張辭去考試院院長職務。張群也失去接母親赴臺的機會。這次行動，實為一招險棋，因為他們飛到重慶後僅兩天，重慶已被解放軍合圍。離開重慶十天後，重慶就被中共接管。

張群為盡對人主之忠，又一次放棄事親。但他對母親實在放心不下，離川前，側面探知鄧錫侯、潘文華，並料定兩人不會離川赴臺，即以老母安全相託。到臺後不久，才知可笑，哀歎道：「覆傾之下，豈有安危可託？」每念於此，張群就痛苦不堪，自責不已。得知母親去世的確切消息，張群失聲痛哭：「是自己不孝，讓母親陷九年地獄一般的生活中，臨終也未及一視慈顏，痛哉！悲哉！嗚呼哀哉！」

三、化解難題

姚太夫人去世的噩耗傳來，給蔣介石、張群都帶來一種尷尬。蔣對其題誄和不題誄，都不合適。蔣為什麼力求高官的家屬務必赴臺，就是怕他們落在中共手裡，難免不被利用。政治經驗豐富的蔣，深知中共統戰的厲害，到那時，這些對國民黨內幕有所了解者，少不了揭發檢舉，控訴聲討，甚至是罵娘罵祖宗，那就都難說了。

果不出蔣所預料，一九五六年，姚太夫人在成都的四川省人民廣播電臺，公開發表對臺談話，宣傳祖國的大好形勢，希望兒子幡然悔悟，不要再為蔣家王朝賣命了，趕快回到大陸來吧，為社會主義建設盡一點力量。臺灣的情報系統立刻將這一情況報告蔣，蔣自然不會對姚太夫人滿意。而現在，張群清楚的掂量著，如果蔣不為母親題誄，必定會招徠社會各界的議論，這種事又不能明說。如果蔣為母親有所題誄（這是絕對不可能的），那不是滑天下之大稽嘛，堂堂的中華民國總統，竟為一個罵過自己的老太太死後，歌功頌德？人們會怎樣的議論？中共知道了，又會怎樣的利用，肆意的大做文章？果真如此，蔣的醜可就出大了。張群陷入深深的思考中。

我們且看這位為蔣做了幾十年美味佳餚的「御廚」，此次又會怎樣為主人烹調一道滿意的小菜？一九五九年八月二十日，張群與夫人馬育英率子媳及孫輩，在《中央日報》頭版刊發「訃聞」，稱已「奉准給予喪假三週，即日成服居家守禮。當茲國步方艱，新遭災患（當時臺灣發生大水災），不敢舉行任何儀式，弔唁禮贈，敬謹懇辭。一俟大陸重光，再行擇期展奠。」《中央日報》又在「訃聞」相近位置，對張群喪母，作相同的說明，也完全是根據張群的口徑，希望人們不要前往弔唁，不要致送誄辭、輓幛和賻儀。

於是，姚太夫人遙奠喪儀，在沒有治喪會，沒有公眾儀式，也沒有誄辭輓幛，更沒有弔客的情況下完成。這樣一個冠冕堂皇的藉口，真是做得滴水不漏，既可使張群在對外的面子上，對子女孝慈的示範和傳承上，都盡到應盡的責任，蔣又不用考慮誄辭問題，外界更是無從議論了。

蔣是一個講究禮尚往來的人，他對於自己不能為「契母」之喪題誄，也是感到有所不妥的，只好用其他方式彌補，如張群生日，張群夫婦結婚紀念日等，隆重慶祝，題寫壽軸，親往祝賀。就是張群夫人生日，宋美齡都不錯過機會。

四、夫人之喪

一九七四年七月六日下午，張群夫人馬育英因心臟病，蒙主恩召，魂歸天國，年八十六歲。

此時的蔣介石，已是重病在身多時，連堅持多年的日記，也罷筆於不顧，哪有精力再為他人題誄。而這一時期葬禮上所出現的蔣氏輓額，多為他人代筆。這種事，一般外人不知，為蔣主廚六十多年的張群焉有不解？在這種情況下，如果再由他人代筆，以蔣名義題誄，豈不是蔣、張都十分難堪嗎？張群要此題誄何用？張群深深體諒蔣的難處，於是，張群又開始準備「作料」，為蔣烹調雅致可口的「羹湯」了。

一九七四年七月八日，《中央日報》三版刊載消息：總統府資政張群夫人馬育英因心臟病，於七月六日去世。由於馬女士生前為虔誠的基督教徒，親友將擇期舉行追思禮拜，其遺體將火化，同時婉謝各界悼念文辭及賻儀。

當時，臺灣當局對如張群這樣的老資格高官，及親屬之喪，無不是在仙逝後的第二天，即公佈喪祭消息。而張群夫人非如是，卻在兩天後，才以如此簡短文詞，了了付之。顯然是張群有意降低喪事影響和規格。而這拖延的一天，正是他思考如何準備「羹湯」的「作料」，所耗費的時間。這是張群發出辭謝「輓辭」的第一次，也是他為蔣不題誄，做第一次鋪墊。

▶張群、馬育英全家於一九三〇年。

七月二十日，《中央日報》三版，又對馬女士喪事，作一簡短報導：「張群夫人之喪，二十日上午九時起，將在新生南路三段九十號，浸信會懷恩堂舉行追思禮拜，骨灰安葬陽明山公墓。今天的追思禮拜中，輓聯、輓幛、花圈、花籃及賻儀金等禮物，均辭謝。」這是張群第二次明確「辭謝輓辭」，為蔣不題誄再次做鋪墊。其低調做人處事，可窺一斑，而為蔣所調治的「羹湯」也在這一天出鍋。

安息禮在沒有治喪會、沒有誄辭、沒有輓幛（安葬禮後，也沒有「謝啟」），只有哀樂的氣氛中，在周聯華牧師主持下舉行。聖壇上擺放著兩個黃色菊花組成的十字架，一是由蔣、宋聯名致送的，另一個是由副總統嚴家淦夫婦贈送的。十字架旁邊是白色劍蘭和一片翠竹。宋美齡代表丈夫，在蔣院長（行政院院長蔣經國）的陪同下，參加安息禮，並向張群和他的家人一一握手致慰。嚴家淦在安息禮後，又親臨陽明山公墓參加安葬禮。張群夫人，在數千親友的追思、詩歌，和虔誠的祈頌中安息。她的靈骨被安葬在母親彭太夫人墓旁。

蔣氏倥偬戎馬，坎坷謀國，得一如此體貼入微的高明廚師，一生足矣！

第三節　芝麻西瓜笑話一筐

近瞻儒雅，遠仰威名。孺慕獨殊常，共羨板輿承色笑。

內明勤勞，外觀興廢。慈恩方報稱，不堪墨絰動悲哀。

如果說上面這副輓聯，是蔣介石為石友三去世的母親所作，了解民國史的人，大概會先驚訝而後笑了，的確，後來它就成為蔣的笑柄。

民國時期，實力弱小的軍閥，在複雜變幻的政治風雲中，為求自保，見風駛舵，叛主倒戈是常有的事，如張宗昌、孫殿英、韓復榘等人大多如此。但說到石友三就不同了，僅人們對他的評價，就是一部「笑史」，如「倒戈元帥」、「朝秦暮楚」、「反覆無常」、「近代呂布」、「倒持太阿，授人以柄」、「以無主義之人，行無意識之事，不足掛齒」（《大公報》語）、邵元沖以「狡詐無常，宜其有此」評價他（《邵元沖日記》上海人民出版社一九九〇年，頁七五四）、劉峙則稱他是「狂妄無知的傻子」、閻錫山有「生性好亂，反側不常」的戲語、孫殿英說他「忽上忽下，忽東忽西」、張學良氣憤的指責「國民的公敵，人類的蟊賊，此種全無廉恥，不講信義的小人」、蔣介石罵道「……稍有識者，無不疾其暴而憫其愚」（《蔣中正總統檔案・事略稿本》第十一冊，頁四五二），「真是個亡國奴心肝，尚只圖私利」。（見《中央日報》一九三一年七月二十九日一張三版）著名作家周瘦鵑認為：「石友三軍事知識遠差，但驍勇善戰，性躁而臨事不果」，還給他改名為「石反三」，別人聽了，撫掌笑對：「良不誣也」。（成都《新新新聞》一九三〇年十月二十一日十四版）當石友三二次反蔣失敗後，又欲以同鄉關係投靠張學良，東北軍將領對石很擔心，紛紛勸戒張學良。石竟然將自己的老父親送到瀋陽作為人質，又派人巧舌如簧的勸說，終於獲得張的信任。這時，閱人經驗豐富的胡漢民對來訪者譏笑張學良，警告說石是善變的「石猴」，還以對聯來預測張、石密交的結局：「友馮友蔣再友張；反馮反蔣必反張」，不料，此聯果然成讖語。（參考《上海報》一九三〇年十一月三日二版）可見像石友三這樣的人確為少見。他曾三次叛馮（馮玉祥）、三次投蔣又反蔣打蔣、投汪（汪精衛）反汪、投閻（閻錫山）反閻、投張（張學良）打張、聯共打共遭慘敗、投日抗日再做漢奸。以他的實力和謀略，如此廣泛樹敵，不是自不量力的笑話又是什麼？最後遭到活埋的下場就不足為怪了。

一、兩次叛馮

石友三（一八九一—一九四〇）乳名文會，字漢章，吉林省長春東卡屯人。兄妹五人，他居長，幼年家境貧寒，父親靠趕大車、做長工維持生活。石早年入伍任馮玉祥部的馬夫，因機敏會來事兒，得馮賞識，提為貼身護兵，後升遷很快，與韓復榘等同為下級軍官中「十三太保」之一。一九二四年，馮玉祥出任西北邊防督辦，提升他為第八混成旅旅長駐防包頭，任包頭鎮守使。

一九二六年五月，當馮玉祥的國民軍與直奉聯軍在南口大戰時，閻錫山出兵晉北，抄襲國民軍後路，石與韓復榘等奉命率部開往晉北。石在雁子門、左雲一帶同晉軍作戰，很賣力氣。可是到八月，國民軍在南口失敗，不得不向綏遠等地撤退。國民軍給養發生困難，軍心渙散。此時，石的小學老師商震，正是閻錫山麾下的一員驍將，由於這種關係，石、韓便與商震聯繫，接受閻的收編。這是石第一次叛馮。

▲石友三。

同年九月，馮自蘇聯回國，在五原就任國民軍聯軍總司令，招石歸來。石深有疑慮，經馮派人解釋，加之石父石玉琨嚴責兒子不該忘恩負義，石才回心轉意。一見到馮，他就跪下抱住馮的雙腿，哭起來。馮把他拉起說：「過去的事咱不提了！」又任命石為援陝第五路軍總指揮。

馮玉祥之所以不計前嫌，招撫石友三，還是因為石善於練兵，石自己對於基本戰技如跨木馬、盤杠子、過浪橋、越天橋、攀繩梯、爬城牆、劈刺刀、各種姿勢的射擊，無不精通，訓練時以身示範，士兵們心服誠悅。所統率的部隊有較強的戰鬥力，其中有一個「王牌二營」不但裝備最好，還以敢打硬仗聞名。有一年，馮玉祥與陝西督軍陳樹藩激戰，先後換掉幾個團都屢攻不下，最後馮交給石解決。石只從二營中挑選了四十人，每人塞給五元大洋，就帶領他們一攻而入。馮曾這樣讚賞石：「用兵最神速者也，敵在蘭封時，饒攻迅速，因奏奇效，後到碭山，助賀耀組追敵至濟寧。嗣因豫西事急，奉命後於二日一夜間之短時間內，由魯西交通不便之區，達到滎陽目的地，出敵不意，遂解鞏縣之圍，是真所謂靜如處子，動如脫兔，自天而降之飛將軍也。」（見《馮玉祥日記》第二冊，頁五四九）石在作戰中，有不怕死的勁頭，常手提一根馬鞭，不彎腰，不躬背，在陣地前沿往來督戰。張之江、鹿鍾麟等人也曾讚賞石的驍勇善戰，張之江曾有言：每臨戰，石不管情況如何，也不管自己兵力強大於對方多少，總是火急火燎的要求增援，指揮部還不能說沒有兵力可派，於是就敷衍加誇獎，但他常常是凱旋而歸。馮看重石的另一面是他關心部下，有籠絡部屬的訣竅。如對有戰功的連、排長們不但犒賞生活用品，而且親自請客，大碗喝酒，大塊吃肉，最後還有賞錢。如果他們有難處要借錢，一般都會得到滿足。平時見了面，還要噓寒問暖的嘮上幾句，讓他們感念不忘。當年他駐軍包頭時，一個衛兵不慎槍枝走火至一農民死亡，找到石要求法辦衛兵遭拒絕，再找石父石玉琨，石玉琨窮苦出身，深知百姓疾苦，當即趕去要兒子槍斃衛兵，石友三寧肯跪在父親面前，任由父親先罵後打也不肯，石玉琨只好自己再次出款了結。此事傳出，士兵們對石更加俯首帖耳。

正因如此，蔣也對石早有關注，公開和私下的均予刻意拉攏，一九二八年四月二十三日，蔣電石友三，給犒賞費五萬元，藉資補充，希派人來兗（兗州）領取。同時又電馮玉祥：「石漢章攻取濟寧之役，最為努力，此次潰故竄擾後方，輜重散失，前弟犒賞一萬五千元，一併失去。知深繫念，茲再發予五萬，俾便補充特聞。」（《蔣中正總統檔案・事略稿本》三冊，頁一八二）

一九二八年秋，馮玉祥對蔣的編遣方案極為不滿，藉故離開南京，蔣、馮關係近於破裂。那時蔣打敗新桂系，武漢戰事結束。馮看出蔣的指揮刀即將指向自己，認為晚打不如早打，便動員閻錫山一道反蔣。隨即把西北軍改為「護黨救國軍」，以石所部為第三路軍。這時韓復榘因受到馮的訓斥，加之軍餉不公，彈藥補充不足，對馮極為不滿，蔣乘機拉攏。而韓與石早有默契，韓看到時機成熟，於一九二九年五月二十二日在洛陽發表「主張和平，擁護中央」的通電，石與馬鴻逵以及他們的旅長一級軍官名字都被列在通電內。蔣大喜過望，六月八日，以國民政府名義通令嘉獎三人，接著派錢大鈞到許昌勞軍。石在歡迎錢的宴會上，對錢極盡媚態，又把過去抱腿哭著喊著「大恩大德」的馮罵個狗血噴頭，還列舉馮的十大罪狀。石由馮的「第三路總指揮」，搖身一變，成了蔣的「第十三路總指揮」，那些不識字的大兵們高興得說：「咱們總指揮真厲害，幾天時間，就增加了十路大軍！」七月二十八日，蔣宴請石，為其洗塵。何應欽、宋子文、趙戴文作陪。石端起酒杯，感到自己現在真是個「人物」了。這是石第二次叛馮。

韓復榘、石友三的二次叛變，對馮玉祥是沉重打擊，他在日記中自責道：「韓石事變，余為總司令而不知，余之過也，故余決心終身絕對不提及韓石一壞字，惟盼望其及早識破奸計，幡然悔悟，免使余心常為掛念也。」（見《馮玉祥日記》第二冊，頁六四一）

二、六十四大槓的排場

就在蔣令石部由許昌移師亳州，途經德州，與陳調元合兵請纓，高呼「擁護中央，剪除叛逆」時，九月二十七日，石友三的母親高太夫人在北京後門里三眼井本宅病故，年五十七歲。石當日接家中喪電，即在營中設靈位，又急派夫人從德州星夜奔喪，並由夫人轉告老父，可否延遲到十月十六日開弔？以便自己能妥為安排，趕赴奔喪。同時也一面安排部署，做奔喪準備，一面先給南京的蔣、後給北平行營主任何成濬各發喪電。而蔣接電後，深知當此關頭，萬萬不可讓石北返，否則前功盡棄。他先給石拍發唁電，後又電示何成濬如此這般。可還是不放心，繼派典禮局局長張希騫，攜帶他的輓聯、祭文以弔唁為名，親自前往勸說，隨從有交際科副官卞鴻舉等數人。當張、卞到達德州營中時，石正焦急的等待著他們。張代表蔣在靈位前致祭，並宣讀蔣的祭文：

維中華民國十八年十月二十八日，國民政府主席蔣中正，謹具秋芳新酌之儀，遣典禮局長張希騫，致祭於石母高太夫人之靈曰：緊為賢母，淑純其行，來嬪高門，誕生虎將。義方之訓，宗陽桃孟。仁澤之沛，多士挾纏。令子護黨，用申素尚，左之右之，實賴母相。卓馬其識，偉哉其量。近世所軍，群流所仰。胡天不弔，大命忽竟，孝子哀號，同胞悽愴……

之後，張轉達蔣的囑咐：當此南中謠諑紛紜，北方更應穩定。囑石移孝作忠，萬勿離開德州。但據張分析，石似並無接受蔣的勸告之意，於是執行蔣的第二方案，向蔣覆電後，又北上赴三眼井石家勸說石父。何成濬當時正在由漢口趕往北平的路上，連接石、蔣兩電後，按蔣的指示，先電令派北平行營副官長白恭甫為代表赴石家弔唁，再急電覆石，轉告蔣的旨意：撥贈賻儀金一萬元，給喪假七天，在軍中守制，安慰石不必過度哀傷，當以國事為重云云。何本人則於九月二十九日親臨石家弔喪，轉達蔣的致意，希望石老伯勸說友三以國事為要，遵從中央安排。石玉琨很爽快，立即發給兒子一通電訓：

急！德州總指揮部友三入覽：儉發汝一電，諒已收覽矣，所囑各節，務要仰體我意，切實遵行，並節哀順變，以國事為重，盡忠即是盡孝，汝能明白此理，既是克全孝道，汝母亦當含笑西方。此間諸事已由余主持辦理，諸事均甚妥當，已於豔巳入殮，汝不必掛念，至要！父泣囑。豔（二十九日）。

石友三接電後立即覆電何成濬：

急！北平何主任雪竹兄勳鑒：密，儉（二十八日）電敬悉，先母見背，承派員到敝寓慰問，休戚關懷，至深榮感。復奉總座電諭，准假一星期，著在軍守制，並須給治喪費萬元。北平之行固以中止。白雲親舍，陟屺徒悲有電，祗頌勳綏。弟友三叩。

十月十六日，石家開弔。來賓有第十一路總指揮劉鎮華、遼寧駐平聯絡處處長危道豐、四十九師師長任應岐代表耿傑臨、銀行家周作民，以及河北省、北平市兩府官員及其他各界代表。由十三路總部參軍王延堂、李晉三，軍務處長朱祖燕、少校副官王守倫主持喪儀，並分任招待。蔣的輓聯掛在顯著位置，其他送輓聯者有何成濬、劉鎮華、趙丕廉等數十人。十七日候奠，十八日上午十時移靈，由六十四人大槓（其中有的人是做過袁世凱、黎元洪的槓夫），全份依仗，並有松獅、松亭等陳設。出殯隊伍由北平地安門三眼井出西口，經景山、北池子外出東華門大街，過八面槽，沿東四大街往北新橋，環北經交道口……沿途有僧道番眾恭送，圍觀者人山人海，不得不派軍警維護。到中午十二時才抵達火神廟內配房暫厝。

不知是蔣有意安排，還是無意巧合，就在石家開弔的十六日早晨，蔣任命石友三為安徽省主席的通令發表，石激動得覆電：「待蕩平西北叛亂，再做主席！」當天中午，消息傳到石家，喪宅裡上下哭聲，格外嘹亮，大有聲震屋瓦之勢，那全豬全羊等各色祭品不斷運來。圍觀者竊竊私語：瞧那架勢，莫不是變成「喜喪」了？石友三由十三路總指揮兼安徽省主席，提升了十八日出殯的哀榮等級，否則，那六十四人大槓的排場，是隨便人敢擺的？

三、半粒芝麻和西瓜

蔣介石重喪尊誄，萬元厚葬石母，引來麾下將領的一些不滿，關鍵還在於石的身分：他一個二次叛將，就這樣神氣起來了？而作為海軍部次長的陳紹寬，就更有切身體會，所以牢騷滿腹。兩個多月前的七月十七日，陳的父親陳兆雄，以七十七歲在福建原籍仙遊。陳兩次含淚向蔣請假奔喪，蔣一次慰以「在軍成服」，一次避

▶陳紹寬。

而不見。閩鄉習俗，猶重喪祭，悖情者或不得入祖塋，或名不予列族譜。陳第三次接家中催電，憤怨至極，並對下屬說將再次向蔣請假，又做部務交代。蔣這才一通唁電到閩侯，算是為陳解圍。又撥五千元給陳治喪，特囑給假七天，「在軍成服」。陳「以主席盛意，未便過拂」，只得在南京毘盧寺設靈位，於八月四日遙奠。

蔣桂戰爭爆發，陳奉命第二次西征，三月二十九日乘「應瑞」艦討伐桂軍。打李宗仁非陳所願，因李與陳私誼交好，在海軍困難時，李曾予以資助，錢雖不多，畢竟是心意，所以當時出版的海軍刊物，多有李的題字。但陳一向忠於職守，抱定服從為軍人天職信念，為蔣的二次西征立下汗馬功勞。蔣論功行賞，在佔領兩湖後，犒賞海軍五萬元，任命陳為湖南省政府委員。後又授予他一等寶鼎章。一九二九年六月一日，海軍署改為海軍部，楊樹莊為部長，年僅四十歲的陳任政務次長兼第二艦隊司令。因楊當時還兼任福建省主席，常駐福州，所以，陳實際負責海軍部務。蔣在閒暇時常回溪口祭祖省親，當時交通不便，蔣多是在南京乘軍艦，出吳淞口，繞海岸在鎮海登陸，再轉車歸里。而每次負責蔣乘艦安全，並陪同全程的，多為陳車前船後的服侍，實際上成為蔣在艦船上的大保鏢兼侍從。陳以自己的功勞和叛將一對比，對那五千賻儀金，感到心裡不平衡。於是找個藉口提出辭職：請纓無路，難比昔賢，報國有心，敢期異日。

其實，在石友三看來，蔣的這一萬元治喪費，只不過是一粒芝麻。

一九二九年六月，石二次叛馮投蔣後，蔣派錢大鈞慰勞石部，帶來的不僅有大批委任狀，還有沉甸甸的三百萬犒賞（另一說為五百萬）。此外，在石母治喪期間，十月十四日，石派駐平辦事處的少將參軍王清森，從軍部領取二萬五千套棉軍裝及其他軍需用品，合計在十萬元左右。石母喪事後不久，蔣又暗中給石個人五十萬，進行二次收買。要是陳紹寬知道石所得三個「大西瓜」，又會怎樣？

四、砲轟南京

石母喪事結束後，十月下旬，石奉蔣令率部進駐安徽蚌埠。石認為，在蔣所犒賞的「西瓜」中，他最看中的是安徽省主席這個職位。多年戎馬征戰的奔波，使他久欲得一地盤，一來可以過幾天安穩日子，二來可以就地籌餉，不再仰賴他人鼻息，現在實現了——他越想越覺得這西瓜真甜。蔣對兩次叛馮的石，確實不放心，但並無消滅之意，只是要好好的利用他。在石尚未正式接任省主席職務，又電令他抽調部隊南下援粵，撲滅李宗仁、陳濟棠在廣州的「反叛」。石不忍放棄尚未到嘴的「西瓜」，又擔心蔣欲分解他的隊伍，心生一計，電呈蔣，要求准許他全軍一同南下，蔣若不允，他就有藉口。誰知蔣立即照准，並改以廣東省主席相誘。這讓石進退兩難，大傷腦筋。這期間，蔣、廣東方面、唐生智三方代表齊集石部，各有說辭。而讓石信服的是，廣東方面代表鄧芝園的分析：蔣要在你軍乘船中各個消滅。原來，蔣的習慣歷來是將下屬作戰的具體細節，一一安排妥當，有的正確，有的就不切實際。他要求石部由南京浦口分乘木船先到上海，再由吳淞口乘海船往廣東。木船載兵有限，距離又拉得較長，遇事很難照應。鄧把石捧為曹操，說類似三國火燒連營的悲劇將再現。

沒有腦子的石友三，也不想想，當此關頭，花了幾百萬的蔣，為什麼要消滅他？卻急忙於十二月一日在浦口車站召開緊急軍事會議。他已定好了反蔣調門，還要聽別人怎樣唱。一位對石家有恩的老參軍，壯著膽子說：「他（指蔣）的賞咱領了，太夫人之喪，他也『哀』了，家主也『榮』了，咱再這樣做合適嗎？」立即遭到石的訓斥。會議一結束，先把蔣的代表、兵站總監盧佐扣押。接著調遣幾十門大砲，從浦口江岸向南京城突然猛烈轟擊，並派便衣混入南京城裡四處騷擾。蔣沒有防備石會有這一手，所以毫無準備，南京一片混亂，政府各機關紛紛外逃。當時邵元沖與馬超俊欲往常州公幹，因鐵路被石毀壞，氣憤的他在日記中發牢騷：「午前赴中央政治會議，諗石友三部昨日在滁縣嘩變，大掠浦口，且發通電詆中央政府，其悍戾終不得改也。」（《邵元沖日記》，頁五八四）砲轟之後，石部立即北撤，沿途能搶的就搶，不能帶走的就毀壞。又將津浦鐵路的車皮全部帶走，還把其他駐軍全部繳械，以防蔣的追擊。最後安全退居河南商丘一帶。

五、惟有一罵

蔣對石的砲轟，很無奈。因馬鴻逵、韓復榘與石一同叛馮投蔣，早有密約，三部駐軍又都環繞在南京西部及北部，如果追擊，恐引起三部同時興兵。而且唐生智得知石的砲轟壯舉，立即在鄭州以「護黨救國」為名通電討蔣，所部正沿平漢路南下，將主力集結在駐馬店一帶，對蔣構成威脅。所以蔣對石只得作罷。

從蔣為石母撥款治喪，到他砲轟南京，不過六十五天。更讓蔣沒有料到，又哭笑不得的是，砲轟一個月後，一月三日，石通電全國，聲明悔過。在二十天內，他又兩次向蔣發出「悔過電」，稱：「此後一意練兵，遠避政治；只乞月給資糧，別無他求。」瞧！他還惦記著蔣的「西瓜」吶。

各派勢力聽說此事，認為石是在戲弄蔣，無不笑做一團，連外國通訊社也作奇聞報導。此事又助長北方的馮、閻，廣州的李、陳後來的「反叛」聲勢。馮玉祥在談到石友三的反覆無常特性根由時，一連用了五個「太」字：「年歲太輕，知識太差，讀書太少，要官太急，摟錢太貪」（見《馮玉祥日記》第四冊，頁六四三）。

蔣從軍多年，有勝利、有失敗、也有過下野，但這種怪事，他沒見過。他算計過多少人，卻沒有算計好石友三的砲口方向。那口氣，讓他說不出，咽不下，又不能暗殺。為什麼不能？蔣搞暗殺，有兩種情況：一是擺不到桌面上的那種，如對史量才、聞一多等，僅憑蔣個人恩怨的；另一種是如果暴露，可以擺在桌面上的，如對張敬堯、張嘯林等有歷史汙點、有民族義憤的人。而像石這種人，一旦遇刺，不管是與不是，人們都會眾口一詞指責蔣，以蔣的地位，沒有必要擔當這種不光彩的名譽。

既不能打，又不能殺，還咽不下這口氣，那就只有罵了。怎麼「罵」？蔣早年綁過票，也親自搞過暗殺，就是沒罵過人，現在是國府主席，罵人得講究點藝術性。於是找刀筆吏來個「文罵」，題為〈請看石友三之為人〉，在一九三一年八月問世，廣為散發。那洋洋灑灑的兩千多字，完全不顧蔣在弔祭高太夫人的祭文中，對石的誇獎，不厭其煩的把張學良、閻錫山及石父石玉琨等人對「無信義、無廉恥、無知識之醜惡軍人」的石友三的譴責，一一列舉。罵石是「毫無心肝，毫無恩義」、「不忠不孝」、「口血未乾，既背誓食言」、「無政治觀念，有狼子野心」，說石是「與父絕」，「置父於鼎俎旁」（石投張學良時，為取得張的信任，將父親做人質送往瀋陽，他第三次反蔣打張學良時，張病重臥床）的吳三桂。你看，罵他還不忘抬舉，要是石真有吳的軍事才幹，也不枉挨罵了。

六、終有一劫

抗戰爆發後，石一度歸宋哲元，在沂蒙山區進行抗日游擊，所部擴編為第十軍團，任軍團長。一九三九年二月，再擴編為三十九集團軍，任總司令，下轄六十九軍和新八軍，實際只掌握六十九軍，新八軍僅遙受節制。新八軍軍長高樹勳本與石不睦，所以石感到人少勢孤，與冀南八路軍保持合作關係。蔣哪能視而不見，派臧伯風為六十九軍政治部主任，對他進行監控。石的反覆無常本性，一有機會，就會暴露無遺。不久便與八路軍發生摩擦，對八路軍進行偷襲，遭重創，率殘部逃出。

說到石與八路軍的摩擦，還有一段笑談足為消遣茶餘。石友三初到冀南，和八路軍的一二九師師長劉伯承相處還算融洽，楊秀鋒、宋任窮等人亦為其座上客，一九三八年冬天劉在冬衣問題上幫了石的忙。當石逐漸取代鹿鍾麟控制冀南，站穩腳跟後，和八路軍的摩擦就越演越烈。經一二九師政委鄧小平與石談判，爭取到石的中立。可是八路軍在與國軍第二游擊區的張蔭梧激戰並打敗張後，石感到唇亡齒寒，更加暴露出本性，利用他擅長的戰術——偷襲，並繳獲不少槍械彈藥，俘虜人員。讓八路軍大傷腦筋。還是劉伯承有辦法，他帶領十幾個宣傳隊員，親自找石歸還。據當年服役於石友三部隊的李振武回憶：沿途由宣傳隊員張貼標語「石總司令是民族救星」、「擁護石總司令抗戰到底」、「石友三是抗日大英雄」等，滿街滿地的都是標語。當快到石的總司令部時，隊員又高呼這些口號。早在一九三二年秋，石經日本特務誘惑，在日軍保護下從煙臺乘船潛入天津，與土肥原拉上關係，正式投日，成為臭名鼎鼎的漢奸。現在八路軍竟呼喊自己是「抗日大英雄」，既讓他意外，又使他感動，於是就飄飄然了；親自到大門口迎接，又拉著劉伯承的手走進屋裏。一轉身，劉還對著石高喊口號。石以為與劉個人感情還是有的，於是在與劉洽談後：人！放回。馬！拉走。東西！全部歸還。

送走了劉伯承，石正在得意之餘，不免遐想連連……偏偏來人報告：街上的標語全都換成了「石友三是大漢奸！」、「打倒大漢奸石友三！」、「要抗日，就要打石友三！」讓他這個氣呀，簡直無以名狀！

石與八路軍的全面開戰不可避免。而劉、鄧（小平）早已做好準備。石又來偷襲，結果如前所述。這回石真正成為孤家寡人了，但他不甘心，一方面尋找新的靠山，一方面希望與部下高樹勳和解。一九四〇年六月，石派其弟石友信等人與日軍秘密聯繫，接受日軍的「聯防協議」，日軍準備給石以河北省省長兼治安軍司令名義，要石公開投降，並要求他宣佈與華北偽政權合流。蔣於是下了暗殺令，他利用石與高的矛盾，又收買石的總參議畢廣垣，迷惑石。一九四〇年十二月一日，高與畢廣垣、臧伯風，制定了殺石計畫，誘騙石來高部洽談和解時，高將石扣押，當夜活埋。

石的特性嗜殺不吝，動輒活埋，以數十人計，有「石閻王」背名。他或許沒料到，在自己砲轟南京整整十一年後的這一天，自己也以所嗜好的方式結束生命，可謂佛法無邊，輪迴報應。殺了石，蔣總得對社會有個交代吧。中央社於一九四〇年十二月七日向全國發表通電：「石友三秉性輕佻，反覆善變，以末卒雖積功至偏裨，然終覺未能發揮其野性，故利用機會，任意擴張部隊，以遂私圖。我中央向以寬大為懷，容其既往，並寄以專門，使在大河南北，立功自贖。不意故習難改，野性難馴，近來對於中央作戰命令，陽奉陰違，有所調遣，亦多不遵行。其弟石友信，尤多不法，中央未便再事優容，若留此敗類，適足影響軍紀，乃下令衛長官於本月四、五日，就地先後槍決，以伸國法。」

石死後，高樹勳與六十九軍的高級將領聯名電請蔣，保舉孫良誠繼任六十九軍軍長。蔣覆電卻發表為畢廣垣。因為在蔣看來，此次事件，畢的作用最大，論功行賞，非畢莫屬。（參考：黃廣源，〈反復無常石友三〉，《民國政要百志》，頁三一七—三三六；高樹勳，〈石友三醞釀投敵和被捕殺的過程〉，《傳記文學》第六十七卷第二期，頁一二四—一三二；及《中央日報》相應各期報紙）

第四節　恭倨有度結盟無信

在蔣介石的幾十位結拜兄弟中，最終反目成仇，嚴重敵對者，有兩位，一是馮玉祥，另一位是李宗仁。不過，馮玉祥早逝，惟李宗仁壽享七十有九，又做了副總統，後一度代蔣而「總統」了，所以，他的與蔣敵對，乃至算不清的越洋「口水帳」，頗為引人矚目。要是人們關注蔣、李「蜜月」時期的某些細節，則更有助於了解蔣、李關係。

蔣、李有金蘭之誼，據李自言，是蔣先提出來的，這似乎可信（根據當時蔣、李的地位分析）。

一、結盟

關於蔣、李義結金蘭的過程，有不同的說法，其一如是說：

一九二六年五月，蔣介石就任國民革命軍總司令。八月十四日，蔣在長沙東門外大校場舉行閱兵式，檢閱當時在長沙的第七、第八兩軍共兩萬餘士兵。當蔣騎著一匹棗紅馬順利走過第七軍隊列，剛進入唐生智率領的第八軍隊列時，棗紅馬突然受驚狂奔，蔣從馬背上摔下來，但右腳仍套在馬鐙裡，被馬拖了幾丈遠。閱兵被摔下馬，自古即是「大不吉」的事！蔣狼狽不堪，數日悶悶不樂。不久第八軍傳出一種說法：蔣總司令是過不了第八軍這一關的，日後必被湖南人打敗。

有一天，在總司令部裡，蔣突然問李宗仁：「你今年多大歲數？」李奇怪的看著蔣，回答：「三十七歲！」蔣高興了，又說：「我比你大四歲，我要和你換帖。」李更加詫異了：「我是你的部下，不敢當啊！再說，我們是革命隊伍，不應該再講過去那一套舊的東西。」蔣連說：「沒關係，沒關係。你不必客氣。我們搞革命，和舊傳統並不衝突，換了帖子，使我們更加親如骨肉。」說著，從抽屜裡取出一份事先準備好的紅紙，遞給李。李不肯收，再次推辭說：「實在不敢當啊。」蔣接過紅紙，塞在李的軍服口袋裡，說：「一定不要客氣，你人好，又很能幹……。」

李回去後，看到紅紙上寫著蔣的生辰八字及四句誓詞：「誼屬同志，情切同胞，同心一德，生死繫之。」在簽名「蔣中正」下面，另附有「妻陳潔如」。李那時新娶側室郭德潔不久，郭長得漂亮，又有文化，成為李內政外交的難得助手，就將此事告訴郭。郭看到蘭譜上有「妻陳潔如」，大發感慨。當時，人們把李的元配李秀文稱為「大夫人」，對郭德潔稱為「郭夫人」，郭十分不滿。想通過與蔣結拜蘭譜，確定她的「惟尊」地位，便極力贊同丈夫順應蔣的要求，但李還是猶豫不決。

▶李宗仁元配李秀文。

以後，蔣每見到李，就催要蘭譜，李出於無奈，只得接受郭的意見，郭認真準備蘭譜，並模仿蔣的蘭譜，在「李宗仁」的名下，附上「妻郭德潔」，由丈夫交給了蔣。豈料，兩年多後，蔣、桂戰起，蔣揮師進駐武漢，桂系全軍瓦解。蔣還不解氣，一直打得李在國內無法立足，跑到越南西貢去喘氣了。蘭譜中所謂的親如兄弟，同生共死，轉瞬間，竟變成了兵戎相見的你死我活！李宗仁氣得大呼：「結拜這種盟約何用？」

二、桂林拜「伯母」

七七事變，蔣、桂捐棄前嫌，以民族存亡為要務。李深明大義，接受蔣的領導，並指揮了震驚中外的台兒莊戰役，斃傷日軍兩萬餘人，有力的打擊了日本侵略者的囂張氣焰，振奮了中國軍民的抗戰熱情，成為抗戰史上的光輝一頁。台兒莊大捷，使蔣又一次對李的軍事才能，不得不刮目相看。加之對日作戰，還得有賴於李的用兵，所以，抗戰時期，成為蔣、李，乃至蔣、桂的「蜜月期」。

一九三八年十月武漢失守後，戰局一下變得嚴峻起來，蔣感到在軍事上更加有賴於桂系。除了向李宗仁頒發「青天白日勳章」外，令宋美齡率領各黨派組成的「新生活運動婦女指導委員會」，到湖南、江西、廣西等地開展「鼓動婦女救亡工作」，以鼓舞抗戰士氣。十一月間，宋來到桂林。當時，台兒莊大捷雖過去半年有餘，但仍振奮國人。宋所到之處，都能感受到李宗仁成為家喻戶曉、人人稱讚的抗日英雄地位。她這次就是專程去李的家鄉，看望這位英雄的母親劉甫端老太太。

劉甫端（一八六七—一九四二），是李宗仁故鄉古定村南寨人，終生務農，賢良治家，寬厚待鄰，樂善好施，豁達明理，頗為鄉里稱讚。一九二四年起，劉太夫人先後在上海、廣州、香港等地遊歷或暫居，因此也算是見過大世面的人。

十二月一日，宋率領「指導委員會」回到重慶，在重慶的婦女團體聯合舉行盛大的歡迎儀式，主持人沈慧蓮邀請宋美齡演講。宋激奮地說：「我在廣西見到李宗仁先生的母親，這位七十三歲的老太太說，日本沒有什麼可怕，我們中國婦女每人拿一把菜刀就可以解決那些日本軍閥！」頓時，會場上許多婦女代表都為李母的民族大義而感動。宋美齡此次看望李母，雖未留下照片，但劉太夫人的豪言壯語通過宋的轉達，已見報端，影響全國。

宋美齡第二次看望劉太夫人是一九四〇年十二月四日上午，陪同丈夫同往。當時正是奪取桂南戰事最終勝利後，蔣乘興專程來桂林拜望李、白（白崇禧）兩家太夫人。劉太夫人知道後，認為天氣很冷，道路又不好走，懇切傳話說：「委員長為抗戰日理萬機，就不要為一鄉婦如此耗費時日了。」蔣卻堅持再三，還不滿的說：「我與李司令長官是結拜兄弟，他的母親就是我的伯母，我到了廣西，哪有不來拜見伯母的道理？」並諭令各方做好接待準備。

於是，除了官方忙碌外，還忙壞了李、白兩家。蔣先到臨桂縣兩江鎮看望劉太夫人。四日上午，在副總參謀長、桂林行營主任白崇禧的陪同下，經鄉路一個多小時的顛簸到達李府。此時，李宗仁以第五戰區司令長

▶蔣介石夫婦拜訪李宗仁之母劉太夫人。左為郭德潔，右為宋美齡。

官，擁兵坐鎮鄂北老河口前線，得知消息，因不能分身，特派夫人郭德潔和大哥李宗唐、小弟李宗藩，攙扶母親和叔叔李春華等家人，在大門外恭候。那天天氣的確很冷，蔣、宋卻興致很高。車隊駕到李府，經白崇禧一一介紹，蔣、宋與劉太夫人、李家叔叔、兄弟等一一躬身握手，頻頻頷首微笑。蔣見到李府二門上有一副對聯：「山河永固，天地皆春」，橫批是「青天白日」，很是高興。特意與宋在門前留影，宋又與郭德潔分立劉太夫人兩旁合影；蔣則與李府叔叔、兄弟和白崇禧拍照多幅。進到室內，蔣氏夫婦待劉太夫人安坐後，始向劉太夫人問安，祝賀她七十五歲的高壽（實為七十四歲，蔣有虛增人壽的習慣）。接著，宋向劉太夫人贈送景德鎮瓷器等見面禮。蔣又對劉太夫人說：「德鄰在外為國守土，不能定期歸省，還請多多保重。」接著又嘉勉了李宗仁一番。宋則好奇地對與江浙風格截然不同的李府建築問這問那，白崇禧、李宗唐則一一解答。

談笑一番後，蔣提出要「到培英公的墓前盡禮」（李宗仁父親李春榮，字培英）。劉太夫人立即說：「折壽了，折壽了。」再三表示不敢當。蔣又一次搬出蘭譜，微笑著說：「我與德鄰是結拜兄弟嘛，培英公是我的父輩，理應去拜奠，以表敬意。」宋也在旁幫腔：「應該的！」劉太夫人只好稱謝，一同前往。蔣氏夫婦在墓前鞠躬行禮，極為恭謹。分別時，宋對劉太夫人極表好感，說她是「有大賢大德，應該稱之為女聖人」。

三、蔣、李結姻

桂系人才輩出，其中「了不得」的韋永成，被桂系目為李、白所倚重政治新秀。韋對李尊稱舅舅，人們又根據他兩度由李資助赴蘇留學（第一次是李私人資助，第二次是桂系出資赴德國考察軍政），故對他的身分確認無疑（連黃紹竑晚年所寫回憶錄也還認為韋為李的外甥）。王公度被殺後，韋接管王的工作，成為桂系的政工首領，年僅三十歲，竟獲中將官銜。一九三八年李、白力主推薦為第五戰區政治部主任，可謂少年得志。一九四〇年就任安徽省民政廳長。韋謀政頗有方略，據說他「左拒CC系，右擋土木幫（陳誠派），揮灑自如」。

當時，民政廳會計主任徐祖銘的妻子章竟平，與蔣介石的姪女蔣華秀是同學摯友。看到韋年輕有為，而華秀待字閨中，欲成良姻。章兩次往返大別山與贛南，終於促成韋、蔣鴻雁往還，照片互贈。蔣小姐貌如其名，秀美天成，她希望見韋一面。韋身為省府要員，且有李、白多年栽培，軍政大事相託，那能擅離職守。而蔣小姐這邊也為難，一來兵荒馬亂，二來哪有以女相夫？更何況是貴為「國親」，讓人知道了，成何體統？好在章的丈夫做的是桂系的官，自然要為桂系說話。章美言相勸，蔣小姐豁達，與章相偕赴皖，一見傾心。黃紹竑笑稱他倆是「天生一對」。隨即，蔣、韋聯名電呈叔父，請求結婚。

蔣看了電報大為不悅：「我們不是沒有門庭的人家，也不是沒有做主的家長，怎麼好隨便自己提出來呢？」宋知道丈夫因戰局而心情不好，勸解道：「你太累了，就別操那麼多的心，我看交給經國辦好了。」

蔣經國對這位高出自己一頭的留蘇老同學，有著「兩人印象，互不看好」的過去。現在不同了，韋官職高過自己，又有李宗仁的背景，特別是韋實為桂系的後生猛將，前途無量。他打起歪主義，與父親相商。老蔣還是不情願。小蔣一番勸解，讓老蔣龍顏大展。原來小蔣欲借助小韋，一來瓦解、分化桂系，二來拒絕中共統戰。他告訴父親：中共對桂系的統戰口號是「聯繫李宗仁，爭取韋永成」。老蔣自言他輕視了小韋。

一九四〇年夏，韋永成在一對秘書夫婦的陪同下，來到贛南正式向蔣經國提出求婚。兩年後，轟動一時的蔣、李聯姻儀式在桂林市中心的樂群社舉行。禮堂裡掛滿了喜幛、花籃。蔣經國代表家長主婚。老蔣送了什麼？一隻熱水瓶。達官顯貴，哪個不來慶賀？怎能不來慶賀？人們津津樂道：抗日大英雄的外甥成了「駙馬爺」。至於賀禮，僅以金銀珠寶、字畫古董計，車運船載，堆積如山。（參考《文史資料存稿選編・軍政人物（下）》，頁八一八）

小蔣政治經驗畢竟有限，失敗在所難免。原來韋永成並不是李宗仁的親外甥。李在回憶錄中有記載：培英公的老師李小甫與李家同姓不同宗。這李小甫的長女，就是韋永成的母親。（《廣西文史資料專輯・李宗仁回憶錄（上）》，頁一五）李說他父親一生為人行事，都以小甫先生為模範。李發跡後，自然對有政治敏感的韋視若子姪，關心培養，藉為己用。勝利後回到南京，小蔣經常出入韋家，一為監視，二為拉攏。然而一九四八年的副總統選舉，韋不顧他的「駙馬」身分，毅然投入助李競選中，他為李設計了許多助選傳單，大都新穎有趣，其中有一張中間印著一顆紅心，用黑色黑體字寫著郭德潔為丈夫競選的著名口號「請投良心一票」，又花兩千萬接辦了一張報紙，著力打擊孫科，氣得小蔣絕跡韋門。四九年後，韋氏夫婦去了臺灣，小蔣看在堂妹面子上，沒有為難這位「不爭氣」的妹夫，據說他們日子過得相當不錯。

四、李母之喪

一九四二年一月十四日上午，劉太夫人病逝於桂林兩江浪頭村，年七十六歲。國府主席林森、于右任、孔祥熙、何應欽、薛岳等均致電李宗仁慰唁。蔣指示儘快成立治喪委員會，隆重治喪，又電託李濟深作為他的代表，前來致祭，並主持治喪。蔣、宋聯名送去輓聯：「大地遍干戈正倚賢郎同掃蕩；寸心懷饑溺遙瞻慈範更低徊」，輓額為「母教典型」。于右任、孔祥熙、馮玉祥、何應欽、李濟深、蔡廷鍇、田漢、李四光、徐悲鴻等人均有輓聯、輓詩祭悼。治喪會收到的唁電、唁函、祭文、輓聯、輓詞等，總計不下千數，從內堂各屋、側屋、廚房一直掛到大門外。

至此，上自中央要員，下及地方機關團體，都派人設祭憑弔，幾天時間，弔唁者達萬人之眾。至於李家，至親及五服之外，或屬附近鄉親，均協助治喪。一連三天，無論男女老幼，凡來靈堂者，人手一炷香，一弔紙，面對遺像，先行跪拜，頻頻拭淚。這些人中，有許多是受過劉太夫人的恩惠。喪筵如潮，殺豬不計其數，後來把打穀桶都抬來盛豬肉。桂鄉習俗，高壽逝者，凡有來弔喪者，吃罷酒飯，必例行發給壽碗。以至於有人擔著水桶前來弔喪，餐後，前面挑豬肉，後面挑著碗回去，李家則來者不拒，一概聽便，用度如流水。

▶李宗仁與郭德潔。

李宗仁看到太過鋪張，便提醒道：「國難期間，一切從簡吶！」遭到全家的反對，大哥李宗唐更是不買帳：「你在外面做好你的官，管好你的千軍萬馬。但是在家裡，可得由我做主，無論如何我也要把娘的喪事，辦得要怎麼好看就怎麼好看，就是賣田賣宅院，也要對得起她老人家一生的辛苦。更何況中央還派了這麼多大官來主持喪事，不能讓他們看笑話。」李宗仁感到自己多年戎馬在外，未盡孝親，既愧對母親，又愧對兄弟，不禁熱淚揮灑，歎一口氣：隨他們去吧！

出殯那天，人山人海，中央大員、桂省政要及各方代表、地方士紳、平民百姓，加之圍觀者三萬有餘。靈柩前，有成百軍樂隊和本鄉數十吹鼓手待命。炮竹一聲，哀樂湊，悲鼓鳴，哭聲震天，紙錢飛撒。劉太夫人的葬禮盛況，傳為桂省多年之最。不但體現出李宗仁的歷史地位，也折射出蔣、李關係在特殊時期的偶然性。

五、大哥之喪

李宗仁的大哥李宗唐，字德明。一八八九年生，幼年曾略讀私塾，成年後在家種田。農閒經商，販賣茶油等生活用品，也私下運銷鴉片。李宗仁發跡後，李宗唐出任過國民黨桂林第十區黨部監察委員。期間，經營桂林至兩江客運的「桂益行」（任董事長）。李宗唐被鄉里稱為李家的「總管」，幾十年來，經手的錢款上千萬，但他依然十分節儉，趕圩或外出，從不擺闊氣，不坐車乘轎，更不上館子大吃大喝。李家的大型工程，如挖塘造屋等，都是他一手經辦，既省錢又牢固。他還謹記母訓，樂於助人。一九四六年胃病復發，急赴南京求治，終因痼疾多年，藥石罔效，享年五十九歲。

此時，因李宗仁不顧蔣的反對和阻撓，執意參加副總統的競選，與蔣對立日益嚴重，蔣對李的提防，也日甚一日。到李競選成功，李竟被蔣目為除中共外，第一大政敵。李欲請假回鄉為大哥弔喪，蔣再也不提結拜兄弟之事，也把「你的大哥，就是我的兄弟」的慰語拋到九霄雲外。竟然拒絕李的告假請求。不過李宗仁在他的《李宗仁回憶錄》（唐德剛著本）中，對於此有如下描寫：

> 我返京不久，長兄德明忽然在桂林病歿。大哥以半商半農為業，胼手胝足，一生勞苦。我歷年馳騁國事，對他亦未有太大的幫助。驟聞殂謝，憶念手足之情，頗思返桂林弔喪。因赴蔣總統官邸，擬當面向他請一兩個星期假，俾便返里。誰知蔣先生多疑，他深恐我乘機與兩廣人士又有聯絡，對他不利，竟不准我請假。我一再堅持，他仍是不准。最後才笑著說：「嫂夫人很能幹，讓嫂夫人去料理好了。」我不得已，只好打消此念，而由內子飛返桂林弔喪。自思我身為副總統，在中國真可說是「一人之下，萬人之上」了，但是先兄去世，我連弔喪的自由都沒有呀！

▶蔣介石與李宗仁出席正副總統就職大典。

但是，據筆者所了解，李宗唐是一九四七年死於南京的醫院裡。李宗仁獲選副總統是一九四八年四月底，向蔣請假是七月的事。如此說來，蔣的提防不是沒有道理。但不知是李宗仁記憶有差錯，還是唐德剛撰述有忽略？疑或是筆者資料有誤？

第五節　「母儀」何哉？

蔣介石一生為許多著名人物的母親去世，題寫過誄辭。如為唐淮源之母題寫的輓額是「岳歐懿範」；為白崇禧的母親贈以「懿德永昭」；為馬超俊母親黃氏題贈「柔嘉雒剛」。尤以對陳誠的母親所頒賜的尊誄規格最高。一九五三年八月十七日晨三時，行政院長陳誠的母親洪太夫人因心臟病復發，逝於信義路本宅，年八十五歲。當時陳誠夫婦及其兄正修、弟勉修均陪侍在側。此時國民黨正在推行改造，陳誠的地位如日中天，雖因幾次失誤主動提請辭職，都被蔣誠挽留任。於是有人說，辭修真是越「辭」越「修」，官越大。所以僅在十七日上午，前來弔唁者就達二百多人，各國駐臺使節也於下午紛紛依中國習俗弔唁。蔣及夫人於午間十二時半，輕車簡從，親赴殯儀館弔唁，並慰問家屬。蔣在這時最怕的是陳誠提出辭職守制，因為他對陳誠還有更大的任用（不久，陳被推做副總統），所以向他講了幾句忠孝之間的關係。但是，陳誠不知是沒明白蔣的意思，還是故意要走一下形式，不過有一條他深知，一個不重孝道的人，不管他的地位有多高，才能有多大，蔣都是鄙視的。所以陳仍以「母喪哀慟逾恆，深恐貽誤公務」，向蔣提出辭職。蔣似乎生氣了，在批示中直接告訴他：「移孝作忠，古有明訓！值茲國難時期，務望以所報親者報國，所請應毋庸辭。另准給假十天，以全孝思！」

為了進一步安撫陳誠，他為洪太夫人題頒的輓額，赫然竟是「母儀群仰」。以當時臺灣政局而論，陳誠作為一人之下，萬人之上，太夫人得此尊誄是極大的哀榮。此中的一個「群」字，能看出蔣煞費苦心，反覆修改的痕跡。可以說，蔣用字十分到位，除此字外，再也找不出更適合的字了。同時只有他才能這麼寫，也只有他才敢這麼寫。

第六節　小諸葛大失誤

一九四五年七月二十七日上午九時，軍事委員會副總參謀長白崇禧的母親馬太夫人歸真，年九十三歲。由於白氏是回族，理應「敬依伊斯蘭教典」，於二十八日下午二時，在銅梁西泉本齋舉行殯禮，二十九日上午十時安葬於西泉老鷹岩。

七月二十八日，「孤哀子」白崇勳、白崇禧在報上刊出哀啟。

一、夫人與代表會

當時面臨抗戰勝利，蔣介石最大的要務是，解決共產黨日益嚴重的軍事擴張問題，不願看到桂系的再度與他兵戎想見。為了安撫桂系，拉攏白崇禧，蔣對白家的喪事很重視，首先提議成立治喪處，除西泉安葬儀式外，另擇期在重慶舉行追悼會。但是選派誰作致祭代表更合適？夠級別的人選，不是被派往前線做接受日軍投降的準備，就是派做與中共爭奪地盤的籌畫，還有就是籌備成立聯合國的事項。最後選定錢大鈞為代表，但反覆思考，覺得分量不夠，又把兒子蔣經國搭上，全程參與，跟隨行祭，致殯禮。

二十九日，錢大鈞、蔣經國攜帶蔣介石題頒的銘旌狀，來到白府一看，怎麼來的人盡是女人？再仔細一看，有李宗仁夫人、陳誠夫人、張治中夫人、王懋功夫人等十餘位女士，原來他們是丈夫的代表。除了女代表外，還有男代表，如何應欽、徐堪、余漢謀、宋希濂、賀國光等人都委派了代表。也有一些熟悉的面孔：于右任、孫蔚如、馮玉祥、鹿鍾麟等無實權而名重者。錢大鈞暗笑：此乃夫人與代表之會也！

八月三日，何應欽、程潛、李宗仁三位大員聯名在報上刊出〈追悼白母馬太夫人啟事〉：訂於八月十四日

▶一九四四年三月，白崇禧與母親馬太夫人及夫人馬佩璋於桂林。

在重慶夫子池舉行追悼儀式。然而八月十五日是日本投降日，無法舉行。何應欽也因重任在身他往，更改後的日期訂為九月三日，落款也變成「軍事委員會辦公廳第二組謹啟」了。可是九月三日是盟軍勝利紀念日，又不能舉行，再次改為九月四日。最後是在十三日終於舉行了。蔣題頒「懿德永昭」。人們對一拖再拖的追悼會已失去了耐心，況且到處是歡樂慶祝的氣氛，與白家本意相違，參加追悼者無法抑制住抗戰勝利的喜悅，而強裝悲痛。

一年後，國共戰事不可避免，蔣在軍事上還有賴於這位兵甲滿腹的「小諸葛」，幾多弼助，於

是在九月十八日，批准由「國民政府指令行政院」，頒發對馬太夫人的〈褒揚令〉。與〈褒揚令〉同時轉飭的，還有一方蔣氏手筆的「懿德永昭」匾額。

馬太夫人獲得〈褒揚令〉，是民國史上，因子尊而母貴，獲此殊榮的第二位（第一位是宋子文之母倪桂珍）。馬太夫人的葬禮前後，是白崇禧人生、事業、聲望的最高峰時期，此後，作為軍事家的白健生就江河日下，物是人非了。

二、致祭代表　羞辱專使

蔣介石一生戎馬征戰，坎坷謀國，積累了豐富的為政經驗，其中就有利用各種機會，巧妙的使人難堪，甚至是羞辱人的技巧。而對白崇禧的難堪與羞辱，足以讓人深思、驚醒，也暴露了蔣在大仁之中的小孽特性。

白崇禧在國民黨高級將領中，以能征善戰、機智過人而聞名，人稱「小諸葛」。然而在決定他晚年命運的關鍵時候，卻棋錯一著。一九四九年白崇禧敗退到海南島後，恐蔣加害，已做好再走海外準備。這時因李宗仁已在美國，蔣還需要利用白牽制李，先派軍需署長陳良到海南島為白的殘部補發軍需，再派陸軍副總司令羅奇帶去他的親筆信請白崇禧到臺灣共商善後，羅奇還告訴白，蔣準備復職後，請他出任行政院長，白猶豫不決，便派李品仙前去探個究竟。李到臺後很快來電，一再說確有其事，蔣也很有誠意。經不住誘惑的「小諸葛」終於在十二月三十日飛往臺北，從此再也沒能走出臺灣一步（《去台高官生死錄》，長征出版社二〇〇二年，頁二二〇）。

此前，在涉及去臺灣與否時，白崇禧曾試探李宗仁，李氣得大罵「烏龜王八蛋才去臺灣！」實則是警告他不要去臺。周恩來在談到這件事時指出：「白健生頗自負，其實在政治上無遠見，竟聽信蔣介石的話，給騙到臺灣去了。」

（二）給白崇禧的難堪

蔣在臺灣要復任總統，但根據憲法，代理總統先得辭職，或去世，要不就修改憲法。於是蔣給白一個難堪：一九五〇年一月六日，白崇禧不得不奉命致電在美國的李宗仁，轉告蔣對他進退的建議：要麼馬上返臺仍代總統，要麼辭去代總統由蔣介石復職。白崇禧在電報的最後寫道：不辭代總統，又不返臺，對德公最為不利。

一九五二年十月國民黨召開七大會議，所有在臺的國民黨六屆常委都被任為「評議員」，唯獨白崇禧例外。這顯然是蔣又給白崇禧的一次難堪。一些國民黨元老覺得不公，便推德高望重的于右任、居正等向蔣陳情。蔣說：「健生的事，我知道，我知道！」然後客客氣氣地把他們送走了，以後再無下文。還有一次，白夫人馬佩璋去香港，剛到機場，奉命盯梢的特工就對她說：「妳的皮包裏如果有信件，應該交出來由我們代妳寄出，不應該由妳帶去。」馬佩璋對此很生氣，從包中取出信，隨手撕毀，說不必麻煩你們了。甚至連女兒在美國的婚禮，白也不能前往參加。

有一次白崇禧跟幾位朋友在一家咖啡店喝咖啡，臨走時白將另外兩桌客人的帳也付了，白的朋友對此莫名其妙。白偷偷解釋說：我看出他們是監視我的人，這個客我應該請。後來這件事傳開來，那些不速之客承認那麼多桌人中，確實只有這兩桌是有監視任務的。

一九五四年國大一屆二次會議在臺北召開。蔣介石不僅指使人彈劾白崇禧，而且還要他在罷免李宗仁問題上表態。白崇禧與李宗仁從統一兩廣到北伐、抗戰，數十年如一日，患難與共，結下深厚友誼，老朋友遠在美國，已經被蔣整得淒慘連連，現在又落井下石，白實在不願表這個態，但又過不了關，最後只好在罷免李的聯署書上簽了名。以後凡是回擊李宗仁時都要白出來說話。一九六四年二月十二日，李宗仁在紐約《先鋒論壇報》上發表公開信，要求美國效法法國，承認中共，立即遭到臺灣的攻擊。白也奉命致電李，指責他「疊發謬論」，要他「幡然悔悟，以保晚節」。好在李知道白身在其中，言不由己，並不計較。

白崇禧信奉回教，到臺灣後蔣為讓他牽制臺灣的回族勢力，仍然委以「回教協會理事長」。一九五五年，約旦國王胡笙訪臺，當面邀請白崇禧以回教協會理事長的身分訪問中東，未能成行。一九五九年，馬來西亞共和國成立時，該國總理拉赫曼電邀白崇禧以回協領袖身分前往吉隆坡觀禮。但是蔣介石寧肯駁回「友國」的面子，也不放白崇禧離開臺灣。此後臺灣回教協會改選，他連理事長的頭銜也丟了，除「戰略顧問委員會」副主席這個空頭銜之外再也沒有任何職務了。

更有甚者：一天，國安局大批警員突然前來抄查他的住所。家什

▶主持回教開齋節的白崇禧。

物品被翻得亂七八糟，連地板也被揭開檢查，還搜走了不少黃金，身為黨國大老的白崇禧咽不下這口氣，電話質問負責情報部門的蔣經國。蔣經國說他是奉命行事，不信可問總統。白又打電話給蔣，得到的回答是：「我知道此事，不僅對你如此，人人都應該這樣來一次。」其實只有他與薛岳兩人享受這等「禮遇」。

甚至連白夫人馬佩璋去世，都被蔣作為羞辱白崇禧的好機會。

（二）白夫人馬佩璋

馬佩璋是桂林「東利全」商號老闆馬榮熙的千金，當年桂林有名的美人，以品學兼優畢業於桂林女子師範學校。馬父擇婿甚嚴，加之非教門不通婚的回教規例限制，所以很少有年輕才俊被他看在眼裏。恰逢白崇禧祖居在馬家鄰村，又是同教中人，一九二五年春，身為師長的白崇禧，成為馬家乘龍快婿。白、馬兩人共患難三十七載，養育七男三女，且感情深厚。

馬佩璋是個做事極為細緻周到的人，對政治不感興趣，也不喜歡拋頭露面，很樂意當一輩子家庭主婦，把全部身心都撲在了兒女身上，但她對丈夫更為關心。一次她聽說丈夫在前線陣亡，便不顧一切的衝破層層封鎖，終於在前線與丈夫會合。一九二七年一月底，蔣介石在南昌總部東花廳與白崇禧商討戰略，蔣對白說：「第一軍在浙贛線上作戰不利，並不是兵力不夠，而是指揮不當，我們兩人必須有一個到前線指揮。你以為如何？」白知道蔣實際是要他去，而又委婉以不強加於人之意，便表示：「統帥怎好去指揮局部戰事，還是我去吧！」於是白被調任東路軍前敵指揮（蔣為總指揮）。白開拔不久，馬佩璋就來到南昌，蔣一面招待馬，一面致電白道歉：「兄出發之次日，嫂夫人即前來。夫婦不能相見，此中正之過也。」

抗戰初期，宋美齡聘請馬佩璋出任廣西全省婦女工作委員會主任委員，馬婉為懇辭，推薦李宗仁夫人郭德潔擔任。中國回教協會提請她為理事，又婉謝再三。一九四八年「回教教胞」、「桂林市民眾代表」兩方同時推選她為國大代表，均謙辭未就。她一生中唯一的一次關心政治，就遭到蔣的嫉恨。那是為李宗仁競選副總統，桂系全力以赴，白崇禧利用國防部長的身分，對軍方施加影響，並利用他到中央任職多年形成的關係，去各方活動，還利用「中國回教協會會長」身分，拉攏寧夏馬鴻逵和青海馬步芳。馬佩璋這時毅然投身其中，款待「二馬」的夫人，並到處請一些要員的夫人打麻將，進行內線活動。又在桂林造了一台榨米粉的小機器空運來南京配合競選活動，因而賓客可以在白公館裏嘗到地地道道的桂林米粉。當時的白公館成了李宗仁競選副總統的大本營，馬佩璋就是大本營的女主人、大總管，怎能不招致別人的嫉恨？

▶白崇禧一家。

（三）對馬佩璋的難堪

一九六二年十二月四日，馬佩璋因高血壓與心臟病復發而不治。白念及夫妻數十年的情義，特別傷感。按照回教規矩，亡者四十天內，家屬須每日清晨到靈前誦經，白崇禧以六十九歲高齡，每日清晨率子女到馬氏靈前誦經祈禱，風雨無阻，從未間斷。

在當時，像白崇禧這樣高官的夫人去世，少不了有老友部下在報上發表文章，敬以追憶或紀念，但此時卻沒有。傷心至極的白崇禧，自己在《中央日報》發表〈敬悼先室馬佩璋夫人〉，文中歷述妻子種種懿德淑行：「……與夫人結縭三十七年，子女十人，提攜撫抱，以教以育，備極劬勞。今則進德修業，均有所成……夫人對子女教育，至為重視，無論家中任何喜慶，概不許請假，免致荒廢學業。如有過失，則諄諄告誡，予以迪……民國三十八年旅居香港，某補給司令派員手持黃金千兩送至寓所，先室即告以該鉅額黃金如係公有，理應歸公，如係私有，我不能無故接受，嚴詞拒絕……更有一次戚友多人在臺北寓所閒談，有問及我國四星上將共有幾員？余告以在大陸時共七員，來臺者四員，先室對余問云，你是幾星上將？」（《中央日報》一九六二年十二月十日）

于右任還是較為公正的，他為馬氏所撰「墓碑」讚揚道：「……結縭之後相敬如賓，歷時三十七年，國步艱難，不遑寧處。健生將軍初則戡定廣西內部，肅清軍閥餘孽，繼而參加北伐，直搗幽燕；旌旗所指，疊奏膚功。尤以八年抗戰，爭取勝利。每遇戰局艱危，夫人必多方鼓勵，善為安慰。民國三十八年大陸淪陷，退處臺灣……當時國際形勢，於我不利。夫人毅然攜同兒女，由港來臺。平生修齊，類多淑德懿行。最注重兒女學業，不容曠廢；如有過失，唯諄諄告誡。健生將軍既無內顧之憂，而兒女成行，亦復砥切磋，比肩競爽，要皆夫人積德累行，有以致之。」

十二月六日下午，馬佩璋遺體安葬儀式在臺北市六張犁回教公墓舉行，前往致祭者有于右任、張群、黃國書、何應欽、莫德惠、謝冠生、顧祝同、李石曾、蔣經國、谷正綱，及回教國家駐臺北使節等千餘人。副總統陳誠夫婦親往松江路看望白崇禧一家，蔣介石不但以夫妻名義送了花圈，也派了代表致祭，是誰呢？他的侍衛長胡忻（《中央日報》一九六二年十二月七日第三版），這是很少見的「禮遇」，讓人不由得想起當年史迪威被蔣逼走返回美國時，蔣為羞辱史迪威，準備派一名級別很低的小軍官，向史頒發勳章，史迪威非常氣憤，又派一位級別更低的人來向蔣宣佈拒絕接受。而現在，白家連拒絕的機會都沒有。其實白家應該感謝蔣的「大度」，如果蔣派宋美齡的女傭蔡媽作代表，不是也得接受嗎……

一九六六年十二月一日，白崇禧在臺北去世，年七十五歲。蔣頒「軫念勛猷」輓額以及〈旌忠狀〉。十二月九日在臺北市殯儀館舉行公祭，蔣親臨向遺體鞠躬，並獻花圈。

第七節　難纏劉甫澄　猶存笑天下

一、難纏劉甫澄

劉湘在民國時期的軍閥中，是很有特點的一位人物，他貌似忠厚或近於愚笨，實則精明過人。自一九一〇年入四川陸軍講武堂，兩年後從軍，歷任陸軍營長、團長、旅長、師長等職，直到一九三四年出任四川省主席，二十二年間歷大小四百餘戰，是以打內戰的惡名舉國蜚聲。但是在抗戰爆發後的第二天，劉湘即電呈蔣介石，同時通電全國，籲請全國總動員，一致抗日。八月七日，劉飛赴南京參加國防會議。會上他慷慨陳詞近兩小時，提出為抗戰，四川可出兵三十萬，供給壯丁五百萬，供給糧食若干萬石！會後不久他被任命為第七戰區司令長官，兼任集團軍總司令。當時他已重病在身，省政府秘書長鄧漢祥等人，勸他不必親征，留在四川指揮便可。劉說：「過去打了多年內戰，臉面上不甚光彩，今天為國效命，如何可以在後方苟安！」

劉湘終於在前線吐血病發，臨終前他留有遺囑，激勉川軍將士：「抗戰到底，始終不渝，即敵軍一日不退出國境，川軍則一日誓不還鄉！」在很長一段時間裏，前線的川軍在每天升旗時，官兵必同聲誦讀一遍他的遺囑，以示抗戰到底的決心。

（一）二劉與蔣之關係

一九三一年四月，劉湘就任四川省善後督辦的同時，向蔣介石電告川省形勢，二十七日他收到蔣的覆電：「劉督辦勛鑒：感電悉，川省善後事宜，百端待理，執事新承特命，勳望並隆，綏靖裁編，具有成算，冀抒藎略，力策進行，副中央之倚畀，出川民於水火，有厚焉。蔣中正，支四日印。」（《國民公報》一九三一年五月十三日五版）

當時四川的軍政形勢，在表面上劉文輝為省長，劉湘執掌軍事。二劉雖為叔姪，劉湘也口稱劉文輝「么爸」，但為爭奪對四川的「統一」權，早在一九三〇年就暗鬥不斷。到一九三一年一月劉

▶劉湘。

▶劉文輝。

文輝支援陳鴻文進攻李家鈺，李兵敗退走，劉文輝進至順慶。劉湘支援楊森，羅澤州進佔廣安、渠縣。三月，劉湘動員三個師進佔合川，驅走鄧錫侯部陳書農，陳退走遂寧依附劉文輝。從此二劉壤地相接，形成對峙局面。（《四川文史資料選輯》第五輯，頁一四七）也是二劉大戰的醞釀階段。

在對待蔣的態度上，劉文輝支援中原大戰中的閻錫山、馮玉祥。劉湘則看清形勢，支援蔣介石的中央軍「討逆」。

而蔣介石這方的形勢，是既要加緊圍剿江西的紅軍，又要面對不穩定的兩廣局勢。所以他迫切希望四川息兵，以便劉湘抽出兵力，協助他鎮駐武漢。

（二）報喪

這一年的五月八日，劉湘母親樂太夫人在大邑縣原籍仙逝。當天，劉湘向南京發出兩通電報，一是給南京中央黨部的喪電：「火急！南京中央黨部各部院長賜鑒：頃接家電，湘母於本晨在大邑原籍因病棄養，猝聞噩耗，慘痛曷極。除呈中央請予開去本兼各職，並克日匍匐回籍奔喪外，泣電陳

聞，伏祈矜察。棘人劉湘叩。庚（八日）印。」（《國民公報》一九三一年五月十七日五版）

另一是發給蔣介石的喪電：「火急！南京政府陸海空總、副司令鈞鑒：頃接家電，湘母於八日晨刻，在大邑原籍因病棄養，猝聞噩耗，心膽俱摧。伏年湘待罪戎行，子職未盡，慘遭大故，昊天罔極，除星夜匍匐回籍奔喪外，伏懇俯念下情，開去本兼各職，俾得終喪守制，藉補不孝愆尤，泣血陳詞，統祈矜鑒。棘人劉湘泣叩，庚（八日）戌印。」（《國民公報》一九三一年五月十七日五版）

第二天，在上海的蔣介石覆電：「渝轉劉督辦甫澄兄禮鑒：頃接庚電，猝聞太夫人仙逝，曷勝驚悼，我兄至孝成性，自必哀毀。惟太夫人福壽全歸，實已毫無遺憾。川事正賴整理，大局尤待匡扶，務望節哀順變，移孝作忠，治喪稍竣，仍照常視事，所謂請開去本兼各職，應無庸議。專電奉唁，並頌禮祺。蔣中正，佳九日印。（成都《商務日報》一九三一年五月十二日七版）蔣同時派吳指導委員為代表，攜帶他的賻儀金、輓聯、輓額前往致祭。

南京方面有張學良、于右任、戴季陶、張群、何應欽、朱培德、王柏齡、劉峙等在九日均有唁電致慰。十日則有中央黨部、各部部長，各省主席，各軍政要人相繼發來唁電。至於川省各將領，如楊森、劉文輝等親來弔唁。重慶、成都兩市各機關團體，皆送有奠儀、輓幛、輓聯等。駐渝外國軍艦艦長，各國領事均有專函唁慰。（《國民公報》一九三一年五月二十六日九版）

鑑於劉湘執意返籍奔喪，五月十一日，重慶市商會、各同業公會、市團務局及巴縣教育局，財務、實業各局代表偕往劉公館，一面對劉予以慰唁，一面「說明大局多故，川事未定，中央既有電挽留，在一般人民亦具同情，請以大局及地方為念，暫緩奔喪，就渝請假治喪，以期兩全」。劉湘答詞極為悽楚，並告知已定好輪船云云。經各代表再三婉請，最終託詞「容加考慮」。十五日，劉終於決定暫不回籍奔喪，在夫子池設治喪處，並致電大邑縣原籍：請將母親照片寄渝，以便在渝舉行祭奠。同時致電大邑縣鄉紳胡戎生參贊，囑其對於喪事等，務必從簡開支，並從速擇期開弔。又囑咐道：湘之介弟，現正在家中，可會同他一同辦理。川省各將領，聽說劉已定不回鄉治喪，一面赴回水溝慰問，一面準備前往大邑縣弔唁，被劉湘勸止。（《國民公報》一九三一年五月十五日六版）劉湘於十六日「墨經從公，頗極哀痛」而成服。

（三）喪假之爭

當時有身分的孝子所請丁憂喪假，有一個習慣：一般儘量爭取更多的時間，以表示盡抒哀思，並以此為孝（並以不過問政務為佳）。而作為上級，在表示哀悼、慰問的同時，喪假批覆的時間越少越好，甚至是拒絕，這表明對你的重視，大政要務離不開你，也使孝子很有臉面。所以一般孝子在遭到拒絕後會再次申請，如果所給喪假確實不足，也會再次申請延長。蔣對一般官員丁憂辭職，大多是拒絕，否則遇到丁憂，都請假個三年五載的，那他這個委員長還怎麼當？但對劉湘喪假的長短，就拿不準了，所以把這個難題交給了文官處。文官處覆電給假五天，劉湘不滿意，再電請增加。十五日，劉湘接南京文官處電報：「渝劉督辦禮鑒：文電計達，現奉主座諭，該督辦丁艱，著給假三星期，在重慶治喪，免遵前電，毋庸辭職，等因特達。民國政府文官處刪（十五日）印。」（成都《商務日報》一九三一年五月二十日十一版）

劉湘仍不滿意，於十九日又電蔣介石，謂：已遵諭在渝治喪。署務即交郭參謀長代行拆……。蔣見劉為喪假如此糾纏不休，便不再理會他了。劉湘卻不依不饒，於五月二十八日，再電蔣請求增加假期：「急！南京國府蔣主席鈞鑒：晶密：頃奉文官處刪電，轉奉鈞諭，該督辦丁艱給假三星期，在重（按：原文如此）治喪，勉遵前電，無庸辭職等因，奉此，殷勸訓勉，敢不凜遵。惟先母鄉居，不遑盡養，猝膺大故，肝膽為摧。昨已遵諭在渝治喪，所有假期內，一切事務，統由職署參謀長郭昌明暫代行拆，不虞廢馳。伏懇矜察愚忱，特自五月八日算起，給假四十九日，俾伸孺慕悲思，徐仰答高厚，一俟假滿，仍即照常視事。謹瀝哀忱，伏候核示。棘人劉湘叩。效。」

蔣有沒有答覆不得而知，但劉湘一再要求增加假期，決不是胡攪蠻纏，而是有他自己不可告人的小九九。五月二十五日，在廣州的唐紹儀、鄧澤如、古應芬、林森、蕭佛成、汪精衛、孫科、陳濟棠、李宗仁、陳友仁、許崇智等人，聯署通電要求蔣介石在四十八小時之內下野。二十七日，汪精衛、孫科、鄒魯等在廣州召開「國民黨中央執、監委非常會議」，成立「國民政府」，二十八日舉行典禮儀式，與南京政府對峙。陳濟棠更是聲稱將聯合桂系北上討伐獨裁政權。劉湘料定，兩廣馳軍，蔣必會借重川軍東進參戰，這是他極為不情願的，所以他刻意要求延長喪假，既可以居喪期間不理政務為由，婉拒蔣的出兵要求，又可拖延時間，靜觀時局變化。

（四）巧妙為難

劉湘對於蔣所贈賻儀的回報是，五月十日再次的通電指斥廣州另立政府和陳濟棠的荒謬（五月七日劉湘、劉文輝曾通電斥廣州事變）。蔣以為自己的賻儀和哀悼起了作用，便於五月十五日，電令劉湘接濟陳炳堃部。陳炳堃屬於「民軍」系統，擁有幾千人馬，自任總指揮，但兵力散居開江一帶，且餉械無著，不知通過什麼關係，與蔣搭上話茬。要是在以前，蔣對這種武裝勢必遣散無疑。可是現在不同了，搞不好，與陳濟棠或許有一場血拼，正是用兵之際；況且陳氏請兵討粵時，還言之鑿鑿，歷數所部如何驍勇善戰，又信誓旦旦，他本人怎樣對蔣忠誠不二。於是蔣傳令謂，已電令劉督辦切實援助，囑陳與劉湘接洽。陳帶著蔣的電報，興沖沖於五月十八日由開江抵達重慶。（參考《國民公報》一九三一年五月二十日五版）

劉湘在他的回水溝官邸，先接到蔣的電令，再得陳炳堃的晉謁請求，便傳話讓他略等三五日，抽出時間，詳盡晤談。陳左等右等，就是不見劉湘的召見，他想：禮我也送了，靈堂也拜了，怎麼就沒有下文？不久卻等來了報紙上的一則報導：六月六日《商務日報》七版上有：「大邑縣劉宅治喪費用，目前尚需五六千元，其弟益謙曾致電劉湘，請速予接濟，電云：「重慶劉督辦甫澄大哥鑒：茲值母親成服開奠，期間逼近，道場超薦，又在轉瞬，開支浩繁，無一不需現款，窘極窘急，弟將無法維持矣……，務乞飛兌五六千元，電匯回家，以濟急需。特此呈報，胞弟劉益謙叩。」另有報導，劉湘連日為籌措喪費而遠走他處。

人們看過報紙，有的讚賞劉湘清廉，有的大笑轉暗笑不止，也有的鄙視於鼻息。但作為陳炳堃，卻是另一番滋味在心頭，沒拍屁股就離開了重慶。

這期間，劉湘還做了一件讓蔣介石說不出話的事情。財政部長宋子文為擴大稅源，吸收存款，把他的中國銀行觸角伸到了四川，其中重慶的一個機構，就是為蔣日後控制川政在財政方面的鋪墊。以統一四川為己任的劉湘，早就對此看不過去，但一直沒有機會。到四月三十日，廣州的粵方監察委員鄧澤如、林森、蕭佛成、古應芬聯名通電，不僅是彈劾蔣介石，還把宋子文也捎帶上了：「宋子文一窮措大耳，徒以貴戚之親，得為援係，不數年間，立成巨富，其享用之盛，等於王公。其自粵至都，以迄南京綰財政者數年，未償以收支造冊報銷，十八年第二次編遣會議審查會令其報告財政概況，即託詞辭職，避匿滬上。在粵任內，其支出名義無單據者，在數百萬以上，廣東財政廳及粵中央銀行，猶有數目可查。又如受某煙商賄數百萬，久已騰誚海外。至於購買鈔票，勒加回扣，侵食煙賭款項，操縱金融，鬻官賣缺。晚近六載，財政未聞清理，濫發公債四萬萬餘元。」（《宋子文政治編年》，福建人民出版社，頁一七七）

此通電一經公佈，輿論譁然，宋子文頓失顏面，曾兩次提出辭職。劉湘認為機會到了，在向蔣示好、通電譴責陳濟棠的同時，查封了重慶的中國銀行，他認為不僅宋子文不會，也不敢怎樣，連蔣介石也山高天遠，奈何不得。所以他明人不做暗事，於五月十一日，還電告宋子文，因什麼什麼原因，我查封了你的中國銀行……

不管劉湘怎樣糾纏，怎樣拖延，還是沒有擺脫蔣介石的威逼。六月十九日，劉湘不得不遵從南京的再次電令，派兵出川，赴湖北為蔣介石震懾武漢。六月二十五日，劉湘的七七四十九天喪假期滿，正式銷假視事。

二、「猶存」笑天下

一九三八年一月二十日，劉湘在武漢病逝，年四十八歲。翌日，夫人劉周書和部將潘文華、鄧錫侯趕到武漢。他們在察看遺體後，劉夫人失聲大喊：「他是被人害死的！」並要求驗屍，蔣介石責以「不相信政府，不尊重劉主席」，力加拒絕。

（一）怪輓額

劉夫人可不是吃素的，找到蔣介石說：委員長，我的人是怎樣死的，你知我知。人既然已經死了，要想復活是不可能的，那麼我就要提一點要求。於是就獅子開口，提出讓兒子接替劉湘，出任四川省主席，或是委任一個上將軍銜等一系列要求。蔣為洗刷猜疑，只同意厚葬，包括實行國葬，明令褒揚，追贈一級陸軍上將，建陵墓園（建成後占地一百六十畝，花費達一百四十萬），飛機拋灑祭文傳單，鑄劉湘銅像等，蔣還親自為劉撰寫輓聯。對於這個早就必欲除之而後快的「四川王」來說，蔣實在想不出更好的詞語，勉強以：「板蕩認堅貞心力竭時期盡瘁；鼓鼙思將帥封疆危日見才難」交差。可是橫額又怎麼寫呢？不寫？面子上過不去，也有「江郎才盡」之嫌。正在為難之際，忽然看見劉夫人向他興師問罪時帶來的劉湘遺像，端詳了一下，欣然命筆：「颯爽猶存」。

在蔣的所有輓額中，惟以此四字格外特別，從字面上看似乎有開玩笑的成分，也有人說：就沒有見過如此的輓額！真不知蔣當時是怎樣想的？然而更大的笑話還在後面。

二月五日，劉湘追悼會在成都少成公園公共體育場舉行，四川省政府秘書長鄧漢祥主祭，治喪委員會主委崔澤暉宣讀大會祭文，國府主席林森送了輓額：「永念忠勳」，蔣派成都行轅副主任賀國光代表致祭。劉夫人要求宣讀她的祭文，賀國光接過一看，只見上面寫到：「吾夫體健而量寬，常情衡測，宜有以長壽而永世。雖有貧血宿疾，究非必死之症，壽只四十有八，亦非應死之年，胡為乎遽殞其生……」賀國光思忖少時，以大會公祭時間有限，不宜宣讀，劉夫人再懇請，賀堅決不允。（參考《劉湘之死》，重慶出版社一九八二年，頁一〇五—六）但是人們見了蔣的輓額，無不竊笑不止。

（二）妙輓聯

原來在早先，四川督軍劉存厚割據川東北，推行很重的苛政和捐稅，弄得民不聊生，連地皮也要搜刮六寸。十年間，他竟將田賦預徵到三、四十年以後，最多的地方甚至徵到了民國一百年之後。他在達縣駐軍十年，毫無善政可言，徵斂之苛虐，甚至到了「父死子押，兄逃弟囚」的程度。民眾對他恨之入骨，罵他是「劉厚臉」，「劉瘟牛」。一九一八年他率部進駐陝南，又大肆搜刮，並強迫人民種植鴉片，以籌餉擴軍。（《民國高級將領列傳》第六集，解放軍出版社，頁一八三）當他撤離漢中時，當地商會以對聯歡送他：「早去一天天有眼；再來此地地無皮。」在政治上他追隨北洋政府，對民主思想極端仇視。一九一七年七月五日，劉存厚驅殺樊孔周、戴戡、董炳南等人，樊孔周全身中彈數十處。樊孔周，名啟洪，華陽縣資深秀才。曾創辦《四川公報》，又出任《成都商報》的社長和成都商會會長，是很有社會影響的進步紳士。一九一四年雙十節，袁世凱加緊帝制作為，令四川軍政首長陳宧在全省實行戒嚴，成都人心惶惶。樊在報社門口張貼對聯：「慶祝在戒嚴期間，半是歡欣，半是恐怖；言論非自由時代，一面下筆，一面留神。」道出了樊的苦悶心態，也代表了廣大知識分子輿情，被廣為傳誦，但也遭至軍閥們的嫉恨。（《四川文史資料選輯》第二十四輯，頁三三）

樊孔周的遇害，激起極大的民憤。民間幽默大師劉師亮（四川內江市椑木鎮人，一八七六—一九三九，號諧廬主人，以擅長作詼諧、戲謔聯稱著）作輓聯，以哀悼為名，對劉予以諷刺：「樊孔周周身是孔，劉存厚厚臉猶存。」

▶劉存厚。

那麼，他的臉有多厚？有六寸厚（綽號「六寸厚」，諧音劉存厚）！

這副輓聯從寫作藝術上可稱是「千古絕對」，從諷刺性講，令人拍案叫絕，成為茶餘談資，流傳很廣，一段時間裡，似乎「猶存」成了罵名的代稱。那些街頭悍婦，茶館潑皮，學堂頑童，至此有了新的文攻利器，初到蜀鄉的外地客，往往被「猶存」禮遇後，又做了一次丈二和尚。如今劉湘已死，還有什麼可「猶存」呢？人們一聯想，莫不笑談不已。素來潑辣的劉夫人更是不依不饒的破口大罵「這那裡是悼念的文詞呀？分明是在罵人！」

蔣介石肯定不知「厚臉猶存」的笑話，否則他是不會這樣寫的！

第四章 唁電、輓額篇

第一節 雷同與敷衍

蔣介石的書法，既不像有人評論得那麼好，也不是有人貶損得那樣糟糕，而是很有特點，正所謂字如其人，充分體現了他有角有稜、血氣方剛、做事認真、謙恭與傲慢同在的性格。可是到臺灣後，有一段時間，他的字，被吹捧得天花亂墜，簡直嚇人，其中也包括日本首相左藤對蔣的書法的推崇，並稱書法構成中日文化交流的重要一環。（《中央日報》一九六九年三月二十八日二版）如果你要問：怎樣好？對方想了一會兒，說：「永」字寫得好！聞者無不捧腹噴飯。

其實這不是笑話，因為這個字他寫得最多，寫得多，自然就會寫得好了。如果你再問：用在哪裡？回答是：用在輓額上。這倒是事實。

晚年的蔣氏，輓額中所用較多的字，就是「永」了。信手拈來，比比皆是：

一九四七年三月十二日，蔣以「潮音永亮」哀輓太虛這位曾給自己指點迷津的佛學大師。一九五一年十二月十二日，蔣為熊綬春題頒「忠烈永昭」。一九五二年五月三十日，為李應生題「永懷情操」。一九五三年七月二十二日，周嵒病逝於臺北，蔣明令褒揚，頒「忠勤永念」祭之。一九五四年為齊耀珊題「德範永昭」。一九七一年四月二十五日，宋子文在三藩市去世，蔣題以「勳猷永念」，結束了兩人五十多年的恩怨。

不但如此，蔣的輓額中有許多是雷同的。一九四九年二月十二日，戴季陶自盡於南京，當時蔣已下野，國民黨在軍事上敗得一塌糊塗，正籌畫南遷，蔣雖熱心治喪，卻無意為戴題寫輓額，戴家非常失望，蔣不得已，勉強以「痛失勳耆」哀悼。一九五一年二月，在戴去世兩周年之際，臺灣發起追悼活動，蔣又為戴題寫「縈懷哲人」。可是僅僅過了十個月，即同年十二月十二日，在紀念邵元沖殉難十五周年的大會上，蔣又題贈「縈懷哲人」。兩位「哲人」讓他都「縈懷」不已是肯定的，但不能不讓人想起那句「江郎才盡」的成語。

如果是地位、聲望、貢獻、學養、經歷相同或相近的兩位，得到相同的輓額，也還不要緊。若是懸殊太大，很可能地位高者的家屬，會對蔣要有微詞了。

一九四七年十二月十五日，國史館館長張繼病逝南京，年六十六歲。理應實行國葬。可是當時國共戰酣，蔣無暇兼顧。不久柏文蔚、覃振相繼去世，兩位也都是元老級人物。行政院、內政部催問喪事安排，蔣焦頭爛額的在各戰場飛來飛去，為勉強應付，索性搞了個「批發式」葬禮：將柏文蔚、陳其美、張繼、郝夢麟、李家鈺、覃振六位合併國葬。一九四八年五月十九日，國府通過了〈六先烈國葬令〉，連〈褒揚令〉也是同一天「批發的」。所以，當時蔣沒有為張繼題寫輓額。到臺灣後，張繼的親族、故舊、門生發起紀念活動，蔣題額「忠謨永式」。不久又為前國民政府秘書長李文範，頒賜內容相同的輓額。雖然李也是老資格的人物，但地位、聲望遠不能與張繼相提並論。

蔣氏輓額，按人物的職業種類分，如耆老、軍人、政界、文教界等，大致每一類人物都有相應的用詞範圍，如戰死的將領大都為「忠烈千秋」、「碧血丹心」、「忠烈聿昭」、「精忠報國」等一類字詞，所以造成雷同也就不足為怪了。

雷同產生的另一種原因，是蔣的敷衍，六〇年代以後更嚴重。人都有生病的時候，有病了可以不工作而休息，蔣也有生病的時候，特別是在古稀之年。可是他卻不能不題寫輓額，不能不頒發褒揚令，因為這就是他的工作！所以有的逝者許久才得到輓額就不足為怪了。還有的輓額是在眾多元老們的一再恭請下，才得到的。而這樣得到的，能不敷衍、不雷同嗎？至於是否假以他人手筆，只留得人們去猜度吧。

白崇禧、李建興兩位的母親所得到的「哀榮」同為「懿德永昭」。蔣介石雷同最多的輓額是「讜論流徽」，筆者粗略統計竟有一〇三人。開始是向報人題頒，後來範圍擴大，學者等文化界也泛泛有之，再後來連將軍獲得此匾了。

然而也應該理解和體諒蔣先生，一垂暮老者，要面對成百上千人，要將這成百上千、各色人等的經歷、職業、學養、專長、德行、成就，以及他本人和家屬對逝者的感情，都濃縮在這四個字裡面，何其容易？如果沒有雷同，那真是奇蹟了。拋開政治因素，單從誄辭角度講，他用誄辭為後世譜寫了一曲內涵豐富、淒婉而經典的哀樂。他的誄辭，在中國喪葬文化藝術寶庫中，有如一顆明珠。

第二節　唁電趣談

唁電是蔣介石誄辭數量中，所占比例較大的部分。對有的人，可能沒有輓聯、祭文或輓額，但是卻有唁電。如果沒有，那也許是他與逝者同在一地，不用拍發唁電。

唁電也許是他誄辭藝術中，成就最高的一個門類。

蔣氏唁電的高產時期，是在一九二九年至一九四九年的二十年間。在此前，蔣沒有作為主要角色，登上中國政治舞臺，所以唁電自然不會多。而此後，蔣敗退臺灣，政治局勢相對穩定，去世的人大多在島內，甚至就在臺北，毋庸唁電。同時，隨著權力的鞏固，年齡的漸高，他也不用對些須小民的死，再像以前那樣刻意的藉機拉攏，執意安撫，也是唁電減少的一個方面。

蔣氏唁電的一個最大特點，就是極為簡練，絕少冗言，一般在五十至七十字左右。雖簡練，卻又能顧及全面。集中反映了他的文學修養、思想意識、政治謀略。也是民國歷史另一版本的注解，有一定的史料價值。

另一方面，從蔣的學歷看，原本舊學根基不深，可是看了他四〇年代的唁電，卻沒有這種感覺，這說明他是通過撰寫誄辭，不斷提高舊學水平。另一方面，如果將他四〇年代的唁電，與一九二九年以前的祭文相比，會認為不是同一個人所為，也足以說明這個問題。蔣氏唁電的成因，主要是由他口述，秘書記錄，然後由他作修改，隨即拍發。

如果再細分，蔣氏唁電以抗戰爆發為分界，抗戰以前，字數較多，約在七十至八十字左右。抗戰後則少一些，約在五十至六十左右。到臺灣後，唁電的字數更少，約在五十字左右，這不僅是他年齡問題，也是他的政治心態。

字數最長的唁電，是一九四五年四月十三日為美國總統羅斯福之逝電羅斯福夫人致唁，達二百七十餘字。又如一九三五年十二月二十五日下午，交通部常務次長、唐才常之子唐有壬在滬寓所遇刺身亡，年四十二歲。蔣得悉極為震驚，於二十六日電唁唐夫人：「上海甘世東路甘村二三五號唐有壬夫人禮鑒：有壬先生閎通毅勇，吾黨才，年來贊襄外交，勞瘁不辭。昨聞在滬寓突遭凶徒狙擊某身故，極為駭悼。頃以嚴電緝凶，並分別呈請褒恤。佛塵先生為革命先烈，有壬先生復盡力國事，不避犧牲，實為黨史之光，太夫人年高在堂，諸郎孱弱，尚望節哀順變，以襄大事，至為盼禱，特電奉唁。蔣中正。宥。」此唁電長達一百五十餘字。而字數最少的唁電，為二十七個字，是一九三九年十一月十六日電唁吳光新家屬：「自堂先生仙逝，老成凋謝，驚悼良深，尚希節哀順變，以襄大事。中正。銑。」

在蔣的唁電中，不乏華彩佳作，堪稱唁電之式範。

一九四二年一月二十三日，曾任江蘇省省長的耆舊韓國鈞逝世於蘇北海安，年八十五歲。蔣哀以唁電：「紫石先生高年矍鑠，蒼世耆賢，斥寇氛於海隅，伸六節於暮齒，騰宵正氣，舉國欽崇。遠聞遽逝，悼惜殊深，尚希節哀，善承遺志。特電致唁。中正。醜。江。侍。秘。」

一九四一年八月十日，印度詩人泰戈爾去世，蔣於十一日電唁家屬慰問：「加爾各答國際大學譚雲山同志轉泰戈爾先生家屬禮鑒：耆賢不作，聲教無聞，東方文明，喪此木鐸，引望南鄰，無任悼念。謹電致唁。蔣中正。真。」

筆者在讀此區區六十字的唁電時，有如輕吟一曲委婉悲淒的哀樂，足為中國喪葬史典中的上乘佳筆。

第三節　字數最少的唁電

吳光新，字自堂，江蘇宿遷人。與段祺瑞有姻婭之親，為段氏元配夫人之弟，得段氏刻意培植。一九〇三年奉派赴日，入陸軍士官學校。歸國後因戰功升至第二十師師長。一九一三年加陸軍中將。一九一六年，段氏出任國務卿，已無兵力，乃調吳師入京，使段氏方展龍虎韜略。此後吳氏一生，與段氏榮辱相關。

三〇年代，日本為使「華北特殊化」，而便於控制，拉攏下野北洋官僚為其所利用，一度矚目段氏。蔣對段執門生禮甚恭（蔣入保定軍官學校，段氏為軍校總辦，故蔣視段為師尊），極力邀請段氏南下。一九三三年二月，段氏在吳光新和子段宏業的陪同下，來到南京，蔣驅車親迎，並將段接入自己的車中，與吳分坐在段的左右兩側，殷殷問候，又將段氏接到自己的官邸。這是蔣與吳光新最親近的一次接觸，此外再無更深的交往。

段氏歿後，吳光新流寓香港。一九三九年十一月十五日，吳光新在九龍寓所逝世。十七日在香港小殮，並等侯家屬到港運靈柩至滬安葬。二十一日，國府褒揚吳，追贈陸軍上將，從優議恤。

十六日蔣電唁吳家屬：「自堂先生仙逝，老成凋謝，驚悼良深，尚希節哀順變，以襄大事。中正。銑。」

此電文僅二十七字。何以如此，一言以蔽之：實在是沒什麼話可說的！就連〈褒揚令〉也極為精簡，字數少於其他：「國民政府

▶吳光新。

令：軍事參議院參議吳光新，精嫻韜略，秉性安恬。抗戰以來，感念時艱，勁草疾風，彌征節概。茲聞溘逝，軫悼逾恆，應予明令褒揚，追贈陸軍上將，交軍事委員會從優議恤。並將生平事蹟存備宣付史館，用昭矜式。此令。中華民國二十八年十一月二十五日。」

第四節　電唁盧夫人

一九五二年九月七日晨，孫中山的元配夫人盧慕貞因心臟病復發在澳門去世，年八十六歲。當時孫科遠在法國，由兒子孫治平陪伴在側。盧太夫人在此時此地去世，給蔣介石出了一個小難題。聯想起一九四七年農曆六月二十九日盧夫人八十歲誕辰時，國民黨內高層，特別是廣東籍中委在南京發起隆重的祝壽活動。有的報紙特意刊出孫科攙扶老態龍鍾的母親，出見祝壽者的大幅照片。後來活動就無聲無息了，孫科悄然與夫人偕二子返回翠亨村，在中山紀念中學舉行慶祝。據說是遭到宋美齡的反對，有人分析，宋氏姐妹雖然在政治上分歧很大，但姐妹親情篤深，美齡可能是怕由此刺激姐姐。

盧慕貞雖然沒有多少文化，但她深明大義，性格開朗，以孝順、勤勞和賢惠贏得讚譽。一九一三年與孫中山離婚後移居澳門，粵軍總司令許崇智出資在「荷蘭園」建一套別墅為她頤養。晚年她仍關心家鄉建設和國事，且善舉不斷，曾有某山民因賭負債，向盧告貸，偽稱父喪，盧不疑有詐，如數與之還問

▶孫中山與盧慕貞。

夠用否？後知其原委，僅一笑了之。一九三〇年冬，有追隨黃興多年的老同盟會員劉輝庭，為人忠直，因不善吹拍，至晚年貧不能存，乃赴澳門求助，盧撫慰有加，即為設法安置。盧夫人粗食布衣，赴市購菜，入廚烹調，皆躬親自樂。居舍門外略種花草清幽。（成都《國民公報》一九三一年六月十一日三版）不時有國民黨要人途經港澳時，到盧處作客，均得到她的招待。盧還是虔誠的基督教徒，一九三三年被澳門浸信教會立為該會第一任會佐。

現在盧夫人去世，不比當年，而且蔣為反攻大陸，籠絡人心，對於一九四七到四九這幾年戰死的將領，一而再、再而三的找藉口公祭、悼念、紀念。如今若不對盧夫人的去世有所表示，恐怕交代不過去。同時他聽說監察院院長于右任、新任立法院院長張道藩已於八日上午電唁澳門，予以慰問。正在蔣思考對策時，國民黨中央黨部派人來問，黨部對盧太夫人去世如何表示，是否拍發唁電？蔣馬上說：「可以！」蔣又命秘書隨侍，由他口述一封以自己名義的致澳門唁電。隨後又指示外交部，特派外交部駐澳門專員陳元屏為他的代表，前往祭奠，致送賻儀金，並照料喪事等一切。這是蔣介石特派「就近專使」的得意之筆。

澳門浸信會為盧慕貞辦理了隆重的葬禮，葬於澳門西洋墳場。

第五節　良莠參半毀譽參半

蔣氏為數千餘人撰寫過輓額，還有人得到過兩份以上的輓額。如果僅從文學角度評判，這些輓額各有千秋，有嚴謹的、有平庸的、有經典的、有敷衍的、有高深莫測、有驚世駭俗，更有樸實無華而令人深刻，吟誦不已。人們對此的評價，也是毀譽參半，仁智各見。

一、驚世駭俗——尊崇程度最高的兩位名人

一九二五年三月十二日，孫中山在北京病逝。蔣撰寫輓聯：「主義揚中外，精靈炳日星。」橫額為：「高明配天，博厚配地。」此時的蔣氏，誄辭的寫作還處於不成熟時期，大量模仿古代誄辭的形式和意境。這兩份橫額集中體現了這一點，大有讓孫與孔夫子一爭高低的意味。其實中華語言文字博大精深，辭彩極為豐富，尊誄崇高的典章應有盡有，蔣大可不必效顰。

二十年後，蔣又有一次這樣驚世的輓額。一九四五年四月十一日，美國總統羅斯福逝世，蔣為其題寫的輓額是「名垂宇宙」。二十年來，蔣的誄辭藝術，已是今非昔比，而且與時俱進，用上了天文名詞。尊崇的程度也高得嚇人，遠遠超過當年孫中山。

二、毫無新意

綜觀蔣氏輓額，有一個奇怪的現象，越是對重要人物，他的輓額寫得越是不理想，有如運動員遇到更強對手而怯場一般。

一九六五年三月五日，陳誠在臺北去世，蔣贈輓聯：「光復志節已至最後奮鬥關頭，那堪弔此國殤，果有數耶；革命事業尚在共同完成階段，竟忍奪我元輔，豈無天呼？」輓額為：「黨國精華」。如果說，輓聯不敢令人恭維的話，那麼輓額更糟，糟就糟在「黨國」二字上。文學藝術，一旦

黃袍加身，為政治服務，那就非糟糕透頂不可，這樣的例子還少嗎？

一九四三年八月一日，林森在重慶去世，年七十六歲。許多人都認為，蔣的輓額一定是「一代完人」，更有人認為，非此四字即愧對於林主席。有人暗自「押寶」，早早把「千秋大老，一代完人」的輓聯送到治喪處，以求得與委員長的相同，哪怕是與「完人」二字相同，也足以為榮耀。十七日蔣的輓額面世，竟是「民國典型」，令人大失所望，不但毫無新意，也毫無文彩，作為國府主席的林森，其德行、學養、聲望，決不是「典型」這兩個字就可以交代的。當然，不是說「一代完人」就是如何的精彩，而是「定論」要與「蓋棺」相符。

一九三六年六月十四日晨八時章太炎病逝於蘇州，年六十九歲。蔣頒「敦仁崇義」匾，又一老生常談，與太炎先生的聲望和崇高的學術地位，顯赫的革命經歷都不沾邊。

一九六七年八月十六日，孔祥熙在美去世，年八十八歲。翌日蔣發唁電，頒輓匾「為國盡瘁」，也是毫無文采。

▶蔣介石輓陳誠聯。

三、也有經典

瑕不掩瑜，蔣氏也有一些文采飛揚、標新立異、恰如其分的輓額，令人一吟百詠，過目不忘。

著名佛學大師太虛（一八九〇—一九四七），俗姓呂，原籍浙江崇德。曾坐禪杭州海潮寺，一九一八年八月創辦聞名遐邇的佛學刊物《海潮音》，在佛學史上有極大貢獻。後為奉化溪口雪竇寺住持，與蔣結緣，間或為蔣宣講佛法，指點迷津，時有竟夜長談。太虛東渡扶桑弘法，蔣得知派陳果夫追到上海，致送三千元遊費。抗戰爆發後，蔣為了爭取國際社會支援，謀以佛教增進與東南亞各國交往，以援抗戰。經與孔祥熙、張群、陳立夫等人商定，由政府聘請太虛大師任團長，出訪緬、印、錫蘭等國。行前蔣贈「慈憫為懷」條幅相送。出訪期間，不但受到印度十萬僧眾的夾道歡迎，而且與泰戈爾、尼赫魯、甘地等國際名流晤談。爭取到國際社會對中國抗戰的聲援和經濟、物資、人員的支援，歷時五個月，載譽而歸。一九四六年元旦國民政府授予太虛大師「勝利勳章」。

▶蔣介石與太虛大師，一九二八年於杭州靈隱寺。

一九四七年三月十七日，太虛示寂於上海玉佛寺。國民政府頒發〈褒揚令〉。蔣題贈的輓額為「潮音永亮」。此四字，既自然而又貼切太虛的經歷和功業，內涵豐富。「潮」代表杭州著名的海潮寺，「潮音」則明示大師的貢獻——創辦的《海潮音》，還泛指佛教界，更是隱喻大師本人。一個

「亮」字，是點睛之筆，既指大師的功業不朽，又喻示佛教永昌。

張一麐（一八六七—一九四三），字仲仁，號公紱，江蘇吳縣人。曾任袁世凱的機要秘書、徐世昌內閣教育總長、國民參政員。一九四三年十月二十四日去世，年七十六歲。蔣題贈「江左耆英」。

在蔣的輓額中，頗有新意。

一九四〇年三月二十四日，陳蝶仙病逝於上海寓所，年六十三歲。蔣頒「令聞孔彰」。

一九四四年八月九日，史學家朱希祖逝，公祭大會在重慶中央圖書館舉行，蔣贈「淵表碩學」。

一九四七年十一月十九日，前復旦大學校長李登輝在上海逝世，年七十五歲，蔣輓以「學粹行修」。

一九五一年八月十六日，青幫大亨杜月笙逝於香港，年六十四歲，蔣賻贈「義節聿昭」悼之。

一九六七年二月二十七日，陳靜濤在香港去世，年八十一歲。蔣頒以「軫懷耆舊」。

一九七〇年七月十三日，盛世才在臺北空軍總醫院逝世，年七十六歲。得到蔣一紙「志業孔彰」的哀榮。

以上這幾條，並不是說寫得多有藝術性，而只是在蔣的輓額中，用字新穎，頗具意境。

蔣初到臺灣的幾年間，為反攻大陸為號召、聚攏人心，連尊誄的規格也提高了。從一九五〇年到一九五三年的四年間，他僅由輓額就「批發」了兩位「師表」，一位「導師」。一九五〇年九月三日，張靜江在美國紐約去世，年七十四歲，蔣題贈「痛失導師」。一九五〇年十二月二十日，傅斯年在臺北病逝，年五十五歲，得到「國失師表」的哀榮。一九五三年十月三十日，吳稚暉在臺北去世，蔣頒「痛失師表」輓額。

如果在四九年以前，至少傅斯年的輓額不會是這四個字。所以這一時期的輓額，有他很強的心態特徵。

蔣越到晚年，輓額的內容，越流於敷衍，而且雷同的越多。一九七二年七月五日，黃朝琴病逝於臺大醫院，年七十六歲。由於蔣遲遲沒有題頒輓額，不僅追悼會無法舉行（在當時的追悼會或公祭儀式上，蔣的輓額高懸在逝者的遺像上面，出殯時，由專車馱載於靈車前），連公祭儀式也一拖再拖，後來是由治喪委員會的全體委員一致「恭請總統賜頒輓額」，治喪委員會終於等來「志業流芳」四字。其實，治喪委員會的各位委員當時有所不知，蔣此時重病在身，連自己堅持了幾十年的日記也已經停筆了，哪裡還有精力執筆題額，所以，「御筆親書」的真實性，頗值得懷疑。

四、念念不忘的政治情懷

最令人意外，而又忍俊不禁的是他為許克祥題頒的輓額。

許克祥（一八八九—一九六四），湖南湘鄉人。一九二七年五月二十一日，在國民黨第三十五軍軍長何鍵的策動下，長沙駐軍第三十五軍三十三團團長許克祥率兵一千餘人，公開打響了武裝鎮壓中共的第一槍，採取突然襲擊的辦法，查封了湖南省總工會、省農民協會、國民黨省黨部、省黨校及其他團體二十多處，解除了工人糾察隊和農民自衛軍的武裝，共產黨人李維漢、夏曦等被抄家，賈雲吉、李異雲等共產黨員和國民黨左派及工農群眾百餘人被殺害，四千多人被逮捕，史稱「馬日事變」，中共對其之恨，刻骨銘心。

一九六七年三月十三日，許克祥逝於臺灣新竹，年七十六歲。蔣頒「剷共先鋒」。拋開政治原因，單講輓額寫作藝術，如果首字為「反」，那就毫無新意，也不會有字字鏗鏘的感覺。一個「剷」字，把輓額寫活了，似乎只有這個字，才能發洩蔣氏不盡的復仇情懷。這那裡是對逝者的懷念，簡直是埋藏於心底幾十年憤恨的大爆發。

第六節　辭修學步

在國民黨的高層中，陳誠最得蔣的賞識，在政治、軍事上的種種際遇毋庸贅言，就連陳的婚事，蔣也關心至切。雖然陳早年在家，遵嚴慈之命，迎娶一房裹腳淑妻，但夫妻關係不尚融洽。蔣、宋聯手，據隙而作，硬是又為他介紹了前國府主席譚延闓的女兒譚祥，終於迫促陳停舊婦，娶新妻，其經過實則一個蔣介石第二。

到臺灣後，陳誠更是得到蔣的倚重，蔣摒棄眾多元老人物，獨舉陳為副總統，後又兼任行政院院長。而陳對蔣則惟命是從，在方方面面做得都讓蔣滿意。以喪葬和誄辭為例，陳對蔣的誄辭風格，也是亦步亦趨，學步之肖，當仁不讓。

蔣的輓聯形式，雖變化多樣，但他更鍾情於五七言式，即五字在前，是開場白，七字在後為結論。如一九三八年五月二十三日，黔軍三〇四團團長陳蘊瑜在台兒莊戰役中殉國，忠骨無收。蔣為其題寫輓聯為：「裹革恨無屍，一夕葦樓埋碧血；報國原有典，千秋青史表丹心。」上聯的前五字首先說明沒有為烈士殮到遺體，充分體現戰爭的殘酷無情。後七字是對前五字的補充和肯定。一九三七年十月十六日，在山西忻口會戰中，五十四師師長劉家祺戰死。蔣撰輓聯：「禦侮竟捐軀，衛國洵為天下重；糜身能扼敵，裹屍如見九原心。」還有為陸軍上將饒國華題贈的輓聯是：「虜騎正披猖，聞鼓鼙而思良將；上都資捍衛，昌鋒鏑以建奇勳。」

蔣的輓聯寫得不是很好，但他運用這種形式，還是很有特點。有學者從音韻學上分析，稱道這種輓聯形式。

陳誠對蔣的這種輓聯風格，是否進行專門研究，不得而知，但是他的輓聯中，卻頻頻出現這種形式。特別是到了臺灣後，更為突出。

一九五九年十一月七日，田崑山去世。十四日公祭，蔣題「永懷忠藎」，陳誠贈輓聯：「翊贊著深功，定知志業歸青史；凋零惜耆舊，緬想彭鬢在畫圖。」

一九六〇年十二月二十日，陸軍中將劉仲荻在臺北陸軍總醫院病故。二十三日大殮，蔣題「忠勤永念」，陳誠送輓聯：「早歲赴戎行，聞雞每勵中

▶陳誠與夫人譚祥及全家，一九四五年於重慶。

霄志；沙場傳偉略，躍馬猶懷舊日勳。」

一九六一年六月十日上午十時，空軍司令陳嘉尚的母親朱太夫人，因糖尿病併發症，在臺北仁愛路寓所去世，年七十七歲。十四日公祭，蔣題「教忠垂範」，陳誠題贈輓聯：「雲路早騰霄，特達足酬兼濟志；慈徽成永慕，令終足慰顯揚情。」

在輓額方面，陳誠亦學步維肖，蔣經常運用的字，屢屢被他成功嫁接。如為國大代表李朗星題「悼念貞勤」，為立法委員趙允義題「貞勤可則」，為海軍中將王恩華題「帷幄風湊」。甚至直接把蔣常用的輓額，一字不動，照搬過來，如「志業長昭」、「忠勤永念」、「英烈長昭」、「忠勤垂範」等屢屢頒贈逝者。這樣難免不發生「撞車」事件。一九五八年五月二日，年僅五十歲的國大代表劉竹丹病逝於臺大醫院。五日公祭，蔣、陳誠都派人送來輓額，治喪委員會的接待人員竟不敢讓家屬看見，原來內容都是「讜論流徽」，但家屬還是看到了，令在場的家屬、接待人員、送輓匾者都尷尬不已。

作為副總統兼行政院院長，陳誠經常要處理部屬的喪事安排。對此，他也完全運用蔣的說教和手法，妥善解決。一九六〇年二月十日早六時，臺灣省主席周至柔母親侯太夫人以九十三高齡仙逝。周氏聞訊，立即由臺中飛臺北奔喪，在籌辦移靈極樂殯儀館事宜後，周氏於十日上午電呈蔣，以丁憂故，要求辭去臺灣省主席職務。十二日，陳誠致唁電與周氏，他以當年自己喪母，蔣批示的「移孝作忠」、「以報親者報國」的說教，轉致周，在電文中強調蔣慣用「移孝作忠」法，勸解周打消辭意。並從十日算起，給喪假十天。三天後，陳又致函周，再次強調「移孝作忠」。

蔣於十三日覆電：「臺中臺灣省政府周主席至柔兄禮次：灰電悉，太夫人棄養，至深震悼！時際艱虞，切盼移孝作忠，節哀為國，取消辭意。已囑行政院長酌給喪假，特覆致唁。蔣中正。醜。元。」

你看，蔣、陳的做法如出一轍，真乃師道相傳不違例！

第七節　讜論流徽立言不朽

從一九二八年二月起，先後有譚延闓、林森、李宗仁、陳誠、嚴家淦五人，做過蔣介石的權柄陪襯，而後三人更名副其實的——（依附）「副總統」了。此三人，以依附蔣的程度而論，由李宗仁起，一位甚於一位。說到嚴家淦，有人評論他是「好人，不是好官；是好國民，不是好公僕」。而江南先生就不太客氣了，他評價說：「嚴的才具、建樹，連勉強及格都困難。充其量只是一個循規蹈矩的政客，無條件服從的陪襯。」

一九七二年，蔣第五次連任總統後，同樣連任副總統的嚴家淦，體諒蔣急於讓小蔣接班的渴望，提出辭去兼任的行政院院長，並建議由副院長小蔣繼任。老蔣立刻就接受了辭呈。這下臺島內層震驚，高官無不猜測：是不是自己也該騰出位子，讓給小蔣的班底？司法院院長田炯錦首先回應，向老蔣遞上一紙情真意切的「自修書」，結果表錯情了。老蔣並不是想大換血，只是想讓小蔣一步一步接近權力頂峰，所以，蔣於五月二十四日批覆：「本年五月二十日呈悉，宏揚法制仍須繼續努力，所請辭職，應予慰留，特覆。」

如果說到誄辭方面，三位副總統，李宗仁的輓聯較為具體，雖藝術性不高，但有針對性，感情真摯、強烈；陳誠則分對象，但大多數是空洞。嚴家淦則更有趣，輓聯少，輓額內容漫無邊際的多，他不像李、陳二人，對逝者有一定的接觸和深刻的感知。因為嚴的資歷太差，剛做副總統時，有的報紙對他的題誄不予刊載，後來才慢慢改變。

蔣晚年所用最多的輓額是「讜論流徽」，如陳海澄、趙波、周兆棠、甘乃光、殷君采、陳博生、苗啟平、熊東皐等百十餘位。而嚴家淦「應付」最多的是「立言不朽」。如周治平、李子寬、游彌堅等十餘位。

有時，蔣為某人送「讜論流徽」，嚴則贈「立言不朽」。如黃及時、莊靜、邵鏡人、沈發藻、周芾亭、張志智、閻孟華等。

於是有好事者把這兩輓額，連為絕妙的一副輓聯，自然是蔣的為上聯。又有人以為未盡其意，又找來蔣、嚴各自另一常用的輓額，續聯為：「讜論流徽，義方垂裕；立言不朽，謨猷長存」，送給某陸軍中將致祭，家屬感謝，聞者稱道，嚴家淦則苦笑無奈，蔣或許不知情。

▶嚴家淦。

第八節　一「點」之迷

蔣介石誄辭寫得多了，有時也要玩一點當年「王羲之飛筆點太原」的遊戲。一九三九年，國民政府為紀念抗戰以來犧牲的烈士，開始籌畫在風景秀麗的南嶽衡山香爐峰下建「南嶽忠烈祠」，於一九四〇年破土動工，歷時三年落成，是中國建築最早、規模最大的抗日戰爭紀念地之一，也是國民政府在大陸唯一一處紀念抗戰烈士建造的大型陵園。這裡主要安葬有第九戰區、第六戰區的抗日陣亡將士。一九四三年七月七日，在抗日戰爭六周年之際，舉行「忠烈祠」落成典禮。主祭禮者為第九戰區司令長官薛岳將軍，他特意請蔣介石題寫額匾。可是薛岳等人看到蔣所寫的「烈」字中的「歹」少了一點，薛婉轉的提醒蔣，蔣表情凝重的看著題字片刻，不做回答就轉身離開。在題刻牌匾時，只得依題字而作。至今所懸掛的牌匾依然如此（文革時，被有心人摘下牌匾，藏了起來。一九八二年重修忠烈祠時，得以重新懸掛）。當時人們紛紛猜測，有人認為：委員長題寫時，故意少寫一點，是希望在今後的戰鬥中，犧牲的烈士「少一點」，要以最小的代價，獲得最大的勝利。也有人說：少寫這一點，是想等到抗日戰爭勝利，把日本鬼子全部趕出中國，祭奠英烈時，再來添上，就跟當年岳母刺字時一樣，「精忠報國」中的「國」字少刺一點，後來等時機成熟再加上這一點。還有人說：書法中多一點，少一點屬於書法上處理的一種藝術方法，對文字內容沒有什麼影響。至於蔣為何著意少寫一點，看來還是留得歷史去評說吧！

第九節　自沉玄武留「清操」

蔣介石是如何對待因對他不滿而自殺的人？

一九三六年二月八日午夜，中央監察委員杜羲因「憂國憤時」，自沉南京玄武湖，年五十歲。杜羲，字仲虡，河北靜海人。清末入保定軍官學校學習，在日留學期間加入同盟會。奔走革命，備極艱辛。與張繼、柏文蔚、章太炎、周震鱗等結為知己好友。回國後在東北從事秘密革命運動，被捕入獄，幾死不能。嗣又結識于右任。辛亥革命爆發，輔佐姚雨平的軍事，任參謀長，頗有才幹。其後討袁、護國、護法，諸次戰役，無不躬親。

他對佛學、文字學有精深研究，善篆畬詩，書法獨到，當時有「南章北杜」（章太炎）之說。一九三三年二月，由監察院院長于右任提請國民政府聘為監察委員，真實目的是給他一份生活費。他在南京沒有自己的住所，暫寄居在好友、同為監察委員的劉覺民家裏，而此房正對玄武湖。（參考《中央日報》民國二十五年二月九日第二張第三版）

對於他的死，姚雨平的輓聯道出真情：「底事沉沙追屈子，多因失地痛中原。」也就是說，他是看到蔣介石對日軍咄咄逼勢的軟弱，特別是東北失地，家鄉變色，救國無望，對蔣極為失望，才自盡的。那麼蔣是如何對待他的自沉？從蔣的本意並不願看到這種現象，可是現實他又不能不去面對。

杜自殺後，監察院及他的生前好友成立治喪委員會，積極為他爭取名義。有人擔心蔣是否會反對。終於在四個月後的六月二十日，南京各界為杜舉行公祭和安葬儀式，六百多人參加，邵元沖主祭，國民黨元老于右任、吳稚暉、居正、張繼、丁惟汾、李烈鈞等都帶來了精致的輓聯或輓額。蔣則不失禮節的送來「清操嚼然」橫幅，懸掛在會場中央。不但如此，國民黨中央為表彰他「孤忠亮節，堪與楚大夫之沉汨羅江媲美，特意在端午節那一天葬於棲霞山幽居庵墓地」。

現在我們知道了，杜的葬禮為什麼拖了四個多月，不是因為蔣的干預，而是要在屈原忌日的這一天來安葬杜羲，更具有特別意義。

第十節　往績與今況

一九四九年四月解放軍渡江後，李延年的第六兵團負責防衛福州，結果李不戰而退，福州失守。蔣盛怒之下，以「擅自撤退，有虧職守」的罪名，對李進行審判。陳誠力主處死，蔣因感念他的「往績」，又考慮到反攻大陸在即，尚需黃埔學生用兵（當時有黃埔同學為李求情），正待安撫，只把他關了十年。李延年出獄後，一無軍職，二無積蓄，三無任何技能，生活極端困苦，有時竟以辣椒鹽水蘸饅頭充飢。甚至連抽煙的錢也要向昔日的部下去借，開始時還有點「理直氣壯」，後來「借」變成「乞」了。有的人，明知道他是有借無還，但不忍其慘況，還是予以濟助。

一九七四年十一月十七日下午一時，李延年病逝於三軍總醫院，年七十一歲。黃埔同學看到他身後蕭條，紛紛援手。十九日由黃埔同學出面，成立治喪委員會，顧祝同任主任委員，黃杰、袁守謙、裴鳴宇、高魁元為副主委。跟隨他多年的副官徐連三，出私款買了一口棺木為他收殮。人們又以誄辭為他晚景抱不平，他生前的債主們援手時不吝嗇，這次輓聯就不客氣了，有人為他送了一副輓聯：「往績堪念念不堪；今況歎悲悲更歎！」老實說，輓聯雖然不能令人恭維，但卻是現實的寫照。

令作者沒有想到的是，輓聯中的字詞，竟然與蔣所送的輓額相同。十二月八日，在臺北市立殯儀館景行廳為李舉行公祭，顧祝同上將主祭，全體治喪委員陪祭，與祭團體有：中央軍校同學會、山東同鄉會、青島同鄉會等。何應欽、錢大鈞、俞濟時、劉玉章、孫運璿、于豪章、方先覺、王永樹等七百餘人參加。公祭後，發引、安葬於新店空軍公墓之旁墓地。

而蔣介石所題贈的輓額是：「往績堪念」，卻不提「今況」了。

第十一節　「貽厥孫謀」

一九三三年九月二十三日，在湖北省廣濟縣一個名為西官壩的鄉村，有一位九十二歲高齡的老夫人駕返瑤池。然而她的仙逝，卻引起國民黨高層的格外關注，包括蔣介石、林森、張群、孔祥熙、戴季陶、吳鐵城、于右任、吳稚暉、何應欽、黃郛、劉峙、何鍵、居正、吳國楨在內的三十五位政要，相繼為她題寫誄辭致悼。西官壩村乃至整個廣濟縣都為之震驚。

一、五世其昌

這還要從老夫人的孫子劉文島說起。劉文島，字永清，號塵蘇，別號率真，一八九三年四月三日生。幼讀私塾，十七歲入保定軍校，一九一八年留學法國，一九二五年回國，在黃埔軍校工作，成為蔣所賞識的人才。一九二七年五月任國民軍總司令部政治部副主任。八月蔣下野，以「誓與領袖同進退」為信念的劉文島，也提出辭職，更加得到蔣的信任。曾兩度出任漢口市市長，一九二八年第二次就任市長後，因受到何成濬的排擠，不得已去職。不久被蔣外派，於一九三一年九月十六日任駐德國公使兼任奧地利公使，一九三三年九月十三日轉任駐義大利公使。當時，蔣介石正熱心於爭取德、義兩國軍事專家的幫助，因此對劉文島很重視。

▶劉文島。

恰在離任履新的交接之際，祖母張氏病故。劉家為五世同堂，備極融洽，飲譽鄉里。劉文島之父劉細久，以販魚為業，在武穴下廟開魚行。其母王氏，持家務，生育四男一女，劉排第二。張氏一八四一年年生，雖壽享九二高齡，但家人卻以九四耄齡治喪。而當時的報紙就太過熱心，逐步地渲染增壽，其中南京的《中央日報》竟然報導為九十八歲（《中央日報》一九三三年九月二十七日一張三版），可謂轟動一時。連遠在上海的馬相伯也以「九四叟馬良」的名義送輓辭至，地方官員也較為重視，劉文島之胞弟劉俊傑快電訃告德國，要求乃兄速速回國奔喪。國民黨中央認為：當此關頭，不可「以私誤公」，蔣介石更是堅持此議，婉拒劉文島的「告假」請求。為安撫劉家和劉文島，在蔣的帶領下，中央大員紛紛為老夫人撰寫誄辭，因他們對張氏並不了解，所題誄辭大多為四字的「象贊」，如林森為：「壽母遺徽」，汪精衛為：「康寧緜祉」，于右任的象贊最長：「藹藹貞柯，溫溫慈則……」。當劉家接到蔣的輓額「貽厥孫謀」，先是嚇了一跳，後來陸續接到國民政府的唁電，及政軍要人致悼之後，才知劉文島不能回國，即於第二年元月將老人安葬。

到一九三四年，處理完交接諸項事務後，劉文島因洽商中、義（大利）使館升格，於八月返國。九月四日船到上海，五日赴南京述職，拜見林森。六日轉牯嶺見蔣介石，蔣贈五百元香火錢，並囑代自己掃墓。九月二十一日劉再次謁蔣，這次的拜謁促成他官職的升遷：同年十月三十日，國民政府公佈中、義（大利）兩國使館同時互相升格為「大使」級，劉文島被任命為駐義大利特命全權大使，一九三四年雙十節，蔣贈劉文島二等采玉勳章。

二、與希魔鬥酒，讓墨魔接駕

劉文島是著名的外交家，他就任使節時間雖然不長，但至少有四件事情可以樂道為外交佳話。

一是劉在任駐德公使時，希特勒狂妄自大，對中國極為輕視，劉就不服這口氣。有一次希特勒宴請各國使節，竟然提出與劉鬥酒，兩人同飲數十杯烈酒後，希特勒當場醉倒，在場各國使節，無不對劉喝彩。

二是興登堡贈畫。當時德國為希特勒當政，象徵性的國家元首是一次大戰名將興登堡。劉文島與這位年近八十的總統很投脾胃，時相過從，暢談不倦。有一次興登堡送給劉一幅油畫，當時他沒有在意，只是作為忘年交的友誼來珍視，無論遷居何處都懸掛在房間裏。沒料到十幾年後，這幅油畫正好是東、西柏林分割的圖案，讓他對這位老人的先知和警世，更加欽佩，更加懷念。有人不相信，經劉的指點，從畫的正面看去，果然是站在西柏林的高處所能看到的東柏林的輪廓。每當有人問起油畫的含義，劉就嚴肅起來：「這還不懂嗎，他這是一種警惕的寓意，意思是警告有一天德國會分裂為兩

個國家！」（《中央日報》一九六七年年六月二十日第十版）

三是讓墨索里尼接駕。劉文島由德國轉任駐義大利公使，在他到達羅馬時，要求讓墨索里尼來迎接他。這對當時中國的國際地位是不可能的，墨索里尼也感到非常意外，在聽了有關人員對劉的介紹後，欣然前往。這在弱國無外交的當時，足以讓中國人揚眉吐氣。由此，墨索里尼與劉文島建立很好的私人感情，此後他可與莫獨往獨來，私談竟夜。劉文島似乎有迷人的外交魔力，不久墨索里尼向蔣介石贈送一駕飛機，這就讓國民政府意外了。禮尚往來是外交官的基本素質，也是必修課。怎樣回贈對方，蔣介石的希望是考慮政府的財力為前提，又把這個難題推給了劉。後來劉回國專門派人到湖南，尋找湘繡高手，為墨索里尼刺繡了一幅湘繡的肖像，劉在向墨索里尼贈送時介紹說：這幅湘繡是中國文化、藝術和工藝的結晶，也是我最喜愛的。墨索里尼當然也非常高興了。

四是首任大使，也是終身大使。由於劉文島與墨索里尼私人關係的日漸親密，國民政府與義大利的交往不斷頻繁，再加上劉的斡旋，墨索里尼欣然接受劉提出的中、義兩國外交使節升格為大使級。當時中國的外交環境很糟糕，這個消息傳出，對國民政府的外交界有如注射了興奮劑一般。一九三四年九月二十六日，兩國互換照會，十月十七日，劉正式被任命為駐義大利大使，也是中國第一位大使。

由於當時的外交官中，只有公使，沒有大使，人們對於這個新鮮的官職感到好奇，「劉大使」就成為人們口頭的新名詞。就在劉文島春風得意，成為報端的熱門人物時，發生一件讓他「臭名遠揚」的事件：有一次，某報發佈「時人行蹤」消息，將他的「劉大使」錯印成「劉大便」，於是一片譁然，以至於他由此得了個綽號——「劉大使」。由於報社在更正中說這是「技術差錯」，國民黨政府無可奈何，劉文島更是有「臭」難言。

二次大戰前，由於德、義、日結為軸心，義大利並承認偽滿洲國，劉文島掛旗歸國。此後十餘年間，國民政府始終沒有明令免職，所以他這個首任大使，也成為他的終身頭銜。

三、晚景與榮哀

劉文島為人耿直，愛國心強，敢於直言，是國民黨內公認的才子。但他在國民黨內沒有幫派，常自稱「我是單幹戶」。

他留學時鬧窮，學費經常不繼，保定軍校校長蔣百里不但予以援手，而且開導他翻譯瑞士的《新軍論》，實為間接資助他。後來這部譯著成為共學社的叢書之一，蔣介石也是在看了這部書後，才予以重用他的。他的元配廖世劭為與他同時留法學生，廖的學養還高於劉。據萬耀煌回憶（萬與劉有「通家之好」之誼），劉文島確確實實是寫了三十六封情書，這才贏得廖世劭的芳心，於一九二二年在法國結婚。（見《中央日報》一九六七年六月二十日五版）後來他居官做事，也真是做到了清廉二字。晚年他還是鬧窮，廖夫人無出，繼配陸夫人育有四子二女，均在美國「以窮」攻讀。一九六六年劉文島臥病，長子共復與次女共定聯袂返臺省親侍疾。後來共復畢業做事，但也僅夠生活而已。轉年六月十一日，身為立法委員的劉文島病逝於臺北，年七十五歲。此時，只有共復在側，其他子女來信給老世叔萬耀煌，陳述無法回國奔喪的苦衷，和對人子之道遺憾的哀痛：他們姐弟數人，是靠打工得以勤學，最小的弟弟也是以每天早上送報維持學業，所以他們根本無法回國奔喪。萬耀煌允以「其情可恕」。

六月二十日在臺北市立殯儀館為劉文島舉行公祭，蔣題誄「志業孔彰」致悼。（見《中央日報》一九六七年六月二十日三版）同年十一月三日，蔣介石明令給予褒揚，成為蔣近六十年誄辭史上，祖孫「同享哀榮」的少有特例。

第十二節　「在軍成服」

蔣介石非常注重孝道，也以孝道治校（黃埔軍校）、治軍，乃至治國，但是在別人的孝道和他的（或他所代表的）政治利益發生衝突時，他又會找出種種理由，以古而有之的典故勸導對方，要求他們「移孝作忠」、「以所報親者報國」等等。這既是駕馭的高明之處，也是掌控政局的必要策略。如為劉文島祖母「頒賜誄辭」一事，是處理較為妥當的。然而有些勸導不了，就採取命令似的拒絕。

一九二六年十一月，蔣的同鄉，時任黃埔軍校及北伐總軍需官的俞飛鵬喪父，向蔣提出回家服喪，暫時辭職。十一月二十日，蔣致電俞，並囑「在軍成服」：「南昌俞總監鑒：呈悉。驚聞有失怙之戚，不勝愴悼。軍事方殷，該總監轉餉輸粟，責任殊巨，古有縗絰從軍之禮，況革命尚未成功之日，所望勉抑哀思，在軍成服，所謂辭職，礙難照准。中正。號。」

與此同時，蔣的老師，比他年長十歲，時任廣東國民政府代理主席（代蔣而理）的張靜江，因其父張寶善去世，也提出同樣要求。在同一關鍵時期，兩位重要角色或缺，這是蔣所不能接受的。但當時蔣對張極為尊重，於二十五日致電張：「廣州張主席鈞鑒：聞老伯逝世，吾公至孝成性，哀痛必不堪狀。中忝屬猶子，不能稍効厥職，徒增吾公悲悼，罪戾益重，于心更戚。尚祈節哀全孝，成伯父在日之志也。中正叩。有。」

在此電文中，蔣沒有涉及他的回家服喪請求，這是一個策略。兩天後，蔣又致電張：「廣州張主席鈞鑒：有電敬悉。請在粵節哀主持一切，請勿回滬。中正叩。感。」

從三通電報的內容看，蔣對俞飛鵬和張靜江的態度是不同的。

這樣的事例有很多，甚至還有連死者家屬都不通知的例子。抗戰期間，湯恩伯的父親在家鄉病故，當時湯正在前線。蔣首先得知，囑咐不得告訴湯本人，恐他分心軍務。又下令出資為其治喪，並親手書寫碑文。抗戰勝利後，湯返鄉探親時，才得知真情。他在跪墳的哭泣聲中，真不知是對蔣感謝，還是怨恨？

第十三節　募捐最多的人

現在提起王一亭，許多人對他知之甚少，如若有知，也僅僅認為他是著名畫家而已。

王一亭（一八六七—一九三八），名震，字一亭。祖籍浙江吉安，生於江蘇南匯。王一亭的一生受三方面影響，而三方面均赫赫有成。幼時外婆用《孝經》為他啟蒙，教他以繪畫，打下他繪畫基礎，十三歲畫名已傳遍鄉里，終成為一代名家。王以書畫會友，以書畫賑災，其中既有自捐，也有向外勸募。

受母親影響信佛，成為著名居士、慈善家。一九二六年任上海佛教居士林會長，一九二八年與施省之、關炯之、黃涵之等組織上海佛教維持會，一九三〇年與李經緯等創辦上海佛學書局並任董事長。致力各種慈善事業，參與發起華洋義賑會、中國救濟婦孺會、普善山莊等。一九三七年與同人發起組成難民救濟會，籌設難民收容所。

十四歲輟學從商，十七歲考入江南製造局廣方言館，一九〇七年任日清輪船公司買辦，接受西方經營思想和管理方法，為他日後的經營打下基礎。從清末開始，將歷年積聚的資金大量投資民族工商業、金融業，成為實力雄厚的民族資本家。

▶王一亭。

一九三八年十一月十三日病逝於上海，年七十一歲。一九三八年十一月二十三日，國府頒發對他的〈褒揚令〉，令文一反往常，側重於褒揚他在社會救濟、慈善事業、募捐方面的成就。令文稱：「中央救災準備金保管委員會委員王震，早歲傾心革命，贊助共和，繼在上海致力社會慈善事業，凡所創辦經營，咸具規模。其於各省水旱災祲募捐救濟，先後逾一萬萬元。去夏抗戰軍興，組織戰區難民救濟會，密計殫思，不辭艱險，願力尤為宏偉，邇來避地明志，節概凜然。遽聞溘逝，殊深軫悼。應予明令褒揚，以彰卓行，而勵來茲。此令。」令文十分貼切當時的抗戰形式，配合政府提出的救濟災民，救助傷兵，號召民眾踴躍捐獻救國戰費等種種號召。

民國時期產生了一批傑出的募捐藝術家，他們主要分佈在兩個行業，一是教育界，其中主要是私立學校方面。二是慈善救濟救災行業。前者如晏陽初，僅從美國就捐回三千萬美元。又燕京大學校長司徒雷登，一九三六年他六十歲生日時，國民政府對他的表揚令中說他為學校募捐兩千萬。這個評價是較為公允的。南開的張伯苓至少也在千萬元以上，其他如嶺南大學校長鍾榮光等人也在數百萬元以上。救濟救災方面如朱慶瀾、熊希齡、杜月笙等在數百萬至上千萬不等。

〈褒揚令〉稱王一亭歷年募捐達一億元，的確是一個驚人的數位，應該成為民國募捐史之最。這一點得到蔣的肯定，蔣不但對家屬給予唁電慰問，而且頒以「清標亮節」祭悼。後王一亭葬於上海虹橋公墓，墓前石碑為蔣介石所題，墓碑文由于右任書寫。

第五章 頻於喪祭篇

第一節 新官上任一把香火

蔣介石把失去大陸，看作是他的奇恥大辱。到臺灣後，發誓要反攻大陸，不但反思自己的為政功過，改造國民黨，而且制定反攻計畫：一年準備，兩年反攻，三年掃蕩，五年成功。他深知，反攻的根本是軍隊，軍隊的關鍵是將領，將領的因素是心向。所以，他極盡籠絡、安撫之能事，對逝去的將領要一而再、再而三的公祭、追悼、紀念。

蔣對於逝去的將領，其死所，是分別對待的，他最看重的是自戕者，其次是戰死者。如張靈甫，他多次讚譽，到臺灣後，每年張的忌日，他都會有所表示。一九五二年五月十五日，在張靈甫五周年忌日，臺灣舉行公祭，蔣題寫「浩氣常存」，派國防部副部長郭寄嶠代表前往致祭。

對於邱清泉則更是念念不忘，到臺後的前幾年間，幾乎年年的周年忌日都組織紀念活動。一九五〇年四月三日，蔣以總統名義，頒發對邱清泉的〈褒揚令〉，並准入忠烈祠。一九五一年一月十日，在邱清泉兩周年忌日，邱家原是準備舉行一次家祭，蔣緯國卻稟告了父親，蔣氏格外關注，不但派何應欽為代表參加，而且又一次為邱親書輓額「永念忠烈」，派人送往邱家。這樣一來，各界無不重視，顧祝同、周至柔、王

▶張靈甫。

叔銘也當作大事，擠出時間趕來參加，裝甲兵旅長蔣緯國率屬員二十餘人參加與祭。結果一次小規模的家祭，變成有一千多人參加的盛大社會公祭。

與此形成鮮明對比的是，同日為蔡元培誕辰八十五周年，學界也舉行了集會紀念，卻非常冷清，僅有中央研究院、北大同學會等團體的幾十人與會。蔣夢麟、毛子水、羅家倫等人看到，作為主持人的朱家驊，因為冷清連講話也提不起精神。

一九五二年一月十日，是邱自戕三周年忌日，蔣雖已六十六歲了，可記憶力真好，早早於七日就又題頒「碧血丹心」輓額，並簽發〈旌忠狀〉。邱家將之高懸於十普寺的靈堂，此輓額長達一丈，闊三尺，橫貫於靈堂前，下面是邱的遺像和輓聯。

到邱清泉四周年忌日，邱家舉行家祭時，沒有見到總統有什麼表示，認為總統忘了。可是到了二月十七日，蔣核定給邱清泉、黃百韜、張靈甫、郭清、胡長清五人遺族頒發特別生活補助金，其中黃百韜遺族為七人，得款最多，七二〇〇元。邱清泉遺族六人，為六千元。

▶邱清泉。

一九五五年的忌日，蔣向邱清泉家屬贈款五千元，交由國防部總務局趙桂森中將轉交，並囑慰問邱夫人。

還有在同一天為同一人舉行兩場追悼會。一九五〇年四月二十七日為張天佑兩周年忌辰，臺灣省黨部在黨部大禮堂舉行公祭，由山東省參議會議長裴鳴宗主祭，蔣題「氣壯山河」。同日由山東省各界發起，在省立臺灣圖書館也為張舉行公祭，孔子後裔孔德成為主祭。

蔣對其他在抗戰中犧牲的烈士遺族也沒有忘記，一九五三年五月三日，在空軍殉國烈士高志航的母親高李春英女士七十大壽時，意外的收到由空軍司令王叔銘轉交的、「總統為她祝嘏，親書御筆」的大「壽」字。王對高母說：「總統早就為你寫好了，他非常惦記你！」

▶高李春英。

就連外國傳教士的忌辰，蔣也念念不忘。一九五二年六月二十四日，為比利時天主教傳教士雷鳴遠十二周年忌辰，臺北舉行紀念會，蔣派鄧文儀為代表參加。到他十五周年忌辰時，臺灣舉行隆重的追思大禮，蔣為他題寫「義行永昭」，又致送輓聯：「博愛謂之仁，犧牲精神，無愧基督；威武不能屈，畢生事業，盡瘁中華。」這副輓聯是十五年前的舊作，此為再次贈送。

在蔣「重喪厚葬常祭奠」的行誼風氣影響下，當時的臺灣，祭禮十分盛行，機關團體，舉凡事務，先開追悼會。一九五二年四月，馬紀壯取代桂永清，出任海軍總司令。辦理完交接手續，他上任的第一件事，就是舉行「海軍陣亡將士公祭大會」，自任主祭，副總司令黎玉璽陪祭。其他政府機關紛紛效仿。內政部調查局更為典型，並得到蔣的讚譽。一九五二年三月二十九日，該局舉行歷年「殉難烈士紀念大會」，蔣題頒「氣壯山河」。以至於當時流傳著：「過去古謠諺：新官上任三把火，現在是一把火。哪一把火？一把香火！」的笑談。

第二節　一天三公祭

一九五二年三月十二日，是戴季陶自盡三周年，親族好友發起公祭。然而鬼使神差的是，曾任外交部長的郭泰祺於月前在美國去世，定於十二日公祭；曾任第五軍軍長，中央監察委員的李福林此前病逝香港，親族也排定在這一天舉行公祭。曾任第二十九軍軍長的劉戡本來自戕於一九四八年三月三日，不知為何竟還是選擇這一天。

總統府秘書黃伯度銜命，分別找到郭泰祺、李福林、劉戡的親族，委婉的告訴他們總統不可能同時參加他們的公祭，希望他們能體諒總統事務的繁忙，實則暗示他們更改日期。

三家親族暗自猜度：看來總統的確有親疏遠近的分別對待，一定是要為參加戴院長（戴季陶死前為國史館館長，但他當了近二十年的考試院院長，人們還是習慣舊稱）的公祭而無暇兼顧他人，只得更改公祭日期。可是怪事又一次出現，三家又同時選擇了三月十六日，但三家忙於籌備，互相不知（其實這件事，並不奇怪，在不受各自忌日限制後，三家人的心態，當然是擇以「吉日」了）。

三月十六日，李福林公祭儀式在善導寺舉行，總統府秘書長王世杰代表總統參加，蔣題

▶郭泰祺。

▶李福林。

▶劉戡。

頒「耆行亮節」悼之。郭泰祺公祭在省立第一女中禮堂舉行，陳誠代表總統參加，並送來總統的輓額：「勳高壇坫」。在劉戡的靈前，則高懸蔣的手筆「精忠永念」。第二天，他們紛紛打聽，總統參加誰的公祭。但終無結果，連報紙也語焉不詳。實際上，蔣誰家的也沒去！

第三節　一九三七年二月

西安事變平息後，蔣介石於一九三七年一月三日，從南京回到家鄉奉化溪口休養，直到當年四月十四日為其兄蔣介卿辦完喪事後，才正式結束他的休假期。然而這一時期卻是他喪事活動最繁忙的，僅以二月為例：

二月二日，國民政府會議決定段祺瑞國葬，但是葬費多少，由哪裡支出，還得請示蔣。蔣回電：由二十五年度預算外支付。而當時財政極為困難，預算外空空如也，但可立時「籌措」（除綁票無他）。同日，蔣下令成立蔣伯器、黃郛公葬委員會，籌備治喪。

二月三日，蔣氏夫婦、朱家驊、陳果夫等赴莫干山弔黃郛墓，蔣「感喟久之」。

二月七日，杭州各界在西湖大禮堂舉行追悼會，悼念在西安事變中誤傷殞命的邵元沖，蔣以「浩氣常存」輓之。

二月九日，再次電慰邵元沖夫人張默君。

二月十日，蔣和夫人在溪口宴請，慰問在西安事變中殉難的蔣孝先等奉化籍人士的家屬，看到他們的子女均在髫齡，不禁含淚語納。

張學良被扣後，東北軍中激進派孫銘九等人謀武裝反蔣，張的部將王以哲、徐方等人為顧全大局，反對此舉，於二月二日被孫等殺害。王以哲夫人電蔣述其遭難，十五日，蔣覆電慰唁王以哲夫人：「長安顧主任轉王張淑英夫人：灰（十日）電悉，鼎方軍長堅主和平，身罹慘禍，至深悼惜，孫銘九等三名，業經交部通緝，總期拿獲嚴辦，以伸國法，而安幽靈，特覆，蔣中正。」

二月十八日，回覆行政院：國葬邵元沖。

二月二十二日，程滄波之父去世，年六十九歲。二十三日囑咐宋美齡為代表致電慰問。

二月二十三日，蔣電唁徐方家屬：「徐靖塵夫人：皓（十九日）電悉，徐處長斡旋和平，被戕殞命，殊深悼惜。兇手孫銘九等三名，已飭部通緝，務獲法辦，以慰忠魂。特覆。蔣中正。梗印。」

二月十七日晚十一時，朱培德去世。翌日，蔣聞訊黯然，三臨其喪，痛哭失聲。

二月十九日，廣東省主席黃慕松病逝，蔣於二月二十一日電慰黃家屬：「急！廣州黃主席治喪委員會處轉黃夫人暨公子禮鑒：慕松先生忠勤盡瘁，竟爾長逝，公誼私交，均深痛悼，務請夫人等順便節哀，勿過悲毀，謹電弛唁。蔣中正。二十一日。」同日，蔣又致電廣東省政府：「廣州岑秘書長勳鑒：慕松主席遽爾溘逝，驚悼莫名，務請代慰問家屬，並照料一切為盼。中正。馬。」

二月二十三日，南京各界在勵志社禮堂舉行「西安殉難烈士追悼大會」，蔣以「浩氣常存」輓額懸於素花彩牌樓正中，蔣夫婦到會，蔣主祭，親自獻花，讀祭文，三鞠躬，始終含淚。蔣送輓聯為：「所欲甚於生，別有千秋型世事；傷情還自慰，無違平昔教忠言。」

這並非全面記載，但僅這二十八天中，蔣竟有十九起喪事活動，可謂是多事之秋，哀淒連連。

第四節　哲人其萎誄辭幾何？

對於一位著名人物的去世，蔣要撰寫多少誄辭？在一般情況下，蔣首先要拍發唁電，撰寫輓聯、輓額和祭文，這四項是最基本的。但是，對於因特殊事件而逝世者，或特殊人物，他會特別對待。一九三〇年，行政院長譚延闓病故，蔣先給家屬拍發唁電，又為治喪事給文官長古應芬拍發一封唁電。另有兩篇祭文，一是以國民政府主席名義；另一篇是以國軍編遣委員會委員長名義。此外還有啟靈文、安葬文、輓聯、碑文等。同年九月二十二日，又以國民政府名義頒發〈褒揚令〉。黃郛死後，蔣曾兩次唁電他的嫂夫人。川軍一四五師師長饒國華殉國後，曾為其撰寫兩副輓聯，重慶、成都兩個追悼會場各一副。一九三九年十二月四日，吳佩孚在北平去世，蔣和夫人各拍發一唁電，蔣有兩副輓聯、兩幅輓額、兩篇祭文。至於林森之死竟有三篇祭文。一九三七年十月十六日，在山西忻口會戰中的第九軍軍長郝夢齡殉國，年四十五歲，一同犧牲的還有師長劉家騏等。郝是七七抗戰以來，犧牲的第一位軍長、陸軍中將。蔣對此較為重視，首先致電武漢行營主任何成濬，要他代表自己分赴在鄂的郝、劉兩家慰問，同時贈賻儀金各二萬元。二十一日他向在武漢的郝夢齡妻子劇紉秋致唁電，撥喪葬費兩萬元（當時規定此級別為五千元），同日又給郝的母親郝太夫人拍發唁電：

▶郝夢齡。

伯母懿鑒：此次錫九兄督師晉北，奮勇捐軀，聞耗之餘，莫名痛惋。顧值國家民族興廢關頭，天地正氣必有與立，且錫九兄獻身革命，早堅許國之心，禦寇成仁，允冠傳芳之簡，英靈不昧，遺憾無多。深維伯母夙著教忠之訓，善喻知與之機，應信我抗敵後死將士，必能繼錫九兄之遺志，而推其孝思，以慰茲懿於未艾也。道阻且長，弗遑趨叩，惟祈伯母善加珍衛，勉抑悲懷，以釋九原之戚。關於錫九兄身後褒恤，現應加優，已令各主管機關分別辦理矣。耑此布唁，即候

坤祺

蔣中正　十月二十一日

蔣對於一般逝者家屬的唁電，大多為四、五十字左右，而此唁電竟長達二百二十字。在其他唁電中，蔣均尊對方「禮鑒」，而此唁電則為「懿鑒」，尊敬的規格顯然更高一檔。以郝夢齡這樣身分（屬於西北軍系統）、地位、年齡（郝一八九二年生）都無法與他相乘的人，也如此尊敬，少有！不但體現了他尊老敬老的一個側面，也說明他對抗戰的態度。同時又為治喪事電令武漢行營主任何成濬。並為郝撰輓聯：「以身許國，特勵精忠，況為生存自由而戰；不恤其家，必摧強虜，足增袍澤民族之光。」為劉家騏撰輓聯：「禦侮竟捐軀，衛國殉為天下重；糜身能扼敵，裹屍如見九原心。」郝夢齡靈柩於一九三七年十月二十四日運抵武漢，武漢各界舉行公祭，何成濬為主祭，宣讀蔣的祭文。十一月十六日，「郝夢齡、劉家騏追悼會」在漢口商會禮堂舉行，蔣頒以「浩氣長存」橫額高懸在會場，並為兩烈士合寫輓聯：「浩氣壯長城，策馬銜枚思二將；悲風寒白水，日星河嶽共千秋。」後又追贈郝為陸軍上將，生平事蹟宣付國史館，牌位入忠烈祠。郝夢齡、劉家騏治喪委員會在武漢、山西

兩地發起為郝、劉家屬募捐，到十一月三日得捐款十餘萬，該會不敢做主，稟報蔣如何處理，蔣批示，郝家屬得六萬，劉家屬四萬。由此可見，蔣為郝、劉喪事，先後撰寫十份誄辭。

第五節　頻於喪祭不問囊中

國民黨從成立到北伐乃至執政後的十餘年間，財政一直處於窘迫狀況。宋子文接長財政部後，不滿「中央軍月支一千萬」，使他為「近六百萬無處籌措」而苦惱。一九二八年十二月，蔣介石在編遣會議上指出，全國總收入四萬萬五千萬，軍費占十之八，他呼籲全國要大力裁軍編遣。上海是當時中國經濟最發達的地區，但國民黨執政後的上海市財政怎樣呢？一九二八年上海市財政收入以總捐、車捐、賽馬稅三項為大宗，其中賽馬稅占稅收的三成強。前一年全市的機關經臨事業各費，得以勉強應付，「賴此賽馬稅挹注之資」，警備司令部借撥達四成，牽動全部預算，以致數月間各項需款未發。一九二八年上半年虧欠達五十五萬元。只好轉向商界籌款，另外又裁去職員二十餘人。（《民國日報》一九二八年十一月十四日一張三版）同時，蔣對收買反對派一擲百萬，而用於喪治則嚴謹有度。但這種內憂外患、囊中羞澀局面，並不影響頻於喪祭的風氣。那麼費用從何處籌得？

早期，國民黨未在全國取得政權，主要是內部攤派，如一九二六年三月二十九日是黃花岡七十二烈士殉難日，國民黨發起公祭大會。那時國民黨做事比較謹慎和節儉，指定費用由各機關分攤，其中中央黨部最多，為四百元，國民政府二百元，廣東省、廣州市兩府、革命紀念會、市商會、各軍軍部等一律五十元。但要求財大氣粗的廣東省總商會出一百元，總商會責問：市府也很有錢，前剛沒收一批「逆產」，又收到南洋煙草公司兩萬元建醫院的捐款，何以五十元？最後市府與總商會同出一百元。大會定名為「廣東各界公祭黃花岡七十二烈士大會」，還放假一天。每年都要紀念七十二烈士（規模可能有所不同），那每年會務費用的籌措，就只有八仙過海了。

一、愛國情懷頻於喪祭

那時，國人的愛國情懷真是沒有比的，對一個歷史事件，一個著名人物的故去，頻頻舉行紀念會、追悼會、公祭大會等是一特色。如果發生某慘案，當局首先以紀念、追悼為號召，把群眾發動起來後，再想到費用問題，所以常有某人去世後幾個月、一年，甚至更長時間才為其追悼的情況，大多是因資金不繼而拖延。

一九二八年，濟南「五三慘案」發生後，在全國幾十城市，相繼舉行追悼、紀念、聲討活動，其中重點會場為山東、上海和南京。一九三二年淞滬「一・二八」抗戰結束後，同樣也舉行三場大型追悼、紀念活動：在蘇州舉行，因為空戰於蘇州上空；其次在上海，因為是保衛上海；最後在南京舉行規模最大的「追悼國殤大會」，因為南京是首都，在全國具有重要的帶動意義，也是國民政府表達外交態度的視窗，最高當局不得不重視。

一九三一年一月，張輝瓚被俘後，遭身首異處的結局，國民黨大驚，為之舉行四場大型公祭和追悼活動。在南昌公祭，因為他在此葬身；在漢口公祭，因為遺體運回家鄉，要在漢口轉道停留，湖北當局要舉行迎靈儀式；靈柩再到長沙，因為他不但是湖南人，還要在此下葬，既要召開追悼大會，又要舉行安葬儀式；最後在南京舉行規模盛大的追悼活動，為張一生，畫上句號。

這類頻頻舉行的追悼會，有的是各地民眾自發籌辦的，或是地方政府主持舉行的，有的是國民黨當局提倡的，還有的是國民黨中央、國民政府以公文形式發布的命令，並規定了時間、規模，那一級官員必須主持，那一級又必須參加，還有是指定了費用的數額和來源。

▶張輝瓚。

二、所費何處

在民國時期的各種會議裡，最耗費錢財的是喪祭類，如舉行有五千人參加的追悼會，費用約四千元左右。要是萬人參加的，在六、七千元上下。五萬人的會議，約兩萬元；如果是十萬人的大型追悼活動，要有三、四萬的準備。那麼這些錢所費何處？主要有以下幾個方面：

一，素紮臨時牌樓，搭建臨時會場，用帷幕建靈堂、香案和孝帳，製作臨時性可移動的褒恤令亭、銘旌亭、獻花亭、遺像亭、上香亭、鼓亭等。牌樓有大有小，有的是一道牌樓，也有二重、三重。重要的大型公祭，甚至還有四重牌樓，高達三層樓。而每一牌樓一般有二至四層。一般是用竹木做骨架，外紮松柏枝葉。在牌樓入口、會場主席臺等處的松柏枝葉，要用白布裹紮，級別高的是用白緞。

二，喪祭供品，如全鮮三牲、祭果、香貢、蠟燭、爆竹、紙錢、紙花等。

三，輓聯、輓詞、祭文的謄寫。重要人物的輓聯用白綾抄寫，綾底綴以荷花底；烈士簡介的編寫；遺像的準備，如果沒有照片，還要請畫師畫像。

四，請佛、道兩界做誦經、超度等法事。如果是附帶出殯，再加槓夫的費用。而槓夫數量又按逝者地位不同分等級，如十六人、三十二人；在三〇年代一般公祭、公葬為三十二人，如魯滌平葬禮為此級別，張自忠因蔣之特許為四十八槓。（見《馮玉祥日記》第五冊，頁九四六）在封建社會，用槓制度非常嚴格，如果違反則要重典治罪，民國後對此沒有具體限制，一九三〇年八月，京劇名家梅蘭芳母親出殯用四十八大槓，曾遭人嫉恨。（《益世報》一九三〇年八月十三日七版），像石友三母葬用六十四槓，則被人譏笑為小人得志，因為最高一級是只有帝王才能用的六十四槓，一九二九年孫中山奉安大典就是六十四大槓，因從北平轉運南京，路途太遠，分兩班輪流奉槓。據說，精心挑選的這一百二十八人，以及後備槓夫，僅在南京的訓練、演示，就花費了兩個月。

五，會場的警衛人員、接待員以及騎馬巡警隊、軍樂隊、儀仗隊、花圈隊等。

六，車船的配備，如運送靈柩的車船，接送家屬和重要來賓的車船。

七，大型的重要追悼會，由航空署派飛機在會場、墓地及出殯的沿途做低空飛行，拋灑祭文傳單。有一次因飛行過低，飛行員竟不幸失事罹難，所幸未傷及其他。在這次追悼會後不久，又為飛行員舉行追悼。

這些還只是直接費用，間接費用則難以細算，如店鋪、娛樂場所、公園、工廠等停止一天營業或生產的損失。

一九三一年三月十日，「海陸空軍討逆陣亡將士追悼大會」在南京公共體育場舉行，到會者約十萬人。會場前門用素布搭成四層牌坊四座，高約三丈，中層黑字「追悼會」，下層為本次會議黑體字的會標。會場四周的原有欄杆，以松枝包裹，外面再包以藍白綢、布。在會場入門口處，用素布搭成臨時牌坊。會場中央，立臨時紀念碑一座，四周均書「為國捐軀」，碑之四周，裝五色電燈。會場正面設靈壇，壇頂有擴音器。壇之後壁正中為孫中山遺像，遺像下面為烈士總主位，位前排列烈士遺像，並用素布寫滿烈士姓名。

一九三二年六月二十日上午九時，南京各界在南京公共體育場，舉行追悼淞滬抗日陣亡將士及殉難同胞的「追悼國殤大會」，推舉南京市長石瑛主祭，由農工商學婦女、華僑等團體推派代表一人襄祭。並制定了大會程序十七項；會場呼喊口號十條；會場張貼標語五百條，十五句。航空署派一架飛機繞會場及全市低空飛行，散發宣傳品，以資追悼。大會籌備處規定（併發通告），全市休假一天，下半旗致哀。全市各機關、團體、學校、商界，須全體參加。

三、籌款種種

過去有個秀才落魄到乞討，過年時在破廟門上貼了一副對聯，形容窘況：年年難過年年過；處處無家處處家。以此比喻民國時期喪祭會議的籌款，倒也恰當：次次難籌次次籌，會會難開會會開。

但後人只知道「會」是開了，卻不知「籌」有多難。

蔡公時在濟南五三慘案殉難後，國民政府按照規定撥付治喪費三千元，但遠不足用，治喪會向中央申請增撥無果，又向江西省府申請，最後是江西同鄉會出面籌措的。北伐勝利後，南京方面籌備「北伐陣亡將士追悼大會」，但一直窘於囊中羞澀，拖延三月有餘，後來宋美齡不知是接受誰的建議，發起組織在南京的高官女眷進行社會募捐。她以身作則，並首開得勝，捐得四千元。在上海的宋藹齡不忘給妹妹捧場，捐來一千元；何應欽夫人王文華、宋子文夫人張樂怡、王伯群夫人蕭志英均捐足等同宋藹齡的款額。敢於超過宋美齡的只有戴季陶夫人鈕有恆，為四千八百九十一元；胡漢民夫人陳淑子也不少，有三千九百六十五元的寫帳。較少的有李濟深夫人周月卿九十二元，朱培德夫人六十二元，古應芬夫人何明坤一百一十一·七元。錢昌祚夫人蔡鎮華和谷正倫夫人陳白堅，可能是羞於開口「乞募」，拖不過去，兩位夫人一合計，決定在南京的主要娛樂場所門票中設立「附徵捐」，每票附徵一角，結果一星期就「捐到」四百七十一元，但也引起民眾的議論。孫科夫人陳淑英原本要如法炮製，看形勢不妙，改以向鐵道部「募捐」，那時孫科剛出任鐵道部長，下屬各機關紛紛回應，最終她不但獲得六千一百二十六元的第一名，也背上公款私捐的微詞。

在當時來說，十次社會公開募捐，有四次成功，就是不錯的業績，而宋一炮打響，令人肅然起敬，關鍵還

▶蔡公時。

是她的身分，誰敢不買帳？而勸募者又有身居高位的靠山。上面說得是社會公開募捐，定向募捐則是事先有大宗的募捐對象，一般也有較高的把握。

一九三一年在揚州籌建「熊成基烈士墓園」。王柏齡是揚州人，又是中央執行委員，自然被推舉為籌備主委。他不但當仁不讓，也很有辦法：在秘書的策劃下，制訂出以撥款和募捐為主的籌款方案。江蘇省府很給面子，撥款一萬元，其次就是發動募捐。蔣因兩年前失信，未讓王做成上海市長，心中頗似虧欠，一接所請，即以首捐萬元作為提倡，又在〈捐啟〉中，以「總司令」名義列首位進行號召。揚州的鹽商們受不了「霸王請客」式的「勸募」，也捐了一萬五千元。王又想起了早年提攜過的雲南省主席龍雲，派人急送十冊〈捐啟〉，龍雲知恩圖報，慨捐三千元謝師。加之零星捐款，總算四萬出頭了。建成後的墓園位於風景秀麗的瘦西湖上，占地三十六畝，一九三一年六月二十八日舉行落成儀式。（參考《中央日報》一九三一年六月三十日）

既然公款有限，募捐又困難重重，那麼讓富室「墊付」，也是方法之一。據譚延闓自己講，有一次南京要開十萬人參加的大型追悼會，費用至少四萬，所以籌委會一開始就做募捐的準備。但募捐不是買東西，而追悼會又有時間限制，拖延太久，家屬們不滿，民眾也會漸失悲情。老譚院長看不過去，先墊付兩萬，並講好這次是一定要歸還的（譚曾多次墊付，少有奉還），又七七八八的湊在一起，總算把追悼會開了。但後來還是沒有歸還，因譚不久病故，譚家也體諒時艱，未作計較。據說譚僅在早年因多次捐助孫中山就已經「欠有外債」，現在譚的舊友看不過去，向國民黨中央提出說法：以譚故院長追隨國父，奔走革命，垂數十年，因為國事所負債甚多，應由國家撥還，以慰忠魂。得到大多數委員的支援，行政院訓令財政部，所有債款，俟家屬清理後，即由財部負責撥償。（見上海《民國日報》一九三〇年十一月十三日一張三版）所以蔣隆重為譚治喪，可能也有這一層意思。

籌款的「八仙過海」，有時竟至意想不到的地步。一九二八年秋，行政院準備在南京修建一座烈士祠，苦於資金無籌，盯上了原江蘇督軍李純在南京的「假身」。李在督蘇期間，聚斂無度，當時有民諺：「南方窮了一省，北方富了兩家」，一省指江蘇，兩家指李純和陳光遠，均為天津人。一九二〇年李自殺後，被大總統徐世昌讚譽為「憂國憂民，以悲憤自盡報國」的軍人典範，不但大力宣揚，撥款治喪，還在南京為他修建紀念公園，立銅像。國民革命軍進駐南京後，對李的遺產進行查封，竟然有四千萬（大洋）之巨（《中央日報》一九二九年八月十九日一張四版），是最早被沒收充公的一批，「李純公園」也被改名為「南京第一公園」，劃歸南京市教育局管理，所得收費為教育局支配，只有那被推倒的銅像，還孤零零的存放於舊平江府街。「籌委會」認為「假身」的「銅」還有用，經測算估價，餘款竟然還可刊印《烈士紀念冊》，皆喜不自禁。經呈請，於一九二八年十二月二十六日公開拍賣，得上海製造局金陵分局青睞，但局長陳欽時看過後以「銹蝕太過」作罷。後再與新任局長黃公柱幾番洽商成交，黃運回後，將銅像切割幾段，據說欲鑄銅錢，但結果就不知道了。

第六章　外國政要篇

第一節　鬥法

珍珠港事件後，蔣介石希望美國派一位高級軍官作他的參謀長，來協助他與盟軍的各種事務和關係。一九四二年元旦，美國陸軍參謀長馬歇爾推薦他的老部下、陸軍中將史迪威擔當這一使命。

一、妄自傲慢

一九四二年三月三日，史迪威帶著美國援華的五百萬美元，第五次來到中國。但是他在三天後才正式向蔣報到。第一次見面，他就通知蔣，他將指揮在中、緬、印戰場的所有美國軍隊！而他實際只是蔣的參謀長，應該接受蔣的命令。他的「傲慢與神氣」使蔣很不高興，據侍從室的人後來回憶，史走後，蔣獨坐客室，表情陰沉，久久不語。更讓蔣沒想到的是，史經常自行其事，甚至抬出羅斯福來脅迫蔣。這樣就弄得蔣下不了臺，有時竟為一點小事吵起來。

二、爭權

在一次協調工作時，蔣介石極為認真地對史迪威說：「我將任命你為中國駐緬軍總司令，中國部隊駐緬第五軍、第六軍歸你指揮。」然而仰光失守後，史迪威發現蔣的所謂授權並沒有兌現。因為蔣又同時任命第五軍軍長杜聿明為中國駐緬軍總司令，駐緬的中國軍隊幾乎都不服從史的指揮。史怒氣沖沖地飛到重慶，對蔣說：「您的部下沒有執行您的命令。」蔣裝出驚訝和不安，和史一起飛到緬甸眉苗，召集中國軍官開會，當眾告訴他們，史迪威將軍「擁有提升、撤職和懲罰中國駐緬軍任何軍官的全權，這是中國歷史上一大創新」。蔣還私下答應他，將授予他一枚用篆體字鐫刻其官銜的圖章，以確認其指揮權。可是一個星期後，史迪威所得的圖章上鐫刻的卻是「總參謀長」。

▶史迪威。

三、綽號

史看到蔣不履行諾言，十分生氣，就以國民黨政府的腐敗，和蔣在軍事指揮上的失誤，來要脅蔣，又以此向美國政府報告蔣之無能，並說蔣根本不抗戰，只是要求援助。並提出取代蔣，出任中國戰區最高司令官。至此，史、蔣關係公開惡化。先是互相埋怨，接著互相起綽號，蔣稱史為「刺兒頭」，史則在私下稱蔣是「花生米」，這三個字本是蔣在秘密通訊中的代號，而美國習俗卻是指沒有分量、被人瞧不起的小角色。這種稱呼不久就變為半公開的，「刺兒頭」的雅號倒無所謂，「花生米」則從內容到分量，著實讓統帥千軍萬馬的中國領袖太難堪。蔣決定尋找機會，給「刺兒頭」一點顏色看。

四、槍斃

一次，蔣、史為緬甸戰役失敗的責任問題發生爭吵，蔣輕蔑地說：「史迪威將軍先進的作戰思想固然令人信服，可中國有句古話叫做『勝者為王，敗者為寇』。你輸掉了戰役，再怎麼說也是無用的。」史氣得站了起來，指著蔣吼道：「你這粒『花生米』，沒有你在暗中操縱，戰役早就勝利了！」蔣欲言又止，怒氣沖沖的把茶杯摔在地上，狠狠地說：「槍斃，槍斃！」史聽了，馬上回到住所，給羅斯福總統拍了一份電報，說蔣要槍斃他。羅斯福生怕蔣鹵莽失控，急電示蔣，要他謹慎從事，否則會停止對中國戰區的一切援助。

幾天過去了，史沒有看到蔣要槍斃他的絲毫跡象，很是奇怪，就向衛兵打聽。原來蔣情急之下，用濃重的寧波口音吼出的那句話，是指責他「強辯！」史自己不禁大笑不止。這個笑話廣為流傳，他也成了大家的笑柄。

五、固執己見

蔣雖然很討厭史迪威，可他帶來的五百萬美元，卻怎麼也讓他討厭不起來。於是兩人就援款問題進行研究，結果又發生分歧。史主張這筆錢用於生活日用品，以改善中國士兵的生活狀況，否則，他將撤回援助。蔣聽了不斷地點頭，連說：「好的，好的！」史以為蔣接受了他的意見，便放心地把這筆錢交給了蔣，心滿意足的暗想：這回，你總算乖乖地聽了我一次。沒想到蔣用這筆錢主要購買軍用物資，極少一部分發了軍餉。史知道後，大發脾氣，當面責問蔣為何違背諾言。蔣冷冷一笑，說：

「我幾時答應過你的要求啊？」史有了上次的經驗，這回不敢莽撞，下去再一探究，才知道，蔣的寧波方言是中國最難懂的一種，連許多中國人也不一定都明白。所謂「好的、好的」，只是「我知道你的意思了」，並非表示同意，簡直氣得史迪威無以名狀。

六、告狀

一九四四年四月起，日軍發動豫湘桂戰役（即一號作戰），竟出現日軍兩三千人，追擊國民黨幾十萬大軍狼狽逃竄的景象。史將這一大失敗的奇聞，報告羅斯福。七月九日，羅斯福採納史的建議，電令蔣把軍事指揮權儘快交給史。蔣看罷譯電，竟抱頭嚎啕大哭。在日記中寫道：「實為余平生最大之恥辱。」

史卻有一種滿足的快感，並且寫了一首詩：「我等了很久，想要復仇——終於時運來了，我瞪眼瞧著那個小子，兜屁股踢他個夠。……我曉得我仍須忍受，進行一場令人厭倦的競走，可是啊，天賜的歡樂多麼歡暢！我已叫那小子顏面丟盡。」

七、轉機

蔣當然不會聽從羅斯福的指揮，又不好拒絕，於是一面採取拖延法，一面挖史的牆腳，讓羅斯福改變對史迪威的看法，從而改變原先的決定。他致電羅斯福說，他可以交出軍事指揮權，但不能交給中國軍隊不信任的人。希望美國派一位富於友誼合作精神的美國將軍，來接替史迪威。同時又策動赫爾利、陳納德、馬歇爾等一起影響羅斯福。一開始，羅斯福還堅持原先的方案，但看到蔣的態度如此堅決，於一九四四年十月五日，致電蔣，表示同意免除史迪威中國戰區參謀長職務和管理租借物資的權力，只要求讓史迪威繼續指揮在雲南和緬甸的中國軍隊。但作為美國總統代表的赫爾利不同意，因為他怕這樣會影響自己出任駐華大使。史迪威在日記中寫道：「赫爾利用一把鈍刀子割斷了我的喉嚨。」

八、針尖對麥芒

蔣、史矛盾終於有了一個徹底解決的方案，史要取代蔣的目的沒有達到，蔣卻把他趕走了：一九四四年十月十九日，羅斯福總統下令，將史從中國召回，命令要求他：「勿作聲明，四十八小時內離渝，行蹤保密。」這回輪到蔣得意了，為羞辱他，蔣決定授予他「青天白日特別勳章」。中國有許多種勳章，而這種勳章是不受地位、級別限制的，甚至一個空軍中尉也可以獲得。史雖是「中國通」，但並不了解這些，所以很高興。有人提醒他，說向他授勳的是一個級別很低的小軍官，史驚訝的張開了嘴，許久沒有閉上，他這才明白蔣的用意，於是針鋒相對，派出一名級別更低的美國軍官，代表他去通報拒絕接受。

九、再找機會

他在臨行前，用一天時間向各方面的友人告別。還致函延安的朱德，表示：「對不能與您和您的不斷壯大的傑出部隊並肩抗日深感失望。」同時，他命令美軍觀察組的約翰・謝偉思返回華盛頓，向總統報告延安的情況，以說服政府與中共建立聯繫。最後他看望了孫中山夫人宋慶齡，宋當著他的面，毫不掩飾自己的感情，痛苦的哭了，並述說自己很苦惱。一個月前，宋慶齡曾會見史迪威，希望他能代表中國出席世界和平大會。可是這些事情，在蔣的眼裡，根本不能起到任何報復的作用。

十、無奈

一九四五年一月二十五日，他所力主修建的利多公路正式通車。這條路由印度利多、經緬北密支那至中國雲南，最終將與從中國保山經騰衝、接通緬甸密支那的保密公路相接，滇緬公路的重要意義是，在日本佔領仰光、失去緬甸出海口岸後，一條極為重要的出海通道。蔣出席了通車剪綵大會，並在會上熱情的讚揚史迪威的巨大貢獻。蔣說：「我們已經打破了倭寇對中國的封鎖，為了紀念史迪威將軍的卓越貢獻，我把這條公路命名為史迪威公路。」

在美國的史聽說這件事後，先是滿臉笑容，接著疑惑不解的問：「他沒經過我的允許，誰叫他這麼做的？」而美國政府為表彰史的功績，向他頒發了一枚榮譽軍團勳章和一枚優秀服務勳章。

十一、拒絕

史迪威是一個性情直率、認死理兒的軍人。曾是他的上司的英國元帥蒙巴頓（東南亞盟軍最高司令）這樣評價他：「此人心胸狹窄，尖酸刻薄，報復心特別強。」這個評價毫無虛言，早年他曾在菲律賓服役，在被招回國的時候，他在日記中記下了七個向他祝賀的人的名字，以及九個沒有向他祝賀的人的名字，可見他是多麼在意這些細節。史迪威認為自己在中國兩年多，做了許多貢獻，不但沒有被認可，反而被蔣一腳踢開，連美國政府也不原諒（回美後，不讓他接待記者，不許發表任何談話），於心不甘。當然也沒有忘記蔣對他的羞辱，處心積慮地尋找機會，要當面報復蔣，享受讓他難堪的快樂。

離華後，他被任命為太平洋戰場美國第十軍司令，一九四五年九月二日，史迪威出席在東京灣「密蘇里」號戰列艦上舉行的日軍投降簽字儀式，並於七日親自主持琉球群島的十多萬日軍的受降儀式。在返回美國前，九月二十六日，他通過馬歇爾，希望就近到北平去看看老朋友。蔣一口拒絕，理由是他的訪問會被中共利用。

十二、逝者如斯

一九四六年十月十二日，史迪威病逝於美國，年六十三歲。國民政府外交部給史迪威夫人發來了唁電，言語真摯而深沉。南京召開隆重的追悼會，蔣這一次是做給美國政府看的，因為他還需要美國的援助。所以蔣親臨主祭，致送輓聯祭悼：「危難仗匡扶，蕩掃倭氛，帷幄謀漠資率劃；交期存久遠，忽傳噩耗，海天風雨弔英靈。」

朱德也發來了唁電，稱：「史迪威將軍的去世，不僅使美國喪失了一個偉大的將軍，而且使中國人民喪失了一個偉大的朋友。中國人民將永遠記得他對於中國抗日戰爭的貢獻和他為建立美國公正對華政策的奮鬥，並相信他的願望終將實現。」

十月二十一日，蔣以國民政府名義，頒發對史迪威的〈褒揚令〉，令曰：「故同盟國中國戰區統帥部參謀長史迪威，精嫻韜略，威望夙著。早歲任駐華大使館武官，歷時八載，睦誼可敦。太平洋戰事爆發，在印、緬境內，領導中、美、印各盟軍，比肩驅敵，出入榛莽間，身先士卒，疊奏膚功。尤以創築中、印公路，協助我國訓練軍隊，改善裝備，裨益抗日軍事，拯救印緬人民，其於此次大戰之獲全勝，貢獻至偉。茲因肝病突發，溘逝於三藩市。遽傳噩耗，遐邇同悲，特予以明令褒揚，用彰勳績。此令。中華民國三十五年十月二十一日。」

史迪威是第一位在去世後，獲得國民政府頒發〈褒揚令〉的美國軍人。

▶史迪威與蔣介石夫婦。

第二節　無中生有

一九四二年十月二日，威爾基作為美國總統羅斯福的私人代表，訪問正處於抗戰艱苦時期的中國。在他來到重慶的第二天晚上，蔣介石舉行盛大的歡迎宴會。不料三十二年後，傳出蔣夫人與威爾基在這個宴會上，雙雙私出幽會的奇聞怪事，並推斷蔣夫人在此事兩個月之後的訪美，是由威爾基因私情邀請並促成。起因是美國著名專欄作家皮爾遜在一九七四年出版的日記中披露此事，令宋美齡大為惱火，並涉訟經年，最後庭外調解，媒體喧囂不已，大發其財。但這還不算完，十三年後，曾隨威爾基訪華的考爾斯於一九八五年出版了《邁克回顧》，書中又涉及此事，而且更具體、更富戲劇性的描寫，再度掀起一股抄作宋、威豔聞的浪潮。

隨之而來的是渲染方和懷疑者的辯論，渲染方信誓旦旦，懷疑者言之鑿鑿，而渲染方的文章鋪天蓋地，懷疑者的質問寥寥無幾。所以更多的人寧可信其有，卻不願信其無。還有的人本來就不相信，也津津樂道，廣為散佈。在懷疑者中，以楊天石先生的一篇文章較有代表性（見《傳記文學》二○○三年五月號第四九二期），論據頗為充分。對於皮爾遜的人品，考爾斯的反覆無常，楊天石先生已有論述，無庸贅言。

那麼蔣介石本人如何看待威爾基？蓋棺論定，透過文字的品定，可以看出評論者如何估量對象。於是，我四處尋找他的唁電，費盡周折，找到了三個不同版本的唁電。所謂不同，只是開頭的地址和接收者不同，而內容完全一致，又於是，我把開頭去掉，看蔣是怎樣說的？一九四四年十月八日，威爾基因心臟病在美逝世，年五十二歲。第二天，蔣致唁電：

> 頃悉威爾基先生逝世，無任震悼。一九四二年先生訪華之行，曾予吾人以至深印象，使吾人咸知其為我國人民之真正良友，對於中美友誼之增強，實有莫大之貢獻。今茲溘逝，乃美國人民及整個民主世界不可彌補之損失。本人謹代表中國政府及人民向尊府電達深厚之同情與誠摯之唁慰。

重慶方面還為威爾基舉行隆重的追悼會，蔣特派錢大鈞為代表參加弔唁。

蔣中年當國後，幾起幾落，各種反對勢力的兵戈令他應接不暇。這也鍛鍊了他的涵養，那些曾經與他兵戎相見的人，在去世後，蔣不失禮數，均有誄辭祭悼。所以，蔣為威爾基之喪，致電慰唁並不奇怪。但是，如果仔細推敲唁電內容，就會斷定威、宋之豔聞的真假。作為統領千軍萬馬、一國之尊的鐵血男兒，如果受到感情上的侮辱，又曾率領士兵去追殺情敵，僅僅在兩年後就會忘記恥辱嗎？會以「曾予吾人以至深印象，使吾人咸知其為我國人民之真正良友」這樣的文字，去歌頌嗎？威爾基留給蔣的「至深印象」是什麼？難道是他送給蔣的那頂綠帽子嗎？設若當事人不是蔣，任何人也決不會把情敵當作「真正良友」來讚揚、哀悼。如果真是這樣，那他蔣中正就不成為蔣中正了！

▶蔣介石夫婦接待威爾基。

第三節　恩怨不了情

一九三七年初春，陳納德收到了宋美齡的一封信，問他是否願意到中國出任空軍顧問，月薪一千美元，此外還有額外津貼、專用司機、轎車和譯員，並有權駕駛中國空軍的任何飛機。因與上級不和而稱病離開軍職的陳納德，正處於失意和窘迫之境，於是立刻就接受了。六月三日，蔣、宋接見了他。此時，宋任航空委員會的秘書長，實際上領導著中國空軍。宋要他擔任她的專業顧問。當天晚上，陳在日記上寫下他對宋的最初印象：「她將永遠是我的公主。」

一、功績

陳納德在八年抗戰期間主要有兩大貢獻，一是領導和協助中國空軍打擊日本飛機，培訓中國飛行員。二是開通「駝峰航線」，打破日軍對中國的封鎖。「駝峰航線」經喜馬拉雅山，向東直至中國雲貴高原和萬山環繞的天府之國，從印度接運戰略物資到中國。面對這條被稱為是世界上最危險、最珍貴的運輸線，陳納德所下達的第一道命令是：飛躍駝峰，沒有天氣限制！這條世界之奇的航空線，和世界之奇的「飛虎隊」，為中國抗日戰爭和世界反法西斯戰爭做出巨大貢獻，但是中美兩國也付出巨大代價。據不完全統計，駝峰飛行期間，中國損失四十六架飛機。犧牲二十五套機組和十餘名隨行人員，多架飛機被日軍擊落。美軍損失四百六十八架飛機，平均每月十三架，人員損失數百名。他們有的死在森林裡，有的被日軍俘虜，有的甚至屍體常年掛在樹上被螞蟻吃掉。陳納德領導的飛虎隊和第十四航空隊，共摧毀了二千六百架日機，擊沉和擊傷了二百二十萬噸以上的日軍商船和海軍艦隻，擊斃了六六、七〇〇名以上的日軍。他的機隊與日機戰鬥的損失比，達到了一比八十的神奇戰績。

二、榮譽

陳的赫赫戰績，贏得中美兩國政府的讚譽和嘉獎。一九四二年二月三日，宋美齡致電陳納德，要他出任駐華空軍指揮官，軍銜升為準將，成為由中國政府任命軍銜的美國軍人。一九四三年三月十日，美國陸軍航空隊將駐華特遣隊編為美國陸軍第十四航空隊，陳納德晉升少將司令。陳納德從一個鮮為人知的退役陸軍航空上尉，一躍成為世界名人。太平洋戰爭爆發後，美各戰場均連遭損失，獨陳納德赫赫戰績，引起美國人的轟動和興奮，陳獲得「飛虎將軍」的美稱。陳和「飛虎隊」成為美國報紙的焦點。然而樂極生悲，一九四四年《時代》雜誌封面刊登了陳納德的照片，他八十一歲的老父親看見後，因高興過度導致腦溢血去世。

▶陳納德與蔣介石夫婦。

可以說是蔣把陳納德扶上政治舞臺的，陳也與蔣氏夫婦結為親密朋友。蔣曾在日記中這樣感念陳：「彼對援華蓋竭其精誠也。」（黃仁宇《從大歷史的角度讀蔣介石日記》，頁三四六）有一次宋美齡挽著陳納德的手臂一同走路，宋說：「這是我第二次挽你的手臂了。」史迪威聽說後，大罵陳是靠走女人路線爭功邀寵的小人（其實，宋挽史的手臂次數更多）。蔣曾獎給陳一萬美元，陳卻說：「我覺得我並不配得到它。」蔣與宋氏三姐妹一起設宴招待陳，讓陳感到十分自豪。但他對孔家不感興趣，尤其是那位孔二小姐，簡直不敢恭維，有一次孔二小姐竟纏著陳，要陳教她開飛機，陳實在沒有空閒。蔣得知後告誡他：「不要理她！」

三、產生矛盾

蔣和陳雖然關係極好，又聯手逼走史迪威。但兩人都是權欲極大、個性極強的人，是共同的利益關係使他們結為朋友，又是強烈的思想性格使他倆產生矛盾。

第一次，一九四四年七、八月間，日軍發動一號作戰攻勢，十分猛烈，危及桂林、柳州、衡陽的機場。陳納德不願讓日本人佔領這一批空軍基地，他力主給正在奮力阻擊日軍的第九戰區司令長官薛岳空投武器。為此，陳納德請示了上司史迪威。史只說這批美式武器不能給蔣，卻沒說可以給誰。陳心裡有了底，立刻下令在衡陽向薛岳空投了一批彈藥。這是陳犯的一個大忌，他明明知道薛岳不是蔣的嫡系，蔣也不希望地方雜牌軍在抗戰中發展壯大。但作為一個美國軍人，是不屑去管中國的派系之爭，他只需要有人打日本，保衛他費盡心血組建的空軍基地。但是蔣為此記恨在心，開始尋找機會，希望將陳控制在自己手裡。這是蔣、陳第一次產生大的矛盾。

第二次，史迪威離華後，馬歇爾考慮改組美國在亞洲的空軍編制，擬將所有駐緬甸和印度的空軍調往中國，由駐華的空軍司令部統一指揮第十和第十四航空隊。陳納德堅決反對這一改組計畫，然而他沒有得到華盛頓的支援，也沒得到蔣的支援。陳很失望，他是否會認為這是蔣的報復，不得而知。但在一九四五年七月六日，他毅然提出辭呈，魏德邁立即批准並任命斯通將軍接替他的職務。七月三十一日，他又接到空軍司令部魏德邁中將的命令，他在中國戰區的職務被正式解除！這使他的不滿更加強烈。

第三次，抗戰勝利，國共和談。馬歇爾代表美國政府做調人，三上廬山說項，要國共休兵合作，當然這事說來容易做來難。陳以局外人的觀點，也勸蔣同意和談，蔣認為陳不懂中國實情，心裡卻更加不滿。而陳認為，只要解放軍保證不渡長江，這樣中國雖然可能造成南北分峙，但最低限度可讓國民黨及其部隊有個歇息的機會。後來魏德邁也曾建議由聯合國的軍隊來協調國共之爭，這也是空中樓閣，不切實際。後來陳再次勸蔣，蔣說：「我和共產黨已多次和談，但都無結果。我們只好做最壞的準備，退守臺灣。」陳認為這是下下策，但他知道蔣做了最後決定的事，誰也無法改變，包括他的夫人。

四、返回美國

一九四五年八月一日，陳納德帶著失意返回美國。陳在中國八年，協助中國人民抗戰，為打敗日本侵略者立下汗馬功勞，竟以這種結局離開中國，他深感不滿。蔣仍然採用「打一巴掌再揉一揉」的方法，與夫人設宴為他送行，並授予他「青天白日大藍綬帶」勳

▶陳納德。

章。雲南省長龍雲將昆明一條路更名為「陳納德路」。在他向重慶市民告別的那一天裡，蔣把自己的汽車和司機供他使用，汽車在市內被人群堵塞，人群推著汽車在重慶陡峭的街道上走了好幾個小時。一直推到一個廣場的中央。廣場上，人們搭了一個臺子，用鮮花和松針裝飾起來。陳獨自站在臺上，人群排著隊逐個與他握手道別。臺上堆滿了人們贈送給他的寶石、碧玉、漆器、古董和字畫，以及各種條幅和錦旗。激動的淚水從陳那飽經風霜的臉上流了下來。

陳納德回美國幾天後，日本宣佈投降。他對自己不能在最後參與受降儀式耿耿於懷。他說：「八年來我唯一的雄心就是打敗日本，我很希望親眼看看日本人正式宣稱他們的失敗。」他不知道應該找美國，還是蔣討說法。

五、回到中國

陳納德回到美國，卻仍然眷戀他戰鬥過的中國，那些人，那些往事。所以不久又回到中國。

蔣、陳有了矛盾，蔣則採取老一套，不理不管。陳與相戀的陳香梅和宋美齡盡力設法緩和關係。一九四七年聖誕，陳納德與陳香梅準備結婚，到南京向蔣氏夫婦報告，蔣態度大變，與夫人共同向他倆祝福，他們送了象牙雕刻和一對景德鎮瓷製燈檯做賀禮，還派外交部長王世杰從南京到上海致賀。後來蔣夫人認了他們的兩個女兒陳美華、陳美麗做義女，連兩位小公主的名字都是蔣親自取的，是承襲夫人名字中的「美」字而來。另外，還送了兩枚圖章給美華和美麗。原來，蔣要感謝陳的航空隊，幫他運送兵員和戰略物資到各個戰場去。

從一九四五年八月日本投降到一九四六年六月全國內戰爆發，十個月的時間，陳的航空隊和美國海軍把五十四萬國民黨軍隊運送到了內戰前線，幫助國民黨軍佔領了百餘座城市，運送了數十億美元的各類物資。一九四六年八月三日，國民政府與陳簽署協定，設立陳納德航空公司，擔負國民政府對東北、華北、華中各戰場空軍人員軍用物資供應的任務，還幫助國民黨訓練了大批飛行人員，組建了空軍部隊。全面內戰爆發後，陳納德的空軍更是直接參戰，並在技術、戰術上對國民黨空軍進行指導，還拍攝了供軍用的全部中國地圖。到一九五〇年前，陳的航空隊幫國民黨從大陸向臺灣運走了九十三萬兩黃金。

六、矛盾再起

就在蔣、陳關係進入一個新的蜜月期，又發生一件事。陳在美國招納的志願隊員，大多是退伍軍人，自由散漫，不願受任何約束。其中駐紮在桂林秧塘飛機場的隊員，每有閒暇，便來桂林跳舞、喝酒。經常醉在街上東倒西歪，砸酒瓶，攔少女，生事端，引起市民不滿。還有過不慣正規軍旅生活的多數隊員選擇了歸國。史迪威早就看不起這些「兵痞」，他寫信報告馬歇爾，稱昆明有一座妓院專門接待「飛虎隊」人員；陳納德還派一名軍官到桂林物色妓女，並有一架運輸機已經搭載了十三名妓女到昆明。史打算對此作調查。卻不料陳納德已經坦然對《時代》週刊記者白修德說：「我那個妓院使我操心，大兵們總得要有女人，弄不到乾淨的，不乾淨的也可以。」這成為日後阿諾德、史迪威乃至馬歇爾制裁他的口實。

一九四八年七月二十二日，發生航空隊集體強暴四十名中國婦女事件，受害者多是達官巨賈軍官的太太。其中還包括武漢市參議會議長張彌川的二太太和某行政首長如夫人。事件發生後，官方先是以顧全「國家名譽」為由，極力封鎖消息。但是那些受害者非等閒之輩，不依不饒，迫使當局不能再保持沉默了。一九四九年四月一日，國民黨漢口市地方法院終於找到替罪羊，將章月明等五人各處有期徒刑。雖然主犯逃脫，但對陳的航空隊帶來恥辱。而此前，陳一直希望蔣能出面干涉，那怕是一句話也好。但希望落空。這是蔣、陳第四次較大的矛盾。

七、暴怒的朋友

陳納德在昆明的征戰生涯，得到雲南省主席龍雲的不少幫助，因此，兩人結下深厚友誼。但雲南在龍雲的統治下儼然為相對於中央的獨立王國，這讓蔣很不痛快，早就必欲除之。一九四五年八月，杜聿明奉蔣之命，以武力把龍雲趕下臺，蔣誘騙其調往南京，委以「國民政府軍事參議院院長」，實為軟禁。龍雲設法找到陳求助，陳不惜冒得罪蔣、宋的風險，經周密安排，龍雲化裝搭乘陳的專機飛到香港。蔣怒不可遏，又命令特務在香港下毒暗殺龍雲，被龍雲識破。最終促使龍雲在一九四九年八月與四十餘位民主人士發表聲明，表示擁護中共。這一事件，無疑使蔣在軍事大失敗後，政治上又遭受一次羞辱。蔣自然不會不遷怒於陳。

一九五八年七月二十八日，陳納德在美國去世，年六十七歲。蔣與夫人聯名去電致唁：

美國新奧爾良市奧希納基金醫院轉陳納德將軍夫人禮鑒：請接受余等對陳納德將軍逝世之

至深哀悼之忱。陳將軍之溘世，在私誼上尤為余夫婦之一重大損失。陳將軍於吾人獨立抗日最艱苦之際來助，飛虎隊之輝煌功業，將永銘於人心，成為美國人俠義氣概之象徵，美國人民實足引以自豪。陳將軍嗣出任十四航空隊司令，再接再厲，表現其偉大軍人之真正氣質。勝利後致力發展中國之民用航空事業，貢獻茲多。余等保證中國政府與人民聞此噩耗，同深悲痛！蔣中正、蔣宋美齡，七月二十八日。

蔣派臺灣駐美大使董顯光為代表參加喪事等一切活動。蔣夫人時在紐約訪問，她於二十八日下午發表一項聲明並對記者談話，對陳的去世，表示深切哀悼。副總統陳誠、監察院院長于右任等相繼去電致唁。七月三十日葬禮在美國華府舉行，蔣夫人特意從紐約趕來參加，宋子文也在遺像前行禮致祭。八月九日上午，臺北為陳舉行追思禮拜，蔣派陳誠為代表致祭。在禮拜堂正中，用素花紮成的大十字上，高懸蔣的手筆輓額「抱義垂昭」。

第四節　使館祝壽事件

每年一進入十月分，臺灣方面就開始籌備為蔣介石祝壽。一九六七年十月也不例外，蔣本人也有兩個老生常談的慣例，一是在報端刊載辭謝祝壽的聲明，二是偕宋美齡到各地去視察一番軍隊，藉機耀武揚威一下，這才感到安全，然後回到官邸，靜等接受「萬壽無疆」的祝賀。各級政府機關也要「常談」一次「老生」，要求社會各界「節儉祝壽」。

一、不開眼的

就在祝壽漸入高潮時，有個不開眼的人，真不會死，非要死在十月二十日這天。這個人就是得年八十九歲的日本前首相吉田茂。吉田茂是日本政壇元老人物，出身於外交世家，早年也從事外交工作。戰後曾五次出任首相，前後執掌權柄達七年半之久，是戰後日本復興的主要功臣，也是日本自衛隊組建的始作俑者。他還是臺灣政權的重要盟友，曾兩度訪問臺灣，並不顧美國的反對，親自寫信給美國政要，力主與臺灣締結和約，為日後《中日和約》的簽訂，奠定基礎。這一條約，不但拓展了臺灣的外交空間，而且為臺灣的經濟起飛，創造條件。多年來在反共的基點上，與蔣、張群、何應欽等均建立非同一般的私人關係。吉田對蔣在戰後不追究日本的侵略賠償，深表敬佩。一九六四年，張群代表中華民國政府，向吉田頒發「特種大綬卿雲勳章」。

一九四六年，吉田茂出面組閣，收拾日本戰敗後的爛攤子，蔣對年長自己七、八歲的吉田並不放在眼裡，因為那時，蔣已有十九年獨步中國政壇的歷史，又是「世界五大強國」之一，且以戰勝國領袖的面目出現在日本人所謂的「敬畏」中。可是到了六〇年代前後，蔣對吉田不得不刮目相看了，起因是吉田給蔣上了一堂「經濟反攻論」的大課：因為蔣念念不忘的是反攻大陸，並求助於各同盟國在經濟、軍事及道義上的支援。而吉田則對此不以為然，與蔣一起縱深分析世界政局，結

▶吉田茂。

論是：蔣的想法是不切實際的，勸說蔣利用機會，保持與美國的關係，以確保臺灣安全，然後發展臺灣經濟。那時，大陸發生反右鬥爭，有失民心，大躍進失敗，以及隨之而來的是全國性大飢荒，餓殍遍野，社會動盪。吉田認為大陸必將發生大的變故，如果臺灣經濟起飛，百姓生活富足，與大陸形成鮮明對比，民心所向昭然。到那時，大陸民眾必然歡迎蔣，「經濟反攻」將遠勝軍事反攻。蔣對吉田分析很是欽佩，從而堅定了發展臺灣經濟的決心。於是，臺灣不斷向大陸空投米麵食物，還用氣球攜帶傳單，借助季風飄灑大陸，就是接受吉田的建議。出於此種緣故，蔣對吉田茂之喪，極為震驚，於二十一日特電致唁：

東京陳大使轉吉田茂先生家屬禮鑒：驚聞吉田先生溘逝，悲驚莫名！吉田先生不僅為貴國復興之元老，其碩德卓識，又為東亞安危相杖，不可或缺之哲人，一旦喪此老成，實為自由世界不可彌補之損失，豈止僅為中正私人情誼之哀痛而已！除派本府張群秘書長臨喪弔奠外，特此致唁。蔣中正。

拍完電報，蔣似乎並不輕鬆，暗自思度，離「日子」越來越近了，可別碰在一起了？於是向外交部詢問有關吉田喪事的具體消息。得到回答是：佐藤首相已經將此定為「國葬」，並決定提早返回日本，籌備葬禮。日本政府一位發言人則說：國葬將在一周內舉行。蔣這才放下心來。

選擇張群作為首席代表，參加吉田茂的國葬典禮，可以說是當時臺灣政府對日本「國葬」的極高禮遇。二十日這天，幾乎是與吉田去世的同時，張群正作為在東京召開的「中日合作策進委員會會議」的臺灣代表團團長，飛赴日本。臺灣駐日大使陳之邁在機場迎接他時，告訴了他吉田的死訊。張立刻通過使館向吉田家屬致哀。

二、突然變故

當時臺灣政局與日本高層的矛盾，自一九六四年以來日漸明顯。起因是周恩來提倡以中日民間交往、貿易來推動中日兩國的政府交往和官方貿易，日本政府內的一部分人，為日本發展前途考慮，認為應該對此支援，官方則表示「默許」。起初遭到臺灣方面的反對，臺灣媒體先是不指名的警告「這是極其危險的！」後來是公開的譴責，臺日關係出現不和諧的音符，並一度關係緊張。蔣希望藉此機會，改善這種狀況。

可是，張群在參加會議期間，得知日方無故推遲葬禮時間，敏感的他立刻擔心起來：會不會與蔣公的生日「撞車」？於是，張通過他的「日本朋友」了解具體日期，又側面打聽。最後婉轉表示：如果葬禮近期舉行，將不改變原定行程！（吉田葬禮原定為一星期內舉行，恰好會議結束後，張不用返回臺北，直接參加葬禮，這也是蔣事先預料和安排

▶張群陪同蔣介石會見日本前首相吉田茂。

的。）張群又表示，自己回去是要為蔣總統祝壽。這在當時是人所共知，他的「日本朋友」心領神會，安慰張說：會給他和蔣公一個滿意的結果。然而，張所擔心的事還是發生了：日本政府終於宣佈，吉田茂的葬禮在十月三十一日舉行！這一天正是蔣介石八十晉一壽誕。帶著失望和懊喪，張群於二十六日返回臺北。

三、針鋒相對

十月三十日上午，張群作為特使，率領代表團赴日參加日本戰後的首次「國葬大奠」。隨行的其他成員有駐日大使陳之邁、駐日大使館公使鈕乃聖、武官陳昭凱、外交部秘書周隆歧等。日本方面如往常一樣，派特使法務大臣賀屋興宣、眾議員田中龍夫等親臨機場，並登機迎接。

代表團一到使館，就忙於籌備參加葬禮的具體事務。而張群卻在悄悄做著另一件事：他要在東京最繁華的位置，尋找一間由日本人經營的上檔次、夠規格的酒店，作為三十一日晚，為蔣慶祝壽誕酒會的場所。但是，日本民眾普遍對吉田首相有好感，對戰後首次的國葬較為重視，同時，日本的國葬有嚴格的禁忌制度，所以，沒有一家酒店敢於承接這筆生意。

十月三十一日下午二時，國葬儀式在首相佐藤榮作的主持下舉行。張群是外國來賓中，被安排在第二位向吉田靈堂獻花的政要。與此同時，張群向臺北的總統府拍發賀電，他遙祝總統生日快樂。此外，只要見到日本政要，他首先介紹蔣的「八十晉一壽誕之喜」，宣傳蔣的政德功名，特別是對日「以德抱怨」、不要日本賠償戰爭損失的「豐功偉績」，大講特講。又邀請他們赴壽筵，弄得對方竟「不知如何舉手投足」。這一天臺灣的《中央日報》第三版還特意發表張群的〈為總統的人生境界作證〉的祝壽文。日本方面已探知張於三十日到東京後的舉動，對張及大使館嚴密監視，對日本的新聞媒體也作了相關指示。當天晚上，大使館張燈結綵，一片喜慶，張群在使館內舉行「隆重的祝壽酒會」。（見《中央日報》民國五十六年十一月一日第二版）據說在預先邀請的客人中，沒有一位日本人信守承諾，赴約者只有陳大使的華僑朋友及張群的一些華人舊友。張群非常後悔：當初為什麼沒有從臺北多帶一些人來？日本方面沒有料到張群有此舉，匆忙進行抵制，並對外宣佈這只是「非官方的，非正式的晚餐」，絲毫不提「祝壽」二字。

四、接受教訓

這場紛爭，是蔣、張合謀？還是張群獨自而為，邀功爭寵？不得而知。但在事後，蔣本人對此卻是比張群豁然，指示要淡化這場紛爭。所以，臺灣的報刊在報導「使館祝壽事件」時，僅以「非正式的祝壽宴會」而一筆帶過。

這場葬禮，不但沒有達到蔣的初衷，反而對臺灣和日本政府都帶來不愉快。平心而論，事情的起因不在臺灣方面，張群可謂是「得道者」，又老謀深算，經驗豐富，故而棋高一著。首先，蔣的生日年年有，而吉田茂只能死一回，國葬也不是可以隨便舉

▶佐藤榮作。

行，更不是拿來鬥氣的。再者，事情的發生地是在日本，日本的民眾有抱怨者、有不解者、有詢問者，佐藤當局頗感壓力。而對臺灣及蔣本人的壽慶來說，因隔山阻海的地域距離，影響就小多了。

吃夠苦頭的佐藤之流，再也不敢輕視臺北這班老牌政治家了。第二年，在吉田茂周年忌辰時，日本方面舉行追思、紀念活動，佐藤以首相名義，親自出面邀請張群再度參加。這次他們接受教訓，對張群謙恭了許多，紀念活動也提前到十月十七日舉行。張群則不卑不亢，一如往常，廣為宣傳蔣的「八十晉二壽誕」，又邀請日方派代表團來臺北參加蔣的生日慶祝活動，對方高興的接受了。十月二十三日晚間，張群撈足了面子，心滿意足的從東京飛回臺北，又要去為籌備蔣的祝壽活動而忙碌了！

第五節　誄父罵子

在蔣介石與外國政要的交往中，與蔣關係最親密的是，曾兩度出任副總統、並於一九七〇年入主白宮的美國政壇名流尼克森。但後來與蔣交惡，並最終徹底決裂的也是尼克森。蔣對尼克森從極盡討好、到不滿、鄙視乃至謾罵，不但反映了國際風雲變化，也折射出蔣對國際政治關係判斷的失誤，和外交角逐中的慘敗，以及他的個人品行。

五〇年代中期，尼克森作為副總統，訪問臺灣，蔣率部在機場傾城歡迎。蔣把他的這次訪問，看作是臺灣戴上了保險罩。這是兩人關係的蜜月時期。

一九五六年九月五日，尼克森的父親在美國去世。蔣得到消息，立即於當日下午與夫人聯名致電尼克森及夫人，表示弔唁之意。同時，副總統陳誠夫婦、行政院長俞鴻鈞夫婦、外交部長葉公超等也馳電慰唁。一九六四年，尼克森的母親也去世了，南越政權及韓國等政要均有致唁，而蔣卻沒有任何表示，因為此時尼克森已不是美國副總統了（僅為律師）。

一九七〇年一月，尼克森在白宮宣誓就任美國總統，蔣不失時機的發去一紙熱情洋溢的賀電。同年十一月他在接受法國作家採訪時，再次表示出對尼克森的友誼和期望：「我相信他所領導的美國政府，在戰略上不會有根本的改變。」這只能說是蔣氏的一相情願了。人算不如天算，一九七一年尼克森宣佈訪華，蔣無言以對。臺灣外交部、國民大會、議會、工會、商會、農會等機構紛紛發表聲明抗議。當蔣看到《上海中美聯合公報》，竟破口大罵「尼克森不是東西！」（《蔣介石評說古今人物》，團結出版社，頁五二四）

第六節　無效的補救

一九六九年一月二十日，美國第三十七屆當選總統尼克森的就職典禮，在白宮舉行。美國歷屆總統的就職儀式，都精心準備，其中邀請的觀禮佳賓，頗費思量，多為各國政要及財經界的顯赫人物，故格外引人關注。因此，臺灣當局對老朋友尼克森會邀請臺灣的哪位政要，極為敏感。通常，邀請函會提前一個月讓對方收到。而臺灣方面遲遲未獲佳音。

在一月十日，令全世界都意外的是，尼克森所邀請的中國人，竟是香港的劉雪松。臺灣媒體對他的介紹是援引美聯社的評論：「平凡而單純的中國來賓。」報導說：「應尼克森之邀，並且由這位新任美國總統支付旅費的劉雪松，可能是獲得這份殊榮的唯一中國人。」（其實還有另一位是旅美僑領，時任美國投資計畫有限公司華務部經理潘鎮東。）

幾乎所有的報導，都強調，六十五歲的劉雪松與新任總統「相交十六年，友情彌篤」。早在三〇年代，劉曾在美國春田大學（與體育界耆宿郝更生同學）、麻省理工學院留學。一九三三年在南加州大學獲碩士學位時，與學妹、後來的尼克森夫人相識。又經「特別介紹」，結識尼克森。劉回國後，曾在杭州的之江大學、上海的滬江大學任體育教授，一九四九年遷居香港。一九五三年，尼克森以副總統身分訪問香港元朗中學，劉是該校體育教師。意外的重逢，意外的驚喜，奠定兩人此後十六年的書信往還。一九五四年，由香港富紳鄧坤新資助，劉在元朗中學設立「尼克森圖書館」，並任館長。以後尼克森又幾次訪問香港，與劉會晤，感情日漸加深。臺灣的報界對劉極感興趣，兩次專題報導，並在他前往美國前採訪他，還準備邀請他訪問臺灣，劉很愉快的接受了，預計從美國返回時來臺訪問。但後來就無聲無息了。

▶尼克森。

劉到達紐約時，尼克森在他為劉安排好的皮爾大飯店熱情歡迎劉，但僅幾分鐘便離去。不過尼克森在對記者談到他與劉的友誼時，對中國人的傳統交友之道，大加讚揚，說在自己競選失敗後，劉則頻頻信函慰問鼓舞。在一九六八年的競選中，許多人都對尼克森不抱希望，惟劉信心十足，尼克森把競選的宣傳品寄給劉，劉又寄給在美國的朋友，希望他們多投尼克森一票。

尼克森這一番交友之道，讓人頗感意外，但有一個人就神經緊張了，他就是蔣介石！

一、後悔

一九五三年，尼克森作為副總統，訪問臺灣，蔣率部在機場傾城歡迎。蔣把他的這次訪問，看作是臺灣戴上了保險罩。此後，兩人在反共的基礎上建立深厚的友誼。一九五六年九月五日，尼克森的父親在美去世。蔣得到消息，立即於當日下午與夫人聯名致電尼克森及夫人，表示弔唁之意。然而，這種友誼隨著尼克森地位的變化而改變。一九六五年後，尼對國際關係的看法發生變化，多次在談到世界格局時，強調共產中國的作用，認為如果中共不能發揮作用，世界將無法運轉。他還說如果當選總統，上臺後的第一件事，就是嘗試與中共接觸。這些話，傳到蔣的耳朵裡，自然不會對尼滿意。一九六七年九月三十日，尼克森的母親在一所療養院裡去世，得年八十二歲。南越政權及韓國等政要均有致唁，而蔣卻沒有任何表示，因此時尼克森已不是副總統了。

▶蔣介石夫婦接待訪問臺灣的尼克森夫婦。

尼克森在一九六四年競選總統失敗後，一九六八年的競選，仍然不被人們看好，認為他不過是甘迺迪的政治輸家。蔣亦如此，對尼大倨其態。十一月六日，尼克森突暴冷門，以微弱多數競選成功。蔣在意外之餘，開始後悔，後悔兩年前，尼克森的母親去世，沒有始終如一的致電慰唁，是自己把兩人的友誼淡化了。蔣深知，如果沒有美國的支援，臺灣政權早就不復存在了。現在要做得是，力求挽回局面，修復多年關係。十一月七日，蔣向尼克森發出賀電：「欣聞閣下當選美國總統，本人與夫人謹致衷心之賀忱，並祝閣下政恭康泰，尼夫人康健快樂。本人深信，貴國在閣下賢明領導之下，中美兩國之傳統友誼必將更加鞏固，全世界自由國家之團結，亦將愈為增強。」九日，全體立法委員、監察委員電賀尼克森當選。

然而，就職典禮沒有邀請臺灣政要參加，有如一盆冷水澆身，在聽到尼克森對劉雪松的讚揚及友誼之道的論述，更是當頭棒喝。蔣要設法尋找一切機會，向尼示好，修補關係。

二、蔣經國赴美

蔣向尼克森示好的第一步是利用一切機會，向他拍發賀電，如尼獲選後、就任時，及美國的航太科技取得每一項成果等。

第二步是「荷馬・李夫婦靈骨歸葬臺灣事件」，被臺灣報界宣傳的熱火朝天，可以說是家喻戶曉。

荷馬・李是美國克羅拉多州丹佛人，早在一九一二年中華民國成立時，他以中華民國第一位外國軍事顧問身分訪問中國，並擔任過孫中山「極短時期」的軍事顧問，於一九一二年十一月一日在美國加州去世，年三十六歲。他在去世前留下遺言：在他和妻子死後，要一同葬在中國。一九三四年，荷馬・李夫人以同樣的遺囑對自己與前夫的兒子鮑爾斯作交代，不久病故。直到一九六八年七月，鮑爾斯才通過胡佛研究所向臺灣方面提出「執行遺囑」的要求。當時臺灣方面未予重視。現在，蔣欲尋找機會，加強「中美傳統友誼」，又把這件事認真對待起來。

正在積極籌備歸葬時，又發生一件更重要的「大事」，讓蔣不得不暫時先把「荷馬・李歸葬」放一放。因為一九六九年三月二十八日，美國前總統、二次大戰盟軍統帥艾森豪將軍病逝，年七十八歲。蔣認為這個機會更難得，更具利用價值。二十九日，蔣氏夫婦聯名致唁電與艾森豪夫人：

> 艾森豪夫人禮鑒：艾森豪將軍逝世，本人與蔣夫人深感哀悼，此不僅為美國人民亦為世界自由人類不可彌補之損失，艾森豪將軍係一代為維護真理作戰之英勇戰士，亦是一位英明偉大之政治家。正在為自由奮鬥之中國人民猶懷念彼所予之真摯友誼。艾森豪將軍之去世對本人及蔣夫人而言尤屬一項沉重損失，茲謹申之衷心之唁慰，並請夫人及各位家屬節哀順變。蔣中正　宋美齡。

副總統嚴家淦夫婦、駐美大使周書楷、駐聯合國大使劉鍇等均致唁電慰問。行政院在三月三十日下令全國下半旗一天，派國防部長蔣經國為特別代表，赴美參加艾森豪葬禮。四月二日安葬儀式舉行後，蔣經國帶著一系列的疑問，要向尼克森摸底，擬具一系列議案，要與尼會談。但是，尼克森把蔣經國帶來的所有恭維、問候和問題，都轉給了國務卿羅傑斯。他在葬禮後所得到的「優遇」，就是參加了尼克森為招待各國致祭代表，在白宮舉行的酒會。外電在評論酒會上的蔣經國時，說他「表情嚴肅，心事重重」。蔣經國在與羅傑斯的會談，依然沒有如願，只好把重重心事留在美國，把嚴肅的表情帶回了臺灣。

三、荷馬・李夫婦歸葬

蔣力求與尼修好私人關係，主要目的還是在於維持並加強美臺關係，派蔣經國參加葬禮，是為摸清尼克森上臺後，如何處理國際關係，他最擔心的還是美國與大陸建立聯繫。而蔣經國此行，毫無收穫。那「荷馬・李夫婦靈骨歸葬」，還得繼續下去，否則如何收場？

荷馬・李一八七六年生，一九〇四年結識孫中山，曾參與策劃一九一一年的廣州起義。一九一二年孫就任臨時大總統，曾陪同孫赴南京，並正式被任命為大總統的軍事顧問。不幸二月十五日在陪同孫祭奠明太祖陵墓後，歸途中突然中風，半身頓告不遂，由其夫人護送回美治病，於十一月一日魂歸上帝。

▶荷馬李將軍。

荷馬・李夫婦沒有子女，荷馬・李夫人和前夫的兒子鮑爾斯為了實現繼父與母親的遺願，與胡佛研究所接洽，他以荷馬・李的所有遺物和檔案資料捐給該所為條件，這些檔中包括十餘封孫中山和兩封孫科致荷馬・李的親筆信。該所則擔負與臺灣方面的聯繫，協助並實現安葬在臺灣的具體事宜。該所所長馬大任博士在與黃季陸取得聯繫後，黃表示願極力促成，並兩次上呈蔣，蔣未予重視。在蔣經國由美返臺後，蔣介石才又想起了荷馬・李的歸葬正懸而未決，便召見黃季陸，黃與蔣商討，提出成立「荷馬・李夫婦祭葬籌備委員會」、「這些珍貴的信件和荷馬・李的其他資料的複製品應轉贈臺灣」，蔣大為贊成。不久黃出任國史館館長。祭葬籌備委員會由國民黨中央委員會秘書長張寶樹任主委，黃季陸、楊西崑（時任外交部次長）為副主委。

四月十八日，在鮑爾斯及四位家人、胡佛研究所所長馬大任博士的護送下，荷馬・李夫婦的靈骨由華航八〇一次班機運抵臺北，蔣下令在機場舉行隆重的迎靈儀式。二十日上午在陽明山公墓禮堂，舉行「荷馬・李夫婦紀念會」，蔣題「永懷風義」為輓額，又為其夫婦墓道題寫「國父軍事顧問荷馬・李將軍夫婦之墓」。參加會議的有孫科、蔣復璁、李嗣璁等。二十一日，蔣氏夫婦會見並茶點款待年已七十六歲的鮑爾斯及馬大任等五人，蔣對來賓說，荷馬・李將軍協助早期中國革命的這段歷史非常珍貴，認為是中美合作最光榮的一頁，對於今天仍有啟示作用。

鮑爾斯歸葬荷馬・李夫婦的真實目的，是看好臺灣的經濟發展，謀求與臺灣建立經營關係，在歸葬儀式結束後，立即遍訪臺灣的工商企業。

蔣為去世五十七年後的一個並不熟悉的美國人題誄，在他近六十年的誄辭史上是少有特例，如果不是尼克森邀請劉雪松參加就職觀禮，此特例也許不會發生。

第七節　乃聖乃仁乃武乃文

在蔣介石所題寫的八百多人的輓額中，上乘佳筆，是為哀悼印度人民尊崇的「聖雄」甘地，所作驚世之誄。輓額的所謂「好」，至少有三個標準：一是從文學角度評判，藝術性要高雅，詞義新穎，用字不落俗套；二是內容要貼切逝者的身分和功業，不能漫無邊際的誇張到人們不認識了；三是還要講究一點字音字韻，即吟詠時「不礙口」，以達朗朗有韻而過目不忘。要以四個字做到這一點並不容易！

一九四八年一月三十日下午，甘地在新德里遇刺身亡，年八十歲。蔣介石對甘地早有崇敬之意，北伐時，他隨身攜帶的書籍中，就有《甘地傳》，且與甘地曾有一面之緣。太平洋戰爭爆發後，蔣為爭取國際社會對中國抗戰的支援，於一九四二年二月訪問印度。拜訪甘地，是他訪印的目的之一，他希望勸說，並爭取甘地，利用甘地的影響力，促使印度投入抗日陣營。二月十八日，蔣與甘地在加爾各答白拉爾公園裡會見，在座的有尼赫魯、甘地秘書、董顯光、張道藩，宋美齡兼任翻譯。蔣認為中印兩民族此時應切實合作，共同參戰，目前為最好時機，以爭取世界同情，因為世界同情的力量比任何力量都大；印度如欲得此同情，惟有參戰。甘地表示同情中國抗戰，也不反對英國對華援助，但他不願改變目前對英國的政策。甘地的態度，使蔣認為：甘地只是考慮印度問題，而沒有放開眼光來觀察世界。蔣認為與他的會談毫無結果。而宋美齡的收穫是，得到甘地贈送的一架手搖紡紗車。

甘地素以犧牲小我，成全大我的精神感召本國，影響世界，並以此排解國內糾紛。泰戈爾曾說：「甘地是犧牲的別名！」不料果真應驗。甘地主張非暴力，而他卻被暴力暗殺，整個世界震驚了，包括英國首相在內的各國政要，均對甘地遇刺表示哀悼。在甘地遇刺的第二天，蔣、宋聯名致電印度總理尼赫魯弔唁：

新德里尼赫魯總理：驚聞甘地先生遇刺逝世，無任驚悼，此一代主張非暴力主義實現人類和平之神聖鬥士，竟遭暴力之摧，誠世界之悲劇，令人痛心。中國人民及我等謹向甘地先生之家屬及國大黨與印度人民虔致誠摯之弔唁。蔣中正　蔣宋美齡。

行政院長張群、外交部長王寵惠、監察院長于右任、考試院長戴季陶、教育部長朱家驊以及吳鼎昌、吳鐵城、張道藩、曾琦等相繼致唁電。戴季陶還為甘地題詞：「萬年古國，篤生大聖，救人救世，捨身捨命，人心不迴，天心不定。嗚呼先生，仁至義盡。民國三十七年一月三十日夜，驚聞甘地先生捨身，揮淚書此，戴季陶。」（《中央日報》一九四八年一月三十一日三版）

二月二日甘地長子倫姆達希委託英國路透社，向全世界發表通電，對其父遇害，各地所表示的同情和問候，表示感謝！三日早，倫姆達希在朱穆拿河岸的甘地火葬處，主持了甘地骨灰的檢點和拋灑儀式。（《中央日報》一九四八年二月四日三版）

三月五日，三十餘文化、教育團體在南京舉行甘地追悼大會。會場莊嚴肅穆，甘地遺像兩旁是中印兩國國旗。有一貫通橫幅，上書「印度有甘地，是印度人民的驕傲」，條幅下面是蔣所題寫輓額

「乃聖乃仁」。參加公祭者四百多人，旅居南京的七十餘位印僑全部匯聚靈堂為「聖雄」祈禱。蔣著黃呢絨裝緩步來到靈堂，向靈位三鞠躬，然後上香，獻花圈。這時樂隊演奏名為「天家漸近」的樂曲。蔣在肅穆而「溫甜」的旋律中，不由得向前排的梅農夫人及各國使節點頭示意，隨後向兩邊的各團體代表致意。在六支碩大的白色蠟燭照耀下，蔣結束致祭，步出靈堂。戴季陶所著悼文〈聖雄甘地頌〉人手一份。而各界致送的誄辭則是由治喪委員會用特製小宣紙謄寫，以備轉送印度方面留存。靈堂對面是由中央社籌備的「甘地圖片展」，標題為「乃聖乃仁——甘地的最好寫照，中國人民的真誠懷念！」

過去，在黃埔學生中私下裡有一種觀念，認為蔣在軍事上有一套，文的方面則略遜一籌。此輓額一經公佈，不但改變有些人的這種看法，在社會上產生反響。那段時間，只要是涉及到「聖雄」、「甘地」，無不冠以此四字。旅華印僑也津津樂道，三〇年代就來華遊學的印度學者辛吉拉赫，對中國的詩詞歌賦頗有研究，被印度學界稱為「中國通」，他對「乃聖乃仁」極為稱道。當中央社記者訪問他時，他說：「紀念甘地，中國人比我的同胞更真誠。蔣主席的四個字，勝過本國人的

▶蔣介石與甘地。

四百、四千篇祭文。」他還以自己的觀點解釋說：「前一個『乃』，是世界人民對甘地的尊敬，後一個『乃』，是甘地非暴力精神的濃縮。此四字，既有中國的孔孟傳統，又有世界性的現實意義。這說明蔣主席不愧是文勝武強的傑出之大國領袖，我借用這兩個字，再送還給他：蔣主席——乃文乃武！」

第八節　忍他人所不能之忍

有人認為蔣介石獨步政壇，為所欲為，毫無顧忌；其實並非完全如此。蔣一生儘管執秉權杖，也會常常忍受極大的屈辱，甚至在私下嚎啕大哭，而表面毫無跡象，可見忍功非常了得！據宋子文回憶：一九四四年九月十九日，蔣正在重慶郊區召開高級軍事會議，美國軍事顧問史迪威走進來，交給他一份電報，說：「請閣下自己看一看吧。」蔣看完後宣佈散會。當只留下他和宋子文時，宋看到五十八歲的蔣像孩子一樣，抱頭號啕大哭。原來美國總統羅斯福竟不顧蔣的國家元首身分，嚴厲命令他交出軍權，極大的傷害了他的自尊心。他在這一天的日記裡寫道：「實為余平生最大之恥辱也。」作為一個鐵血男兒，如果不是受到極大的屈辱，是不會以這種方式發洩心中的冤屈。一九四五年二月雅爾達會議，羅斯福以犧牲中國利益為代價，圖謀換取蘇聯對日參戰。蔣得知，也無可奈何，只有在日記裡「深感不安」，悲歎道「國勢之危已極，不知何日有濟？」「閱此，但痛憤與自反而已。雅爾達果已賣華乎？」至此，他對羅斯福的不滿日益加劇。可是當羅斯福於一九四五年四月十一日遽爾去世，蔣十分震驚，傾力做足表面文章，大力追悼。十二日，宋美齡以個人身分致電羅斯福夫人弔唁。

十三日，蔣親往美軍駐華總部致悼。回來後又特電總統夫人致唁：

羅斯福總統家屬禮鑒：頃聞羅總統逝世，不勝痛悼。此實為全世界文明人類之重大損失，羅總統之功績，不僅為美國人民所永遠懷念，亦為我中國人民永不能忘。羅總統之勳名及其理想，將在未來之世紀中，為照耀世界之明燈。羅總統對世界之貢獻，非文字所能宣揚，亦正如吾人對彼之哀悼，非語言所能盡述。我全中國人民聞耗之頃，哀思與感謝俱深。世界之永久和平與盟軍之完全勝利，均經羅總統奠定基礎。中正深信羅總統之繼任者，本偉大之美國人民，以及其他盟邦，必能於短期間內，完成羅總統未完之計畫，以慰其在天之靈。夫人傷痛之餘，當必有相同之信念。除電文內子親詣慰問外，謹電奉唁，敬祈節哀。蔣中正。

蔣的唁電一般為四十至五十字左右，而此唁電竟長達二百七十餘字，是蔣唁電中最長的。從唁電內容看，蔣企盼羅斯福的繼任者能改變對國民政府和他本人的態度。這也是他傾力追悼的目的之一。同時他又向美國參謀總長馬歇爾致唁電，哀悼羅斯福。另派外交部次長吳國楨赴美國大使館致祭。國民政府十三日通令全國，於十四、十五、十六日下半旗，致哀三天。並於十六日舉行國父紀念週時，為羅斯福總統默哀。十六日，國民政府在復興關中央幹部學校禮堂為羅斯福舉行隆重追悼會。蔣親自主祭，題輓額「名垂宇宙」。這個評價甚至超過當年他對孫中山的尊崇（蔣輓孫中山：「主義揚中外，精靈炳日月」，輓額為「高明配天」、「博厚配地」。）中宣部長王世杰宣讀蔣的長篇祭文。同時在成都、昆明、貴陽、南鄭、綏西、南丹、桂西、蘭州等地舉行追悼會。但是，他在私下裡，卻大發牢騷，斥責羅斯福「姑息俄國，袒護中共」。（《蔣介石評說古今人物》，頁五〇〇）

第九節　這就是民族性

一九三二年「一・二八」淞滬抗戰爆發，十九路軍對日英勇作戰，振奮了全國軍民的抗戰精神，譜寫了中華民族抗擊外來侵略者的新篇章。

在我方死傷的萬餘人員中，有位美國飛行員蕭德（Robert Short，有翻譯為蕭特、孝特、蕭脫、薛特、焦特等）上尉，於二月二十二日，在蘇州上空以一架飛機，抗擊六架日機而殉難，年二十六歲。

由於當時美國對中日之戰，採取中立態度，並承認日本在華的利益。所以日方在第三天向美國提出抗議。中國政府考慮到與美國的關係，對於蕭德的行為，僅以蕭德是在「運送我國向美國蓋爾公司所訂購之商用飛機來華，飛過蘇州上空而遭遇日機殉難」的。但這種說法顯然既無根據，也無力度。不久中國航空處又承認蕭德是中國空軍的飛行教練，但仍堅持他的行為，沒有經美國政府的派遣，也不受中國軍事部門的指揮，完全是他自己看到日軍對中國的侵略，對中國平民的血腥轟炸，基於義憤，自己出擊迎戰的。三月九日美國法庭委員會做出裁定：關於蕭德死因之證據，近於傳

▶蕭德。

說，故對於其遇害詳情，置之不理。不久又公佈：將繼續以民間形式，進行公正的調查，但拒絕做出任何解釋和評論。

蕭德殉難不久，蔣即諭令行政院以最高榮典，安葬其遺體。宋美齡以蔣、宋名義，向蕭德母親伊理蒲斯太太致唁電。三月二日蔣光鼐、蔡廷鍇、戴戟等也致電伊理蒲斯太太慰問。外交部以「接受中國民間團體委託」，向伊理蒲斯太太發出邀請，希望她能參加中國民間團體舉行的追悼、紀念活動，並接受中國政府贈予的撫恤金和其他紀念品。南京成立「蕭德義士旌表委員會」，作為處理此事件的專門機構。

年僅四十六歲的伊理蒲斯太太，在悲痛中接受中國政府的邀請，於四月二日偕次子愛德曼（二十二歲），乘塔虎脫總統號輪，由華盛頓泰克麥城原籍啟程，前往中國。船長了解到她的情況，對她格外關心。當輪船途經日本橫濱停泊時，伊理蒲斯太太來到船舷，觀望海港。這時，她突然聽到有人用生硬的英語，呼喊著她的閨名，覺得奇怪，自己在這裡並無有任何熟人，更何況是自己的閨名？便向碼頭人群眺望，希望找到答案。她發現下面有數千日本人一起呼喊著她的閨名，並以下流語言進行辱罵，做著各種不堪入目的動作，有的還舉著牌子，上面也是辱罵她的黃色漫畫和下流口號。更多的是她聽不懂的野蠻喊叫。剛剛失去愛子之痛的她，又受到這種侮辱，身心受到極大的刺激，她突然失去知覺，倒在船舷的欄板旁。這一情景，刺激了下面的日本人，他們更加猖狂的喊著口號，蜂擁的衝向船梯，與下船的旅客迎面相擁，對非日本籍的旅客出言不遜，推到一邊而向上擠過去。

船長看到局面大有失控危險，一面派人對伊理蒲斯太太進行救護，一面派警衛控制舷梯。伊理蒲斯太太很快清醒，但她情緒依然激動。當船長在安慰伊理蒲斯太太時，一位日本婦女走進艙房，船長告訴她該下船了，她表示要留下來，照顧伊理蒲斯太太，並想用事實證明，日本人不是這樣的。伊理蒲斯太太大聲斥責她：「你們就是這樣的！你們為什麼開出飛機，去轟炸你們老師的家園？」

在場的人都不理解她的話。

原來，在來華前，伊理蒲斯太太看過許多資料，她所理解的中日關係是：中國有著悠久的歷史，過去曾經是富饒強盛的國家，日本及其他一些國家，派出使者，到中國來學習先進的文化和科學技術，以及國家管理經驗，中國是日本的老師。現在中國貧窮落後了，日本就開始欺負中國，掠奪中國的財富。所以她認為，日本是不道德的，而剛才的一幕，則有說服力的證實她的觀念。日本婦女呆呆的站在那裡，準備好的解釋無法表達。又聽到伊理蒲斯太太的有力聲音：「這就是民族性！」最後，她喊出她認為一生中最難聽的話：「滾開！」

塔虎脫總統號在以後停泊的日本其他港口，如神戶等地，都又再現了橫濱那醜惡的一幕。四月十九日，塔虎脫總統號抵達上海。前往碼頭歡迎的有上海市政府代表俞鴻鈞、軍政部代表沈德燮、航空署代表林我將、李錦綸夫人、溫毓慶夫人，以及八十七個民間團體的代表。他們分別乘海關準備的小海輪，登船迎接。上海有十餘團體為蕭德發起募捐，其中有某不願透露姓名的巨賈，當場慨捐三萬元為「首倡」。

四月二十四日下午三時，蕭德的追悼大會和安葬儀式在上海舉行。全市下半旗，中外人士數千前往執紼，盛況空前。是時，天空忽然悲雲四合，淒雨如注，景象倍增悽楚。吳鐵城、唐海安、沈德孌等均冒雨步行送葬。蔣氏夫婦、宋子文、孔祥熙、蔣光鼐、蔡廷鍇、戴戟、區壽年等均有花圈輓送。伊理蒲斯太太因旅途勞累，連日哀傷，加之橫濱碼頭的羞辱，精神萎靡，體力不支。旌表委員會考慮，葬禮可否婉勸她不必參加，但她堅持出席。可是當靈車經過靜安寺滄州飯店時，伊理蒲斯太太再次昏迷，被扶入滄州飯店，服藥後清醒，溫毓慶夫人勸說在此調養，夫人則力疾參加。

追悼大會在哀樂聲中舉行，由牧師裴區祈禱，各教士唱讚美詩後，裴區再讀聖經，鄭萊代表宋子文宣讀祭文，吳經熊代表民眾致辭，伊理蒲斯太太泣不成聲，愛德曼倍感哀傷。原定中美飛機各兩架，在墓地上空環繞飛行，以示哀悼。因雨天氣壓過低，改為僅美國飛行員納莫基駕私人飛機，盤旋十分鐘。飛機輪上繫有黑色飄帶誌哀。中外多家影片公司拍攝實況記錄。

追悼大會後舉行安葬儀式。旌表委員會決定在墓前建蕭德紀念塔，行政院贈十萬元國幣，作為伊理蒲斯太太養老之用，由財政部撥付。四月二十九日，在蕭德殉難地蘇州舉行追悼大會，當地民眾團體、商業行會對伊理蒲斯太太多有饋贈。五月十日，伊理蒲斯太太偕次子赴北平遊覽。

第七章 褒揚令篇

第一節 遲到的褒揚令

蔣介石是一個工作勤奮、做事認真的政治人物，由他處理的文件一般會很快有結果。對於著名人物的去世，也是如此，他都會很快做出反映，根據其官職、地位、社會影響，或是寫祭文，或是發唁電、或是「頒」輓聯，或是「賜」輓額。但有時也會因種種原因，拖延很久。

一九二九年梁啟超病逝後，國民黨內有人提出應對梁予以褒揚，胡適也來電特請優恤，遭到一些人的反對。二月六日在中央政治會議上，蔡元培、蔣夢麟等又提出議案，請求優恤梁啟超，但有一些國民黨的黨棍認為：研究系歷來不能正確對待國民黨，梁啟超為研究系的首領，故予以否決。「中央各要人」也多不贊成，議案被擱置。（《大公報》一九二九年二月八日三版）但是到了一九四二年九月，在抗戰最緊要的關頭，蔣不知想起了什麼，忽然提出對去世十三年的梁啟超給予宣傳和表揚，並建議國民政府頒發〈褒揚令〉，十月三日〈褒揚令〉行文通令全國。（《中央日報》民國三十一年十月四日第二版）

▶梁啟超。

湯毅生一九四八年在河北昌黎被解放軍俘獲，一九五三年六月判死刑。湯的同僚向蔣提請褒揚，蔣因不明情況，不敢貿然處置（此前曾發生蔣為活人寫輓聯的奇聞，令蔣十分尷尬），直到一九六四年六月十日才下達對湯的〈褒揚令〉。又如戴民權，一九四〇年五月在河南遂平與日軍作戰犧牲，年四十九歲。二十九年後，一九六九年九月十八日，其家屬才得到蔣頒發的〈褒揚令〉。

此外還有羅福星，也是二十九年後才「榮享」蔣的〈褒揚令〉。

羅福星（一八八四—一九一四），廣東嘉應人，生於印尼。一九〇三年隨祖父來臺灣，從事反清活動，結識孫中山、黃興、胡漢民等人，一九〇七年參加同盟會，一九一一年四月二十七日參加廣州起義。一九一二年十一月，奉孫中山的派遣，至臺灣籌設同盟會支部，秘密進行抗日活動，因消息走露，被日本殖民主義者逮捕，還包括其他相關人員七百多人（其中不少為臺灣人），一九一四年一月三日，羅被絞殺。

蔣到臺灣後，為籠絡臺灣地方人士，也為強調臺灣是中國的一部分，先後對臺灣或與之有關的犧牲烈士給予表彰。一九五三年四月三十日，蔣以總統名義頒發對羅福星的〈褒揚令〉。

▶羅福星。

遲到時間最長的，是一八九六年去世的以行乞辦學而著名的武訓。蔣對武訓非常尊崇，他在家鄉溪口創辦武嶺農校，多次對學生訓話提到武訓。一九三四年正值武訓誕辰九十七周年，山東省教育廳長何思源發起紀念活動，蔣在何的宣傳冊上題詞，十分感人：「以行乞之力，而創成德達材之業，以不學之身，而遺淑人壽世之澤。嗚呼，先生獨行空前，人孚義葉，久無愧於艱苦卓絕，世之履厚席豐而頑鄙自利者，寧不聞風而有立。」以後又幾次題額，但〈褒揚令〉卻是在四十二年後，一九三八年三月二十八日才批准國民政府頒發。

第二節　褒揚令種種

國民黨上臺以後所頒發的〈褒揚令〉，其褒揚內容主要有兩種，一是對捐款者的褒揚（又稱〈褒嘉令〉，如對捐款興學、鋪路架橋、救災濟困、施醫贈藥等褒揚）。二是著名人物逝世後，對其一生功業的肯定和褒揚，尤以後者為多，約占百分之七十。伴隨逝者〈褒揚令〉的往往還有〈旌忠狀〉、〈國葬令〉（或〈公葬令〉）、〈入忠烈祠令〉、〈國史館立傳令〉等文件。

早在一九三一年七月十一日，國民政府就重新修訂並公佈了《褒揚條例》，共十六條，第二年六月四日又補充了《褒揚令條例實行細則》十五條。一九四〇年頒佈《抗敵殉難忠烈官民祠祀及建立紀念坊辦法大綱》八條。一九四八年蔣介石就任總統後，於五月十九日頒令《總統指示關於褒揚八項原則》（《中華民國褒揚令集・初編》第十三冊，頁八六四）。頒發〈褒揚令〉的具名形式有兩類：一是政府部門，如國民政府、行政院、內政部、軍事委員會、國民黨中央委員會等其他部門；二是以政府部門負責人的名義，如國民政府主席、行政院院長、內政部部長、軍事委員會委員長、總統、蒙藏委員會委員長等。雖然一些是以國民政府、行政院名義簽發的治喪文件，實際上也大多是由蔣口述，秘書代筆，最後由蔣審閱、修改後定稿才能發布。

從一九二九年起，國民黨政權基本穩定，主要是由國民政府頒發〈褒揚令〉，有時是國民政府主席林森和軍事委員會委員長蔣中正共同具名簽發，當蔣不在南京，則由國府主席林森和行政院長孔祥熙共同簽發。抗戰時期行政院簽發較多。一九四六年以後，國共戰酣，到蔣下野前後，政府機關幾乎癱瘓，行政院也沒人管了，竟由內政部具名簽發，內政部搞「批發」，一次可以褒揚十幾人，甚至多達二、三十人。逝者家屬對這一紙貶值多多的〈褒揚令〉，猶如接到大廈將傾的通知書，可謂是哀上加悲。一九四九年二月十二日，戴季陶自盡於南京，時蔣已下野，卻不顧在野之身，也不避李代總統的責難，仍以總統名義為戴簽發一系列的治喪公文，如〈國葬令〉、〈褒揚令〉、〈旌忠狀〉等。

對一般逝者，只褒揚一次，但在特殊情況下，會有兩次或多次的褒揚。以劉湘為例，一九三八年一月二十日病故，二十二日蔣就批准頒發〈褒揚令〉，不可謂效率不高，又有事先籌備的痕跡。但令文中沒涉及公葬或國葬。後因蔣與劉夫人討價還價，最終確定為國葬，又於二月十四日再次頒發，並在令文中明確，這就是第二次褒揚的原因。黃百韜、郝夢齡、戴季陶、陳其美等也均為兩次。

第三節　褒揚令再議

〈褒揚令〉作為國家立法形式確立，是載入史冊的最高榮譽，對整個社會都有很強的號召性和吸引力。從一九一二年到一九七五年蔣介石去世，北洋政府和國民政府大約發佈三千份〈褒揚令〉，褒揚了大約一六、四〇〇人，平均每份〈褒揚令〉褒揚約五・五人（根據臺灣出版的《中華民國褒揚令集・初編》共十三冊的不完全統計）。但是北洋政府和國民政府的褒揚內容是不同的，而蔣到臺灣後又有所變化，因此應該分別論述。

一、北洋政府時期

從一九一二年到一九二八年國民黨執政，北洋政府大約褒揚了一二、〇〇〇人，平均每年大約褒揚七三〇人。民國臨時政府成立後，發佈的第一號〈褒揚令〉，是一九一二年三月六日，由臨時大總統發佈的〈臨時大總統令〉，褒揚楊卓霖、鄭先聲、吳樾、楊篤生、陳天華五人。到一九一三年十月二十一日，第〇〇五九號令，改為〈大總統令〉。此前，臨時大總統已經發佈過五十八號〈褒揚令〉，褒揚了一六八人。袁世凱上臺，對各地大量呈請、要求褒揚在辛亥革命中犧牲的烈士，採取拖延、迴避，乃至拒絕，卻大量褒揚滿清官僚。到一九一六年他病故，大約褒揚了二千人。

北洋政府時期的褒揚，從制度到內容以及人數，都體現出不夠嚴謹，過多過濫的特徵，一九二〇年五月二十九日，第〇二四二號令，一次就褒揚八七一人。最多的也是一九二〇年，共褒揚二、六五七人。一九二四年也有一、八一一人。最少的是一九一九年，為六十二人。大概是受到五四運動的衝擊，政府無暇兼顧，因此造成第二年爆發式的反彈性褒揚。

北洋政府沒有擺脫封建社會窠臼，在褒揚方面亦是如此。提倡孝道是對的，但是褒揚、宣傳那些不文明、不道德的孝道、孝敬方法和結果，已經和當時的共和體制不相符，實屬不該。對這些人的褒揚、宣傳，不利於社會發展，甚至有礙社會進步，有悖社會人倫。如：有一時期，大量褒揚婦女守節：某某氏守節五十四年。某某氏十七歲適某，一月即告孀居，持節十三年，因拒辱殉節云云。像這樣的褒揚，今天看來，簡直不可思議，但那畢竟是從滿清的封建社會轉入共和社會的過渡，是不可避免的。國民黨政府執政後，也關注到這一問題，一九二八年九月，重新組建的內政部擬就褒揚條例七條，細則十六條，其中就有：「明定割股剜肉，啖親以孝，幾近愚妄，有悖情理。及青年守節，望門守寡，均不得列為節孝請旌，以示為人民解除痛苦等項。聞政府已請宋淵源、張之江、鈕永建、薛篤弼、王世杰等審查，由薛篤弼負責召集會議，一旦審查完成後，即可公佈。」（《民生報》一九二八年九月十九日三版）

二、國民政府時期

國民黨執政，設立國史館後，褒揚的第一位勳賢是由廣東海軍司令陳策等人呈請的褒揚文煥章。從一九二八年國民黨執政，到一九四九年敗退臺灣，國民政府大約褒揚了四千人。最多的是一九三五年，褒揚了約八〇三人，最少為一九二九年，僅有十人。平均每年大約一百九十人。這體現出，國民黨政府上臺伊始，各項工作未能按部就班的時代特徵。

國民政府在褒揚制度、機構設置、褒揚內容、褒揚人數都要比北洋政府先進、嚴謹和有效許多。主要有三個方面，一是人數的控制，杜絕隨意和氾濫性的褒揚。二是內容方面，杜絕因守節，以及不近人情、民輿不容的孝道而獲得褒揚。三是在機構上，確立歸屬，劃定褒揚機構的許可權範圍。

此外還有父子、母子同受褒揚的事例，如陳立夫家族數人，宋子文與母親倪太夫人等均獲得褒揚。一九四一年一月十八日，第一三四一號令是褒揚以慈善救災而著名的朱慶瀾。未及半年，六月二日，國民政府頒佈第一三七四號令，褒揚朱慶瀾的兒子朱榕。

受褒揚次數最多的人是胡文虎，前後六次，其中前五次是褒揚他捐款興學、建醫院、修監獄等。如一九三二年十月七日，第〇五三八號令是褒揚他向中央醫院捐款三十七・五萬元。內政部呈請行政院題頒「益在民生」匾額一方。一九三六年三月三日，第〇九四九號令，褒揚他捐款十一萬作為上海市衛生實驗所的建築費，特頒「樂善博施」匾額。第六次是他死後的飾終褒揚。

在一九四八年五月以前，以國民政府、行政院、內政部名義頒發的〈褒揚令〉中，所提及的匾額，也大多出自蔣的手筆。如一九三八年五月十六日曹錕病逝於北平。六月十四日國民政府鑒於曹在淪陷區忠貞不屈，頒發對他的〈褒揚令〉，隨令同時頒賜「華冑忠良」輓匾。這是蔣為曹追悼會所題寫的輓額。一九三九年三月三十一日的第一一五四號令，為褒揚范築先，令中稱頒贈「民族正氣」匾，也是蔣為范的追悼會所致送的輓額。一九三八年十一月十七日，楊壽昌病逝廣州，一九四一年六月二十六日第一三八一號令中，所頒匾為「教澤孔長」。因抗戰期間，資訊阻塞，有人認為

▶胡文虎。

▶范築先。

這肯定是蔣的輓辭，因為蔣在誄辭中善於用「孔」字。後來得到證實。

對於著名學者給予飾終褒揚，是民國褒揚制度的一大特色，也是千秋功德之舉。所以我們應該為蔣中正先生大書一筆。梁啟超、嚴修、宿儒廖平等人，在去世多年後，經蔣提議得到褒揚。

國民政府對在華的外國人士，為中國社會進步所做出的貢獻，給予褒揚，也是十分正確的。一九四〇年七月十八日，第一二八七號令，褒揚比利時天主教傳教士雷鳴遠。一九四五年三月二十四日，第一七二五號令，褒揚美國傳教士、前南京金陵大學校長包文。一九四六年十月二十一日，第一八八二號令，褒揚史迪威。一九四六年四月第一八〇七號令，褒揚美國傳教士、金陵大學創辦人福開森。

一般來說，對逝者的飾終褒揚，只有一次。但在國民政府時期的某些特殊情況下，也會例外。陳其美、譚延闓、蔡元培、黃百韜、奇湧泉、戴笠、劉湘、戴季陶等人都是兩次褒揚。

▶雷鳴遠。

▶福開森。

三、臺灣時期

從一九四八年五月，蔣任總統後，到一九七五年去世，蔣以總統名義大約褒揚了五百人。而到臺灣後的二十五年間，則為四百人左右。在臺平均每年褒揚十六人，最多的是一九五〇年，為五十一人，第二是一九七一年，為四十二人。最少的為一九七五年，僅一人，其次是一九五五年三人。

臺灣時期頒發〈褒揚令〉減少，受三個方面原因影響。一是臺灣人口少，蔣初到臺灣，人口不到九百萬，到蔣去世時，也不足二千萬，怎能同大陸時期的四萬萬五千萬相比？二是，相對於大陸時期，和平安定，沒有戰爭，人難減少。三是蔣的年事漸高，精力大大不如往年，倦於為政。

如果說，〈褒揚令〉的內容，以及受到褒揚人物的資格遴選，也有質量水準的話，無疑，臺灣時期是最高的。

到臺灣後，蔣由於年歲的關係，倦怠政務，所以有些人的褒揚，是由其親友故舊提請，行政院開會議決，呈請總統褒揚的。而他自己願意褒揚的人，大大減少。如一九五九年十二月十一日，鄭介民因心臟病逝於臺北家中。十七日，行政院開會，呈請總統褒揚。三十一日蔣以總統名義頒發〈褒揚令〉，追贈為一級陸軍上將。一九五九年十二月十六日，吳忠信去世，二十日大殮，蔣題「勳望永昭」。十二月三十一日，行政院會議，決定呈請總統褒揚。

第八章 國葬篇

第一節 黎元洪的兩次國葬

黎元洪一生有兩個沒想到，一是作總統，可以說是被人用槍逼著推上臺，才一步一步走到總統的寶座。但他作總統不順心，兩個「太上皇」弄得他無所適從，藏了至高無上的鎮國「玉璽」躲來躲去，最終還是「攔車劫印」，被迫下野了。晚年經商，卻大放異彩也是沒想到。早在清末，他就先後在冀、鄂、京、津等地陸續購進土地、房屋，大部分用於出租，收了租金，再購入土地、房屋。民國後，黎又把大量資金投入金融實業。據有關方面資料不完全統計，他所投資的銀行有十九個，煤礦八個，紡織廠六個，麵粉食品廠七個，鐵礦二個，其他二十多個涉及造紙、菸草、電燈、信託、電影片、郵船、采木、石膏、保險、證券交易等十餘項。總投資額至少在三百萬元以上。這些投資，給他帶來豐厚利潤，如棗莊中興煤礦，他的股份占第一位，據一九二一年《山東礦業報告》公佈的數字為六十萬元，年年獲取巨額紅利，最高一年股息達四分五厘，

▶黎元洪。

為借貸利息的十倍，也是晚年黎家的主要經濟來源，所以他曾親任董事長。

黎的投資一帆風順，經商又大富顯赫，不乏有人羨慕，有人入股，也有人眼紅，那就少不了有人要琢磨他了。但真正具體實施的有兩人，一個如願以償，一個失望告終。

一、如願與失望

中國歷代，凡推翻前朝者，無不將其財富強行占為己有。蔣介石也不例外，但比較起來，他要文雅許多。北伐軍北伐時，邊打仗邊查封、沒收佔領地所屬北洋巨蠹，甚至是普通商戶的財產。當蔣的部隊抵達山東臨城時，要沒收中興煤礦，黎很擔心，便派長子攜帶自己的親筆信去南京，託老友譚延闓找蔣疏通，蔣很痛快：別人的我要沒收，黎宋卿的我不能！黎稍得寬慰，但不久蔣派黎的同鄉阮齊向黎攤派一百萬的二五庫券。那時因戰亂頻仍，中興煤礦已處於停產狀況，入不敷出，但迫於蔣的壓力，只得應允。不料蔣食肉知味，在財政捉襟見肘時，又打起黎的主意，再派人到中興煤礦提出負擔一百萬軍費，否則沒收，並強行標賣存煤。黎憂憤交加，導致病情惡化，百萬軍費就拖延下來，但蔣不甘心，令俞飛鵬組織一個委員會，以「背約要脅，抗款誤餉」為名，準備作為「逆產」充公。

黎在臺上時，和事佬一個，所以人緣不錯，到此時，為他向蔣說情者，大有人在：易培基就曾致函蔣，請求維持中興煤礦（南京《民生報》一九二八年五月九日三版），上海銀行公會等團體也電請司法部收回成命。當黎病逝後，黎家子女籲請國民政府給予國葬，此時蔣剛剛打下北京，正需要各界承認合法性，以黎的地位和人望，正求之不得，隨即接受。此時正是中興煤礦與俞飛鵬紛爭尖銳時，到七月三日，該公司上呈蔣，呼籲取消沒收之議。黎喪事結束後，黎的長子黎紹基出任中興煤礦股東代表，負責處理此事。農礦部再次懇請收回成命，到九月二十一日，國民革命軍總司令部令農礦部：中興公司中的「逆股」充公！商股維持，以示體恤。（見《申報》一九二八年九月二十六日十三版）此後，黎紹基主持中興煤礦，最高產時，年出煤七十多萬噸。

另一個失望的是南開大學校長張伯苓。早在一九一九年南開大學創辦時，嚴修、張伯苓四處募捐。黎與嚴修私交不錯，捐出「七長公債」一萬元，實際折合八千零十元大洋。在北洋歷屆總理以上的高官中，辦學最多的是袁世凱，而向教育捐款最多者，就是黎元洪。所以，張格外禮重於黎，黎有一個孩子，沒有在南開中學讀過一天書（有時由張從南開中學找教師去黎家中輔導），張也發給畢業證書，就是因為黎富有財力，又關心教育，廣結善緣。但此後黎家並沒有再向南開捐過錢，而張向黎家勸募的努力一直沒有停止。

▶張伯苓。

黎晚年身體欠佳，血壓居高不下，嚴重時竟神志茫然，舌滯口吃。到一九二六年十月間突患腦溢血，雖經名醫診療，但時有復發。張伯苓格外關心，並為之努力的是，希望黎能像當年李純那樣，在他的遺囑中為南開寫上一筆（一九二〇年江蘇督軍李純在自殺前，寫有遺囑捐南開大學五十萬，轟動一時）。一九二七年五月三日，張訪南開大學董事會主席顏惠慶，與之探討這種可能性。顏也應張的請求兩赴黎宅探問。到一九二八年六月三日黎病逝後，遺囑立即公佈，在十項內容中沒有提及南開一個字。但不久，黎家子女代表去世不久的父親，向主持陝、甘賑災募捐的朱慶瀾捐出一萬元。這又勾起張向黎家募捐的信心，因黎的兩子兩女皆南開校友，張希望通過這種關係，喚起黎家對南開的同情和支援。同年十月八日顏惠慶在日記中記有：「張伯苓來訪，談到曾致函陳嘉庚要求幫助，估計可能從黎氏家族獲得援助。」十月十六日，顏又寫到：「與張遠伯談黎氏家族繼續支援南開經濟的問題。」但張實在沒有耐心等下去，就於十二月初赴美募捐去了，臨走前他把此事委託給弟弟張彭春及顏惠慶。顏盡職盡責，多次走訪與黎家有關人士，進行轉託勸募，黎家終為所動，一九二九年四月二十五日應允捐款，但直到張伯苓從美國回來後（張於一九二九年九月二十二日回到天津），黎家才正式兌現：十月十四日捐出美華銀行股票十萬元。然而這並沒有讓張高興多久，半個月後，南開大學總務主任華午晴訪顏惠慶，談及黎家所捐股票目前不能兌現，已無價值。此後在南開的校史和經費帳目中也沒有這筆捐款的記載。

而黎家仍然不斷向教育界捐款，其中僅一九三四年四月，黎氏姐弟一次性就捐中興股票十萬元給武漢大學，稱「繼承先人遺志」，武漢大學以此興建「宋卿體育館」。（《中央日報》一九三四年五月四日二張四版）

二、募捐奇聞

黎元洪及子女為什麼不肯再捐款南開？這大概和李組紳有些關係。

在天津的開埠和發展中，「廣幫」與「浙幫」功不可沒，李組紳就是「浙幫」的代表人物。當時礦產業有「南劉北李」的佳話，劉指劉厚生，李即李組紳。李籍貫浙江鎮海，一八八〇年生。舅舅是巨商葉星海。李幼年移居津門，北洋大學畢業後投身商界，一九一八年憑藉葉的資金，與曹汝霖、陸宗輿共組利濟貿易公司，為天津最早的華商對外貿易行；所經營河南六河溝煤礦大名遐邇。李組紳與黎元洪神交久已，在政治上，同屬共和黨；在經濟上，歷來參與黎的經商機要，六河溝亦有黎的股份，而私交則在黨情商誼之上。褚文榮先生在〈礦業大王李組紳的傳奇〉一文中，說「黎元洪的秘密他知道」，特別談到：黎有一隨身攜帶的小冊子，上面記述他的資產專案等密錄，即使對他的如夫人黎本危也保密，可是卻對李開放。馮玉祥在他的回憶錄《我的生活》中提及：「李雖為商人，但與政治頗密切，為人厚道、穩重，熱心有為。」李交友十分廣泛，晚年更是醉心於慈善事業。

一九二一年，經王正廷介紹，張伯苓與李組紳相識，促成他在南開大學創辦礦科的壯舉。但礦科的停辦，過去的說法一直是「軍閥混戰，影響李的經營，李無力支付捐款」。實際這只是原因之一。由南開大學校董丁文江推薦的礦科教授曹誠克（著名礦業專家，留學美國威斯康辛大學，胡適的績溪同鄉，其妹曹誠英與胡有過一段戀情）對此較為了解，曹曾三次寫信給胡適，談及礦科停辦原因和經過。如一九二六年六月十二日的信中說：「……李允年捐三萬，囑伯苓辦礦科。其中究是誰要誰卻不可知（指誰先提出），當時是否獨力捐辦或系捐助亦不可知。」但李在一九二一年卻只捐兩萬創辦費，一九二二年捐一萬經常費，張認為李未能踐諾，並向李索要欠捐不止一次，致使李一九二三年一次捐四萬五千元。同時他聽說所捐礦科經費，還要拿出四分之一的「分攤費」作為礦科以外的「學校普通支出」，很不理解。張的解釋是：南開大學的各科是單獨預算，礦科學生要到其他學科學習，當然要交學費。李又了解到，其他學科學生來礦科學習，未向礦科交費。當時六河溝確受戰亂影響，李便以經營不善，欲暫停捐款，允一旦恢復生產，稍有盈餘、立即恢復捐款。按理說，張應該感謝李，並對李的不幸表示慰問。但張卻更為不滿。到一九二六年五月，李不得不停止捐款。張早有準備，立即決定停辦礦科，並要求李維護南開聲譽（指停辦礦科的責任），負責安排教師的就業，學生轉學轉系等諸多問題，引來南開校董、教師、學生和李組紳的不滿。曾有教師提出可以不必停辦，從其他收入中移款維持。張答：南開的經費主要是各界捐款，而每筆捐款都有指定用途，隨意移款他用，違背捐款人意願，今後何以再行募捐？這個理由看上去冠冕堂皇，實際卻遠非如此。曹誠克給胡適信中還披露：「結果弄成一種事實，就是礦科收入，全校可以分潤，而南開全校收入如李純捐款等，礦科分文不能染指。礦科遂一變而為南開其他三科之富源。」這也許是李拒捐的主要原因吧？

當時全國礦業學科，只有北洋大學和南開設立，所以一旦停辦十分可惜。而北洋又不接受轉學生，這讓一些有志於礦產科學的學生感到「停辦直是驅之死路」，著名物理學家吳大猷，就是在這次事件中，改變志向，從礦科轉學物理專業。

南開董事會、教師、學生都為挽救礦科，積極想辦法，有教師勸學生不要有「軌外行動」，以免發生學潮，也有教師去北京找李組紳勸說，還有自動提出減薪者。但張態度堅決：李若捐款，年必三萬，否則礦科必停！張認為：你李組紳乃津門巨富，不可能只因六河溝受損，就無力維持。並向李算帳：辦學五年，共花費十八萬，除李已捐出八萬五千元，積欠為八萬二千元，其餘是學費收入。又向李再次追索此八萬二千元。李更加失望，被迫接受張所提出的條件，寫下一張欠南開大學八萬二千元的單據，以及這八萬二千元的利息，共計欠南開大學十萬餘元。還應允每年出資維持「礦學會」，同時還要為失學學生設法到各煤礦去實習，又要為教師介紹工作。至此，李組紳勇於承擔責任，為南大解決諸多棘手難題，南大礦科正式停辦。

這是一個奇聞，也是張伯苓募捐藝術的高超所在。李組紳捐款八萬五千元，辦學五年（曹致胡信中說為八萬五千元，南開大學出版社一九八九年出版的《南開大學校史資料選》中為七萬五千元），在企業行將破產時，得到的不是感謝和慰問，而是十萬元債身。曹誠克一面對胡適稱讚李：「真是個極大的紳士」，又一面譏笑：「一股腦兒他俱負責去了，這原是他自取的，誰叫他要做傻瓜？」

礦科停辦後，學生向各位校董懇求恢復，董事們不忍學生失學，教師失業，先與李組紳洽商。李雖憐憫學生，也不忍歷年所費心血與金錢化作烏有，勉允所請，但表示「年繳三萬難以籌得，況且還有上萬元年息，萬難維持」，尋求折中辦法。礦科主任孫昌克與翁文灝、張軼歐等董事協商後，再與李交涉：「年息現時緩交，大學分攤費暫時亦不分攤，只要李先生年出一萬五千元（現款）便可維持。」然而翁文灝滿懷希望的這個折中方案在張伯苓那裏「碰了老大釘子，非三萬不辦，年息非交不可，且須先交清積欠之八萬二千元後始允辦。蓋此時李組紳不出十一萬元者，礦科決不能再辦，斬釘截鐵，絕無商量餘地！」（《胡適來往書信選》上冊，北京中華書局一九七九年，頁三八三—三九一）

至此，校董們的幾番努力徹底失敗。李未再向南開捐款，但對母校北洋大學卻報效不輟。一九三七年春，又捐資為母校建一座二十噸化鐵爐。李、黎關係密切，李的遭遇，黎家不可能沒有耳聞。瑕不掩瑜，張伯苓仍不失為著名的教育家和傑出募捐藝術家，但「礦科事件」實為其三十年募捐史中的敗筆，並間接導致一九二九年五月，蔣廷黻、蕭公權等一批著名學者接連棄南開而入清華。

三、天津國葬

一九二八年五月二十八日，黎元洪看完賽馬回到家中，忽覺胸悶，長時間昏迷不醒，六月三日晚十時在英租界瞑目，年六十五歲。黎元洪晚年飼養兩隻孔雀，極為可愛，但在黎病重時，莫名其妙的死去一隻，另一隻在黎死後的當時，也無端死去，家人以為奇事。（《大公報》一九二八年六月五日二版）因黎家籌備不足，是借用盧木齋的壽材，得以於次日入殮。

一九二八年六月八日，國民政府明令褒揚：「前大總統黎元洪，辛亥之役，武昌起義，翊贊共和，功在民國。及袁氏僭號，利誘威脅，義不為屈，凜然大節，薄海同欽。茲聞固疾彌留，猶廑國計。追懷遺烈，愴悼尤深，所有喪祭典禮，著內政部詳加擬議，務示優隆，以彰崇報元勳之典。此令。」

七月三日，內政部長薛篤弼致電黎紹基，將對黎元洪實行國葬，並撥款一萬元治喪，定七月十六日至十八日開弔，喪祭期間，天津下半旗致哀，移靈經英、法、日三租界。

七月十七日上午十時，隱居於天津日租界的段祺瑞，偕長子段宏業驅車至英租界弔唁，陪同者有日本司令官新井等官佐五人。當時報紙評論說段：三鞠躬畢，喟然而退，似有無限感慨。其實這並不重要，重要的是：兩位北洋時期紛爭不已的頂級人物，下野後在自己的國土上，卻靠外國勢力保護聊度餘生，不是莫大的諷刺嗎？

七月十九日出殯。此次國葬，所收輓聯僅二百餘副，輓額不過三十餘方，不算為多，但因與黎關係不同，政治態度各異，內容就各表各的心態。

蔣贈輓聯：上款為「宋卿先生靈右」，聯為：「胡天不憖遺一老，斯人自彪炳千秋。」落款「蔣中正拜輓」。河北省主席商震七月十八日率領省府全體委員前往致祭。商震輓：「推倒滿清，建立共和，自有勳名垂史冊；拋棄家國，皈依上界，空留聲教遍塵寰。」人稱「黎元洪太上皇」的段祺瑞，所送輓聯為：「尚留黃紮憂當世，同為蒼生惜此人。」

不過，大多輓聯是稱讚黎的「首義」和「護國」，不與袁稱帝同流合污的高潔品格，而作為有「親家通好」的袁家後代卻不理會這些（袁在世時，為控制黎，提出與黎家結親，故袁的九子與黎的小女定親，此時尚未完婚），他們自有他們的道理，如袁世凱五姨太楊氏所生的兩個兒子，即第六子實業家袁克桓、第八子袁克軫（擅長經商和社交）之輓聯：「每瞻我佛，親若家人，方知大德無為，真能容物；儻見先公，莫談國事，但道群兒安命，並不憂天。」

黎家在此時，就是要與袁家撇清關係。袁死後，黎家提出退婚，袁家不允，無奈到一九三三年才成婚，而此時兩家正處於婚退與否的僵持階段，所以黎家對此並不理會，如長子黎紹基輓聯：「六旬又五年，耽盡心，吃盡苦，所為誰來？到於今國徽全改，法統中移。讀遺電十條，是我父嘔出心肝，欲盡未完事業。四月十六日，失了主，塌了天，從茲已矣。只遺下寡母帷堂，孤兒枕塊。聽哭聲一路，餘小子空有涕淚，何處再接音容？」

四、北京追悼

當黎在天津病故前後，正是蔣、馮、閻、李聯手打敗張作霖之際。得知張作霖北潰，蔣也立即返回南京。當張作霖在皇姑屯被日軍炸死，蔣又匆匆趕回北京，他要處理張在北京的遺亂。在北京期間，蔣要歡宴外交使團，讓外國使館了解國民政府的對外政策，去西山祭拜孫中山靈柩，幾次到北京大學向學生講演。當蔣騰出工夫，才於同年九月十五日發出追悼黎的通電。十六日，蔣介石、馮玉祥、閻錫山、李宗仁、李濟深等十二人列名發起召開追悼大會。十月在北平舉行了大規模的追悼會。

會場設在北海天王殿，定二十六、二十七、二十八追悼三天。天王殿的前後兩院，高搭席棚兩座，門前用彩花紮成牌樓，中懸「名垂宇宙」，兩旁是「首義」、「護國」。後院臺上正中為黎遺像，像下為香案。案供「神聽和平」四字。棚內四周遍掛輓聯，蔣的輓聯再次飄懸。王士珍在二十五日下午查看籌備情況，他先到靈前三鞠躬，然後找到工作人員詢問。二十六日早，閻錫山第一個前來致祭，立刻就有接待員趕來寒暄，殷殷引導。下野的和在任的區別在何處？就在這裡！

二十八日追悼大會正式開始，參加弔唁者，既有國民黨新權貴如蔣介石、閻錫山、馮玉祥、白崇禧等人的代表，也有北洋元老、京津故舊王士珍、江朝宗、陳瀾元、李濟臣等親臨恭祭。

五、武漢國葬

黎元洪元配吳敬君於一九三〇年二月二十四日在津病故，年六十歲。依遺囑和家屬請求，國民政府於一九三三年將黎氏夫婦靈柩由天津運回武昌。湖北省及各界頭面人物組成委員會，籌備迎靈儀式，並在車站、碼頭及沿途紮牌樓，設路祭，白馬素車，鼓樂齊奏，鞭炮不絕。將棺柩迎入洪山寶通寺法界宮的藏經石庫內暫厝，派專人看守。同時勘定墓址，後經多方篩選，最後擇定武昌卓刀泉南土宮山為墓地，隨之動工興建。

一九三五年十一月二十四日上午，舉行黎氏夫婦國葬典禮的起靈儀式，國民政府在三天前通知全國下半旗，停止喜慶娛樂一天。湖北省成立「國葬典禮辦事處」，由省主席張群主持一切事宜。黎家四姐弟提前由津來漢。參加者中外來賓約五萬餘人，送葬隊伍長達三里許。特備有專輪四艘，大小汽車二十一輛，接送來賓。二十四日上午十一時整，在十九響禮炮聲中，行公祭禮，禮畢起靈下山，送靈儀仗共八列，其中七列為靈車。黎氏靈柩在前，吳氏在後。兩靈車均外套黑絨櫃罩，以鮮花紮蓋。在細雨濛濛中，黎氏親屬十餘人在靈車後，垂首緩行至墓地。

墓地前，用席棚搭建寬敞的臨時性禮堂，堂前門屏上懸掛林森所題「民國元勳」，周圍陳列花圈、輓聯、輓幛等千餘件。下午三時，在一〇一響禮炮聲中，國葬典禮開始，由武昌辛亥首義參加者、湖北省政府委員李書誠，代表林森主祭，賈士毅代表行政院陪祭；國民黨中央、國民政府各院、部、會，各省代表，外國來賓為襄祭。所宣讀祭文有內政部、交通部、司法部、教育部、各省、市等共二十三篇。祭禮結束，靈柩扶入形似仰盂的墓亭內，亭內遍灑紅色朱砂，取吉利之意，又各置兩個銅爐，舊禮為「暖土」之意。墓槨上再用水泥板蓋封固。墓碑由章太炎撰文，李根源手書，金天羽撰墓誌銘，鄧祁述書寫。

第二節　公葬耶？國葬耶？

一九三七年二月十七日晚十一時，軍委會辦公廳主任朱培德，因注射德國進口的補血藥引起血液中毒去世，年四十九歲。

朱培德（一八八九—一九三七），雲南鹽興縣猴鹽井人。一九一四年畢業於雲南講武堂，曾跟隨蔡鍔發動護國戰爭。又參加過孫中山領導的護法運動，被孫任命為大本營鞏衛軍軍長兼大本營參軍長，代理軍政部長。一九二五年任國民革命第三軍軍長。可以說，朱的早期經歷，遠比蔣顯赫。以一九二五年廖仲愷追悼會所送輓聯為例，當時輓聯的排列順序是以在國民黨內的地位確立，朱的輓聯排列於第七，蔣介石僅以軍校校長名義，列第二十一位。蔣第一次與他見面，對他印象極好，在日記中稱他是一個值得交往的血性漢子。然而真正共事後，兩人不斷發生摩擦，導致朱兩次公開反蔣。蔣通過縱橫捭闔的權謀，掏空了第三軍，最終軍長也換成了他的心腹，朱不得不屈服於蔣，成為無一兵一卒、為蔣所驅使、調解各種派系矛盾的幕僚。

▶朱培德。

二月十七日上午，蔣根據報告，偕夫人到醫院探視朱培德，當時他神志尚清醒，還向蔣請假十天。蔣聽到此言，感念他的敬業，不禁悲從中來，潸然淚下，不但懇切慰問，還要留院陪伴，經其他人勸阻才離去，卻讓夫人留下，與各位委員共同陪伴床側，直到第二天清晨始回。

二月二十日，國民政府在南京仁孝殯儀館舉行大殮，蔣送輓聯：「竭畢生股肱，心膂之勞，委身以事，片語不及私，只留得黨史元勳，聲名蓋世；值國事震撼，危疑而後，來日大難，萬端方待理，更誰共仔肩重任，哀慼移時。」並且「憑棺痛哭失聲，餘人均傷痛落淚」。

作為國民黨元老、孫中山所倚重的軍事將才之死，國民黨高層一致認為應予國葬。然而三月二日，蔣在行政院會議上發言說：「朱上將努力革命，效力黨國……贊襄勤勞，持躬廉謹，洞明大體，不慕虛榮，尤為全國軍人同心欽敬，綜其一生，功在國家，實應國葬。惟每值國葬，糜費公帑，為數甚巨。朱上將生前淡泊明志，精忠為國，決不願虛耗國力。故余亦體此心，向政府提請公葬。」最終行政院通過蔣提出的公葬提案。

▶蔣介石在朱培德葬禮上。

但是，在三軍上下卻掀起一陣噤聲，三月三日，中央開政治會議，馮玉祥在日記中記下當時的情景：「第五項是討論朱益之葬事，程潛發言說，朱之功比譚延闓大，應國葬。覃振言應國葬，不可一人說不國葬即不國葬，至譚祖庵，實不配與朱益之比。張繼發言，朱益之努力革命，追隨總理始終不變，誠為難得之人，不如我們是反對過總理的呀。孔祥熙發言，國葬最多不過三千元就好。何應欽說，還是一萬為好。吳稚暉說，下次再決定吧！」（《馮玉祥日記》第五冊，頁七四）馮玉祥也是同意國葬的，所以贊同者們還在私下活動，如朱培德的密友汪精衛、李宗仁、白崇禧等都表示了不滿，汪精衛對蔣說：「益之在世行年四十有九，從軍三十有一啊，悲哉壯哉！痛哉惜哉！」陳璧君也找到蔣，捶胸頓足為朱討公道，聲淚俱下地說：「朱不國葬，誰也不配國葬！」

在此情況下，蔣也不好再堅持了，作為曾公開反對過自己的人畢竟已經屈服，而且已經死了，他不能讓活人再藉此反對自己。三月十三日，國民政府明令褒揚，實行國葬，生平事蹟存備，宣付國史館。

蔣既定的事情，別人很少能改變，但是在喪葬方面，卻多有例外。如一九四六年二月十五日，葉楚傖在上海去世，當時定為國葬，因為陳氏兄弟的反對，最後改為公葬。

第三節　展堂葬禮中正生日

蔣介石是一個比較迷信的人，重風水，信堪輿。這也影響了他一生的方方面面，對於自己的生日更是看得很重。蔣的生日是清光緒十三年農曆九月十五日，因農曆有閏月之說，所以每年與西曆都是不對期的，這樣就很麻煩，如一九二八年十月二十七日：「今日為公誕辰，切念母氏。昨夜於舟中，輾轉不寐。」（《蔣中正總統檔案・事略稿本》第四冊，頁二八四）蔣的生日以西曆計，就一直是定在十月二十九，但是在一九三六年卻向後推了兩天，改為十月三十一日。據說這和胡漢民的國葬有關。

一九三六年五月十二日，胡漢民在廣州逝世，年五十八歲。蔣「聞耗甚哀痛」，於十三日唁電胡家屬：「廣州胡夫人暨木蘭女士禮鑒：驚聞展堂先生逝世，悲慟之至，黨國多艱，數月以來，靡日不寧，盼其來京，俾諸事均有指導。今遽溘逝，豈唯三十年故交之私痛，實為本黨與國家之損失。道途遙隔，未能躬親視殮，萬望夫人等勿過悲毀，謹電致唁，唯祈垂鑒。蔣中正叩。元。」十三日晨，國民黨中央臨

▶胡漢民於湯山。

時常委會決定：為胡誌哀，全國下半旗三天，停止娛樂宴會。五月二十五日在南京勵志社舉行追悼會，令全國一律下半旗，停止娛樂一天。蔣出席追悼會，並致送輓聯：「滄海正橫流，風雨同舟期共濟；中原誰砥柱？荊蓁滿地哭元勳！」及手書「精神不泯」輓額懸掛在禮堂二門正中。

胡因與蔣之政爭，曾被蔣扣押於南京湯山達七月有餘，蔣迫於各方面的壓力，不得不釋放胡。而胡在表面上也不得不屈服蔣的武威，但內心卻是另一番世界，蔣也心知肚明。胡漢民去世後，國民黨中央一致認為，胡非國葬不可，蔣則大度豁然，欣然同意。

但是在追悼會後，胡的國葬一拖再拖。此時蔣正忙於對紅軍做最後的剿滅。蔣自己認為，他的軍事生涯中，有兩大勝利：一是一九三四年打敗紅軍，迫使紅軍西逃（中共所說的長征）；二是抗戰

勝利。此時他對只有三萬人的紅軍，仍然不放心，必欲全部剿滅才能攘外。於是他傾其全力，聯合閻錫山、張學良以及西北各派軍閥，圍剿遭重創而困居一隅的紅軍；對胡的國葬大典就顧及不上了。

胡漢民治喪會終於在十月十八日刊出〈哀啟〉，排定胡的國葬於十月二十五日舉行。而這一天離蔣的生日只有四天。素來抱有「喪喜不同日」信念的蔣，對此十分不滿。與此相近的，還有十月二十二日魯迅的葬禮，雖在上海舉行，但各大報刊渲染得十分到位。二十四日在南京、鄭州兩地舉行的「國民革命先烈紀念會」，蔣不得不草就一副輓聯，為主祭劉峙（名義上代表蔣）捧場。而章太炎的家屬及治喪會也在前幾天為太炎先生的國葬，請蔣題頒輓聯，因蔣曾於七月八日頒發〈褒揚令〉，已經「特贈」了「敦仁崇義」匾，現在又來討擾，氣得蔣置之不理。這一不理，終至太炎先生的國葬遙遙無期，邵元沖曾在日記中有這樣的記載：「午前，陳立夫來言，介石對太炎國葬事，猶主從緩，不知其意究何居？」（見《邵元沖日記》，頁一三九四）但這還不算完，十月二十五日下午，蔣目為「張良、龐統」的首席軍師楊永泰在漢口被刺殞命，蔣震怒之餘，不得不於二十七日致唁電與楊的家屬慰唁，又飛到武漢親臨視殮。

早在進入十月，為蔣祝賀五十大壽的「購機祝壽」活動就已經開始，各地賀電紛至遝來，報端卻是壽聯與哀啟參半，喜色為悲情蒙塵。陳立夫等深知這樣必會對壽蔣大為不利。十月二十三日，《中央日報》一張三版突然刊出一條消息，稱蔣的生日，由天文學家經天文研究推算，實為十月三十一日。這就是蔣生日定為十月三十一日的由來。

第四節　譚延闓兩副輓聯的由來

在譚延闓去世後的七十多年裡，世間一直流傳著蔣介石為譚題寫的兩個不同版本的輓聯，持甲者懷疑乙的真實性，而持乙者，對甲也提出質疑，還有人對二者無如之何。其實，這兩副輓聯都是蔣的手筆。

一九三〇年九月二十一日，國民政府代主席、行政院長譚延闓帶著長子伯羽、女婿袁仲頤到小營參觀驗馬後，欲往中山陵遊覽，突覺胸口憋悶，左腮麻木，唇現紫色，不斷抽動。譚伯羽和袁仲頤當即命司機開回家中，延請著名中醫施今墨。施今墨診後了解到，譚此前數日感冒，本不可吹風，卻在觀馬中立於烈日下一個時辰。施今墨診為中風，並認為中藥投達迂緩，建議改延西醫。隨即由行政院出面，請來中央醫院主任劉繼賢、行政院醫官李志伊、中央軍校校醫德國顧問契墨曼會診，三醫診後認為應放血，以減輕血壓。但放血後脈膊在一六〇跳，血壓二二〇，高出平時三十多度。此時，胡漢民、古應芬、張靜江、孫科、朱培德等相繼趕來，胡、張連聲呼喚，譚已不辨來者。胡、張退出後，急令驅車請上海名家謝應瑞、李生傑、陸仲安赴京，又電請衛生部長劉瑞恆從速返京。當鐵道部醫官鄧真德趕來時，瞳孔近於無反應，而體溫仍居高不下。三位滬醫趕來後，在場的中、西醫發生分歧，中醫認為腎脈已絕，殆已無望，為放血所致；西醫主張仍需放血，並注射退熱劑，熱度和脈膊均在恢復，諸位西醫稍得寬慰。但一個小時後，體溫和血壓再

▶譚延闓。

度惡化，脈膊已漸無可數，於上午九時五十五分瞑目，年五十一歲。

當時蔣正在「中原大戰」的前線督戰，在此前的四天，張學良剛剛通電擁蔣揮師入關，局勢對蔣極為有利，所以他不可能為譚的喪事所動，哀以一紙電唁到譚宅慰問。行政院於二十二日下午成立治喪委員會，但只發布一號治喪通告，就不得不暫時終止，因為一切都得待蔣返回後，才能作決定。十月九日，蔣才從前線回到南京，並為譚哀以輓聯：「救國仗同心，撦拄艱危，大難將夷公竟逝；匡時賚偉略，綢繆建設，群倫失望我逾悲。」此輓聯與其他人的誄辭，作為「譚院長喪事特刊」中的一部分，對外公佈，各大報刊紛紛刊載。治喪會則相繼發布了從「二」到「七」號治喪通告。

十月十八日，蔣輕車簡從，來到譚的靈堂，查看國葬的籌備情況。大禮堂裡，掛滿了輓聯。譚遺像兩旁卻空出來，他知道那是留給自己的位子。但轉念一想，不對呀，自己的輓聯早就送去了。他不明白是因為寫得不好，還是遺失了，便去「國葬典禮辦事處」查看備存。辦事處專門有筆工者將所送誄辭、賻儀、紀念品等，精心抄錄，作為資料留存。他果然找到自己那副輓聯的抄件，一字不差。蔣返回官邸，重新寫了一副：「持顛扶危，一片赤心在黨國；憂時痛世，百萬同志哭先生。」又驅車來到「國葬典禮辦事處」，並親手交給接待員，對方馬上懸掛在遺像兩邊。第二天，《中央日報》所刊載的「譚院長喪事特刊」中，蔣的輓聯就是後來這一副。現在社會上所流傳的這兩副輓聯，某些字已經有變化了，如第一副的「救」字變為「故」字。第二副變化較多，變為：「持顛扶危，一片苦心垂黨國；憂時憫世，千秋公論在人寰。」

譚延闓之喪，各界所送輓聯極多，而以太炎先生的神來之筆具特色：「榮顯歷三朝，前清公子翰林，武漢容共主席，南京反共主席；椿萱跨兩格，乃父制軍總理，生母譚如夫人，異母宋太夫人。」為明輓實諷之傑作。但也有人認為非太炎所為，假借名望而已。還有一副就不像話了：「混之為用大矣哉，大吃大喝，大搖大擺，命大禍大，大到院長；球的本領滾而已，滾來滾去，滾入滾出，東滾西滾，滾進棺材。」下聯以老譚院長的綽號「水晶球」為由頭，頗失儒雅，所以作者連名字都不敢公開，只以「佚名」而問世，倒也流行起來。

第五節　三難的「國葬」

民國以後的首次國葬，是一九一七年四月十五日，為黃興舉行的，葬於湖南長沙市嶽麓山。此後到一九二七年，大約為蔡鍔、程璧光、馮國璋、劉建藩、廖仲愷等舉行過五次國葬。至於說到一九二五年孫中山在北京的葬禮，不能用簡單的「國葬」來概括。當時北京政府曾提出舉行「國葬」的建議，國民黨中央謝絕了這番好意，堅持「國民黨黨葬」，現在看來，「黨葬」的稱謂還是較為妥貼的。一九二九年的孫中山靈柩歸葬南京，也不應以「國葬」定位（現在許多人稱之為「國葬」，似不妥），當時定位於「奉安」二字，至今也仍是最恰當的。一九二八年國民黨執政後到一九四九年，先後為李仲麟、黎元洪、林修梅、譚延闓、盧師諦、胡漢民、段祺瑞、邵元沖、朱培德、唐繼堯、劉湘、謝持、蔡元培、林森、張自忠、柏文蔚、陳其美、張繼、郝夢齡、李家鈺、覃振、戴季陶等人舉行了十八次國葬，其中包括黎元洪兩次，六人合葬一次（一九四八年五月十九日，國務會議通過將柏文蔚、陳其美、張繼、郝夢齡、李家鈺、覃振六位合併國葬案）。

可以說，從國民黨執政後，為上述二十二人，舉行的十八次國葬，如果沒有蔣介石的批准，那就不可想像，如果他要反對，也根本就無法進行。但有一次的「國葬」，讓蔣既不能支持，也無法反對，甚至連默認也使他難堪不已。不但如此，這次國葬是在對蔣的譴責和鞭撻聲中進行的，蔣對之亦無可奈何。此次國葬後不久，蔣宣佈下野。

但此人的「國葬」並不在上述之列，他就是古應芬！

一、離合始末

▶古應芬。

古應芬，字勷勤，亦作湘芹，原籍廣東梅縣，寄籍番禺。幼讀私塾，一九〇二年考中秀才，一九〇四年赴日留學，入同盟會。歸國後歷任廣東法政學堂編纂、廣東咨議局書記等職。民國後廣東都督府成立，任省核計院院長。「二次革命」事起，與胡漢民、朱執信等起兵回應。中華革命軍興，往來於馬來半島和港澳間，任籌餉聯絡。一九一七年後任都督府秘書。一九二二年六月，陳炯明廣州興兵，速歸見孫中山於永豐艦。一九二三年二月，任大本營江門辦事處全權主任，組織力量討伐沈鴻英；三月，任大本營法制局長，後任元帥府大本營秘書長；八月，隨孫中山東征陳炯明。一九二四年九月，任大本營財政部長、廣東省財政廳廳長兼軍需總監。廣東國民政府成立，當選國府委員，八月，任財政部部長。一九二六年一月，任中央監委委員。南京國民政府成立後，任中央常委、中央政治會議委員、財政部長等職。

蔣介石在早期與古應芬關係較為親密，那時古的職位比蔣高，社會影響也較蔣大，故蔣對古較為敬重。一九二一年蔣母王采玉病逝溪口，古親撰輓辭祭奠，蔣很感激，並與其他人的誄辭合在一起編輯成冊作為紀念。

一九二六年五月十七日，古應芬父親介楠老先生在原籍病逝，年七十六歲。古以丁憂辭廣東國民政府民政廳長職務，政府給假一個月。古家擇於次日大殮，蔣偕葉楚傖等赴古宅弔唁。六月六日舉殯，蔣送去輓聯，還對於古的丁憂辭呈慰留甚殷。喪假到限後，古再辭，政府派秘書長陳樹人到古家慰留，蔣亦隨附慰留函。（參考《廣州國民日報》、廣州《國華報》等一九二六年五月至八月報紙編寫）

北伐軍興，古奉命代表國民政府到贛、湘、鄂等地慰勞將士，與蔣接觸漸多，一九二七年開始接受蔣的領導。同年四月五日奉蔣命，與鄧澤如、張靜江、吳稚暉等在上海策劃清黨。八月蔣宣佈下野，古也卸去國民政府常務委員兼代財政部長職，赴日考察。回國後於十二月十六日奉命查辦汪精衛涉嫌廣州事變。一九二八年十月，蔣任國民政府主席，古任文官長，此後，古與蔣不斷產生矛盾。有一次，蔣與何應欽、馮玉祥、古應芬等同車由安慶返回南京，蔣問古有什麼事情嗎？古將上海發生的喧囂一時煙土案相告。應該說，蔣有特別的才能，他善於觀察人、發掘人，也善於用人，久之不免忘形於得意，由此他還產生一個不好的習慣，希望別人對他重用的人也予以尊敬並誇獎，這一劣習他當國幾十年不改。而此時他事先已了解到這事與熊式輝有關，不禁大觸眉頭。古接著說這件事與熊式輝有關。蔣搪塞道：熊為革命軍人，決與此事無關。古爭辯說一般輿論均以為熊難辭其責。蔣怒言威威：「什麼是輿論？我拿二百萬開二十個報館，叫他罵誰他就罵誰，那就是輿論！」車上的人均默不作聲。馮玉祥說他感到寒心（《馮玉祥日記》第三冊，頁三四），古當然對蔣更加失望。

隨著國民黨內部權力鬥爭加劇，古應芬日漸對南京官場心灰意冷，於一九三〇年冬，以割治背部瘤患為由，不顧眾多友人勸阻，返回廣州，但還未與蔣介石鬧翻。一九三一年二月二十八日，胡漢民因「約法」問題，與蔣矛盾激化，被蔣誘之扣押於南京湯山，成為古應芬與蔣介石徹底決裂的導火線。

二、非常會議

胡漢民被軟禁後，廣東的局面乏人主持，古應芬適時承擔起了責任，其他的胡派核心人物鄧澤如、林森、蕭佛成等也以古為馬首是瞻，積極籌劃反蔣，並於四月三十日聯名通電，譴責蔣非法扣留胡漢民，對蔣提出彈劾。這就是著名的「四監委通電」。五月三日，由陳濟棠領銜，十名廣東高級將領通電表示擁護。

這時，以汪精衛為首的改組派，以孫科為首的太子派，以鄒魯為首的西山會議派，以及陳濟棠的粵系、李宗仁的桂系軍事力量，會同以古應芬為首的元老派，在廣州共謀逼蔣下臺。馮玉祥也派人與粵方聯絡，五月二十六日，陳濟棠、李宗仁等兩廣將領二十餘人聯名通電，限令蔣介石於四十八小時內下野。陳濟棠還發表了出師討蔣的通電。第二天，他們在廣州組成「國民黨中央執行委員會非常會議」（簡稱「非常會議」），同時成立「國民政府」，設委員十七人，唐紹儀、汪精衛、古應芬、鄒魯、孫科等五人為常務委員，輪流擔任國務會議主席。二十八日，廣州國民政府舉行成立典禮，公開與南京政府分庭抗禮，再度形成寧粵分裂局面。

同一天，在廣東省黨部紀念週上，汪精衛和孫科都作了精彩的演說。汪把蔣比作「毒瘡」，孫進一步把蔣比作「疫鼠」，一時譁然，堪稱是兩篇反蔣的妙文。

▶胡漢民、汪精衛、孫科，一九三一年十月於上海。

蔣在接到四監委通電的當天，就在日記中無奈的感歎道：「此四人非軍閥，乃監委也。」蔣還自己給自己「記大過一次」。（《蔣中正總統檔案・事略稿本》第十一冊，頁三三）蔣認為自己在「粵變」中，未能扣留孫科，是「大意疏忽之咎」，雖公開沒有說什麼，但在日記中常罵孫科是阿斗，「我總理何以竟生此阿斗也，可歎」。但對古最多說他「叛跡已著，不能有望矣」，對古利用陳濟棠反對自己比較擔心。

因他非法扣押胡漢民，國內外輿論對他不利，加之江西「剿共」也一再喪兵失地，疲於奔命，他很難再以軍閥反叛為藉口，直接對廣東採取武力討伐，若再對西南用兵，恐曠日持久，更加被動，不得不力爭政治解決。故蔣在種種因素制約下，對這個國民政府，採取「冷處理」，公開的方針是「和平統一」，本著「設法疏通，以固國本」，以逸待勞，期望粵桂方面內部分化瓦解，不攻自破。

就在兩廣籌備起兵北上討蔣時，「九一八事變」爆發，在全國各界強烈呼籲息爭禦外，陳濟棠、李宗仁停止了北攻，南京政府試圖與廣州政府合作，古提出的先決條件是立即釋放胡漢民，李宗仁也籲請釋放李濟深，從而促成十月十四日胡漢民獲得自由，並到上海參加蔣汪合作會議。

三、遺囑與身後

就在廣東的「國民政府」一面譴責蔣，要他下臺，一面與南京當局談判合作之際，古應芬因牙床腫脹轉為牙癰重症，自感日漸沉重，於十月二十七日下午八時，將夫人何明坤、如夫人鄭淑梅、子古滂、女公子古新、古紀、古嫻、古顯，未婚女婿劉紀文與夫人許淑珍，內弟何熾昌，其友秘書長陳融，以及伍嘉誠、熊英、伍智梅等召集身旁，以遺囑相告。當時古神智還清醒，但已不能執筆，遂口述遺囑，請陳融紀錄，並囑親屬及在座友人證明，公子古滂因年僅七歲，幾位女公子亦在年弱，均未署名於遺囑，其遺囑為：

> 我初以為小病，乃至於此，我見西醫神色倉皇，知希望絕少。前兩晚，既請各位來說話，

因我輩患難與共，可謂交逾骨肉，自覺得一世無本領，無大事業做出來，亦不欲與人競爭，及走入崇拜之路。因此，尚不致遭忌。從前朋友交情變態者有之，死者有之，現在只留得區區少數，紀文、熾昌等，大家都應努力，凡人都要做成三幾件事，然後無負於世。今天展堂雖回復自由，能見面與否？尚不可知，想起來，自覺傷心。中國情形，危機日甚一日，各派互相傾軋，挑撥離間，尤為可慮，前有信與展堂痛道於此。我自己身上無私毫儲蓄，大家都知道的，不滿兩日就要與人借貸了。我只知有祖父遺下此屋，已經改建了，寺貝底有田一片，亦祖父用三千餘金買來，尚有其他零碎三兩百金的物業，亦祖父所遺，模範村一屋，非雲陔擔任介紹揭借，我本不肯建，現欠市行之數，尚未清償，我就此區區物業了。書籍不可分開，要在一處儲置，設法妥為管理，以男性者為近。明日要食一日中藥。我的家屬，現同在此，請在座大家處置，做一個公斷人，我無不承認。大家請看我赤手而去。民國二十年十月二十七日晚，古應芬囑，陳融筆述：在場見證人：何明坤、鄭淑梅、劉紀文、何熾昌、許淑珍、伍智梅、熊英、伍嘉誠。（《廣州民國日報》一九三一年十一月七日一張四版）

古應芬已經預見到自己來日無多，所以，遺囑中有：「不滿兩日就要與人借貸了」，言下之意，一旦自己故去，家裏就要靠借貸辦喪事了。果然，第二天晚六時五分殂謝於世，年五十九歲。

有趣的是，消息靈通的蔣介石，在二十八日下午，電致廣東當局轉交，慰問古病。古家收到此電時，正當古應芬易簀之時。至於蔣的慰問電，是怎樣「敬啟」的？《廣州民國日報》稱，電報是打

給廣東的「國府」，但這顯然不可能。（《廣州民國日報》一九三一年十月三十日一張四版）

四、震悼與定位

廣州的「國民政府」對古的逝世，異常震悼，當即令派鄧澤如、林雲陔、程天固、陳融、劉紀文五人籌組治喪。鄧奉派後前往古宅主持一切，首先設立治喪辦事處，分設總務、招待、文書等。第一項工作是派員在倉邊路古家佈置靈堂，門前搭建喪牌樓一座，四周繞以黑白布，古的遺體停放於邸內。

二十八日當晚，「國民政府」通令各機關團體一律下半旗，停止娛樂宴會三天，此外，所有機關、團體、學校、商店的門外，要懸掛「國民政府古委員應芬逝世誌哀停止娛樂」字樣的條幅。（《廣州民國日報》一九三一年十月三十日一張四版）。

第二天，「國民政府」、「中央」舉行臨時的聯席會議，出席者有：鄧澤如、蕭佛成、陳濟棠、李宗仁、經亨頤、石青陽、覃振、馬超俊、陳樹人等。會議決定為古舉行

▶古應芬家屬與靈堂。

「國葬」，組織國葬典禮辦事處、國葬治喪委員會，並通電全國，下半旗三日以誌哀悼。同時發佈「國民政府」通令：「國民政府委員古應芬，矢誠接物，篤志匡時，體用兼長，謀猷宏達。早隨先總理馳驅革命，自辛亥光復以迄丁卯清黨，中間戡暴定亂，無役不與，艱巨疊膺，辛勞懋著。年前翊贊中樞，洞見蔣氏背黨禍國，翩然南旋，糾合同志聲罪致討，風聲所樹，薄海景從，用能迅集大勳，重建黨國。該委員自受任以來，宵旰憂勤，積勞成瘁，猶復力疾從公，以致益劇。際此外患日亟，統一未成，正賴元良，共資匡濟，遽聞溘逝，震悼良深。著財政部撥給治喪費一萬元，並派鄧澤如、林雲陔、程天固、陳融、劉紀文前往治喪，所有飾終典禮，務極優崇，以示篤念勳耆之至意。此令。」

這一通令，等同於南京政府的〈國葬令〉。

這一天的《廣州民國日報》刊載了訃聞：

> 中國國民黨中央監察委員國民政府常務委員古勷勤先生，於十月二十八日下午六時逝世，茲定二十九日下午六時大殮，謹此報聞
>
> 倉邊路四十八號古委員治喪辦事處謹報（《廣州民國日報》一九三一年十月二十九日一張三版）

五、悼念與譴責並舉

全國各界對古應芬的病故，震悼莫名。因古是廣東「國民政府」的靈魂人物，相關方面反應迅速，汪精衛、孫科、伍朝樞、李文範、陳友仁、鄒魯於二十九日電唁「古夫人暨世兄妹同鑒」。南洋

各英屬國民黨支部也有唁電。送來花圈有第一集團軍直轄之一、二、三各軍將領。廣州市黨部唁電稱：「國殞耆碩，黨失導師，悲慟何極……」（《廣州民國日報》一九三一年十月三十日一張四版）

南京方面所致唁電，以不涉及「國葬」二字為特色。二十九日，南京中央執行委員會和監察委員會聯名電唁：「廣州古勷勤同志家屬鑒：古同志追隨總理數十年，盡忠革命，備著勳勞，連年服務黨國，惟慎惟勤，方期共濟艱危，長為楷模，遽聞逝世，痛悼殊深。特電馳唁。中央執行委員會、中央監察委員會。豔。」

二十九日發來唁電的還有李石曾、林森、張繼、蔡元培、張靜江、陳銘樞、何應欽夫婦、鄭洪年、楊宗炯、鄧剛等。出席國民黨第四次全國代表大會代表李翊東、陳固民、黃一歐、蕭伯贊等百餘人亦有電唁。胡漢民從上海單獨發來唁電。

廣東的「國民政府」一面按照國葬的規格追悼古應芬，和籌備「國葬」，一方面繼續與蔣和談，另一面仍不忘對蔣進行譴責，以逼迫他下野相號召。二十九日《廣州民國日報》發表社論，題為「悼古委員勷勤」，謂：「國民政府常務委員古公勷勤於黨國多事之秋，內憂外患交迫之際，因政躬過勤，積勞成疾，竟於昨日酉刻逝世！哲人雲往，邦國殄瘁，我革命元勳，今又喪其一矣！際茲暴日強佔東省，外交緊迫，和平統一會議前途困難正多，黨國大計，有賴於古公之擘畫者至殷，乃天不假年，五羊城中大星遽殞，……古公長逝矣，其遺留於吾人之責任至繁且重，要而言之，約有三端：一，獨裁政治之必須打倒也！夫欲實現三民主義必須樹立民主政治，厥理至明……二，黨紀國法之必須維護也！蔣介石排除異己，非法拘禁立法院長胡展堂先生，毀法亂紀，舉國共憤。四監委為伸張正義，維護法紀起見，乃通電彈劾。今者蔣雖為目前環境所迫將胡先生釋放……三，革命之外交必須貫徹也！……」（《廣州民國日報》一九三一年十月二十九日一張三版）

報界還不斷針對蔣介石最近的言論予以抨擊：「據近日報載，蔣介石公開演說，表示責任不能放棄。此等強詞奪理之舉，實不免有識者所哂……蔣氏屍位數年，除對於個人權位營謀之外，其他國家大計，人民生活一切不負責任，致令黨國飄搖，民無死所。不提責任問題則已，苟提及責任問題，實不免令民眾切齒痛恨於蔣氏。」接著，責問蔣敢不敢公佈四萬萬公債的用途，西原借款何故承認？「厚顏狡辯，若出之市井無賴、海上流氓，則吾欲無言。今竟出之於自命行政首長之蔣氏，則未免可惜耳！（《廣州民國日報》十一月六日一張三版）

人們所送輓聯也多以譴責為特色，如居正，因被蔣扣押，不失藉機發泄：「一隅江南看獨夫獨行幾時？玄黃之間每直道；十年嶺表聞吾黨埋忠何地？朱廖以後哭先生。」

鄧澤如聯：「中樞翊贊，展建大猷，溯討陳討蔣，獨標正義，力卻私情，奈何仍未竟全功，原野星沉悲諸葛；南國訂交，相從革命，本一心一德，共矢堅貞，用扶危局，胡乃如遺棄我去，此生琴碎哭鍾期。」

蕭佛成是老資格的同盟會員，比孫中山還年長四歲，且與暹羅皇族有姻親關係，在南洋僑界有一定威望。從胡漢民被扣後，就是最堅決的反蔣黨員，對蔣的譴責詞義最激烈，輓聯也不例外：「獨裁未倒，公遽西遊，蒿目時艱，傷心深粵海；國葬方殷，我暫北羈，愴懷舊雨，揮淚灑春秋。」

馬超俊的輓聯有：「除共為國討蔣為黨，兩宗大事已千秋」句。李宗仁聯中有：「憤獨裁乃策杖南歸一紙發彈章，舉國聞風相相應」之憤恨。「中央非常會議」的輓聯則稱讚古應芬：「彈劾最先心最苦」。

在眾多的輓聯中，有四個人的輓聯是很值得一提的：

劉紀文，早年在省政務廳長古應芬幕下任司書，因精明幹練，得古賞識，不久升為科長，再招為女婿。訂婚不久，未婚妻婉儀病故。但劉仍對婉儀眷念至深。因為這種關係，一九二三年在古的幫助下，劉出國深造。儘管一九二八年他另娶，仍待古以岳丈之尊，其輓聯：「國步尚多艱，公不少留，太息前途滿荊棘；泰山今失望，吾將安仰，恪遵遺訓慎行臧。」

陳濟棠曾是古應芬的學生，古曾多次提攜過他，一九二七年春夏，陳由蘇聯考察後回國，希望復任第十一師師長，古應芬時任廣東省財政廳長，在李濟深面前為陳說了不少好話，陳果然如願。一九二九年李濟深被蔣扣於湯山，也是古聯同胡漢民向蔣推薦，使陳接替李掌控廣東軍事大權。此後，古、胡一直是陳政治上的保護傘和有力的支持者。反過來，胡、古則借助陳的兵權，增加廣東「國民政府」的反蔣分量。所以陳的輓聯頗為引人關注，聯曰：「在黨國以健者名大難未夷中道竟留千古恨；執鞭弭從先生後同心夙締微忱惟有九原知。」

還有一位是陳融，他是胡漢民妻子陳淑子的哥哥，又與胡、古是詩酒契友，時相唱和往來。在「國民政府」中，又是古的秘書長，他的輓聯平述與古的交誼：「執卷即逢君，卅載道交如一日，尋山空約我，餘生商學竟無期。」

胡漢民與古應芬相交最久，自幼年便同窗共硯，從黎虞庭學做詩。古早年失恃，父親介南公就在廣州小北開一家「長生店」，胡時相隨長他六歲的古大哥進出小店，與介南公極為親近，有時聽古老伯道古論今，竟樂而忘返。一九〇四年兩人又與汪精衛、朱執信一同東渡，就學於東京法政大學，同寢一室，並一同加入同盟會。有一次鄰居失慎，古急忙整理被褥準備出逃，胡與朱執信卻認為應該先搶救貴重的書籍，繼而皆相視一笑，原來是胡、朱在調笑古的急性子，因為火勢並不嚴重。胡評價古：任勞任怨，甚至被誣衊也不為自己辯解。更讚賞他：「絕交不出惡聲，其涵養功夫之深厚，實超人一等。」當胡接到噩耗，「不覺由慟而暈」（《古勷勤先生逝世紀念專刊》一九三三年十月二十八日廣州出版，頁六、七），並發有兩通唁電，一給嫂夫人何明坤，一給非常會議及「國民政府」。先後寫有五首輓詩，其中〈哭湘芹先生〉哀道：「忽爾家居去高棟，豈徒吾黨失良朋。渡河未瞑宗留守，憂國終傷杜少陵。拯我於危知最苦，跡君行事概難能。結廬桐柏平生語，淚濕江雲痛不勝。」在此後的大殮、公祭、「國葬」中，「渡河未瞑宗留守，憂國終傷杜少陵」作為胡漢民的輓聯懸掛。

六、南京如何應對

有一個奇怪的現象，南京方面對於廣東的「國民政府」的成立，始終是抨擊、嘲笑，斥之為「偽政府」。但是到古應芬去世，對廣東方面所高規格籌備的「國葬」，南京報界集體失語，不置一詞，也許沉默是最好的回答。以古應芬的功業和地位，如果放在南京政府，實行國葬，也是恰當，但廣東方面的這個「國葬」，是南京政府不承認的「偽政府」宣佈的，南京方面怎能會這樣靜默呢？這裏大概有三個方面的原因，一是中國傳統習俗，對於逝者的寬容；二是對於古一生功業與人格的尊重：三是粵方正與南京洽談和解，前途未卜，不好妄加評說，邵元沖這樣認為：「此次粵中之分裂，湘芹實居發路指示之責，乃未及補過，遽爾棄世，甚為不幸也。」（《邵元沖日記》，頁七八九）蔣介石也很怪，他對古主謀的另立中央，再樹政府，極為不滿，稱之為「粵逆」，但在古病重時，仍有一紙電慰。到古去世，卻連唁電都沒有了，看來這個沒有經過他認可的「國葬」，真是哀之不能，毀之無道，連默認都是他作為法統的「國府主席」莫大的屈辱了。

一九三〇年冬古應芬離開南京後，南京方面一直保留著他的中央監察委員頭銜，在十一月九日下午召開的六十七次常會，因古長期出缺，今又捐館，以褚民誼遞補（褚為候補監委）。

南京的《中央日報》所報導古逝世的消息，竟然是轉自「港電：古應芬感（廿七日）授意陳融寫遺囑，自知儉（廿八日）晚必死，晚六時五分果逝世，壽五十九。」另一國民黨主辦的著名報紙，上海的《民國日報》，與《中央日報》的口徑大致相同，但稱之為「粵國府委員古公……」，另外是增加了一小段古的簡歷。蔣介石在這天日記中仍稱粵方為「粵逆」。

廣東方面不放過一切機會，大造「國葬」的聲勢，甚至追到蔣的家門口。十一月二十二日《中央日報》頭版刊登「哀啟」：「國府委員古公勷勤，盡瘁國事，辛勞致疾，於十月二十八日逝世，經國民政府明令於十一月二十六日至二十八日公祭三天，二十九日國葬，倘承各地機關、團體及同志、親友致送輓聯、祭文暨其他哀悼文詞者，希寄送上海、南京、漢口、武昌、長沙、北平各地民智書局代收，或逕寄廣州市倉邊路本治喪處為荷。國府委員古公治喪處啟。」

這個「哀啟」只刊登了一天。

七、大殮與「國葬」

古去世的次日下午六時舉行大殮，鄧澤如為送殮弔唁主席，參加者有「非常會議」委員石青陽、覃振、經亨頤、焦易堂、陳樹人，「國府」委員蕭佛成、馬超俊，第一集團軍總司令陳濟棠、第四集團軍總司令李宗仁、空軍總司令張惠長、海軍總司令陳策、一軍軍長余漢謀、二軍軍長香翰屏、三軍軍長李揚敬，以及省市各黨部委員、各廳局長約五百餘人。大殮禮節共十二項，與南京的國葬大殮幾乎相同：一，就位、二，肅立、三，奏哀樂、四，瞻仰遺容，作最後告別、五，加蓋黨旗、六，蓋棺、七，覆蓋國旗、八，獻花奏哀樂、九，行禮、十，默哀、十一，奏哀樂、十二，禮成主祭退位、十三，其他人員退位。當大殮時，由家屬為遺體洗滌潔淨，始穿褂服。古之遺容，栩栩如生，口眼皆合。殮服穿備後，送殮者一律在遺體前肅立三鞠躬，各要人繼向遺體環繞三周，然後蓋棺。這時，陳濟棠含淚不住，奪眶而出，頻頻顧盼靈柩，不忍離去。古的兩位夫人及子女，均伏棺痛哭不已。（《廣州民國日報》一九三一年十月三十日一張四版）

▶古應芬國葬情景。

廣州「國民政府」定於十一月二十六日起，公祭三天，祭文有：第四次國民黨全國代表大會祭文、非常會議祭文、「國民政府」祭文等。二十九日舉行國葬典禮。早六時起，古宅門前就車水馬龍，國葬程序為：一，從古家起靈，並祭禮；二，護靈至西坑白山邨墓地；三，舉行安葬禮，肅立；四，奏哀樂；五，獻花；六，恭讀誄文；七，行三鞠躬禮；八，默哀三分鐘；九，靈柩入墓壙；十，奏哀樂；十一，行三鞠躬禮。並兩次在指定地點鳴炮，一是在上午八時起，鳴炮十九響，二是下午三時起，鳴炮一〇一響。所有與葬的馬匹及佩帶飾物均為黑色。

「國葬」後十七天，蔣介石宣佈下野。

第九章　夫人篇

第一節　夫人從政的起步——誄辭

宋美齡嫁給蔣介石後，和姐姐宋藹齡有很多相似之處，也是從協助丈夫辦教育入手，在贏得賢名後，逐漸步入政壇。不過她可不願像姐姐那樣，跑到陌生的鄉村去當什麼教師。她的願望是協助丈夫從政，做一位叱吒風雲的女傑。但她自知資力不足。因此她的從政有兩個起點，一是辦學，二是效仿丈夫，頒送誄辭，這兩點她都做得不錯。

宋辦理的第一所學校是南京國民革命軍遺族學校，一九二八年由國民黨中央常委會決議創辦，學生主要是北伐中陣亡的將士子女，指定宋慶齡為校長。

▶宋美齡。

蔣對新婚不久的妻子說：二姊在國外，學校的事交給你吧。此後宋就一直成為實際負責人。

第二所學校是協助蔣管理創辦於一九二五年的溪口武嶺農校。宋美齡雖然來武嶺次數不多，但她對學校的影響和貢獻卻不可小視，從校園的規劃、校舍的圖紙設計、到門窗樣式，甚至連油漆的顏色都是按照她的意見更改的。充分體現一代女強人從教育著手，逐漸步入政壇的氣魄與才能。一九四七年，宋又出任該校的董事長。宋美齡曾對美聯社記者說，她一生最滿意的事情，就是遺族學校辦得成功。（參考魏仲雲，〈宋美齡、胡宗南為董事長的中正中學〉，《重慶沙坪壩區文史資料專輯》第六輯，頁三十四）宋在辦學取得初步成就的同時，開始涉足蔣的誄辭領域。主要分為三個時期：

▶李桂丹。

第一步是與蔣共同具名時期。三〇年代開始，有時蔣「頒賜」誄辭，是以「蔣介石蔣宋美齡」具名的。如一九三三年十一月二十一日夜，《西京日報》社長丘元武遇襲身亡。一九三四年二月十日舉行追悼會，輓聯：「一言褒貶春秋意，千古哀榮黨國殤。」就是由蔣宋夫婦共同具名。

一九三八年二月十九日，空軍大隊長李桂丹殉國，二十日舉行公祭，蔣和夫人參加，共同具名致送輓聯：「武漢雄踞天下之中，殲敵太空，百萬軍民仰戰績；滂沱揮同胞之血淚，喪我良士，九霄風雲招英魂。」而且夫婦均含淚盈框。

第二步是夫妻分別具名。如一九三九年十二月四日，吳佩孚在北平去世，六日，蔣向吳家屬致唁電慰問。八日，宋美齡又電唁吳家屬：「聞子玉先生以微疾竟爾長逝，仰懷勁節，舉國同悲，夫人悼痛逾恆，更可想見。惟子玉先生以一身任民族正氣之重，音塵雖隔人天，高風自垂千古。尚望夫人勉抑哀思，用慰九泉。謹電致唁，不盡依弛，蔣宋美齡叩。魚。」

第三步是取代蔣，獨立致送誄辭。抗戰時期，陣亡將士頻仍，蔣有時忙不過來，就由宋出面題誄。一九四一年四月二十四日，謝晉元在上海殉國。二十七日，宋美齡電唁家屬：「上海謝故團長夫人鑒：謝團長在滬殉國，英名足垂千古，惟年中道捐軀，遺孤失怙，夫人悲愴，更可想念。尚望勉抑哀憂，撫孤繼志。謹代表本會同人，專電弛唁。中國婦女慰勞總會主任委員蔣宋美齡。感。」

至此，宋經常代蔣致送誄辭，宣慰家屬。又儼然如政治領袖一般，題辭也經常出現在《中央日報》二版上（當時習慣，一版是廣告），還作講演，發指示。

可是，也有人對她十分不滿，李宗仁即為其最著者。李因台兒莊大捷，獲得「青天白日」勳章，很看重。有一次與何應欽一同去見蔣，等了許久，蔣才著便裝挽著宋款款而出，何用腳碰碰李，李看到宋佩著大綬帶和「青天白日」勳章，渾身珠光寶氣的。李立刻感到自己的那個勳章一錢不值，回來後大發牢騷：我們南征北戰，拚將老命，不過才得到一個牌子，這個臭女人憑什麼也戴著它？

第二節　失敗的聲援

一九六五年三月二十一日，臺灣著名企業家、南山人壽保險股份有限公司董事長陳啟清先生的母親孫太夫人，以九十四高齡福壽全歸。這件喪事，給陳氏家族和高雄市市長都帶來一個麻煩。因為這位市長就是陳啟清同父異母的兄長陳啟川。

陳家是臺灣的望族，在當時的臺灣政、商兩界，都不乏陳家後代的烜赫之輩。以陳啟清為例，

▶陳啟清。

▶陳啟川。

僅在他的名下就有十餘家著名企業，而他的長子陳田錨已經是高雄市議會副議長了。陳啟清的父親陳中和老先生，其元配吳太夫人早逝無出，領有兩個養子。後來他又娶有兩房側室，一位是陳啟清的生母孫太夫人，另一位是高雄市長陳啟川的生母劉太夫人。兩位側室共生育近二十位子女，可謂是人丁興旺、鳴鐘列鼎而食之家。陳啟川近來在繁忙的公務之餘，又為家中的喪事所困擾，因為他侍母至孝，不願有任何事拂逆年已九十一高齡的生母。他不得不遵從母命：在這件喪事中不得以「哀子」身分訃告社會。在二十二日的大殮儀式中，陳啟川未以「丁憂」請喪假，也未持杖披麻。在二十三日市議會的例行大會上，他列席時，也僅在西裝領上佩有黑紗而已。他自己也感到不自在，深知這有悖社會輿論，但毫無辦法。

這件事對陳啟清來說，也是讓他傷透了腦筋。如果說，在對外的所有哀啟、訃告、喪聞中，不排上陳啟川的名字，不但是失禮和受到譴責，他也無法面對先祖和父親。如果排上陳啟川的名字，他的這位兄長將受到生母的責罵：「我還沒有死呢！你何以自稱是『哀子』？」這樣的僵持，讓籌備喪事的治喪委員們也舉措無序，以至於孫太夫人停靈三天，連「訃聞」也無法發出，這對於名門望族的陳家，是何其難堪？

外間得知這種情況，議論雜遝。中國喪葬禮俗，還是以逝者為重，所以多數人對劉太夫人頗有微詞，人們比擬說：如果劉太夫人去世，孫太夫人的親生子也如此這般不通情理，你劉太夫人會做何感想？但沒有任何人敢把這種善言，去勸告年逾九十一高齡、而又倔強的劉太夫人。陳市長受到的壓力越來越大，他不願意因此影響仕途。就在這時，陪同蔣介石到臺灣南部視察空軍設施的宋美齡，了解到此情況，以她自己的親身感受，大發感慨，要為劉太夫人打抱不平，特意隻身趕到高雄，提出接見劉太夫人。於是在她市長兒子的陪同下，劉老太太與高采烈的前來晉見宋美齡。宋對她殷殷相接，詢問其家庭情況、起居生活，以及健康狀況，並以自己親手做的蛋糕相贈（僅有兩塊）。分別時，宋又將劉太夫人送至門外，囑咐她多多保重。報紙還作了專題報導。

人們得知此事，公開的微詞少了，但心中的不滿卻更多了。劉太夫人理直氣壯了，他那市長兒子的壓力也更大了。所以，儘管有第一夫人的撐腰，但幾千年來的喪葬禮俗文化，遠比第一夫人的名位更有威嚴。最終，陳市長的名字還是出現在四月二十一日的《中央日報》頭版的通欄「訃聞」中。不過陳啟清還是為劉太夫人留足了面子，孫太夫人的幾位親生子是作為「不孝子」，以小字名列「訃聞」的前面，其他子女則以「孝子」身分，名列在後面。這也給宋美齡一個臺階，算是圓滿解決吧！

六〇年代，正是臺灣經濟起飛的初期，蔣介石為發展經濟，對一些著名企業家非常重視，接見、祝壽、合影、贈勳、探病，不一而足。對他們的父輩去世，多有誄辭祭悼，以盡慰唁之意。所以，人們紛紛猜測，不知蔣會對孫太夫人以何種哀榮來安撫陳家。四月二十八日，孫太夫人的家奠和安葬儀式，在本宅舉行。蔣、宋伉儷沒有任何表示。

第三節　兩個「空軍之母」

說到蔣對空軍的重視，對空軍烈士的優恤，有兩個可資博笑的趣談。

國民政府上臺伊始，就設立陸軍航空大隊。到一九三一年，松滬抗戰，日軍飛機遠從日本國土飛來轟炸上海，血的教訓更促使蔣對空軍的依賴。七七事變前，蔣決定撥二千萬美元，購買各國的先進飛機，按當時幣值至少可購入二百餘架。但是，對於這筆巨額購機要務，交給誰好？他對誰都不放心，最後接受愛妻的建議，由夫人全權負責。宋美齡出任航委會秘書長，擔負直接和外商洽談、訂購的重任。為訂購戰鬥機，宋花了許多時間閱讀研究有關航空理論、飛機設計和比較各種飛機零件優劣的技術刊物。在對飛機市場有了一定了解，首批訂購價值二千萬美元的飛機及備件。宋從採購商搖身一變，成為當時中國空軍的實際總司令，她一生中最喜愛的胸針就是金色與銀色的中國空軍軍徽。對一位婦女而言，這是史無前例的。

當時，宋獨攬空軍大權，不容他人染指，並成為嚴格執行空軍紀律的人。她規定，凡在這支精英隊伍中行竊者，將被處以極刑。直到必須撤離南京時，她還常在發言中、報刊上、對外談判時，將中國空軍說成「我的空軍」，儼然如封建社會「朕臨天下」的氣派。一九三八年春，她因健康原因辭去航委會秘書長，由宋子文接任。但她仍然控制著對空軍的人事、採購，甚至訓練和作戰部署的權力，由此，她被國民黨高層、外國政要稱之為「中國空軍之母」。一時間，人們奇怪了，中國竟同時有兩個「空軍之母」，究竟孰是孰非？

原來，空軍烈士周志開犧牲後，母親周王倩琦化悲痛為力量，以空軍應該報效國家，毅然將特優撫恤金轉贈空軍教育事業，並將年僅十三歲的幼子送入空軍學校，被稱之為「空軍之母」。於是，有人出來做解釋了：當然是宋在前了！宋是蔣的「中國空軍之母」，是由外國政要封號的。而周王倩琦只不過是下層約定俗成的，名義上的「空軍之母」。

那麼，在宋的精心努力下，抗戰時期，中國到底有多少戰機？

在七七事變前，張學良的東北軍有三百多架飛機，閻錫山有二十多架，韓復榘也有不到十架（後來這些飛機都由蔣統一調配指揮），蔣的國民政府有一百多架。如果算上國內外各界捐購的飛機，加上這次二千萬美元所購飛機，另外，蘇聯應允援助三百架（後只兌現二百五十餘架），應該較為可觀了。所以，有一次蔣信心滿懷的當眾問空軍副總司令周至柔，日軍有三千架飛機，我們能出動一千架作戰吧？周不敢回答，只是用眼睛看著宋美齡，宋毫無顧忌的說：「沒有那麼多！」蔣吃驚的又問：「那五百呢？」宋說：「只有驅逐機一百架左右。」

實際上，七七抗戰僅三個月，中國空軍損失慘重，到當年十月，可出擊的就只有十多架戰機了，許多飛行員陣亡。幸虧得到陳納德說明，他在抗戰開始，在查看中國飛機後認為，這些新採購的

▶周志開。

大多是二手飛機，備件也多不合用，實際僅能出擊九十一架。為此他得罪一些外國軍火商。後來他回到美國，設法雇用了四個法國人、三個美國人、一個荷蘭人和一個德國人，加上六個倖存的中國轟炸機飛行員，組成了一個「國際中隊」。

工於謀略、精於籌畫的蔣委員長，在國脈存亡的大戰之際，竟不知有飛機多少可以迎戰，這不是天大的笑話嗎？而主持空軍建設的「中國空軍之母」，那二千萬美元到底幹了什麼？

第四節　夫妻探病三部曲

蔣介石與宋美齡自一九二七年冬，喜結姻緣，共同走過了四十八年的漫長歲月。在這四十八年中，夫妻或為權謀所需，或為情誼所至，不知探望過多少病人。蔣氏夫妻探病，以主次、先後、從屬關係計，大致分為三個歷史時期：

（一）以蔣為主，宋處於陪同時期。這一時期為一九二七年婚後，至一九四二年間。宋對於蔣的許多事務，不當之處，多有規勸。但在公開場合，如共同探病，宋卻處處表現出溫柔、賢慧的依人情態。

（二）蔣、宋同步時期，從一九四三年到一九五九年。抗戰爆發後，為宋在國際政治舞臺，展示才華與美貌，提供了難得的機會。蔣也認識到，宋以女性的溫柔和細心，更適合於探病和慰問。因此，這一時期的探病，成為夫妻共同為主，並逐漸突出夫人的地位。

（三）以宋美齡為主，蔣為輔時期。從六〇年代起，隨著蔣氏年紀的增長，身體的衰老，探病成為他的一項負擔，在他不得不去的應酬中，探病時間越來越短，言語越來越少。宋適時恰當的承擔起探病的主要責任，成為維持臺灣政權、維護蔣政治形象的一種標誌。

同時，蔣氏夫妻探病，各有特點：宋探病的內容，遠比蔣豐富，探病時間也比丈夫長久，有時甚至長達兩三小時。一九五七年七月二十四日上午十時，宋美齡探病王寵惠，並特備精緻食品數件贈送，令王夫人非常感動。一九六四年八月二十一日上午十時，宋美齡帶著一籃子葡萄，到榮民總醫院看望髯翁于右任。在詢問過病情後，又向護士打聽于的飲食情況。這還不算完，篤信基督教的她，在病床前靜默祈禱，祝福她的于院長早日康復。近中午時，又叫人送來一席精緻可口的各色小菜，為于佐餐。髯翁頗感意外，再三致謝後收下。

▶王寵惠。

而蔣探病，一般在十分鐘之內，有時帶著隨侍醫官同往。大約在抗戰前，蔣有一次去南京中央醫院探病張靜江，那天是早上七點半，張平臥在病床上，兩眼直盯著蔣，蔣則立於床前，面對著張，二人相顧無言。〔黃厚璞，〈我為蔣、汪、宋美齡治病的經歷〉，《文史資料存稿選編》（文化卷），頁八〇九〕

他既向醫院大夫詢問病情，又與隨侍醫官探討病況。有時又自任郎中，望聞問切，還真像那麼回事的號脈。人們不知他是何時學的中醫。一九五六年四月二十五日，蔣去醫院看望王寵惠，當時王患心臟病和肺炎，根據醫生說，已經脫離危險。他在病床前停留大約五分鐘，除查看病歷外，還為王把脈，王緩緩睜開眼睛，連說：「謝謝，謝謝總統。」一九五七年九月十四日上午十時，蔣去探望于髯翁，對他的病情好轉，表現出高興的神情，囑其安心靜養，待牙疾痊癒後，再行出院。十月五日，蔣再度看望髯翁，當時髯翁正在睡中。蔣既以左手撫摸其額頭，隨後又以右手為于握腕切脈，並一再向隨同的主治醫師詢問病況，前後十分鐘離去。不過他從來沒有把他號脈的結果，對人公開過！

▶于右任。

第五節　情敵舊友萬里悲風

提起劉紀文，讀者對他最多的認知，和最深刻的印象是：宋美齡的初戀情人，舉行過訂婚儀式，卻又將拱手相讓，換得南京市長的一個冤大頭。也許這其中有太多的誤解。

一八九〇年十月十九日，劉紀文生於廣東東莞縣橫瀝下車崗村，一個曾以捕魚為生的貧寒家庭。但鹹魚翻身卻讓他頑強的出落為一表人才。在國民黨內高層，有兩個人以手姿偉俊稱著於世的美

▶劉紀文。

▶宋美齡與蔣介石。

男子，這就是汪精衛和劉紀文。兩人都是同盟會成員，同在孫中山手下奔走革命（劉為孫機要秘書兼內勤特務），同為廣東人，又都在日本留過學，更巧的是汪「名兆銘」，劉「字兆銘」。

有人對劉、宋之戀與三人關係進行種種考證，大肆渲染，其中的莫衷一是，就留得茶餘談資，一笑了了，且莫「假作真時真亦假」了。真實的劉紀文是一個有抱負、有作為的幹才，他在南京任市長不足兩年，口碑颯爽，最著名的是草創南京道路系統。他對市政的規劃，有系統的理論和實踐。南京最早的主幹道柏油馬路，稱為「中山路」，計長十・五公里，其設計圖樣，是他在新婚不久，伏在家中客廳地板上畫出來的。要落實這一路線，需要拆除沿線許多權貴、巨賈的房屋。為了徵信於民，他首先排除巨大壓力，拆除了蔣的總司令部和官邸，一分為二便於中山路從中穿過，這才順利開通，仍不免得罪多方。

一九三二年他又出任廣州市市長，此時恰

逢「南天王」陳濟棠控制兩廣，圖謀發展兩廣經濟，使劉在建設地方和振興實業方面頗有作為，奠定了廣東在紛爭時期的穩定發展基礎。一九三三年二月十五日建成的海珠大橋，是劉任內的最大工程，也是廣州甚至國內最著名的工程之一。劉任廣州市長不滿四年，共計修馬路一一〇公里，並明確界定市內路線一、三五六條。作為教育救國論的身體力行者，劉還在廣州首創六年制國民義務教育學校百十餘所。

一九五七年四月十三日，劉紀文在美國洛杉磯望城醫院病故，年六十八歲。在臺灣的劉氏親友故舊，以及廣東同鄉會發起追悼，於五月十五日成立追悼籌備委員會，十七日在《中央日報》刊出追悼會「敬啟」，當時列出他的頭銜為：國民大會代表、總統府國策顧問、光復大陸設計研究委員會委員。十九日在臺北為他舉行追悼會，副總統陳誠以及于右任、王寵惠、張群、吳忠信、張厲生、王雲五、何成濬、洪蘭友等數百人參加，均致送輓幛花圈。參加追悼的單位有：追悼會籌備委員會、國民大會代表聯誼會、光復大陸設計研究委員會廣東代表聯誼會、南京市政府、廣州市政府、東莞同鄉會、審計部、華僑救國聯合總會、勷勤大學校友會等十餘團體。張群、何應欽、蔡屏藩、馬超俊分別代表上述團體主祭。

在籌備追悼會期間，人們紛紛猜測蔣、宋對劉氏之喪的態度，並對蔣是否會參加追悼會、是否有誄辭哀悼，縱然有，內容又為何，宋又如何了結這筆三十年前的情債，做出種種相互矛盾的猜測。然而人們終於在追悼會上，看到靈堂正中，劉氏遺像上方，貫通的一幅輓額「令績孔昭」，這就是人們所熟悉的蔣中正手筆。就如同往常一樣，蔣、宋沒有絲毫引起物議的特別舉動。

第六節　太夫人有怨　准市長無保

一九三一年七月二十三日上午，宋子文之母倪桂珍在青島避暑時，遽然而逝，年六十三歲。說來也巧，這一天的下午，宋子文在上海火車站遇刺，卻有驚無險。追蹤一下，宋子文的遇刺原因，和蔣介石有莫大的關聯，但這是題外話。

一、罕見的葬禮

▶倪桂珍。

為奔喪，宋子文告假一個月，他把手頭工作做了交代，便和姐夫孔祥熙經上海飛青島。宋藹齡、宋美齡和兩個弟弟子良、子安正在焦急地等待著他。宋子文一見到母親遺體，就大哭起來：「媽咪走了，我來晚了！」作為長子，宋子文首先決定將遺體運回上海，隆重治喪，所以他最關心的是蔣介石能否參加葬禮，由於不久前，他剛同蔣有過爭執，擔心他不會來，特意囑咐小妹美齡：「再忙，也一定要把蔣請來，這事就交給你了！」

當時蔣介石正忙於江西的「剿共大業」，焦頭爛額的一個勁地向宋子文催款要糧，急得他牙疼起來。宋美齡兩次電話催他，又搬出當年蔣追到東京求婚之事，他才極不情願的接受了。最終，蔣身著青色長衫，頭戴草帽和墨鏡，帶領他的政府代表團如期趕來。並且，其聲勢之大、人員之多，前呼後擁，著實令人大開眼界。蔣抵宋宅後，旋即改換黑布衣袍，黑襪黑鞋，以示哀悼。

八月三日，蔣以國民政府名義，頒發對岳母的〈褒揚令〉，令曰：「緬述徽音，允資儀範。女宗雲殂，感愴同深。派上海市長張群前往助理喪葬事宜，以示褒崇懿德之致意。」這是蔣、宋、孔三家的共同意願，也為倪桂珍的一生，褒飾了一道閃光的「國家名器」，極盡哀榮。

宋慶齡得知母喪，歸心似箭，於八月十三日自歐洲趕回上海。治喪委員會決定：八月十七日開弔。靈堂設在西摩路宋家老宅的外客廳，廳外懸掛著南京政府頒給的「精忠報國」輓匾，靈堂內滿置花圈、輓聯、輓幛，備極莊嚴。倪太夫人躺在萬花叢中，面目安詳，接受各界憑弔。來賓中包括：趙晉卿、張群、王曉籟、王一亭、杜月笙和日本公使重光葵及各國領事等，可謂名流顯貴，咸集靈堂。南京政府特派參軍楊嘯天、田沛卿二人主祭，上海市長張群代表南京政府致祭文：

> 嗚呼，奇惟賢母，系出漢儒，箔靈珠浦，鍾秀羅浮；幼著柔嘉，長稱淑慎，別蒿知勤，采寂識敬；相其夫子，經營四方，比翼萬里，聯璧一堂；教有義方，既周且至，封的敦廉，丸熊勵志；令儀令譽，遐邇聞名，魚軒就養，鳩杖看山；九點煙青，二陵峰碧，一旦仙遊，速歸公宅；人懷栽範，國褒女宗，瀧岡紀德，彤史揚風；一代哀榮，始終有則，醉酒陳詞，靈其教格。

十八日出殯，有軍樂隊鳴鑼開道，送葬隊伍從西摩路出發，至萬國公墓。十里長街，警備森嚴。來賓有何成濬、賀耀組、連聲海、楊杏佛、虞洽卿、張群、馬福祥、朱培德、王正廷、杜月笙、黃金榮、陳紹寬、王柏齡、蔡元培等。此外，張學良夫人于鳳至、于右任夫人、戴季陶夫人等，亦親自前往送殯。

宋子文等三兄弟走在最前面，接著是三個女兒以及兩位顯赫的女婿，蔣介石跟在姐夫孔祥熙身後，依次相隨。宋家三姐妹等，均全身「衣黑紗旗袍、布履。黑色紗襪，面罩黑紗，時而垂首低泣，時而仰面高嚎。蔣、孔兩氏亦衣黑紗長衫，以克盡半子之禮。」十名身著藍色長衫的彪形大漢，在棺上覆蓋國民黨黨旗和中華民國國旗，並對靈柩加封，安葬於宋耀如墓西側。（參考《中央日報》民國二十年八月十九日一張三版）

二、快意和如願

對於倪太夫人之喪，至少有兩個人會有特別感受，一個是感到快意的王柏齡。每當他提到此事，總是在「死」字前面加上一個字，「該」！另一個是感到如願的蔣介石。蔣的個性極強，所做決定，不容他人指手畫腳，更不要說更改了。但如果這個人是岳母呢？那他也只有退避三舍。如果是一時一事的忍讓，尚且可說。如果是經年不息、事事處處的指手畫腳，那決不是蔣所能忍受的。所以，宋母之終，對蔣來說是一稍可慶幸的事。不過這只是蔣的隱衷，宋美齡恐怕一生都不會知道。實際上，眾所周知，自宋母死後，蔣、宋關係相處更為親和。

那麼，王柏齡的「快意」由何而來？

王柏齡，字茂如，一八八九年生，江蘇省江都縣人。王氏是江蘇望族，他的祖父仁壽公、父親宗彝公均為江都孝廉、舉人出身，世系名門，甚受地方人士尊敬。柏齡少讀家塾，十四歲考入南京陸軍小學，與蔣中正、張群同學（後來三人義結金蘭）。三年畢業，以成績優良，保送保定陸軍速成學堂第一期，且同被選為保送赴日深造的學生。到日本後，進入振武學校，這是專為中國留日學生辦的進入士官學校的預備學校，王柏齡在校時加入了同盟會。辛亥革命爆發，王柏齡回國參加革命，參與光復南京、上海的戰役。北伐勝利後，蔣為謀求雲南歸順南京政府，派王柏齡西去作招撫事宜。這件事對新上臺的國民黨政府和蔣本人都是重要舉措，對其他割據軍閥都有警示作用：如果成功，可樹立蔣的威信，有利於促進各省服從統一。如果失敗，各省更不會買蔣記南京政權的帳。所以蔣對王寄希望很大，還許諾事成後，請王做上海市長。那年恰好昆明一火藥庫爆炸，受禍慘重，蔣有了藉口，於是王柏齡名正言順的前往慰問，在滇數月（《中央日報》一九三〇年三月一日二張三版）。

▶王柏齡。

為什麼派王去招撫？蔣又為何有把握？原來，王柏齡與雲南新任省長龍雲有師生之誼，龍雲早年考雲南講武堂時，王是該校教育長，並破格保薦不足資格而聰穎的龍雲，最後又力排眾議，堅決錄取了他。龍雲果然不忘師恩，不但對王執禮甚恭，而且應允服從中央（實際上只是表面文章）。王柏齡馬到成功，各省為之一震，蔣大喜過望，盛宴款待，至此高看這位把兄弟一格。不久王就帶著一班人馬到了上海，準備就任，上海各大報紙也在頭版報導此事。

三、口禍

那時，倪太夫人恰在上海，聽說後，便靜等王柏齡來拜見。過了幾日，她沒耐心了，問：「茂如到上海了吧？」別人告訴她：「已經有幾天了！」老太太一聽就不高興了：「他怎麼不來看我呀？」王柏齡凱旋上海灘，意氣風發，加之年輕氣盛，不免說話無遮攔，私下調侃道：「她又沒有把漂亮的姑娘嫁給我，我為什麼要去看她？」

雖說只是無意間的戲言，但王柏齡不知倪太夫人的深沉和威望，也不知國民黨新權貴對「國岳母」是如何尊崇的。試問，哪一位到上海做官的，不是厚禮加謙恭的來拜見，以謀仕途暢達，你看那熊式輝伉儷、陳調元妻子、張學良夫人、馬福祥小妾莫不是拜倪太夫人為義子義女，以示榮耀。連做國府主席的譚延闓都很識相，拜倪太夫人為乾媽，其實倪太夫人只比譚主席大十一歲。後來就有人送給譚主席一副對聯，說他：「喝紹興酒，寫幾筆嚴嵩歪字；打太極拳，做一生馮道庸官。」不過這些王柏齡都不知道，難怪倪太夫人笑他：「你一介準市長又是吃幾碗乾飯的？」果然，這話不翼而飛，竟然到了老太太的耳朵裡，馬上就發脾氣道：「這小子怎麼剛來就這樣說話？以後還了得？」於是派人到南京找蔣告狀。初時，蔣還沒在意，以為是婦道人家偶爾使性。倪太夫人看到蔣遲遲沒有答覆，更加生氣，心想：你不是當初追到日本，求我嫁女兒的時候了？這些傢夥，沒一個懂事的。傳話讓大女兒來上海。宋子良問：「幹什麼呀？」老太太一揮手：「陪我去南京見姓蔣的那小子！」

蔣介石怕惹事端，才下決心換市長。又暗自慶幸，幸虧沒有正式發表市長名單。可是這有兩個麻煩：一是失信於盟弟，以後如何面對其他盟兄盟弟？二是總得有個藉口吧？想來想去，只有從王的嗜好「酒色徵逐」開刀，最後以「不堪重任」為名，公佈了新市長名單。但是，蔣心裡卻在打小鼓，因為他了解到別人在議論自己：這哪是你（倪）太夫人？簡直是你（倪）太上皇了。（參考王德模，〈憶父親王柏齡〉，《文史資料存稿選編》（軍政人物）（上），頁七八；王德模為王柏齡子，曾任宋希濂部上校教官。）

當時有些人認為，倪太夫人位居高尊，身邊又都是掌控國家命運的人，但她並不過問蔣的軍政要事，其實不然。一九二八年二月十二日，蔣電譚延闓，請他轉給宋子文催餉：前方軍餉已經斷絕，如再不速解一百五十萬來此濟急，視為以後即斷絕關係也。蔣的這個催電，無疑是最後通牒。從措詞迫切的電文，也可想見當時軍費之窘狀。宋子文千方百計匯去了一百萬。沒過幾天（二月十八日），蔣再電宋子文：東南戰費，因各軍立候開拔，至少再撥二百五十萬，速解南昌。（《蔣中正總統檔案．事略稿本》第一冊，頁四五、五一）宋子文因籌款困難，遲遲未理會。當時宋藹齡正陪同母親遊覽廬山，母女閒談間，倪太夫人知道了這件事，力催子文撥款二百萬，她說：「行軍事，餉需先也」，後這筆錢秘密轉運南昌，無誤戰事，蔣乃乘楚有艦東下，親自督戰，南京、上海如期克復，蔣感謝岳母的：「厥功為不尠（鮮的異體字）焉」。（《蔣中正總統檔案．事略稿本》第一冊，頁一三一）

話再說回來，蔣的擔心，又一次發生。一九三〇年冬，蔣親自任命辛亥革命元老張難先出任浙江省主席。第二年春暖花開，倪太夫人忽然想到西湖去散散心，宋美齡便陪同前往。然而母女倆在杭州僅六天，就花費一萬多大洋，帳單轉到張難先手裡，可讓他發了愁。當時省裡財政實際都由蔣一手操控，這筆錢如何下帳？張打聽到宋還沒離開杭州，就找到杭州著名的新新旅館，誰知宋不在，張欲返回。倪太夫人聽說省主席來見，很高興，不容分說就給請進來了，問：「張主席有什麼吩咐？」張難先這個這個的一著急，就說了實情。倪太夫人笑著說：「錢我早就準備好了。」翻找了一下又說：「現在不湊手，你去找委員長，就說是我說的。」

張難先也真憨，果真去見蔣了。蔣翻看著帳單，擰著眉頭說：「誰用的找誰去！」張灰溜溜的辭出。有人聽說後，把張難先三個字，倒過來寫給他看，譏笑說，錢沒找回來，卻把你難住了，只好自己堵窟窿吧。如果真這樣還倒是個「好」，只可惜，不久，他的烏紗帽搬家了！

且說這王柏齡，竟對官場心灰意冷，不久竟託情佛門，後來成為著名的居士，致力於宏揚佛法，校勘經文。一九四二年八月二十六日，病逝成都，年五十四歲，成都舉行公祭時，蔣對於這位老契弟，僅一紙唁電而已。

▶張難先。

第十章 烈士篇

第一節 母慈子孝哀情同悼

唐淮源，雲南江川縣人，生於一八八六年。他幼年喪父，家道極為艱難，母親孤寡無依，唐自小便靠出外幫工度日並得以就學，以優異成績考入雲南陸軍講武堂，後加入了孫中山領導的「同盟會」。一九一一年十月，武昌起義爆發，昆明新軍起義，唐淮源參加辛亥革命。一九一五年十一月，隨蔡鍔將軍率部北伐，參加護國軍，連戰告捷。一九二三年初，唐繼堯回滇復辟，唐淮源到上海晉見孫中山後入粵參加北伐，投入國民革命軍第三軍行列。一九三七年抗日戰爭爆發，唐淮源升任第三軍軍長，奉命率部守禦抗日要道山西中條山。

唐母姚太夫人感於國難日極，特命子在臨出征前，將為她所購之棺木出售，變價國幣兩千元，函送抗敵會，請轉交中央，以供軍需，其函云：「抗戰迄今二十二閱月，我前方將士忠勇奮發，為國效命，氏安居後方，溫飽之餘，復遠營身後殯殮之具，苦樂相較，心何能安？且氏年逾古稀，桑榆暮景，即使身填溝壑，亦復何感。所冀前方將士，奮勇殺

▶唐淮源。

▶寸性奇。

敵，後方民眾，踴躍輸材，爭取最後勝利，收復大漢江山，於願足矣！」（《中央日報》一九三九年四月二十七日二版）

一九三九年四月十七日，姚太夫人病逝於江城。唐得知噩耗，悲痛萬分，但限於戰爭，忠孝不能兩全，只得在防區遙祭。不久，敵情舒緩，唐請假回原籍葬母，得到蔣的批准，並為唐母題寫輓額「岳歐懿範」，何應欽題「芳徽風邁」。據說毛澤東、朱德等人也有輓聯、題辭。蔣、何的題辭後來刊刻成石。辦完喪事，他又匆匆趕回中條山前線，堅守陣地。他曾對官兵們說：「吾向以老母在，善有所慮，今大事已了，此身當為國有，誓與中條山共存亡。」日軍於一九四一年五月聚集兵力二十五萬再次大舉向中條山進犯。由於孤軍作戰，眾寡懸殊，抗日將士大都壯烈殉國。在這嚴峻關頭，唐淮源毅然以守土為責，率領官兵英勇戰鬥直至彈盡糧絕，他悲憤自己未盡到保衛中條山之責，有負國家培養之恩，遂在大雨滂沱中遣去左右，自戕於懸崖，年五十五歲。唐淮源殉國後，被雲南人民譽為「滇軍完人」（《玉溪文史資料選輯》第二冊，頁七八）。蔣介石為唐淮源、寸性奇烈士題輓聯：「百戰殊勳著河上；雙忠大節壯中原。」國民政府於一九四二年二月二日頒發〈追贈陸軍上將第三軍軍長唐淮源褒揚令〉。

第二節　張自忠大敗張治中　張治中祭悼張自忠

蔣介石對於有的逝者會一而再、再而三的祭悼、追念。如陳其美、張人傑、吳稚暉等。而對廖仲愷，只要條件許可，幾乎每年都在忌日舉行紀念活動。

一九四三年五月，在張自忠將軍殉國三周年之際，蔣又發起追悼活動，原定由他親自主祭，因臨時變故，只得選派代表。選派恰當的致祭代表，是蔣很重視的一件事。最後由軍事委員會政治部部長張治中代表蔣，前往重慶北碚墓地主持儀式。這又成為人們議論的話題。

原來這兩人有許多相似之處：他們不僅姓氏相同，名字相近，年齡相當（只差一歲），而且都是陸軍二級上將（張自忠為陸軍中將加上將銜，為國捐軀後追贈陸軍二級上將），都帶兵打過仗，都擔任過軍校校長，都有出任過省、市行政首腦的經歷，都堅決主張聯共抗日，都參加過抗日戰爭。這許多的相同，致使有人常常混淆他倆。

最有意思的是在一九三〇年的中原大戰中，山東的張自忠和安徽的張治中，竟鬼使神差，在河南陳留、泰康一帶兵戎相見。張治中作為蔣的嫡系部將，率領裝備精良的中央軍教導二師，北上「討逆」。張自忠作為馮玉祥麾下的一員驍將，統領訓練有素、戰鬥力居西北軍之首的第六師，南下迎擊。他針對對手裝備精良的特點，指揮第六師突然發起猛烈

▶張治中。

▶張自忠。

的攻擊，與教導二師展開近戰，發揮刺刀、手榴彈的威力，使對方重兵器無法發揮作用。經反覆拚殺，多次擊退教導二師的進攻。教導二師因不善白刃格鬥，傷亡慘重，紛紛潰退。第六師乘勝追殺，再殲其一部，教導二師元氣大傷。雖然張自忠大敗張治中，但各路諸侯心懷異志，在蔣縱橫捭闔的權謀運作下，反蔣聯軍最終敗北。

七七事變後，兩位張將軍都投入抗戰中。張治中一度就任委員長侍從室第一處主任，執掌蔣介石軍事處置的參謀大權。張自忠出任第三十三集團軍總司令，加陸軍上將銜。

一九四〇年五月十六日，張自忠在棗宜（後改自忠縣）戰役中英勇殉國，年五十歲。隨他出征的官兵也全部陣亡。張自忠犧牲後，前線電話旋即打到侍從室。剛好是張治中接聽電話。聞此噩耗，張治中一下驚呆了！因張自忠是集團軍總司令，他的陣亡如果處理不當極易使軍心動搖。為爭取時間，他立即代蔣寫了一個電報，以穩軍心：「頃悉藎忱總司令親臨前線督戰，壯烈陣亡，噩耗傳來，痛悼萬分！顧藎枕忠貞英勇，犧牲成仁，本其素志，光榮一死，炳耀千秋！惟在此抗戰中途，將星忽殞，使國家遽失長城，損失過大，其何以堪？此中追念素所信賴愛護之袍澤，不禁悲痛無已者也！……」

慰問電寫好，張治中即送蔣審閱。蔣略作修改簽上自己的名字隨即拍發。因張自忠是抗戰中戰死沙場軍銜最高的指揮官，國民黨十分重視對後事的處理。直到一個多月後，國民政府才在七七事變的紀念日這個特殊日子，公佈了張自忠壯烈殉國的消息。十一月十六日，其靈柩運抵重慶北碚梅花山，蔣介石親自為他舉行隆重的葬禮，題「英烈千秋」祭之。在張將軍殉國三周年之際，題贈輓聯：

「張故上將軍殉國三周年紀念：大仁大義至勇至忠，江河萬古國士之風。蔣中正題。」由張治中攜往會場。林森亦題：「忠靈不朽」。並由張治中主祭，宣讀蔣的祭文。

第三節　忠夫烈婦相成忠傑

一九四〇年五月一日，張自忠在棗宜戰役中英勇殉國，年五十歲。

這是自抗戰以來，戰死的最高指揮官，蔣深為張的忠勇所感，在震驚、悲痛之餘，急電前線：立即下令第五戰區不惜任何代價奪回張自忠遺骸。當張的靈柩運抵重慶，蔣親自到碼頭迎接，並上船扶棺大慟，令在場者無不動容。據史沫特萊記載，此後，蔣的辦公桌上開始擺放張的遺像。五月二十八日，國民政府在重慶為張舉行隆重葬禮，蔣率文武百官出席，親自主祭。但是，沒有為他題輓聯，除祭文外，僅以「忠烈千秋」輓額懸之於會場中央。七月七日國民政府明令褒揚。

一九四三年五月，在張自忠殉國三周年之際，蔣又發起紀念運動，並派張治中為代表前往北碚墓地致祭。這次蔣為張將軍題寫了輓聯：「大仁大義至勇至忠，江河萬古國士之風」。一九四七年五月十日國民政府再次對張給予褒揚。

在張將軍轉戰各地時，夫人李敏慧因癌症在上海養痾。當張將軍殉國後，家人極力對她隱瞞，惟恐有礙病癒。八月十日，僕役不慎，偶洩事實，李夫人得知噩耗，絕食七日，於八月十七日泣血而逝。消息傳來，震驚各界，人們無不為「忠夫烈婦，同出一門」而感歎、激奮。

在張將軍殉國半年後，同年十一月二十一日，各界在重慶又專門為張夫人舉行追悼會（據說這是蔣為殉節而舉行的唯一一次），蔣親筆題額「相成忠傑」。並明令予以褒揚，將生平事蹟宣付國史館，單獨立傳（據說這是國民政府設立國史館後，第一位單獨立傳的女性）。成為因殉節而受蔣誄辭的一個特例，同時也是夫妻「同享」蔣誄辭中，最悲壯的一個典型。（王覺源，《近代中國人物漫譚》，頁三二六）

第四節　捐嫌華清池　大風思猛士

張學良發動西安事變，捉蔣的首選人物是他的衛隊營營長孫銘九。孫是張學良的心腹，向來參與機要。只是張覺得孫銘九乃留日士官生，尚缺乏實戰經驗。因此，他又選定劉桂五負責解決外圍護蔣兵力，和善後的押解任務。

▶劉桂五。

劉桂五，一九〇二年出生於遼寧朝陽縣六家子鎮小八家村。早年為生活所迫，投身綠林，後加入東北軍，西安事變前任騎兵六師十八團上校團長。劉愛國、忠勇、好義，作戰經驗豐富，槍法極好，據說夜晚見亮不用瞄準，舉槍無不命中，是東北軍中威望較高的青年軍官。

但劉非張之嫡系部將，所以，張對劉進行多方考察。據劉回憶：

記得有一次，我同副司令在一起，他拿出一個小盒子，盒內忽然冒煙，他趕快跑開，並連聲說：「不好，炸彈！炸彈！」我拿起來急速扔到窗外。他到我身邊說：「你怎麼不跑？」並摸摸我的心口跳不跳。我說：「我能自己跑開，丟下副司令不管嗎？」他笑著說：「你真行，有膽量。……」

十二月八日下午二時，張學良又約見劉桂五。見面時，張並不搭話，劉正感到奇怪，張猛然向劉當胸一記重拳。劉驚惑的問道：「我犯了什麼錯誤，請副司令指正！」張看到劉神情自若，會心的說：「你沒犯什麼錯誤，我只是想看你遇到意外慌不慌。」又拉著劉坐在身旁，神情嚴肅地說：「我有一項重大而機密的任務，想交給你，但此去凶險莫測！」劉當即表示赴湯蹈火，萬死不辭！張說：「想讓你去刺殺楊虎城，你敢不敢？」說罷摸了摸他的胸口，見他依然臉不變色心不跳，轉而笑道：「開個玩笑。楊將軍是自己人，哪能刺殺他呢！」隨後，張表情嚴峻的盯著劉說：「想派你去刺殺蔣介石。他不打日寇，又逼著咱們打內戰。你敢不敢去？」說罷，又摸了摸他的大腿問：「哆嗦沒哆嗦？」劉坦然答道：「這可是件大事！」想了想又說：「我去？可我不認識蔣介石，再說我也見不著他。」張見劉仍然一副「荊軻此去易水寒」的「英雄狀」，很高興的說：「我帶你去見委員長，你向他請訓，藉此機會熟悉那裡的環境。」

張攜劉來到華清池五間廳，把劉引見給蔣：「這就是我說的要回熱河老家組織抗日游擊隊的劉桂五團長，他特地來向總司令辭行，請總司令訓示。」接著，又把劉誇獎了一番。蔣見劉儀表堂堂、英氣豪邁，很是欣賞，就噓寒問暖起來。張乘機找侍從室主任錢大鈞去了，此時廳內僅蔣和劉。談了一會兒，劉告辭，再搭張學良的車返回張公館。張就「捉蔣」的具體安排向劉面授機宜。劉深思後，提出最好讓騎兵六師師長白鳳翔也參加這一重大行動。張和劉又進行了探討，爽快的同意了，然後讓劉回家安排一下家事。這令劉桂五深感意外，暗自思慎：「少帥如此信任我，讓我扛著天大的事兒，還放我回家！」頓時湧起「士為知己者死」的感慨。事後，他曾對同事陳大章說起：「副司令讓我單獨跟委員長在一起，一點都沒有擔心我會『賣主求榮』，對我夠信任的！」劉的這種顧慮不是沒有根據的，曾有人逗劉桂五：「這可是千載難逢的往上爬的好機會啊！」劉正色道：「那我不成了袁世凱第二了。我可不幹賣主求榮的事！」

十二月十一日，張在公館召見了劉，對他囑咐說：「對委員長要捉活的，不要打死他，捉他是為了要他抗日，並不是我要當總司令。」又說：「你不要顧慮家庭，你的親屬就是我的親屬。」劉當即表示：「請副司令不要顧慮我的家，我家過的是百姓生活，我出了事不要緊，只要促成抗日，打走日本鬼子，他們就可以回老家去，種地為生。」劉在接受任務後，是做了犧牲自己的準備的。他在執行任務的前一天傍晚，把妻子、女兒送到保康里戴副官家，然後乘張的車走了。

十二月十二日早晨四時，白鳳翔、劉桂五、孫鳴九率突擊隊直奔華清池。經過一陣激戰，擊潰了憲兵三團的頑強抵抗，劉直奔五間廳蔣的住處，發現臥室內蔣不見了，假牙還放在桌子上。室內外搜索，也無蹤影，劉向在門口指揮的白鳳翔報告後，白命令立即搜山。在山腰大石後發現了蔣，被一戰士背下山來。由劉桂五與唐君堯把蔣架上汽車，送往西安張學良處。至此，張學良、楊虎城心中的一塊石頭才算落地。西安事變後，張論功行賞，劉被晉升為騎兵第六師師長。

西安事變後，張學良被蔣介扣押，劉桂五無限悲憤。

全面抗戰爆發後，劉桂五在精神上得到了極大的安慰。八月八日，劉接何柱國軍長令，謂：奉委座電令，騎六師歸挺進司令兼東北四省招撫事宜馬占山指揮，並令克日出發，於二十四日到達大同。劉率部於十九日抵大同，與馬占山會合。八月上旬至九月下旬，劉所部在大同、豐鎮一線與日軍激戰。日偽軍在與騎六師的作戰中屢屢受挫，遂改變了策略。十一日，他們一方面在正面戰場與騎六師對峙作戰，一方面又派出五百騎兵繞道襲擊綏遠省城歸綏（今呼和浩特）南之涼城。半個多月，劉統領騎六師英勇抗擊侵綏日偽軍，以傷亡兩百多人為代價，殲敵六百餘人，擊毀敵坦克三輛，鐵甲車一列。一九三八年四月二十二日在固陽縣黃油杆子村與日軍激戰中壯烈殉國，年三十六歲。

劉桂五壯烈捐軀的消息在全國引起很大震動。西安市成立了「劉桂五將軍治喪籌備處」。五月二十五日，他的靈柩運抵西安時，五千多人參加迎靈儀式，沿途經過之處，路人肅立致敬，商店和機關門前設供致悼，迎祭英烈之靈。六月九日在革命公園革命亭，國共兩黨聯合追悼這位抗日英雄。在佈滿全場的花圈輓聯中，有一副是蔣介石送的輓聯格外引人注目：「絕塞掃狂夷，百戰雄師奮越石；大風思猛士，九邊毅魄擬睢陽」。蔣介石不記前嫌，祭悼這位先前的「捉蔣英雄」，如今的抗日烈士。其胸襟何哉？

第五節　空軍情節

蔣介石對於軍人之喪的「飾終」，是有等級分別的，用他自己的話說是以「死所」為重。所謂「死所」是指如何死的。例如，他在湯恩伯死後，嘲笑湯為什麼沒有在一九四九年的大失敗中，自戕成仁，要枉自多活那無為的幾年。而在胡宗南死後，一再表揚胡，說胡多次寫信給他，要求有個好的「死所」（戰死沙場）。綜觀蔣幾十年的征戰史，其「死所」標準，第一感念的是自戕，第二是戰死，第三是病死，其他則是意外（如墜馬、車禍、溺水等）。

但是，在此之上，蔣繼承了孫中山「航空救國」遺志，特別鍾情於空軍將士，對他們的去世，飾終喪典格外隆重。早在一九三三年八月，蔣就在南京修建「航空烈士公墓」，並手書「精忠報國」碑文。一九三六年十月是他五十歲生日，摸準他習性的陳果夫提出「獻機祝壽」，即號召民眾捐獻錢款，購買飛機，鞏固空防，以策祝壽，得到他的肯允。一九四六年三月二十九，國民政府在「南京航空烈士公墓」舉行抗戰勝利後第一次空軍烈士公祭，由空軍副司令王叔銘主祭，蔣題輓聯：「英名萬古傳飛將，正氣千秋壯國魂。」

高志航曾是張學良麾下東北軍的著名飛行員，留學歐洲，專習飛行。在杭州筧橋空戰中立功，被授三星星序獎章，並獲得蔣贈一萬五千元獎金，這在當時是一筆不小的數目。一九三七年空戰殉國後，蔣傷心的說，中國寧願損失百架飛機，也不願失去一個高志航。蔣親臨主持在漢口商會大禮堂舉行追悼會，追授他少將軍銜。還把他所在的空軍四大隊命名為「志航大隊」，經宋美齡提議，蔣把高殉國的八月十四日，定為「空軍節」。

對於在一九三八年武漢保衛戰中犧牲的陳懷民等四位飛行員，蔣不但參加他們的追悼會，上香致哀、鞠躬行禮，還贈送輓聯：「搏鬥太空，非成功即成仁，無負十年教訓；生死常事，唯為國

▶高志航。

▶陳懷民。

不為己，永懷萬古雲霄。」而且親自宣讀祭文，之後，再次走到陳懷民的父親陳子祥身邊，向他表示慰問。宋美齡代表蔣，發給陳子祥撫恤金一萬元。

一九三八年二月十九日，空軍大隊長李桂丹（一九三八年一月一日，國民政府授予李桂丹二級雲麾勳章，以獎勵他的作戰功績）、中隊長呂基淳殉國。二十日在漢口舉行公祭，蔣與夫人親臨靈堂。蔣、宋聯名贈輓聯：「武漢居天下之中，殲敵太空，百萬軍民仰戰績；滂沱揮同胞之淚，喪我良士，九霄風雲昭英魂。」並親自宣讀祭文。

周志開因一次出戰，擊落三架敵機，竟獲得蔣頒發的「青天白日勳章」。

七七抗戰以來，犧牲的高級將領不在少數，蔣日理萬機，不可能都參加他們的追悼會，也不可能都致送輓聯，更別提親臨主祭，或親自宣讀祭文了。可見他對這些年僅二、三十歲，軍銜在校、尉級的空軍飛行員是何等重視。

第十二章 待解之迷篇

第一節 石靜宜病故之迷

一九四四年，蔣介石的次子、二十八歲的蔣緯國戀愛了。蔣緯國身材瘦高、皮膚白淨、相貌英俊，談吐文雅也很有見解。他當時是胡宗南的第一軍第一師第一團第一營第一連連長，駐防西安市北郊。女方是大華紡織公司董事長石鳳翔的二女兒石靜宜，當時在西北農學院學習。石小姐圓圓的臉，大大的眼睛，透著一股直率和純真，她開朗大方，性格溫存，體貼人意，沒有富家小姐那種霸道或故作矜持。至於他倆是怎樣相識的，有多種說法，不宜贅述。

當石小姐把蔣緯國的情況告訴父親，石老闆立時警覺起來，經深思後，告誡女兒，希望能「早促完美」，心裡卻在默念「必須抓著這個機會，石家命運的成敗興衰，繫此一舉」。過了幾天，石老闆與一隨行女傭，攜帶食盒，藉故一同進入防空洞，恰好與小蔣湊在一起，得以共進小酌，並藉機觀察未來的東床。果然石小姐福至心靈，不負父親之重託，一九四四年的耶誕節，兩人在陝西王曲黃埔軍校第七分校的長寧宮舉行婚禮，婚禮由胡宗南主持，並且借用胡的招待所作新房。石老闆對他精心準備的豪華新房未被選用，極

▶蔣緯國。

表不滿。蔣緯國將親事函告父親，蔣批覆：石門親事，可結合！但對婚禮限制極為嚴格：「不准請客，不准受禮，只發二十萬元，恐不足為緯國做衣服之用，緯國頗表不滿。」（《在蔣介石身邊八年——侍從室高級幕僚唐縱日記》，頁四八七）

蔣無暇參加婚禮，除送了一隻暖水瓶外，還有一句囑託：「好好治家，家和萬事興。」

蔣雖然沒參加婚禮，並不影響其他要員對婚事的關心。戴笠不遠千里，趕來與胡宗南一併躬與典禮盛事。陝西省主席祝紹周，更是熱心籌備，慷慨饋贈。此外還手筆一幅梅花中堂作為祝賀（婚禮結束後，便懸掛在大華紗廠的大客廳裡，作為他的「鎮廠之寶」），廣招觀瞻），其「古藤體」的字確實很有特點，不過上下款更引人注意，只見上款為「石翁老伯大人法正」，下款是「小姪祝紹周沐拜」，頗為讓人瞠目於千載不忘。祝紹周與石鳳翔本為同庚，又是國家封疆大吏，所以有人說他「自遜到這般地步，真是一大發明」。而石鳳翔不過是區區一個常被魚肉盤剝、又無處伸冤、居於風雨飄搖的民族企業家，此時，身價陡漲百倍。不能不感歎人情冷暖，古今一轍。

以後，大華紡織廠的經營，一改往日困頓局面，得到方方面面的關照。西安市警察局第八分局，給石撥出一部分武裝，為大華廠提供保衛。廠裡原有一個擁有一百多輛車的車隊，現在掛著軍政部軍需署運輸第一連的招牌。過去，私營運輸部門該交必交，和不該交也得必交的苛捐雜稅，在「二姑爺」不知道的情況下，都被豁免了，享受著軍車的優惠待遇。在汽車的牌照上，他們也挖空心思，取得軍字起首的八十八號車牌。八十八號車牌是軍統局汽車總隊的專用牌號，配備此牌號的車在過渡口、要道、特殊警戒區等，都予以優先權和免檢權。同時各軍、政、商車對他們也多有禮讓。汽油、汽車零件都是官價並優先提供。但軍需署農本局所調撥的花紗布往返運輸的運費結算，卻享受著私商的標準。這樣一反一正，石家所獲收益，就不是其他私營廠商所能望其項背的。但這還只是小的方面，至於大宗項目，其種種優缺非一般人所能想像到。

婚後，小夫妻相敬如賓，感情深厚。但也有遺憾，石靜宜因習慣性小產，對蔣緯國打擊相當大，他曾把妻子生下來的早產死胎泡在藥缸裡，擺在家中哀戚，後來在朋友的勸說下，才送回醫院。而石靜宜的心臟開始有毛病，身體日漸衰弱，腹部疼得要靠止痛藥及安眠藥才能入眠。石靜宜於一九五三年三月二十二日病故。那時，小蔣在美國，回國後非常悲傷。關於石靜宜的過世，外面頗有一些傳言，有一種說法：她有嗎啡癮，過度吸食而中毒死亡；也有傳言指蔣緯國夫婦想在蔣介石的生日，十月三十一日那天讓孩子出生，結果反而誤事；還有傳言指稱是因她走私美金，被蔣中正賜死；又有說是被蔣經國派人置於死地，以及她是自殺等。

對於石靜宜的死，社會、石家以及蔣緯國，總想從許多事件的細節中，找出蛛絲馬跡，來印證種種傳言，或得到安慰。一九六〇年二月十七日，石鳳翔的胞兄、民社黨副主席石志泉病故，年七十五歲。石家希望能從蔣所題贈的誄辭中，看出端倪。然而，蔣只派人送來四字輓額：「永懷耆彥」。一九六七年五月二十九日，

▶蔣緯國與石靜宜。

石鳳翔也駕鶴道山，年七十五歲。人們解疑的好奇心又一次被吊起來。石鳳翔的治喪，遠比七年前，他的哥哥石志泉隆重的多。治喪會為石鳳翔戴上的頭銜為：國大代表、紡織工業鉅子。治喪委員會主任委員為何應欽。公祭在六月九日舉行，而蔣於六月七日已經派人送來輓額，上款為「志學代表千古」，輓文是「軫懷令績」，落款「蔣中正」。人們和石家又一次失望！

第二節　吳佩孚厚葬之迷

國民政府對逝者所發給的治喪費，在表面上是根據官職高低、所做貢獻、社會影響而定。但實際上大多為蔣一手掌控，他根據自己的親疏、好惡來分別對待。這樣就形成了有的社會地位實際很高，葬禮表面上也十分隆重，但發給家屬的喪葬費卻很少。而有的人毀譽參半，不但葬禮異常隆重，而且喪葬費高得出奇，令人不解。

一九三九年十二月四日，吳佩孚在北平去世，年六十六歲。

此前，日人拉攏吳佩孚並逼迫出任偽

▶吳佩孚。

職，頗為各界關注，重慶多有人勸吳保持晚節，趙恆惕就致電吳，指明他要思量：「流芳遺臭定於寸衷，泰山鴻毛爭於一瞬。」當吳拒絕日人的消息傳出，人們又為他喝彩。蔣對於這位在北伐中，朝思暮想都要生擒活捉的「惡魔」，被自己打敗後，又時時提防他東山再起的吳氏之死，表現出極大的哀傷。六日，蔣以吳氏大義凜然，克保晚節，向吳家屬致唁電稱讚吳：「精忠許國，大義炳耀，海宇崇欽，流芳萬古……」。（《中央日報》民國二十八年十二月七日丙版）八日，宋美齡隨又以個人名義電唁吳家屬。

蔣又下令褒揚，追贈陸軍一級上將，特撥國葬費二十萬元，在重慶和北平舉行隆重的追悼會，發給家屬治喪費一萬元。蔣親臨在重慶為他舉行的追悼會致祭，並撰輓聯：「落日黯孤城，百折不回完壯士；大風思猛士，萬方多難惜斯人。」北平召開追悼會時，蔣又撰寫輓聯：「三呼渡河，宗澤壯心原未已；一歌見志，文山正氣自常存！」

不僅如此，連吳的私人駐渝代表劉秉鈞，於一九三九年二月二日病逝重慶，蔣都「極為悼惜，諭令給喪葬費三千元」。四日大殮，何應欽代表蔣及國民黨中央送花圈致祭。也是近乎於公葬的待遇了。（見《中央日報》民國二十八年二月五日第二版）

與吳幾乎同時去世的蔡元培先生，其葬禮簡直無法與之相比，如給家屬的賻儀金僅為五千元，而當時蔡的家境之窘迫是眾所周知的。蔡先生雖然也是國葬，但葬禮之後，就被蔣丟在腦後，從不再提起了。

抗戰勝利後，這位大哉吳公又被蔣搬了出來。一九四六年十二月，國民政府在北京為他舉行國葬等級的公祭和安葬儀式，計畫用款竟高達五千萬。北京拈花寺搭起三門式的大型牌樓，中間掛著一塊大白布，正中四個楷書大字「正氣長存」，上款是「吳上將軍千古」，下款是「蔣中正」。北平市長何思源代表蔣出席並致祭。翌日，將吳的靈柩下葬在北平玉泉山西麓，李宗仁代表蔣致詞。

就誄辭方面計，蔣與夫人致吳家屬唁電各一通，輓聯兩副，輓額三份（一九三九年重慶、北平追悼會各一聯一額，一九四六年北平安葬儀式一額），長篇祭文三篇（以中國國民黨總裁、國民政府主席、軍事委員會委員長名義各一篇）。此外，為吳之死、葬典安排等項事宜發出的各種電文五篇。

以蔡先生同吳佩孚相比，誰對國家貢獻更大，自不必贅述，何以厚吳薄蔡？難怪要成為當時的「葬典之迷」。蔣如此盛奠吳的葬禮，自然會遭到一些人的質疑和反對，馮玉祥在《我所認識的蔣介石》一書中，為此對蔣進行大力抨擊。

原來，在西安事變後，吳佩孚曾向蔣發電慰問的緣故。西安事變，是蔣一生中的一件大事，它不但改變了蔣的命運，也改變了中國的政局，許多人在事變中對蔣的態度（贊同和平解救，還是武力鎮壓），成為後來蔣對其重用與否、疏遠或親近的依據。那麼吳的慰問電是怎樣寫得？十二月二十七日，吳佩孚致電蔣：「介公仁兄委員長執事：自聞西安之變，軫結於懷者累日。維執事繫國家安危，重以平日投分之雅，竊意昔賢論文，風雨既而不輟其音，霜雪寒而不渝其色，不禁奮然興起，極思一灑脊令永歎之譏。適秦中路阻，郵電亦梗滯不通，正期遣代表，偕羅君毅戡間道入關，敬問左右，兼振厲孝侯，俾能攄其忠憤，力護執事脫險，並本於父執之誼，為漢卿切施針砭，冀幸其所有警悟。嚴裝瀕發，而駕已翩然回落，元良天佑，薄海皆歡，赴義弗先，則私心所引為疚仄耳。顧漢卿出此不軌之行，於執事誠無所損，且適為增國人膽就之忱。十四日之間，中外電函交弛，奔走呼籲，唯恐或後，此實無異於歐美之總投票，人情向往若何，計前途之光明偉大，匪惟無毛髮遺憾，更當為執事特致其慶倖者也。專此奉慰，敬頌勳綏，即希惠照，並候立夫，可均兩兄起居。吳佩孚拜啟。十二月二十七日。」（見《西安事變始末之研究》，頁二八〇）

從日期看，吳的慰問電有馬後炮之嫌，託詞也屬牽強，但「元良天佑，薄海皆歡」的諛詞，還是讓蔣欣慰，再以他的資歷，怎能不得到蔣的認可？

第十二章 輓聯篇

第一節 輓聯誤葬禮

郭懺（一八九四－一九五〇），字悔吾，浙江諸暨人。清末入浙江陸軍小學。辛亥首義，編為學生軍。一九二六年參加國民革命軍，任營長，參加上海戰役。一九二八年起，任國民革命軍第二十軍參謀長。一九三五年搭上陳誠的關係，任武昌行營中將辦公廳主任。抗戰期間任一八五師師長、第三十三集團軍副總司令、長江上游江防司令、江北兵團司令、第六戰區長官部參謀長、副司令長官，參加常德會戰。抗戰勝利後，任國防部參謀次長。一九四七年六月，任聯合勤務總司令。一九五〇年去臺灣，任總統府戰略顧問。

▶郭懺。

一九五〇年七月三十一日，郭懺卒於臺北，年五十六歲。郭是國民黨到臺灣後，非戰而逝的第一位高官。蔣因圖謀反攻大陸，對郭之喪事很重視，欲藉此機會，聚攏人心，安撫舊部，鼓舞士氣，大肆祭悼一番。決定親自視殮，出席公祭和追悼會。

八月六日舉行公祭，陳誠、何應欽、閻錫山、白崇禧、徐世昌等參加，他們在郭夫人的輓聯前駐足憑弔許久。家屬均匍匐在靈位右側，一邊向致祭的人答謝，一面盼望著蔣的到來。卻只等來了蔣夫人，家屬先向蔣夫人致禮，然而蔣夫人致祭後，只向郭夫人略示寒暄慰問，就匆匆離開。

原來在此前的視殮中，蔣攜輓額「痛失楨幹」簡從前往，可是看到郭夫人的輓聯：「國難方殷，君竟已矣；遺孤尚少，我將何堪？」短短十六字，飽含著不盡的悲痛，其情可想，其境可悲。蔣看了暗想，這輓聯不但達不到鼓舞士氣的目的，反而會起到相反的作用，豈不影響反攻大計嗎？於是決定此後的喪事一概由夫人代表參加。

蔣氏夫婦配合默契，凡是遇到有難堪場面的此類事件，不能派代表參加者，大都由夫人出馬，夫人不辱使命，總能化尷尬為平夷。

第二節　冗聯三彈

一、多一字少了什麼

一九六二年，郭沫若寫了一首非常有名的〈滿江紅〉，詞曰：「滄海橫流，方顯出英雄本色。人六億，加強團結，堅持原則。天垮下來擎得起，世披靡矣扶之直。聽雄雞一唱遍寰中，東方白。太陽出，冰山滴；真金在，豈銷鑠？有雄文四卷，為民立極。桀犬吠堯堪笑止，泥牛入海無消息。迎東風革命展紅旗，乾坤赤。」這首詞名氣大的原因是，毛澤東和了他一首，即文革中喧囂一時的「小小寰球，有幾個蒼蠅碰壁。嗡嗡叫，幾聲淒厲，幾聲抽泣。螞蟻援槐誇大國，蚍蜉撼樹談何易。正西風落葉下長安，飛鳴鏑。多少事，從來急；天地轉，光陰迫。一萬年太久，只爭朝夕。四海翻騰雲水怒，五洲震盪風雷激。要掃除一切害人蟲，全無敵。」

有人說，郭、毛兩詞若論，郭詞除開首「滄海橫流」外，極盡阿諛之詞，沒有幾個字可與毛詞相提並論。

現在「滄海橫流」四字，在中國被引用、演繹的肆無忌憚，僅商鋪名、網名、網址多得難以數計。正所謂「滄海橫流」，流行於中國。於是就有人對郭之文采大加讚揚。不料議論來了，有人說郭一貫剽竊無名小輩的華采佳文為己有，這只不過是他仿的，另有人說是他偷的，還有人說實際上是他改的。那麼，郭到底是偷誰的、改誰的、仿誰的？

原來，一九三六年五月十二日，胡漢民在廣州遽然而逝，五月二十五日在南京勵志社舉行追悼會，蔣出席，並送輓聯「滄海正橫流，風雨同舟共濟；中原誰砥柱？荊蓁滿地哭元勳」祭悼。真相大白後，有人指著「滄海正橫流」，頓足道：「老蔣啊老蔣，你何必這麼囉嗦？你多一字，竟少了百分豪邁和千古傳誦的資格！」

▶郭沫若。

二、重複之冗

蔣曾題臺灣某榮史室三聯：一、冬天飲寒水；黑夜渡斷橋。二、忍性吞氣，茹苦飲痛；耐寒掃雪，冒熱滅火。三、千秋氣節久彌著；萬古精神又日新。

據說上面三聯是蔣介石到臺灣後，為自省在大陸的大失敗而作。他自承此三聯為本人在臺灣以來，每日復述之座右銘。第一副為初來臺時的真情寫照。第二副為痛定思痛後決心一切從頭開始的誓言。第三副為必須永遠追求之崇高境界。三聯連貫來讀，反映了本人已逐步走出感情低潮、完成心理革新、達至精神振興。從前種種譬如昨日死，今後種種譬如今日生的信心勇氣，不斷砥礪臥薪嚐膽之志。其實，第一聯和第二聯用意相同，似乎可以合併，特別是作為座右銘來說，更無雷同必要。

三、可以簡練

蔣不論輓聯、雜聯，囉嗦是一大特點，與他的性格極不相符。「冬天飲寒水；黑夜渡斷橋」，用意很好，但有繁冗之嫌，可否改為「冬飲寒水；夜渡斷橋」？也許有人會說，此聯是要體現危險的意境，「夜渡斷橋」會使人認為有月光的夜裡渡斷橋，那就表現不出這種意境。此言差矣，如果要表現危險之境，古人有俗諺「盲人騎瞎馬，夜半臨深池」，字數雖多，毫無冗言雜遝的感覺，而且把那種危險境地充分體現出來，所以，不在字數多少，如果相同的內容，還是以簡練者為好。

郭沫若的確是大家，喜改古人詩句。他以唐杜牧詩：「清明時節雨紛紛，路上行人欲斷魂，借問酒家何處有？牧童遙指杏花村。」為藍本，說這首詩是一幅畫，也是一幕話劇，就是過冗，可以簡化為：「清明雨紛紛，行人欲斷魂，酒家何處有？遙指杏花村」，還不過癮，又改為「雨紛紛，欲斷魂，何處有？杏花村」，那就太不像話了！不過，蔣的對聯藝術，還是要學學郭某人。

第三節　為郭朝沛「賜」輓聯

郭朝沛何許人也？就是大名鼎鼎的全才、著名詩人郭沫若的父親！

一九二七年，蔣介石發動清黨運動，郭寫下〈請看今日之蔣介石〉對蔣給予譴責，遭到蔣的通緝，被迫流亡日本。至此他摒棄政治，對國內的一切政爭不聞不問，一心研究甲骨文，並卓有成果，以《兩周金文辭大系》、《殷契粹編》等巨著飲譽海內外。抗戰爆發後，郭潛回國內參加抗戰。那時國共已經開始第二次合作，他的到來，立刻成為國共兩黨公開爭取的對象。在陳布雷的運作下，七月三十日國民黨取消了對他的通緝令。三天後，潘公展、陶百川以中國文藝協會上海本會和上海文化界救亡協會兩個民間團體名義宴請郭，激動的他「銘感五衷」、「揮淚賦詩」，「當要竭誠以謝」。

中共也頻頻與他聯繫，李克農、周揚等希望他去延安，他拒絕了，卻主動請求吳稚暉介紹前往南京拜謁汪精衛、蔣介石。

九月二十四日在陳布雷的陪同下，郭「恭恭敬敬地向蔣委員長懺悔過去的罪過，要求蔣委員長饒恕他，他要獻身黨國，將功折罪，回去馬上寫了『蔣委員長會見記』」，文中對蔣的抗戰決

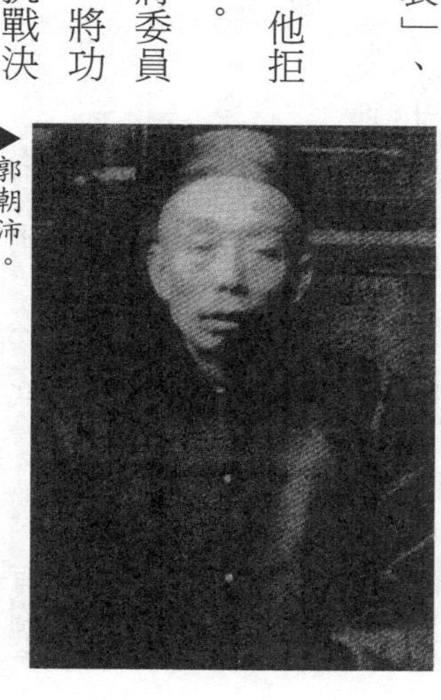
▶郭朝沛。

心給予高度肯定。蔣對郭的「才華和影響力」也很欣賞，表示：要設法幫他把散在歐美各國的有關中國古器物學的材料搜集起來，供他研究，還要給他一個「相當的職務」。後由蔣授意陳誠邀請他出任國共合作成立的政治部第三廳廳長，負責宣傳工作。此後郭對國共兩黨都不得罪，相互討好。

一九三九年七月五日，郭朝沛在四川樂山以八十六高齡駕返道山。十日，郭沫若在《中央日報》頭版刊發「哀啟」，稱「先嚴膏如公壽終」，為表示他的決心，他要「匍匐奔喪」。十一日，郭偕夫人于立群返鄉前，提出辭去第三廳長。陳誠不敢做主，請示蔣，蔣沒有批准，還是用老辦法，致送輓聯：「耄壽喜能躋，憂時何意成千古；中原終克定，告廟毋忘慰九泉」，輓額為：「德育孔昭」，以示「恩寵」，從而化解了郭的辭職請求。

何應欽也送來輓聯：「市隱然圭，醫鳴華扁；身懷成德，子盡達才。」

毛澤東、秦邦憲、吳玉章、董必武、葉劍英、鄧穎超等人合送的輓聯為：「先生為有道後身，衡門潛隱，克享遐齡，明德通玄超往古；哲嗣乃文壇宗匠，戎幕奮飛，共驅日寇，豐功勒石勵來茲」。正在蘇聯養病的周恩來不忘舊誼，及時悼以：「功在社稷，名滿寰區，當代文人稱哲嗣；我遊外邦，公歸上界，適瞻祖國弔英靈」。

這是蔣以死人「說事兒」，拉攏活人的一副最終未能奏效的輓聯。

第四節　輓聯換飛機

一九三五年七月八日上午八時，桂系所屬的第四集團軍總參謀長葉琪，從家乘軍馬往綏署辦公。在經南寧民主路口時，軍馬突然受驚急馳，葉墜馬而逝，年三十九歲。

葉去世後，桂系隆重治喪，入殮時白崇禧、黃旭初等文武官員均親臨致祭，悲痛不已。駐廣州的總司令李宗仁也趕來祭奠。蔣、桂雖然不睦，但葉畢竟是上將軍銜的國家大員，所以不得不訃告南京。當桂系在南寧舉行追悼會時，蔣派侍從室主任晏道剛為代表來南寧弔唁，並送來蔣的輓聯：「北定中原，憶當年智勇兼雄，屢以神奇成偉績；西臨蜀會，冀此日艱危共濟，那堪馳驟失元良。」上款「翠薇先生千古」，下款：「蔣中正敬輓」（此輓聯有三個不同版本）。

實際上，葉與蔣並無多少交往，更談不來多深的感情，所以，蔣的此舉，讓桂系頗感意外，於是有人誇口道，蔣、桂對峙，尚有如此禮遇，可見對葉軍事才能之器重，對葉的器重，就不可輕視桂系。其實，這是想當然耳，拋開葉琪確有軍事才能不說，蔣藉此正所謂醉翁之意。因他此時第一要務是消滅陝北的紅軍，他需要有一個穩定的西南局面。在蔣的謀略中，政治重於軍事是他最大的特點，這種例子比比皆是，而誄辭就是他政治謀略中的一顆棋子。

一九三四年，紅軍長征途經西南時，蔣下令桂系圍追堵截，白崇禧為保存實力，佯攻出擊，終至錯過戰機，蔣大怒不已，然而也沒有辦法，他不可能南北同時開戰。三思而再，決定還是與桂系修好關係為上策，怒氣只得隱忍心內。事實上，葉葬之後，蔣、桂關係雖有坎坷，並一度兵戎列陣，一觸即發，但終以和解為主流，這與蔣的主動與桂系修好不無關係，一九三六年一月一日蔣以國民政府名義，頒授李宗仁一等雲麾勳章。

一九三六年十月，是蔣五十大壽，陳果夫提出「獻機祝壽」運動，號召社會各界捐款購買飛機，鞏固空防，為蔣祝壽。不少海外華僑紛紛響應，海外部部長吳鐵城勸說南洋僑領陳嘉庚出面，希望他能領導華僑捐獻一架飛機的款項（十萬元），結果陳竟捐得十三架飛機（一百三十餘萬）。

宋子文通過耍花招，逼迫范旭東也出十萬買了一架飛機，不知是算作范，還是宋的祝壽禮（後來蔣以國民政府名義頒發對范的〈褒嘉令〉），在這種情況下，李宗仁、白崇禧也不失禮數，捐十萬元購機賀壽，在當時是一大新聞。（《中央日報》民國二十五年十月二十九日第一張第四版）蔣大喜過望，認為是他在政治上的勝利，個人壽誕的一大喜訊，找陳立夫協商對策，善於揣摩蔣心思的陳立夫，立即關照各大報館廣為宣傳。

這副輓聯最終又奠定了七七事變後，桂系服從於蔣，投入全面抗戰。蔣中正一石三鳥，龍騰走筆十萬金！

第五節　一副輓聯促統一

一九二八年六月四日，日本帝國主義看到在北伐中失敗的張作霖已無利用價值，企圖直接控制東北，在奉天皇姑屯炸死張作霖，造成東北軍內部混亂。事發後，張學良潛回奉天，密不發喪，在奉系元老的支援下，出任東北三省保安總司令，控制了局勢。六月二十一日下午正式對外公佈張作霖逝世的消息，成立喪禮籌備處。對於這個剛剛被自己打敗的東北王，竟以這種方式結束生命，蔣介石有一種錯綜複雜的心情，當時馮玉祥、李宗仁認為可以乘機追擊，打到東北去。蔣認為不妥，他解釋說，張學良與張作霖不同，對於張學良只可用政治，不宜用軍事。其實蔣是怕再鬧出第二個濟南慘案。同時也深知日軍肯定不會就此甘休，為避免事態惡化，決定派代表方本仁以弔喪為名，進一步勸說張學良歸順南京政府，八月七日蔣電張學良：江電敬悉，尊翁出殯，弟未能親來執紼，歉意。至前方事，已屬白總指揮直接妥商矣。（見《蔣中正總統檔案・事略稿本》第四冊，頁五〇）方本仁同時帶去蔣介石為張作霖撰寫的輓聯：「噩耗驚傳，幾使山河變色；興邦多難，應憐風雨同舟。」張學良秘密接待了方本仁，並向他大吐苦水：「我實在受夠了日本顧問和那些吃裡扒外傢夥們的氣，我決心已定，非易幟不可！」方本仁信心十足地笑道：「知學良弟者，介石兄也，介石兄已把你視為天然盟友。」張學良在孤立無援的困境中聽到這番話，心裡頓時生出一種說不出的感激之情。

▶張學良。

中原大戰爆發後，蔣的中央軍實力，遠不如馮、閻的聯軍強大，於是他努力爭取張學良的支援，最終張倒向蔣，促使蔣取得中原大戰的勝利。這時，蔣既怕張學良獨自吞併馮、閻部隊，壯大後與自己抗衡，但又不能不依靠張，便採取分化、利用、限制的策略對待張學良。一九三一年五月，蔣籌劃召開「國民會議」，制定《訓政時期約法》，在標榜民主政治同時，為邁向總統寶座作準備，邀請張學良參加會議，並以爭取張的支援為主要目的。卞稚珊當時擔任「首都保安警察總隊長」兼「南區城防指揮」，參與這次會議的接待和保衛工作，他回憶說：為爭取少帥一行的歡心，大會設立專門機構，全力以赴的針對少帥的嗎啡癖、舞癖，精心安排一套疲勞轟炸式的日程，使少帥一行人等夜以繼日地奔忙於「三會」（開會、宴會、舞會）之中。張學良由吳鐵城、張群負責招待。這兩個足智多謀、能言善辯的策士，對付一個毛頭小夥還不易如反掌！張夫人于鳳至則由宋美齡、宋藹齡輪流陪伴。張學良的高級隨從王樹翰、莫德惠、劉尚清、劉哲、沈鴻烈、鮑文樾等則由各院、部、會的官員輪流設宴招待。為應需要，從上海運來大批舞女、歌妓以及香檳、白蘭地、金山橙、巧克力、雪茄煙、人頭土（印度鴉片），還有山珍海味和進口的點心罐頭。張學良夫婦被輪流安排在宋子文、孔祥熙等人的別墅裏。其他人員則下榻在勵志社、中央飯店、安樂酒家等豪華場所。每天大小宴會輪流招待，宴會後有舞會、戲劇、雜技、清唱，各盡其興，不到雞鳴，不予收場。宋美齡第一次招待于鳳至，就賞給于的隨從人員三千銀元，至於中下級的隨員、副官、衛士、司機等人也都有相應的安排和陪同，有吃有喝有進項。

▶蔣介石宴請張學良夫婦。左起：張學良、宋藹齡、于鳳至、宋美齡、蔣介石。

此外還有陪賭人員，並規定只許輸，不得贏，輸掉的可到總務處作「特別費」報銷。

而蔣每天深夜都要親臨中央黨部召集有關人員，洽商密謀，制定計劃，安排次日的議程，準備提案，確定發言人，如何監督表決等等。在開會時，又把他們的坐位分開，使之無法交談。於是在張學良一行人對會議毫無準備，也無暇準備，連文件都來不及看，根本談不上什麼意見了，就稀里糊塗的隨聲附和：贊成！通過！蔣毫無阻礙的達到目的。（《江津文史資料選輯》第六輯，頁二二—二三）至此，蔣、張關係達到最親密程度和時期。

在蔣介石為張作霖送輓聯四十七年後，蔣也在臺北去世。這回輪到七十五歲的張學良為八十八歲的蔣介石送輓聯了：「關懷之殷，情同骨肉；政見之爭，宛若仇讎。」這副輓聯成為蔣介石與張學良幾十年來，個人恩怨繫於國家命脈的另一種最終批註。

第六節　祭悼乃兄只為「難得」

蔣介石在西安事變中被扣留，生死未卜的消息傳到老家奉化溪口時，他的哥哥、浙江省政府委員蔣介卿正在看戲，得知立即臉色大變，他原本就有心臟病，回去後一病不起，於十二月二十七日去世，年六十二歲。

蔣介卿，名周康，字錫侯，畢業於四明專科學校政法科，作過台州地方法院推事，廣州地方審判廳推事，英德縣縣長，一九二八年五月任寧波海關監督兼外交部駐寧波交涉員，一九三一年十二月任浙江省政府委員，同時開設公裕錢莊。有一兒一女。

▶蔣介卿。

蔣介石對他的這位同父異母的兄長的感情是愛恨交加，常生厭惡。蔣介卿有三大愛好：嗜賭、好色、貪財。蔣父捐館後，他與繼母（蔣介石的生母）常發生爭吵。一個寡母幼弟的家庭，很需要年已二十二歲的蔣介卿支撐門面，發展家業。可是他卻找來娘舅，提出析產分家，從此母子失和。一九二一年，由於蔣介石的關係，蔣介卿被古應芬推薦為海南島文昌縣知事，不久就因貪汙瀆職不得不離任返鄉，弄得乃弟十分狼狽，蔣在日記中寫道：「無任煩悶」，「不勝慚愧，吾惟有公事公辦而已」。後由新婚未久、不明就裡的宋美齡推薦出任浙江海關監督，可是他依然如故，蔣介石深怕又出醜聞，不得不親自提前換人接替，只保留下浙江省委員職務（實為給他留一份生活費），從此就無官一身輕了。一九三七年一月三日，蔣從南京回到溪口養病，在弔唁長兄時，他生前的種種所為，浮現在蔣的腦海，所以表情木然。蔣侍奉母親至孝，念及長兄對母親的種種所為，不由得眉宇凝重連呼吸也加重了起來。這時，站在他身後的胞妹蔣瑞蓮及時提醒道：「阿哥，大哥是為你死的啊！」說著就痛哭起來。蔣這才動了感情，熱淚奪眶而出，不停的掏出手帕掩面擦淚。從而改變先前的態度，決定為乃兄隆重治喪，以盡手足之情。並親書輓聯：「人間難得是弟兄，豈其行役增憂，竟以參商成永別；地下倘應覲父母，為報餘生許國，終扶華夏慰吾親。」「難得」二字道出了蔣對乃兄的那種欲恨不能、欲愛無由的複雜感情。

蔣介卿死後，因種種原因，延至一九三七年四月十四日才「大出殯」。原本因蔣在西安事變中足疾未癒，由何應欽、李鴻文主祭，蔣可避而不見。可是前來致祭的人員之多，官位之高，前所未有，蔣不得不親臨主祭。終致極盡哀榮，最後還是為他的乃兄爭足了面子。值得一提的是，張學良當時被關押在雪竇山，得知後，備了花圈，也要參加葬禮，致送輓聯，卻被看管他的劉乙光拒絕。

第七節　不妨簡約

一九三三年十月十三日，西藏十三世達賴圓寂。國民政府追封他為「護國弘化普慈圓覺大師」，同時派出以黃慕松、劉樸忱為正副代表的致祭使團前往冊封致祭。這是國民政府圖謀解決西藏地方問題的一個重要步驟。不料行署總參議、副代表劉樸忱於第二年一月七日竟在拉薩病逝。五月十二日在南京華僑招待所，為劉舉行追悼會，蔣送輓聯：「萬里去籌邊，未入玉門先化鶴；卅年憂國事，維標銅柱更何人？」祭悼。

第二天，《中央日報》對此作專題報導。喜愛對聯藝術的人，對蔣的輓聯紛紛研究揣摩。

著名中醫師陳存仁曾為于右任侍疾，得以結識，並成為忘年交。一次，陳與于右老閒談，由書法扯到對聯，陳乘機請教于右老對蔣此輓聯的看法。于右老只說兩字「囉嗦！」陳似乎沒明白，又問了一次，于右老也就又重複了一次。陳以為是說自己，也就沒理會。

幾天後，錢化佛因故宴請于右老，三人推杯換盞。陳藉著于右老微醉，舊事重提。于右老解釋說：我不是說你囉嗦，而是指委員長的輓聯。你看如果上聯去掉一個「去」字，下聯去掉一個「事」

字，如何？錢化佛找來報紙，與陳存仁仔細翻看，反覆吟誦，認為確有道理。于右老掀髯又說：委員長行文極為簡約，不違「文如其人」之古訓，你看他的唁電，堪為世範。可是他的輓聯呢？啊，不妨也，啊……于右老喝了一口酒，沒有再說下去。

第八節　唐有壬遇刺

一九三五年十二月二十五日下午，交通部常務次長唐有壬在上海寓所遇刺身亡，年四十二歲。蔣得悉極為震驚，於二十六日電唁唐夫人：「上海甘世東路廿村二三五號唐有壬夫人禮鑒：有壬先生閎通毅勇，吾黨才，年來贊襄外交，勞瘁不辭。昨聞在滬寓突遭凶徒狙擊身故，極為駭悼。頃以嚴電緝凶，並分別呈請褒恤。佛塵先生為革命先烈，有壬先生復盡力國事，不避犧牲，實為黨史之光，太夫人年高在堂，諸郎穉弱，尚望節哀順變，以襄大事，至為盼禱，特電奉唁。蔣中正。宥。」（《中央日報》民國二十四年十二月十七日第一張第三版）

蔣隨即提請國民政府優恤，並下令緝拿兇手。同時，又電令上海市長吳鐵城，請其代為慰問家屬。二十七日國民政府明令優恤，給喪葬費三千元。一九三六年二月十七日遺櫬葬上海萬國公墓，蔣有輓聯送達：「承祖烈志輝吾黨，謀國忠猷惜雋才。」十九日蔣又親臨公祭，「悲悼異常」。

對於唐有壬的遇刺，邵元沖的評價是：「聞改組派唐弄臣有壬等，挾倭寇自重，汲以挾制中樞，俾遂彼派私固權利之計，其肉庸足食乎？」、「聞之一快。唐氏此數年中，助汪精衛媚敵，喪權搖動國本，今日伏誅，其死已晚，猶恨國家不能明證典刑也。然國內人心之未死，鋤奸之毅勇，于

擊汪後，不及兩月，終斃唐奸，稍為民族發揮正氣，而示敵以中國之終不可亡也。」（《邵元沖日記》，頁一二一七、一三四九）

唐有壬是辛亥革命先烈唐才常之子，一八九三年生，字壽田，湖南瀏陽人。肄業於長沙高等實業學堂。後留學日本入慶應大學。回國後歷任關稅會議專門委員、北京大學經濟學教授、上海中國銀行總管理處調查部主任、湖北省銀行行長兼省金庫長。一九二七年後，歷任國民黨中央政治會議秘書長、立法委員、中央銀行理事。一九三二年蔣汪合作，汪精衛出任行政院長兼外交部長，因南京市長石瑛的關係，唐於一九三四年三月，被汪拉入外交部任常務次長，這樣唐就成為汪的親信。在汪的影響下，唐對日本加緊侵華的陰謀感到憂心忡忡。曾代表汪同日方密謀媾和，並被日本女特務川島芳子以美色拉下水，向她出賣過有關情報，是有名的親日派人物。遇刺前剛剛當選國民黨第五屆中央執行委員。人們驚疑了：蔣何以對政壇宿敵汪精衛的親信，竟如此下工夫，大手筆的尊誄呢？

原來，一個多月前，國民黨在南京召開四屆六中全會，開幕式後中央委員合影照相時，大禮堂秩序比較混亂，經驗豐富的蔣臨時決定不參加合影，返回會議廳休息室。汪精衛見蔣遲遲不到場，前去催促，蔣憂鬱的說：「今天秩序很不好，這是很意外的，我想找他們來維持一下，就不參加拍照了，也希望你不必出場。」汪說：「各中委已佇立良久，專候蔣先生，如我再不參加，將不能收場，怎麼能行？我一定要去。」攝影剛完，突然有一個人闖出來，高呼「打倒賣國賊」，向正在轉身的汪連發三槍，一彈射進左眼外角下顴骨，一彈從後貫通左臂，一彈從後背射進第六、七胸脊椎骨旁。

蔣聞訊趕來。料定自己必死無疑的汪，用衰弱的嗓音對驚恐的蔣說：「蔣先生，你今天大概明白了吧？我死以後，要你單獨負責了。」汪這樣說是有用意的，其潛台詞是「老蔣，你的目的達到了！」當時社會上紛紛議論，認為這是蔣指使特務所為，汪夫人陳璧君更是不客氣的當面問罪：「蔣先生，你不讓汪先生幹了，就說話嗎，何必這樣呢？」毫無思想準備，而又不善言辭的蔣一時語塞：「這個，這個……」的十分狼狽。

更讓人懷疑的是，在隨後召開的國民黨五屆一中全會上，竟將重傷在身的汪解除了行政院長職務，蔣取而代之，汪的外交部長兼職也由張群接替。人們怎能不把懷疑當作事實？現在唐有壬又被害，有理由相信也是蔣的傑作。其實，這兩次暗殺，都是那位讓蔣害怕的暗殺大王王亞樵的牛刀小試。可見這次確實冤枉了蔣，蔣在無可奈何的情況下，不得不以尊誄、厚葬、優恤，做給還活著的汪精衛看，來洗刷猜疑。

第十三章 無字之誄

蔣介石對有些逝者，以無誄悼之。僅筆者所知，約有十數人，其無誄的原因，雖屬多種多樣，卻反映了時代環境和蔣的特殊心態。雖說無字誄之，但總得有些什麼東西代替文字吧？蔣的無字之誄，運用最好的有三種，一是贈送素花十字架，二是贈送錢款濟助治喪，三是派宋美齡（晚年也有蔣經國）代表參加祭奠。其中以贈款為多。在一般情況下，無字之誄的逝者，大多是不太重要的歷史人物，即人們笑稱的「過時黃花」，但也有特殊的例外。

第一節　陳炯明——法統與革命的對手

陳炯明與孫中山因政見分歧而決裂，就成為一個有爭議的人物，直到今天，這種爭議更為紛擾。不過也有人敢於修正歷史，為陳說幾句話。

▶陳炯明。

陳參加過辛亥革命和黃花岡起義。一九一七年幫助孫中山打響護法戰爭，在軍事上支援和幫助孫在廣東的發展。但在第二次護法戰爭時與孫交惡，陳的部下不滿孫「過河拆橋」的對陳手段，於一九二二年六月圍攻總統府。孫逃到永豐艦。次年孫收買陳手下部將，致使陳遭所有效忠孫之軍隊討伐，被迫離廣州。孫派人暗殺鄧鏗，並設計謀移罪於陳。一九二五年陳殘部被李宗仁的桂系擊敗，陳逃香港，創建中國致公黨，任總理，並著書立說，關心國事。時已生活拮据淒涼，常有三餐不繼。一九三三年九月二十二日逝世，得年五十九歲。陳家所收各方輓聯達兩萬多副，陳立夫、鄒魯、章太炎、吳佩孚、段祺瑞、居正、尢列等人均有輓聯哀悼。其中以吳敬恆和劉白的輓聯引人注意，如吳的輓聯為：「一身外竟能無長物，青史流傳，足見英雄有價；十年前所索悔過書，黃泉送達，定邀師弟如初。」劉白的輓聯說陳：「不愛錢，不愛命，不愛虛榮，遺績滿南天，赫赫勳名，環顧誰與京也；又能文，又能武，又能刻苦，英靈遽西去，區區涕淚，豈獨人之云亡。」

陳去世後，有提議為他實行國葬，遭國民黨反對。也有公葬之議，但終因葬地未定，且陳身後蕭條，無資予塋，靈柩暫寄於香港東華義莊。第二年四月，陳的故舊部下發起在惠州西湖舉行公葬，因葬費無著，徐傅霖發起募捐，並撰寫和散發捐啟。得到社會各界的回應，汪精衛捐五百元、陳濟棠捐一千五百元，又另以每月一百五十元作為陳子女教育費。海外僑胞也多有捐款匯寄。

蔣介石以孫欽定的法統接班人自居，又曾登永豐艦護孫，成為他後來發跡的重要政治資本。另一方面，蔣與陳有刀兵之「血拚交往」，所以蔣不可能對陳之喪，施捨一個字的輓誄。但陳的廉正潔身使蔣頗為感念，陳的晚景又使蔣幾多同情，故而，蔣捐三千元賻儀金。

第二節　陳獨秀——主義的頭號敵人

中共創始人之一的陳獨秀，是一位自持清高、潔身自愛、性情剛烈而古怪的愛國者。

一九三二年十月十五日陳被捕，後被押赴南京，他卻在滬寧車上酣聲若雷，一時傳為笑談。審訊時，大律師章士釗義務為他辯護，法庭似有從輕之意。陳不領情說：「這話不代表我」，法庭笑聲如潮，章極為尷尬。胡適過南京，未及探監，後寫信道歉。陳原不知，接信後大發脾氣，頗有絕交意。後胡關懷甚多，陳轉而內疚。抗戰時日機轟炸南京，陳所居牢房屋頂被炸塌，他躲桌下而倖免。蔣介石欲放陳，要求陳寫悔過書。陳拒絕。蔣很難堪，不得已放陳。陳出獄後，教育部長朱家驊來見陳說：「中正很關心你。我向他建議，由你再組織一個共產黨，參加國民參政會，給你十萬元經費和五個名額，你看如何？」結果朱難堪辭出。陳氏兄弟宴請他。傳達蔣意：請陳做勞動部部長。陳鄙視說：「他叫我當部長是要我點綴門面。他殺了我多少同志，包括我的兩個兒子，又把我關了許多年，他這不是異想天開嗎？」蔣得知，無奈的搖頭苦笑。中共欲請他去延安，但要他承認錯誤，又拒絕。

▶陳獨秀。

陳出獄後生活窘迫，靠少得可憐而不穩定的稿費為度。蔣看不過去，想救濟他，但知道他的性格，託陳布雷辦理，陳找朱家驊出面，三次上門送過一千元、五千元、八千元，均被拒絕。朱轉託陳的北大學生張國燾（時已投靠蔣），又遭拒之。張再託鄭學稼寄贈，陳退回。後來羅家倫、傅斯年送錢，也是朱家驊所託。陳對羅、傅說：「你們做你們的大官，發你們的大財，我不要你們的救濟。」羅、傅假以段錫朋和幾個北大同學用「北大同學會」名義再勸，陳才收下。那時向陳送錢者若穿戶破檻，陳謹慎選擇，三思而再方受之。

一九四二年五月二十七日，陳因貧病交加，在四川江津病故，年六十三歲。彌留之際，陳對夫人說，我死後，你不要賣我（指不要利用陳的聲望換錢）。蔣介石派人送來七千元治喪費，這次是公開的，沒有人敢拒絕了。陳若泉下有知，會做怎樣？

第三節　杜母高太夫人——失敗的統戰競賽

如果說，一九四九年一月高太夫人七十壽誕的隆重慶祝，是沾了兒子杜聿明的光的話，那麼她身後的厚葬哀榮，則是享了孫女婿楊振寧的福。由此可看出，蔣介石的賀壽與致誄，配合運用是多麼嫻熟到位，但也並非都能達到目的。

一九五七年，楊振寧在瑞典獲得諾貝爾獎不久，高太夫人在臺北以七十八歲病故。老太太沒有看到獲獎後的孫女婿，孫女婿卻給她帶來意想不到的哀榮。因當時杜聿明在大陸作為「戰犯」，接受「勞改」，蔣歷來對此類人物及其親屬不予題誄。高太夫人不能例外。但這不影響蔣為其隆重治喪。高太夫人的葬禮由杜聿明夫人曹秀清主持。杜府靈堂上，高懸黨國政要的輓幛花圈。副總統陳誠贈輓額「懿德長昭」，何應欽以「永播徽音」悼之，張群的輓額為「彤管揚芬」，顧祝同、孫連仲、谷正綱、黃少谷等均有誄辭致悼。

蔣盛典厚葬高太夫人，是要與中共打一場爭奪楊振寧的人心向背心理戰。當時大陸政治運動頻仍，「反右鬥爭」加劇中共在國際輿論中的難堪局面。而蔣的不利方面是楊振寧的父母、岳父均在大陸。另一方面，杜聿明在臺灣的長子赴美留學，因經濟困難曾向蔣告貸，蔣僅批給一千美元，還是分兩次支付。小杜每年學費為三千美元。面臨失學的小杜苦悶不堪，服安眠藥自盡於美國姐姐家（即楊振寧夫人），杜家對蔣大為不滿。高太夫人葬禮後不久，宋美齡派車接曹秀清到士林官邸。蔣、宋熱情相迎，蔣問：「孩子們怎樣？妳的身體可好？」宋則握住曹的手說：「杜夫人，恭喜妳女婿獲得了諾貝爾獎，妳該去美國看看他呀！」曹喜出望外，心裡想：「原先不是不允許我離開臺灣嗎？」宋接著說：「杜夫人，希望妳從美國回來時，把楊振寧也帶回臺灣，讓他協助反攻大陸。」曹這才明白蔣氏夫婦客氣的原因。為了能與北京的丈夫團聚，她說了一些蔣愛聽得話，蔣微笑著點頭說：「很好！」

▶杜聿明、曹秀清夫婦與女兒杜致禮。

▶楊振寧、杜致禮夫婦。

蔣決不會為曹的幾句甜言所自喜，他允曹赴美探親是有條件的：期限為半年，逾期不歸，罰以鉅款。為防不測，子女被留在臺灣為人質，還特意找了兩位相當職務的人做擔保（但曹走後再也沒有回臺）。蔣又學中共的統戰手法，派人前往籠絡楊振寧，可是晚了半拍。中共方面，毛澤東運籌帷幄，周恩來親自指揮，派出楊振寧的恩師張文裕，搶先一步，以師尊苦苦相勸，大陸則有楊的老父慈母為人質，冷眼隔岸遙望。最終，楊振寧被中共「統戰」過去。

蔣還是很有政治遠見的，如果當初他為高太夫人之喪題誄，那不是失敗的更慘嗎？

第四節　梁隨覺——國學大師的遺澤

梁隨覺是康有為的第二位太太，字婉絡，號樂隱，廣東博羅縣人，略通文墨。十八歲時嫁給四十歲的康有為。婚後不久，變法失敗，梁遁於澳門避難，一八九九年康偕梁踏上了十六年的流亡之路，周遊列國。梁克盡婦道，在閉塞的印度大吉嶺，在生活極為清苦時，在痛失幼子的巨大打擊下，她

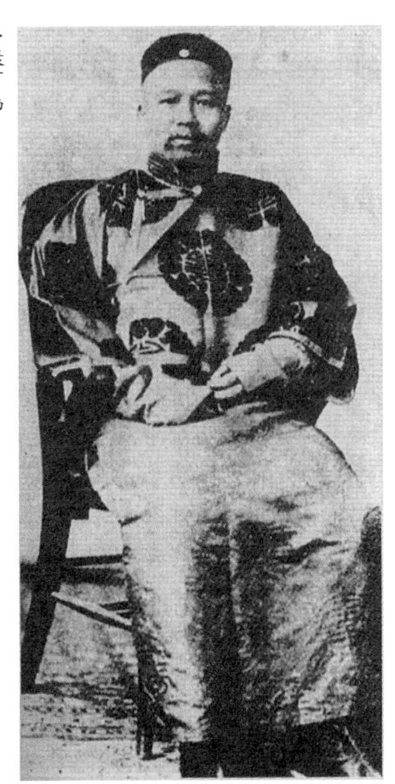
▶康有為。

強忍悲痛，精心安排一切，使康有為得以安心潛入他的理想王國，完成《大同書》。一九一四年回國，卜居上海辛家花園。梁氏生育兒女各兩人，即康有為的次子同吉（生於印度，夭於印度大吉嶺），三子同籛，六女同復，七女同環。

一九二七年三月八日，康有為七十壽辰，原準備在上海擺宴席慶祝，當時北伐軍正浩蕩披靡之際。上海康有為及北京梁啟超兩家，均十分慌張。康為避北伐軍鋒芒而去青島，據康的女兒康同璧的記載：「先君離滬時，親自檢點遺稿，並將禮服攜帶，臨別，巡視園中殆遍，且曰：我與上海緣盡矣。以其相片分贈工友，以作紀念，若預知永別者焉。」

一九二七年三月二十七日，康在青島去世時，留給妻子兒女一身債務，因沒有棺木不能入殮，還是張宗昌送來三千大洋方得以為葬。後事由梁夫人料理，她力主賣掉住宅，還清借款。梁一直是康有為家庭事務的主持人，康晚年家書大都是寫給梁夫人的。梁還是個有心

▶梁隨覺晚年與兒女、孫輩於台灣。

人，對康生前一紙一字都珍視愛護，搜集和保存了不少康的信箚手跡，僅書信墨蹟就有一百八十餘件，成為研究康晚年生活的重要資料。

一九四九年梁隨子女移居臺灣。關於她到底是怎樣來臺的，有不同的說法：代表性的有兩種，一是她跟隨女兒女婿（大陸持此說），另一種是跟隨兒子康壽曼（臺灣說）。康壽曼是電機工程師，在臺灣鐵路發展研究小組工作，他的同事都稱讚他是腳踏實地、埋頭苦幹的好公務員。他於一九三〇年同曾任兩廣總督的岑春煊的四小姐結婚，後病故，生有一子，名康保延。康壽曼原名為康同籛，原意是要他既有錢，又如彭祖一樣長壽，可見康有為對他寄託的希望。可是命運卻偏偏與他開了一個大玩笑：他因實在太窮了，只得把與「銅鈿」相近的「同籛」改為「壽曼」，雖然長壽的含義不變，但這樣窮苦的長壽，又怎樣艱熬下去？

晚年的梁隨覺，始終與貧病相伴隨，到一九五九年，因徐千田醫師為她檢查出癌症，更是每況愈下。轉年康壽曼也因患有嚴重的氣喘病多年，此時不得不住院治療。這樣，八十多歲的母親，與六十餘歲的兒子，在醫院的一間斗室裏，病榻相對，哀歎無言。梁隨覺矮而微胖，滿頭凌亂白髮，病魔在她的臉上刻畫出痛苦不堪印痕，素以健談的她，此時雙眉緊鎖，少言寡語，每天要由子孫攙扶去接受鈷六十的照射治療。康壽曼則臉色蒼白枯瘦，身材高大卻動作遲緩，醫生說他極度營養不良。康保延這時已二十九歲，數月前服兵役回來任電力技工，卻因照顧父親及祖母，不得不辭職，窘境更為雪上加霜。這個曾經鳴鐘焚香、奏樂鼎食之家，如今卻是三代貧病，兩餐不繼。康壽曼曾對人說，父親生前告誡他要作好人，作好事，他自問自答說自己：可以稱的上做到了「是一個好人」，可是太窮了，沒有為別人做什麼好事。他說講過去的事是沒什麼用的，要緊的是現在的問題。他說現在還藏有父親手書的一枚印章，那是由吳昌碩刻的，刻工極為精美：「維新百日，出亡十六年，三周大地，行遍四洲，經三十一國，行六十萬里」，雖短短二十七字，卻是康有為一生的寫照，極具搜藏價值。他幾次想出讓此印，緩解家境，終因割捨不去而罷。

這個不幸的家庭迫切需要社會予以援手，一位好心的顏肇省先生了解情況後，來到中央日報社為之呼籲。消息傳出，各界捐款踴躍，在香港的康同環也準備即刻動身來台。六月二日，第一天就收到二二四〇元，其中政論家任卓宣獨捐百元，另有一位嚴先生送來溥心畬名畫一幅，交給中央日報社代為義賣得一千元。截止到六月十九日，共收到義款一九一五四元，基本上可以治病，三餐也得以勉強果腹了。（參考《中央日報》一九六〇年六月一日至二十一日各期報紙）

一九六九年七月二十三日下午二時，梁以九十高齡壽終臺北市立仁愛醫院。其生前友好和廣東同鄉會當即組成治喪會。主任委員梁寒操，總幹事馮用。委員主要為廣東同鄉如任卓宣、胡秋原、張炎元、張仁滔、吳康、劉我英、祝秀俠、朱祖貽、李大超等。當時康家仍生活在窮困中，治喪會原準備募捐。宋美齡得到消息，於七月二十八日致贈一萬元為治喪費。七月三十日上午，在臺北市立殯儀館舉行家祭、大殮、公祭。宋美齡代表蔣和她自己參加，慰問家屬。副總統嚴家淦致送輓額，並親臨弔唁。

第五節　董顯光——難堪的師生關係

董顯光去世時的頭銜是：著名記者、博士、外交家、總統府資政。

一九七一年一月九日，董在加州蒙特雷療養院病逝，年八十四歲。十二日，遺體由美國東海岸運抵華盛頓。十三日下午，在高勒殯儀館舉行宗教性的追悼儀式，臺灣駐美大使周書楷發表演講，代表臺灣當局對董的去世，作官方性的讚揚。儀式結束後，遺體安葬在馬里蘭州克羅市的花園公墓。

一月二十四日下午三時，董在臺北的親友故舊，假臺北新生南路懷恩堂舉行追思禮拜，「悼念這位外交界耆宿」，宋美齡親臨哀悼，並對董家親屬一一慰唁。蔣、宋聯名致送一個素花十字架，擺放在講壇正中。追思禮拜由周聯華牧師主持。新聞界元老曾虛白報告董的生平事蹟。參加者有副總統嚴家淦、張群、鄭彥棻、謝冠生、蔣經國、魏道明、陶希聖、王世杰等七百餘人。

董顯光畢業於美國密蘇里大學，還是哥倫比亞大學的普利茲新聞學校的第一期學生，是第一位由美國人培養的新型中國新聞記者。有人說，董的發跡，是由於早年在奉化龍津中學，做過幾個月蔣的英文老師，又是由蔣介紹加入國民黨。這話不假。但是蔣之所以沒有為他題誄，也正是這幾個月的為師，讓蔣無法為其飾終。蔣與董同鄉、同庚，董卻貴為蔣之師尊。蔣若尊之，心有

▶董顯光。

不甘，若不尊，有悖師道學統。蔣對於其他教澤，皆極為恭敬，惟對董兩難。董之所以仕途暢達，是因為走通了夫人這條路（董與夫人為留美同學，當時有「總統的英文老師，夫人的留美同學」之雅稱）。董因受美國新聞教育，難免有美式新聞理念，頗得新聞界的喝彩，而蔣則對此不屑一顧，但董總是以此影響夫人。抗戰爆發後不久，宋美齡努力勸說蔣設立一個由董負責的宣傳處，但蔣因實屬勉強，故常常拒絕接見外國記者，或者撤銷已經預定的新聞發佈會，從而束縛了經驗豐富的董的手腳，他不得不經常向外國報界解釋。蔣認為新聞自由是荒謬的。（見羅比・尤恩森，〈美齡和美國人〉，《外國人眼中的中國》第五卷，頁一二八）董晚年出版力作《蔣總統傳》，對蔣大肆歌頌，蔣似乎並不領情。據沈劍虹回憶，有一次，蔣在總統府設宴招待美國某政要夫婦，女賓問蔣是否學過英文，蔣回答說：「早年學過，不過我的英文老師教得不好，所以沒學到多少。」又問：「誰是你的老師？」蔣笑著用手指對面作陪的董顯光說：「他就是我的老師。」結果那個晚上，董如坐針氈。

六〇年代，董的兒子在泰國因飛機失事罹難，臺灣政要紛紛慰問。按理說，蔣對師尊喪子，應有所表示，但卻沒有。董心知肚明，所以他晚年退休後，對蔣敬而遠之，在美國養老而至死不回臺灣。像這樣一個人，蔣怎樣下筆做蓋棺的定論？

第六節　宋靄齡——生死兩端的煎熬

一九七三年十月一日早七時，宋美齡突然飛赴美國，探視她因病住院的姐姐宋靄齡。當天晚上抵達紐約，在機場迎接者有沈劍虹夫婦、中央銀行總裁俞國華、臺灣駐紐約總領事夏功權夫婦、紐約新聞處主任陸以正等。而此時臺灣開始籌備蔣介石八秩晉七生日的祝壽活動。

在美期間，眾多媒體紛紛圍堵採訪，宋美齡一概謝絕，她的發言人解釋說，蔣夫人此次只是探望生病的孔夫人，沒有其他任何活動的安排。臺灣方面對宋在美探病的具體活動，很少報導，以減少此事對祝壽的干擾。十七日，臺灣媒體在沒有對宋藹齡病情做交代的前提下，突然報導十六日宋飛回臺灣。可以猜測是多病的蔣離不開她，也因壽慶活動需要她。十九日下午五時，長期臥病苦不堪言的宋藹齡，終於決定經黃泉之路，與死去六年的丈夫孔祥熙相聚，年八十四歲。她的男女四位公子，在哥倫比亞長老會醫院揮淚相送。臺灣媒體對這一消息十分謹慎，在平時，如此重量級的人物去世，無不是在第二天即予以詳細報導，而宋藹齡之喪，卻是在兩天後的二十一日，僅以不足百字的篇幅，簡短應付。顯然是為淡化喪事，避免與日益臨近的「總統生日」相衝突。二十二日上午十時（臺灣時間晚十時），宋藹齡的葬禮在基督教監理會教堂舉行，然後安葬在佛思克利夫公墓。臺灣對這一消息，也是遲於兩天後報導，同樣是極為簡短。

▶宋藹齡。

在蔣生日後的第十天，宋藹齡的追思禮拜，由中華基督教婦女祈禱會、臺北靈糧堂、梨山耶穌堂籌備，在臺北和平東路靈糧堂舉行。宋美齡在行政院院長蔣經國的攙扶下，面帶悲戚，緩步進入堂內。副總統嚴家淦夫婦、總統府資政張群、總統府秘書長鄭彥棻及何應欽、蔣彥士、沈昌煥等中外人士五百餘位參加。追思禮拜由張群的次子張繼忠牧師擔任證道，周聯華牧師講述宋藹齡的行誼事蹟。七十七歲的宋美齡獨自坐在最前排的沙發上，以手帕掩面靜默，她的身後是並排坐著的嚴家淦、張群、蔣經國等人。追思禮拜在唱詩及祈禱祝福聲中結束。

四年前，宋家的老么宋子安在香港去世（他是宋家六兄妹中最早逝者），在移往美國安葬時，蔣還有四字輓額「愴懷英俊」，伴隨著大十字架送去。而此次，對蔣一生極為重要的宋家大姐之喪，卻忍心罷筆，憐惜那一紙輓額？表面看來，蔣氏愈到晚年，對自己的生日愈加重視，對生日期間的喪祭，愈加禁忌和躲避。其實，蔣因重病在身，不能執筆，試想，誰人敢於代筆，宋美齡要這一紙「贋品」的哀榮何用？

▶宋子安。

第十四章 訃聞與謝啟篇

第一節 無奈的「謝啟」

民國時期，以及一九四九年以後的臺灣，有一個習慣，上層社會，家裡有人去世，為告知各界，一般要在報紙上刊登〈訃聞〉、〈哀啟〉、〈訃告〉一類的啟事。當喪事辦完後，喪家為感謝參加葬禮的執紼者和致送輓幛者，還要在報上刊載一個〈謝啟〉（可惜這個傳統在中國大陸被破壞掉了，所以現在大陸許多人，不了解這類事情）。但也不是有〈訃聞〉必有〈謝啟〉，大約〈謝啟〉是〈訃聞〉的三分之一。一般的〈謝啟〉是這樣寫的：

某某之喪，辱蒙長官親友故舊蒞臨弔唁，寵錫輓幛，復勞枉駕執紼送喪，情隆高誼，存歿均感，未能踵門道謝，謹布區區伏乞。

在這個〈謝啟〉中，人們看不出蔣介石是否為逝者題寫了誄辭。後來的〈謝啟〉發生了變化，如果蔣對逝者題有誄辭，〈謝啟〉會變成這樣：「某某之喪，辱蒙總統、副總統、蔣院長（蔣經國）頒賜輓額、輓聯……」下面才是：「長官親友蒞臨弔唁……謹布區區伏乞。」在這類〈謝啟〉中，表面是突出總統題誄的「恩寵」，實際是為了提高逝者的「哀榮」規格。不過苦了那些沒有得到蔣誄辭的喪家，會覺得沒有面子，特別是一份有蔣題誄，而一份沒有，兩份並列在報端愈加明顯。所以大多數得到蔣題誄的喪家，會照顧他們，並不會突出「哀榮」的規格，而把「總統」二字列入〈謝啟〉

中。大概是在六〇年代，〈謝啟〉中「辱蒙」總統出現了一個小熱潮，說來也巧，那時蔣正謀求連任總統，〈謝啟〉把蔣的威望提高到一個新的高度。選舉過後，熱潮消退。

從七〇年代起，這種現象就嚴重了，幾乎所有得到蔣題誄者，家屬都要在〈謝啟〉中加上總統二字，並成為慣例。於是，就有了這樣的笑談：總統勞神費力為他們題誄，結果是給自己找罵來的，因為凡有蔣題誄者，〈謝啟〉必稱「辱蒙」了「總統」。可是當時臺灣文體有些混亂，既有豎排版，也有橫排版，而橫排版有的從右向左寫，有的又從左向右寫。那些對蔣不滿的人藉機大肆發揮：你們太不像話了！怎麼可以用這種方法，隨便使總統「蒙辱」呢？其實他們有所不知，那時，蔣已棄筆於不顧，臥病經年，「御筆親書」的真實性，頗值得懷疑。蔣經常受到這樣的「禮遇」，實在冤枉。

據說，最早在〈謝啟〉中，公然列入「總統」二字，是一九五三年去世的吳鐵城的兩個兒子。這件事，還要從吳國楨說起。蔣到臺灣後，為向美國示好，於一九四九年十二月，以吳國楨取代陳誠出任臺灣省主席兼保安司令，但吳經常與小蔣發生摩擦，老蔣則公開偏袒小蔣，據說還曾想以車禍置吳於死地。吳自感「賤命」難保，乃於一九五三年四月以「健康欠佳」為由辭職，得到蔣的批准，也由此在臺灣引起一連串的政治地震。吳隨即提出赴美，得到總統府秘書長王世杰的幫助和宋美齡的批准，但老父、幼子卻被留做人質。這件事本來可以圓滿結束，可是不

▶吳國楨。

久臺灣傳出吳攜鉅資外逃的謠言，當局要他從速回臺。吳在要求臺灣當局闢謠得不到答覆後，接受美國媒體採訪，指責臺灣當局的專權獨裁，在美國輿論界引起巨大反響，雙方開始「越洋大戰」。吳在一片謾罵聲中刊出〈上總統書〉，蔣氏父子被觸及痛處，大為震怒，蔣查找到吳出國的關鍵人物，在盛怒之下，追打宋美齡；王世杰以「蒙混舞弊，不盡守責」罪名被撤職。吳鐵城與王私交不錯，看不過去，以「黨國鐵老」的資格，於十一月十九日拜謁蔣，勸說不必撤職，讓王自己辭職。沒想到蔣根本不買帳，斥責吳鐵城：「你還有臉活著？都是你們這幫人給搞敗的！」並將吳趕了出去。吳年近古稀，不堪受此「大辱」，當夜連服三枚安眠藥。這場連鎖性的政治地震以吳「自裁」結束。

▶吳鐵城。

二十二日上午十時，吳家舉行大殮，蔣率中委前來致祭。蔣為吳題寫「勳業昭垂」，並有祭文宣讀。由陳誠、張道藩、張其昀、俞鴻鈞四人將國民黨黨旗覆蓋在棺木上。入殮後，首由國民黨中央委員會公祭，蔣親臨主祭，陪祭者為張群、陳誠、于右任、賈景德、何應欽、王寵惠等全體中央評議委員會委員。蔣向遺體行禮後，在張群陪同下，至孝幃後面慰唁吳氏家屬。二十四日下午，挨了打的蔣夫人銜命，親臨慰唁吳鐵城夫人馬鳳歧女士。十二月三十一日，蔣以總統名義發布〈褒揚令〉。一九五四年六月九日，靈柩發引、安葬。

一九五三年十一月二十三日，在大殮公祭後的第二天，吳家在報上刊出〈謝啟〉：「先考鐵城府君之喪，蒙總統及各長官前輩親臨展弔或賜哀誄，雲天高誼，存歿均感，謹布謝悃，伏祈矜鑒。棘人吳幼林吳幼良泣血稽顙。」那時吳家兄弟，還沒有「辱蒙」總統。後來有效仿者，覺得一個「蒙」字，不能表達自謙，也不能表達對總統的尊崇，又在「蒙」字前面加上「辱」字，由此相沿成習慣。沒料到成了有些人的笑柄。

第二節 「謝啟」雜談

十九世紀，西方先進的傳媒載體——報紙傳入中國，也為中國喪葬文化的發展，提供了新的空間。報紙以受眾面廣，傳播迅速、便捷，而受到人們的重視。此後，報紙上所刊載的〈訃聞〉和〈謝啟〉，就是西方傳媒載體與中國喪葬文化結合的產物。

有人認為，〈訃聞〉和〈謝啟〉是報紙孕育的孿生兄弟，〈訃聞〉是絕對的哥哥，〈謝啟〉是當然的弟弟。但也有人以為比喻的有點道理，卻不貼切，因為〈訃聞〉可以長時間刊載，甚至半年，以補「恕訃不周」。而〈謝啟〉一般一次。但據筆者了解，〈謝啟〉的刊載時間長短，和社會發展有密切關係，在二、三〇年代，〈謝啟〉次數較多（這裡所說的〈謝啟〉是指同一致謝內容，甚至是字數、版面完全一樣的。如大殮後登一次〈謝啟〉，公祭後又一次，安葬後再來一次；不同內容的〈謝啟〉，則不在此說之內）。抗戰勝利後，〈謝啟〉次數明顯減少。國民黨遷臺後，一般只有一次。

戴季陶母親於一九二九年二月二十五日去世，同年三月三十、三十一日舉行追悼，四月一日，戴刊出〈謝啟〉：「謝唁：先慈黃太夫人之喪，蒙各同志及親友惠贈厚賻，寵錫鴻詞，復蒙遠道親臨致奠，光被泉壤，銜感無極。謹此鳴謝。戴傳賢率子姪同叩。」一連刊四天，在當時是次數較多、很有影響的〈謝啟〉。

中國喪祭中，如鞠躬、敬香、跪拜有所謂「神三鬼四」之分，而其他還有「雙」、「單」區別。〈謝啟〉似乎不受此約束，筆者見到有從一到六次，這其中是否有什麼規矩，還就教於各方先進。筆者所見過次數最多的，是馬福祥喪事結束後的第二天，他的長子馬鴻逵一連刊出八天〈謝啟〉。一般人的〈謝啟〉是豎條形的，而馬的則是近於方型，位於頭版的上方正中，黑框內空白較多，與黑字對比分明，顯然是精心策劃的。馬的特別之處還在於他同日謝兩次，又刊於同一版面。其中一「謝」是「敬謝弔奠」，另一謝是「敬謝厚賻」，連載八天。

同日同版刊出兩種〈謝啟〉的還有劉峙。一九三二年其母謝世，出殯後，七月二十一日《中央日報》頭版有他「稽首」的「敬謝弔奠」，長方形，字數較少，在最上方。另有正方形的「敬謝厚賻」，字數較多，位在「敬謝弔奠」的下方，以「劉峙哀啟」落款，連載七天。

堅持時間最長的〈謝啟〉，是陳誠夫人譚祥所為，從一九六五年三月五日陳誠棄世，到一九七五年蔣公仙遊，譚祥共刊載十二次〈謝啟〉，除一九六五年兩次外（一次公祭，一次國葬）。此後每年的三月五日，以嚴家淦為首，都舉行公開追悼，第二天，譚祥也準時刊出〈謝啟〉。有時她出訪國外，但均能無延誤的匆匆趕回，既是對丈夫的哀悼，也是對社會的負責和感謝，令人欽佩。

〈謝啟〉內文，有的簡練，有的詳細，各有特色。如一九五〇年五月四日高雄煉油廠長賓質夫、研究室主任俞慶仁，在試驗八十號汽油時，因油罐爆炸至傷重，六日殉職。五月二十八日開追悼會，五月三十日刊〈謝啟〉，由賓、俞兩遺孀，賓朱耀信、俞王琇「合泣叩」：「……並承吳主席（吳國楨）主祭、嚴部長（嚴家淦）、朱主任委員等陪祭、蔣旅長（蔣緯國）、金總經理……」等一一列出，而且每人另列一行。

▶倪桂珍。

有的〈謝啟〉，即使不看內文與名字，僅憑其文字佈局，版面設計，就可知道逝者的地位，家族的顯赫。如一九三一年倪太夫人仙逝，八月二十一日的〈謝啟〉，頭版頭條，內文安排為：宋家三子，子文居中，左子良，右子安。三女藹齡居中，左慶齡，右美齡，且均以夫姓冠前。內文為：

敬謝來賓：

先妣倪太夫人棄養

各界代表及中外親友枉駕存文或函電慰問嗣於十七日領帖

十八日發引

既蒙

親臨致敬遠道執紼復贈以花圈聯幛暨各種文字

更荷
惠賜隆儀助慈善事業高誼盛意歿存均感除分別踵謝外深以招待未周殊覺欠仄特先布達謝忱
惟希
公鑒
治喪處業已結束此後如有函件請投中央銀行秘書處代收轉交可也

治喪處附啟

字數雖不多，卻是當時佔用版面面積最大的一類，〈謝啟〉內的文字安排，在整個版面的位置和比例中，透露出豪邁與霸氣，連載兩天。

一般人們在報刊上刊載〈謝啟〉，主要目的一是告知社會，二是感謝親友，三是顯示哀榮。但是，也有的人，不把蔣的題誄當回事。一九七一年七月，立法委員、《中華日報》董事長鄭品聰去世，七月二十八日舉行公祭，蔣誄以「清操讜論」。第二天，謝家所刊載的〈謝啟〉卻沒有提及蔣的輓額，僅以：「先考鄭公品聰（劍侯）之喪，荷蒙嚴副總統暨長官親友賁臨弔唁，寵錫輓誄，高誼雲情，歿榮存感。謹申謝忱，俯維矜鑒。」一隻字不提蔣的四字輓額，卻把副總統抬出來，真不知鄭家是故意，還是疏忽？

有的人為顯示哀榮，不但在〈謝啟〉內列入「總統」、「副總統」、「行政院長」的名字，還把三人所題輓額也寫入。幸虧那時蔣不寫輓聯了，嚴副總統的也追隨老蔣如一轍，要是嚴和蔣院長都來它百字長聯，那該佔用多大的版面？

〈謝啟〉面積最大者，是一九七一年十二月二十一日，在吉隆坡仙逝的馬來西亞僑領劉西蝶，年七十二歲。二十六日在吉隆坡舉行葬禮。蔣通過大使館送去「忠藎不泯」哀悼。八天後，夫人楊其珍刊出的〈謝啟〉占頭版的整整四分之一。黑框內上面正中為劉的遺像（在〈訃聞〉中列遺像有之，但在〈謝啟〉內刊載遺像極為少見），字體最大為「總統蔣公賜頒輓額」的八個字，其餘均為小字，黑白分明，既體現悲悼氣氛，又彰顯逝者地位。

〈謝啟〉的內文字數，少者數十，多者百餘，一般在二百字以內。筆者所知，字數最多者，為一九七一年十一月二十九日，南越反共中文報紙《成功日報》總裁郭育栽，遭越共暗殺。他的殉難，得到臺灣、南越雙方正副總統的題誄，並均派代表弔唁。所以〈謝啟〉內有一段四百二十餘字的說明。全部文字達五百八十餘，別具一格。

以約定俗成的規矩，〈謝啟〉要在喪祭後的次日見報，有的因特殊情況，延遲一兩天也不為悖情。一九五〇年八月六日在臺北公祭郭懺，〈謝啟〉是在六天後的十二日問世。那時的〈謝啟〉大多為一次，而郭家一連三天道〈謝啟〉，不知是否為遲到的「道謝」而致歉。

筆者所見，遲到時間最長的是，一九五〇年十月二十八日捐館的焦易堂，十一月十六日公祭。〈謝啟〉在二十二天後才見報。

第十五章 葬費與恤金篇

第一節　如夫人殉節治喪費倍增

一九三五年一月三十一日，軍事參議院副院長魯滌平因腦溢血在南京病逝，年四十九歲。魯為湖南人，與蔣介石同年同月同日生，生前有妻子丁氏和側室沙氏，丁氏與沙氏多年不和，沙氏受丁氏管束極嚴，魯深受妻妾相爭之累。丁氏育有長子已二十四歲，時在香港就讀。沙氏生有兩子兩女，均在髫齡。魯患病期間，沙氏侍疾不離左右。魯死後，沙氏恐難以見容，避開女傭，跳樓隨夫於泉下，年僅二十七歲，時已身懷六甲逾三月。丁氏親見此情，擔心自己將受惡名連累，也攀窗欲跳樓，幸為其姪抱住雙腿得免。可是當時報紙，如《中央日報》對此事，為「尊者諱」，卻不顧事實，報導說：魯與夫人及沙氏「三人和睦同居一處多年」這就是轟動一時的「魯滌平如夫人殉節」事件，它為民國時期的殉節類事件中，又添上濃重而悲壯的一筆。馮玉祥在談到魯滌平死因時說：「魯滌平因如夫人之故，血壓太高，血管崩裂而死，亦傷精太過之故也。」（見《馮玉祥日記》第四冊，頁五〇六）邵元沖對魯的評價為：「詠安資能中庸，然亦醇謹，無過行，乃壯歲遽逝，亦足惜也」（《邵元沖日記》，頁一二〇八）。

▶魯滌平。

國民政府對魯滌平病逝十分重視，明令褒揚，按規定給治喪費五千元，追晉陸軍上將，實行公葬。各界唁函交馳，魯寓車水馬龍。蔣在後來聽取彙報時，沒有任何表示，但是聽說沙氏殉節，緊鎖眉頭，若有所思。蔣是一個舊觀念很重的人，對此他很受感動。提筆寫下：「增撥一萬元靈櫬費。」並兩度親往弔唁，「憑棺哀祭，深為歎喟」。回來後為魯撰寫輓聯：「遺愛在錢塘猶見白蘇政績；大星隕衡嶽長留褒鄂勳名！」派人送往靈堂。

第二節　撫恤金與葬費

並不是每一位得到政府〈褒揚令〉的逝者，都能得到撫恤金，如有的富商巨賈，或海外華僑就沒有。能夠得到者，或多或少和蔣介石的個人意願有很大的關係。以抗戰爆發前後為例，一般發給家屬的撫恤金分為五個級別：一萬、五千、三千、兩千、一千。四〇年代以後，隨著物價的飛漲，這一規定無形取消。

一、撫恤金的級別

蔣有一個習慣，對於欲收買利用的人，其尊長去世，賻贈的恤金就多，相反對已經歸順並忠心塌實為己所用者卻少。如一九二九年蔣為收買石友三，對石母病逝給款一萬元，於此同時的海軍部次長陳紹寬父親仙逝，只有五千。在四〇年代以前，以政府名義公開賻贈一萬元（有時會在私下另有蔣個人送款）的有段祺瑞、徐世昌、歐陽漸（字竟無，著名佛學家，居士）、黃郛、宋哲元、劉湘等人。五千元的有蔣百里、楊樹莊、鄧澤如、謝持、朱慶瀾、魯滌平、馬君武等人。三千元的有吳承仕、張克瑤、章太炎、金華亭等。兩千元的有郁華（字曼陀，上海大法官，郁達夫之兄）、李耀漢（曾任廣東省省長）、呂彥直（中山陵的設計者）。撫恤金最低的級別是一千元，如黃明堂、張敬文、李儀祉（陝西籍的水利專家）、冶啟良等。冶啟良為青海省大通縣人，是一位德高望重的老阿訇，八、九十歲時還關心教育，曾親手植樹百棵。一九四〇年仙逝時已經是一百二十歲的高齡了，他的後人在得到國民政府〈褒揚令〉的同時，還得到蔣手書的「共和人瑞」輓額，可見他能得到〈褒揚令〉，與一百二十歲高齡不無關係。蔣介石尊老敬老，可見管豹。

有的人因葬儀規格發生變化，撫恤金的多少隨之改變。一九四二年八月楊庶堪逝世，初步定為公葬，發撫恤金五千元，後改為國葬，恤金增撥一萬，再撥國葬費十萬元。一九三五年蒙藏委員會委員長石青陽去世，三月二十七日，國民政府明令褒揚，給喪葬費五千元。第二天，國民黨中央召開常委會，追贈陸軍上將，撫恤費改為二萬元，子女教育費另議。一九三八年四月，第七十師二一五旅旅長趙錫章在山西隰縣楊村與日軍作戰犧牲，年三十七歲。閻錫山向蔣呈請特殊優恤八千元，獲得批准，並由旅長追晉陸軍中將，「照陸軍中將給恤」。在一般情況下，撫恤金沒有八千元這一級別，看來這個「特殊優恤」是由於閻錫山的「呈請」起了作用。

唐紹儀的撫恤金大概是比較特別。一九三八年，蔣以唐紹儀有勾結日軍嫌疑，令戴笠派特務潛赴上海將他暗殺。國民黨內部和社會各界頓時沸騰，人們早就對國民黨的特務橫行不滿，現在又認為唐勾結日軍無確鑿證據，特務隨便殺人，紛紛指責。《中央日報》馬上刊載消息，說唐死確為日人所為。國民政府隨即明令褒揚，給喪葬費五千元，蔣又電唁唐家屬慰問。日偽方面隨即言之鑿鑿的反駁，蔣為安撫唐家，另贈不公開的喪葬費五萬元。

二、公葬幾何

公葬費一般是直接由家屬領取，而國葬費由於數額較大，有的是家屬領取，有的是由治喪委員會保管，負責領用。許多人都會問，當時的公葬要花多少錢？國葬又要花多少錢？這種問法是不對的，應該問：某某的公葬費多少？某某的國葬費多少？因為不論是公葬，還是國葬，要具體到每一個人，都是不同的。雖然當時規定公葬費為五千元，但是具體到某一個人就會不同。此外在特殊的時間、特殊事件的情況下，喪葬費也都不會相同。這種改變只會增加，沒有減少，造成喪葬費用無節制增加，所以在一九三七年六月二十四日的中央政治會議議決：國民政府訓令直轄各機關：公葬費用不得超過五千元。（《中央日報》一九三七年七月三日四版）

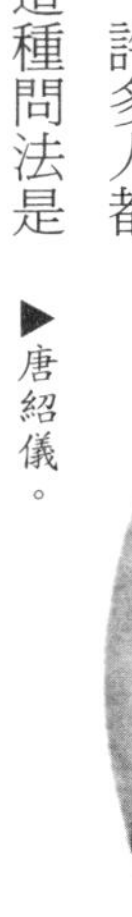
▶唐紹儀。

一九二五年八月二十日廖仲愷遇刺身亡。二十一日，廣州國民政府特令優恤，舉行國葬，頒治喪費一萬元。到九月八日又核定給家屬恤金三萬元，與廖一同被刺的陳秋霖家屬一萬元，由財政部如數籌撥。當時所謂的「國民政府」根本沒有如此財力，一個「籌」字道出內幕。後來是靠海外華僑的捐款「籌撥」的。一九三三年十月十三日，西藏十三世達賴圓寂，在拉薩和南京兩地舉行公祭，一九三四年二月二十四日，國民政府明令實行公葬，由行政院轉飭財政部：撥發治喪費五萬元，交由治喪委員會領用。但當時財政困難，實際僅領取兩萬元。當喪事結束後，又為達賴修建了十三層的紀念塔（小型），餘款還有七千元。足見當時西藏物價之便宜。一九三六年十月二十五日，蔣的智囊楊永泰在漢口被CC系派特務暗殺，蔣非常震驚（對於楊被暗殺，周恩來認為是蔣之所為）。先是指令由國民黨中央撥付一萬元治喪，這筆錢肯定是不夠，蔣又命令湖北省政府由省庫提撥三萬元，在湖北治喪，避免了在南京為楊舉行公祭、追悼，和CC系發生衝突的諸多麻煩和更大的開銷。一九四四年三月八日，黃興夫人徐宗漢病故重慶，蔣派吳鼎昌前往弔唁，給葬費五萬元。與此同時去世的王用賓去世，蔣派吳鐵城致祭，只給一萬元治喪。

▶西藏十三世達賴。

蔣介石是軍人出身，也以軍人的眼光來對待喪葬費的處置，對於服從命令，忠勇善戰，殉難疆場的將領格外感念，特別優恤。而對於文職官員則另眼看待。一九三四年六月，蔣為戰死的陸軍第五師師長胡祖玉頒〈公葬令〉，並「從優給喪葬費」五萬元，以「旌忠烈而勵來茲」。一九四二年五月二十六日，戴安瀾殉國緬甸，國民政府給二十萬法幣。（《百年潮》二〇〇三年第二期，頁四七）

三、國葬幾何

大概黎元洪的國葬費用，是國民黨政府上臺後的二十年間最少的。一九二八年仙逝時，其子女向上臺伊始的國民政府申請名義，要求國葬。這對蔣及同僚來說是求之不得，儘管財政十分困難，但還是籌撥喪葬費一萬元，草草將其安葬。一九三五年蔣不知想起什麼，又決定在武漢為黎實行國葬（實為黎的元配從天津移靈，與黎在武漢合葬儀式），又增撥一萬元。兩次均沒有涉及給家屬撫恤金，這大概是因為黎家經商富有的緣故吧。一九三〇年九月二十二日，行政院長譚延闓病逝，實行國葬，名義上給喪葬費一萬元。但是其他不算，僅為他修建的陵墓園就花費了二十萬

胡漢民於一九三六年五月十二日在廣州捐館，但他的國葬卻拖延了五個多月才舉行，原因雖多，但與國葬費多少，久議而不決關係重大。當時胡派為報復蔣對胡的扣押，提出葬費要一百五十萬，蔣不便出面表示，仍遭到許多元老的堅決反對，彼此爭論不休，到十月十五日的中央會議上，還在討論。馮玉祥發言說，他對胡先生甚敬佩，為中央，為政府，為胡先生，不應用款太多。他還引用張繼的話：（一百五十萬）是對胡先生的侮辱。馮感歎道：一百五十萬「可買多少軍火抗日呀？」（《馮玉祥日記》第四冊，頁八一四）最後定為六十萬，那麼這六十萬是個什麼概念？以當時江南價格計，可買正值青年時期的黃牛一萬三千頭。胡家先期只領取三十萬。十月二十五日國葬結束後，餘款未領。不久，在孫科的提議下，發起將上海私立持志大學改辦為私立「漢民學院」，以紀念胡漢民，並將葬費餘款移作該校的基金。每年可得息金二萬一千萬元，同時又向社會各界發起募捐基金。後因抗戰爆發不了了之，南京僅存私立「漢民中學」而已。

比胡漢民晚逝一個多月的國學大師太炎先生，他的「國葬」就更不堪回首了，蔣得知噩耗，當即肯允為「國葬」，但撥發給家屬的賻儀金僅三千元，而當時他的生活境況十分窘迫，有時靠杜月笙給予接濟（蔣也時有贈款），至於國葬費就頗費商議了。六月二十五日的中央會議，其中一項是討論太炎的國葬事，「蔣同意，吳稚暉態度不反對，不贊成，吳說高爾基是小說家，能國葬，太炎亦應國葬。」（《馮玉祥日記》第四冊，頁七四六）八月二十八日，又為太炎國葬事召開籌備委員會議，擬請國民政府先撥一萬元。（《邵元沖日記》，頁一四一五）十月二日，在中央黨部召開的國葬籌備委員會議上，再次討論葬費，這次增加到「擬請三萬」。但汪旭初發言：章夫人擬請購地西湖濱，畝需五千金，則購地五六畝已需三萬金。參加會議的邵元沖是不同意國葬的，更不滿過度糜費，他在日記中表露：「當此民窮國困之時，何以堪此？」（《邵元沖日記》，頁一四二六）直到十二月二日的中央政治會議上，才通過增加太炎國葬費兩萬元的決議。（《邵元沖日記》，頁一四四六）但不知何因，一直沒有舉行，連蔣的胞兄蔣介卿的「大出殯」都結束了，還是沒有確定時間。直到抗戰爆發，竟不了了之，太炎先生空得一個國葬的名頭。

▶章太炎。

戴季陶在廣州自盡時，蔣雖已下野，但還是左右了戴的葬儀規格：「中央明令國葬」。戴出生於四川，成年後卻以浙江吳興人自居，官居高位後對四川也沒有多少側顧，遺囑中卻要歸葬於出生地。四川人這下不買帳了——無錢付葬費！戴的墓園原經勘定位於成都外西棗子巷一帶，中央根據蔣的旨意要求四川省出資，但在這風雨飄搖，大廈將傾的時候，誰知局勢如何發展，誰又肯出面負責？其葬費預計為二五〇〇萬元，以當時的物價水平，已經是儉之又儉了。「四川省政府除代為開支部分外，特電請中央撥款。」。蔣知道四川省擔心墊付資金後，中央不予回補，不得不出面協調，一九四九年二月二十一日，蔣電令四川省主席王陵基：「戴故中常委季陶喪葬事等，應從儉從速辦理，所有葬費，暫由省府墊付。中央明令國葬，即予歸還！」由於有了蔣的保證，王陵基這才不得不下令於二十二日動工，但施工效率之快，令人咋舌：「預計半月左右可告竣工」。（參考《新新新聞》一九四九年二月二十三日十版）當年譚延闓的墓園修了一年多，劉湘的也有兩年左右，怎麼戴的墓園修得就這樣快？

第三節　不敢公開

抗戰勝利後，給付逝者治喪費的數額，就很少公開報導了，可是有一次的公開報導卻引起軒然大波。

黃復生（一八八三—一九四八），原名位堂，字明玉，四川隆昌人。曾留學日本專習印刷。後入同盟會，任四川主盟人兼《民報》經理，又專司製造炸彈，與汪精衛同行北上謀刺攝政王被捕，判終生監禁。辛亥時清廷大赦出獄。民國成立，任印刷

▶黃復生。

局局長，南北議和後，一直追隨孫中山。曾任四川省省長、四川靖國聯軍總司令。一九四八年八月二十九日病逝，年六十九歲。蔣派重慶市市長楊森前往致祭，按公葬條例，給治喪費五千元。

消息傳出，舉世譁然。人們紛紛打問，報紙是否登錯了？也有人認為是報紙沒說實話。因為此時的物價飛漲，與抗戰前相比已上漲了數百萬倍。五千元，按照官價可折合〇・〇〇〇七美元，如果按照市價則更慘，僅為〇・〇〇〇五七美元。這樣一筆錢能幹什麼？顯然這不是真實的數額！

國民政府對逝者治喪費的公開渠道有三種，一是在〈褒揚令〉中明確，二是蔣在唁電中提及，三是由報紙作新聞報導。而前兩項最終也是由報紙公開的。

公佈治喪費數額，給當局出了難題，因為經濟形勢的惡劣，造成國幣匯率的極不穩定和飛速暴跌，如果按照治喪條例給發，如實報導，民輿嘲笑。如果按照實際物價水準給付，民輿又會不滿，怎樣面對匯率的官價與市價（甚至是黑價）之間的巨大差額？當時新的葬費標準沒有制定，即使制定，物價又會變動，所以乾脆不公佈治喪費數額。

一九四六年八月五日，立法委員凌子黃在南京去世。蔣時在牯嶺，聞訊甚為悼惜，特電話中央黨部秘書長吳鐵城，委其代表唁慰凌氏家屬。第二天，又電話囑賻贈一百五十萬元。而這一百五十萬國幣，折算官價為五六六・七六美元，如果以市價計，僅為四四七美元。如果凌氏為公葬的話，援引抗戰前的公葬治喪費標準為國幣五千元，折合抗戰前匯率，為一四六六美元，可見，與戰前相比，實際僅為三分之一左右。

一九四六年十二月，為吳佩孚舉行國葬的計畫用款五千萬，看起來是很嚇人的一筆鉅款，但是按官價折合為十五萬美元。若市價，則八二四六美元。足見官價與市價的差額變化太大、也太快。

蔣對他看重的人，還是真心實意的為其治喪，慷慨的給錢。一九四六年五月十七日，軍事委員會國際問題研究所所長、遠東問題專家王芃生病逝南京，蔣極為軫悼，給治喪費三千萬元，可折合官價約一四八五一美元，市價約為一一二五七美元。比起戰前是很可觀了（以一九三七年一月匯率計，公葬費五千元國幣，兌換約一五〇〇美元）。

雖說王芃生的治喪費，令其他逝者家屬羨慕，但是王家必須及時領回，還要及時兌換成美元（當時外匯控制嚴格，兌換美元十分困難），否則就「稍縱即失」，損失慘重。最可借鑑的是，與王芃生幾乎同時（一九四六年六月三日），蔣個人贈百萬元為著名學者熊十力改善生活，委託湖北省政府轉交。當時可兌換約四九五美元。熊家客氣了一下，湖北省政府轉交時又拖延了幾天，在兩個月後只換回三六一美元，就這樣還是特別照顧。熊家只有暗自歎息。

▶王芃生。

第十六章　致祭專使

用「鉅細躬親」來形容蔣介石的為政風格是不過分的，也可以說他是一位勤政的模範。對於重要的喪事活動，他力求參加。但日理萬機的繁忙，不可能都出席，特別是戰爭期間，他遠在前線就無法躬親了。於是有的祭悼，他只得委派代表參加。如張繼、宋美齡、蔣經國、劉峙、蔣伯誠、賀耀組、張治中、張自忠、商震、俞濟時、王世杰、朱家驊、陳布雷、丁惟汾、胡宗南、邵元沖、陳儀、吳忠信、黃紹竑、黃仁霖、劉樸忱、陳濟棠等人都曾做過他的「致祭代表」。他們或是主持追悼會，或是宣讀蔣的祭文，或是代表蔣贈送賻儀金，慰問家屬。作為家屬則備感「哀榮」，作為蔣本人，一則完成一項「不失禮數」的工作，二則以此「深孚眾望」而達到籠絡人心的目的。

第一節　由代表而「專使」

有的人似乎天生就有主持喪事的才能，他能面面俱到，滴水不漏，既能滿足家屬的「悲情與哀榮俱顯」的要求，又能體現出蔣的本意，既對逝者哀悼，對家屬慰問，對同僚安撫，並對「蓋棺」作出準確的「定論」。因此頻頻被蔣選作致祭代表，如吳鐵城、何應欽、魏懷、張群等人，他們似乎成了蔣的「致祭專使」（這個名稱不是當時就有的，而是後人為他總結出來的）。其中吳鐵城「代表」的最多，竟成了蔣的「常任專使」，不論他是做上海市公安局長，還是上海市市長，以及國民黨中央黨部秘書長，或是海外部部長，他這個「常任專使」是始終兼任的。段祺瑞、石瑛、黃興夫人徐宗漢、胡漢民夫人陳淑子、王用賓、石青陽、文鴻恩、盧斌、張沖、蔡元培等眾多人的葬禮都是由他代表蔣參加的，其中大部分是作為主祭而使追悼會「隆重、悲壯、肅穆」。

在四〇年代前後，魏懷是僅次於吳鐵城的第二位「常任專使」，這是因為他的職務——「文官長」所決定的。王伯群、張定璠、周復、張一麐等人的葬禮就是由他代蔣而為的。

魏懷，字子杞，一八八一年生，福建閩侯人，曾任福建教育司司長，一九三〇任立法委員。林森出任國府主席後，以同鄉之誼將魏懷延攬身邊，於一九三二年一月三日起任文官長，直至一九四五年一月十八日止。此後專任國民政府委員，一九四八年任國民政府顧問。魏任文官長頗有心得，他為林森代拆閱文件，加蓋璽印，凡事輕重緩急，都安排周密，可省去林的不少心思。林還將「國璽」大印放在魏處保管，一般文件，只要他批閱過的，林便不再過問，由他用毛筆簽個「懷」字。他簽署的文件特別多。魏還特別善於處理林、蔣之間的關係，往往既遵從蔣的本意，又顧全了林的面子，否則他也不會在這個位子上待這麼長時間。

起初魏懷是作為林森的致祭代表，後因蔣事冗臨時也委派他兼而代之，這就形成有時他一身代表林、蔣兩人致祭，再後來就代蔣而多於代林了。這樣也引起逝者家屬的不滿，認為有敷衍之疑，所以林有時再另選代表。不過他所代蔣而為的人物，遠不如吳鐵城代蔣而為的人物地位高，這也是兩者身分、地位所決定的。魏懷因職位、聲望的原因，平時對那些位尊名重的黨國大員，低聲下氣，而到了追悼會上則意氣風發。因為在追悼會上，其他人先到場靜候主祭，只有主祭就位後，才能開始祭奠。結束時，主祭先行離開，其他人才可以隨後退場。

第二節　由專使而「特派」

蔣介石的「致祭專使」有兩種，一種是「特派專使」，另一種是「就近專使」。所謂「特派專使」是指蔣以國民黨中央名義，或以國民政府名義，由南京或重慶（抗戰時的陪都）派出代表，趕赴逝者治喪地，以表示蔣或國民政府對逝者的哀悼和尊崇，對葬禮的重視。如一九四〇年三月五日，蔡元培在香港去世，蔣派海外部部長吳鐵城為他的代表赴香港主持治喪。吳就是所謂「特派專使」了。當然，「特派專使」也不是隨便選派的，要根據他的身分、地位、學養、人際關係，以及「致祭水平」而定。

一九四三年十二月二十七日，山西省主席趙戴文病逝於山西臨時省治吉縣克難坡，蔣於當日得知，特派徐永昌為代表，由重慶趨克難坡致祭。因為徐不但是銓敘部部長，而且與趙同為閻錫山的晉系大員，且與趙私誼頗深，淵源的經歷，共同的利益以及鄉音鄉情的「專使」致祭，從而拉近了蔣與家屬乃至整個晉系將領的距離。

一九三三年十月十三日，西藏十三世達賴圓寂，國民政府一面追封為「護國弘化普慈圓覺大師」，一面組織「致祭使團」前往冊封致祭。當時英國對西藏圖謀已久，西藏地方當局既恐英國殖民，又懼國民政府控制。當英國勢力猖獗時，就向國民政府靠攏。當危機過去，又疏遠中央政府。蔣介石決定利用這次機會，深入了解西藏社會的各種情況，圖謀解決西藏問題。但是，派誰作為「特派專使」？按相關職務來說，蒙藏委員會委員長石青陽是當然人選。因蔣還有其他軍事目的，對這個四川人不放心。最後選定黃慕松。黃在入藏途中，先後與劉湘、劉文輝、藏官、僧眾等進行洽談、訪晤。黃僅在拉薩就留居三個月，全程費四十萬元，為蔣帶回川藏政治、軍事、經濟等分量頗重的資訊情報，可謂不虛此行，深得蔣之滿意，不久升任廣東省主席。

一九三六年六月十四日章太炎病逝於蘇州，蔣很意外，也很重視他的治喪，當時就定為國葬。對於選派何人作「國葬」的致祭代表，特別是要考慮到太炎先生的古怪性格、顯赫經歷、崇高的學術地位，以及眾多的故舊門生，蔣可謂是頗多思量，最後決定派國史館館長張繼。當時張遠在西安，即於十五日下午由西安飛蘇州代蔣而為。

▶黃慕松。

「就近專使」是指委派逝者喪地的官員代表蔣致祭，它有三個方面的特點，一是節省時間；二是節省費用；三是大多為「父母官」的地位，更容易化解某些矛盾。一九三六年一月，中央委員兼蒙藏委員會委員尼瑪鄂特索爾（蒙古族）在張北殞命，蔣派時在北平的張自忠代表前往致祭，張還代表蔣向家屬轉交蔣贈送的三千元賻儀金。

一九三六年，段祺瑞在上海去世後，蔣派軍委會副處長官丁琮為代表赴上海襄助治喪，原定葬於黃山，並花費二十萬選址建墓園。但段的兒子段宏業不同意，執意要葬在北平，蔣遵從了，又派河北省主席宋哲元為代表，協助段家辦理安葬事宜。這樣，前者是「特派專使」，後者就是「就近專使」了。

第三節　由特派而眾多

蔣介石有時會在一個追悼會上，派出多位「致祭專使」，其中一位作為主祭，另一位宣讀他的祭文，其他則慰問家屬。一九三八年五月八日，抗戰名將郝夢齡的遺體運抵漢口，當天舉行公祭，蔣派何成濬主祭，另派銓敘廳長吳恩豫「恭讀」蔣的祭文。

一九四四年四月王用賓病逝，蔣首先派出吳鐵城前往弔唁，五月一日舉行追悼會時，派居正代表自己主祭，派呂超恭讀蔣與居正聯名的祭文。

有時蔣本人既已參加追悼會，卻還要派代表。眾所周知，蔣不善辭令，而且他的鄉音也不易聽懂，所以，一般的追悼會，他的祭文是由代表宣讀的。一九四〇年一月二十一日，旅渝的山東同鄉會發起，在重慶為吳佩孚舉行追悼會，蔣以國民黨總裁身分主祭，國民黨元老、吳佩孚的山東同鄉丁惟汾代蔣「肅穆敬讀」蔣的祭文。

也許有人不相信，對於一位著名人物的喪事，有時蔣會前後派出多達十幾位代表參與喪事，因為中國傳統的喪葬文化較嚴謹，有許多程序不可違越，蔣也是很尊重的。如得知某人去世，蔣首先會派代表去家中慰問家屬，此後家庭小殮、社會大殮、社會公祭、追悼會、安葬儀式（甚至還有告殯儀式、啟靈儀式、歸葬儀式等）、忌日周年、冥誕紀念等活動也都會派代表參加，也就形成了他一生中的「致祭代表」難以數計的原因。

第四節　三特使有分工

蔣介石一生，主要有六位高級別的致祭特使，如果依據次數而定為：吳鐵城、魏懷、何應欽、張群、宋美齡、蔣經國。如果依據逝者的職位和重要性來定，則依次為：張群、宋美齡、蔣經國、吳鐵城、何應欽、魏懷。在大陸時期，主要是張群、吳鐵城、何應欽三人。這三人與蔣有著淵源的歷史關係，成為蔣的親信，又是國民政府的高官。從年齡上看，吳鐵城最大，生於一八八八年，其次比肩而論，各差一歲。

如僅從「致祭專使」角度看，以大陸時期為例，他們三人似乎有一種不太嚴格的分工：其中吳鐵城代表的次數最多，主要是政府部門、耆老賢尊、社會名流，海外僑領。何應欽主要負責代蔣出席軍事將領的葬禮。張群代表的次數最少，但是規格更高，還包括蔣氏家族的親屬，如一九二九年宋子文之母倪桂珍的葬禮，就是由他代表蔣和國民政府前往致祭，並負責辦理一切。此外還有一九三七年四月蔣介卿的葬禮，從這一點分析，張群顯然與蔣的關係更親近，更得蔣信任。

這種無約而俗成的分工，是蔣有意安排，還是無意巧合？不得而知。但有一點可以肯定，那就是他對喪事較為重視，對致祭代表的安排是深思熟慮的，如孔祥熙、宋子文兩位國戚，從來就未被選做致祭代表。

吳鐵城和張群都做過上海市市長，可是吳當市長時，參與蔣的致祭活動，似乎成為他市長工作的一部分，這一點與張群有所不同。段祺瑞、石瑛、黃興夫人徐宗漢、王用賓、石青陽、文鴻恩、盧斌、張沖、著名畫家高奇峰、蔡元培等數十人的葬禮都是由他代表蔣參加的，其中大部分是作為主祭，而使追悼會隆重、悲壯、肅穆的。

何應欽始終任職軍界，許多軍事將領的去世，由他代蔣主持葬禮，恭讀祭文。而且他們的親屬去世，也責無旁貸。如一九三五年閻錫山的父親去世，就是何代蔣而為。不但如此，就連中共方面也不例外。一九四四年四月，中共領袖朱德母親鍾太夫人去世，年八十六歲。延安舉行隆重的追悼活動，這是中共歷史上僅有的一次，為黨的領導人的母親去世，舉行的公祭儀式和葬禮。何應欽以國民政府軍事委員會參謀總長的名義致唁電：「驚聞之餘，至深哀悼。太夫人福壽全歸，母儀永耀，尚望勉抑盂思，無過哀毀。」據說蔣原本派何代表前往參加祭悼，因故未果，何又派人送去一副輓聯。

到臺灣後的初期，是三特使合作最愉快的一段日子，他們同時參加公祭的機會很多，後因蔣打擊CC系，冷淡政學系，以扶持蔣經國做接班人，所以何應欽、吳鐵城作為主祭的機會卻不多，甚至連「襄祭」的榮譽也很少有，他們已經被新的權貴所取代。一九五三年十一月吳被蔣罵死，蔣的態度如何，不得而知，只是蔣夫人代蔣慰問吳夫人馬鳳歧女士甚殷。「三特使」變為三缺一，張群、何應欽對吳之結局，感喟頗多，哀歎不已，有「致祭代表」致祭「致祭代表」之說。此後兩人成為臺灣政壇的常青樹，更是喪葬活動不可或缺的重量級人物。張群在談到吳鐵城時說道：「政府播遷到臺灣以後，鐵老與我的往還更親密，朋友們每談到鐵老便說到我，看到我就聯想到鐵老，把我倆看成是永遠離不開的形與影似的，其實我何敢與鐵老並稱，我和鐵老的『交情老更親』是事實，而我的不及鐵老處，使我衷心願意把鐵老作為最親切的益友，則為很少人能夠體會到的。」

第五節　臺灣時期

蔣介石到臺灣後，推行「國民黨改造」，一來對在大陸的失敗，找藉口做個交代，二來為兒子蔣經國接班，鋪平道路。所以這一時期，致祭代表換了新面孔。如一九六八年三月九日上午，派總統府參軍長黎玉璽上將，前往市立殯儀館，致祭已故中央評議員、前駐義大利大使于焌吉。蔣送輓額「壇坫著績」，嚴家淦贈「績垂壇坫」。（《中央日報》一九六八年三月十日第三版）

一九七二年七月十五日，特派張寶樹致祭臺灣省議會議長黃朝琴，張寶樹為國民黨中央委員會秘書長，剛結束四天在菲律賓的訪問（《中央日報》一九七二年七月十六日第三版），可見新權貴的繁忙。

一九六〇年四月十七日，蔣特派參軍長黃鎮球上將，致祭泰國空軍總司令差林傑上將。（《中央日報》一九六〇年四月十八日地一版）

一九六四年四月五日，美國二戰名將麥克阿瑟，在華盛頓陸軍醫院病逝，年八十四歲。他的遺體將運紐約供人瞻仰，然後安葬於麥克阿瑟紀念堂內。六日，蔣氏夫婦特馳電麥帥夫人致唁，同時派臺灣常駐聯合國代表劉鍇、安理會軍事參謀團中國代表團首席代表王叔銘，作為特使，參加八日

▶麥克阿瑟將軍（左）與國務卿杜勒斯。

舉行的麥克阿瑟追悼儀式，蔣氏夫婦為其發有唁電：「……他的豐功偉業，將為目前仍在繼續反抗暴力，反抗侵略及反抗奴役之愛好自由人民，永志不忘。」此電報由臺灣駐華盛頓使館公使江易生轉交麥克阿瑟夫人。（《中央日報》一九六四年四月八日第一版）

張群依然得到蔣得信任，主祭和特使的資格依然保留，如一九五八年一月十二日，蔣派張群致祭丁文淵（丁文江之四弟），並為之題寫「多士楷模」。（《中央日報》一九五八年一月十三日第一版）一九七二年六月三日，蔣明令特派張群為監察院院長李嗣璁治喪。（《中央日報》一九七二年六月四日第一版）

第六節　晚年

晚年蔣介石最信任的三位致祭代表是張群、宋美齡、蔣經國。一些重要的國際性喪事活動，大多由此三人代表。一九五九年五月二十四日，美國前國務卿杜勒斯因癌症，在華特里德陸軍醫院去世，年七十一歲。此前三天，艾森豪總統以文職人員最高榮譽——自由勳章授予這位著名外交家，得知杜氏噩耗，艾森豪當即發表聲明悼念。當時宋美齡恰好在美國，自然成為蔣的就近特使，於六日從紐約抵達華盛頓，參加八日舉行的杜勒斯葬禮，她對記者說：她相信美國政府將繼續實行前國務卿杜勒斯的政策。她是十幾位正式代表本國政府參加葬禮特使中的唯一女性。（《中央日報》一九五九年五月二十八日第一版）

一九六七年八月十五日，孔祥熙在紐約病逝，年八十八歲。當天，蔣氏夫婦聯名電唁孔夫人，第二天蔣就為之題誄「為國盡瘁」。對於孔之喪，於公於私，宋美齡都是最適當的特使。十七日，在蔣緯國的陪同下，宋乘臺灣一架空軍專機，自臺北抵達紐約，參加將於二十二日舉行的葬禮，臺灣駐美大使周書楷夫婦、臺灣駐聯合國大使劉鍇等在機場迎接。宋下榻的旅館門前以懸掛起一幅巨大的中華民國國旗，以示對她的歡迎。（《中央日報》一九六七年八月二十日第一版）

不論是作為就近特使，還是特派專使，宋美齡都是講究地位對等的原則。一九五八年七月二十七日，陳納德因肺癌在美國病逝，年六十七歲。蔣氏夫婦、陳誠夫婦等均有唁電慰問。當時在美國的宋美齡發表談話，讚揚他為中國抗日戰爭做出的傑出貢獻。（《中央日報》一九五八年七月二十九日第一版）儘管臺灣對陳納德評價很高，但所派特使級別並不高：蔣明令派臺灣駐美大使董顯光為特使，參加他的葬禮。儘管當時宋美齡就在美國，而且結束在華盛頓十三天的訪問，立即飛往紐約參加陳的葬禮，卻不是作為特使，這是因為陳納德當年只是國民政府聘請的飛行教練，儘管後來升級為「少將司令」，但他仍然是在宋的領導下，以宋之地位作特使，似乎有屈尊之嫌。

▶艾森豪總統與國務卿杜勒斯（右）。

蔣介石一生最後一位重要的致祭特使，就是他精心培養的接班人蔣經國。蔣經國在臺島內，以蔣的特使身分主祭並不多，但對待國際大型喪事，非他莫屬，可以說在晚年，在對待蔣經國的接班問題上，他連宋美齡都不信任了。一九六九年三月二十八日，美國前總統、二次大戰盟軍統帥艾森豪將軍病逝，蔣派國防部長蔣經國為特別代表，赴美參加艾森豪葬禮，實為藉機與美國新任總統尼克森探討美臺關係。

第十七章 學者耆賢篇

第一節 才賀壽齡又哀其萎

一九三六年十月三十一日，是蔣介石五十歲生日。在陳果夫提議「獻機祝壽」下，號召人民捐款購機，鞏固空防，為蔣祝壽。當時著名教育家、復旦大學創辦人馬相伯「特以描金紅絹立軸書四尺大壽字」，為蔣賀壽，於三十日派專人航空送南京，「委託受業弟子于院長右任親手轉交」給蔣，當時蔣避壽於洛陽。而馬相伯晚年對蔣的「不抵抗」政策頗為不滿，曾對人說：「他會打仗嗎？」在七君子及「救國會」事件上，更是堅決站在他們一邊，七君子也「惟公馬首是瞻」。因蔣有敬老崇老特性，緩解了對馬的不滿情緒。一九三七年，馬九十八壽辰時，蔣贈三千元賀壽（于右任捐一千元）。一九三九年四月七日，是馬老百歲壽誕，時馬已避難在越南涼山。然而，抗戰中的人們沒有忘記「南天一老」，在壽誕前一天，國民政府頒布對他的〈褒嘉令〉，對他的學術人品、愛國情操給予高度讚揚。重慶、上海和香港同時為他舉行祝壽活動。蔣親臨重慶會場，並致送賀聯：「天下皆尊一老，文章獨擅千秋」。蔣的對聯寫得不是很好，但是此聯卻不同凡響，是否假以他人，不得而知。于右任的壽聯

▶馬相伯。

為：「先生年百歲，世界一辰星」。（周伯敏，〈記于右任〉，《上海文史資料存稿彙編‧政治軍事》第二卷，頁三二〇）

四月六日國民政府頒佈〈褒嘉令〉，對馬的學術人品和愛國情操給予高度讚揚：「學貫中西，名德夙著。中年以後，慨捐鉅款，倡學海濱，樂育英才，贊覆匡復，為功尤巨。近自禦侮軍興，入佐中樞，秉老當益壯之精神，參抗戰建國之大計，忠忱碩望，宇內同欽。茲屆轉登百齡，襟懷豪邁，無減當年，匪惟民族之英，抑亦國家之瑞。載頒明令特予褒嘉，以旌勳纖而資矜式。此令。」〈褒嘉令〉中還贈壽匾「壽登百年」。為祝壽而頒〈褒嘉令〉，馬相伯是唯一特例。

但是，僅僅過了半年多，十一月四日，馬老在涼山去世。七日，蔣電唁馬老家屬：「河內總領事館轉馬相伯先生家屬禮鑒：驚聞老先生溘逝寓邸，東夷之寇焰未滅，南極之星亡遽飲，一代人師，千秋永念，國遺之戚，舉國所同，謹電致唁。蔣中正。魚。侍秘渝。」十一月二十六日重慶各界為馬老舉行隆重追悼會，蔣送輓聯：「畢生廣造英才，化育百年尊絳帳；臨死尚饒敵愾，驚魂萬古式黃炎！」這真是：才賀壽聯，又哀其萎！在蔣之誄辭中，可謂一奇。一九四〇年四月六日，在馬老一〇一歲冥誕時，國民政府頒發對他的〈褒揚令〉，其日期選擇，用心良苦。

第二節　總統生日「師表」死期

蔣介石十分重視自己的生日，一九三六年的五十歲生日，一九四六年的六十歲生日，都搞了很隆重的祝壽活動，前者是「獻機祝壽」（要求人民捐款購買飛機，鞏固空防）。後者是「獻校祝壽」

（要求人民捐款補助學校或創辦新校，發展教育，以策祝壽）。即使敗退到臺灣後也不例外，想盡辦法號召臺灣人民為他祝壽。臺灣各機關、團體、學校、軍隊在這一天均要張燈結綵，開會慶祝，大中城市的各街道還要張貼很多祝壽、慶壽的標語（連祝壽的標語口號都是事先規定好的，不得隨意使用規定範圍以外的口號），國民黨控制的報刊，還要發表祝壽社論。

一九五三年十月三十一日，是蔣介石六十七歲生日，就在為蔣籌備祝壽的同時，國民黨元老吳稚暉病危，吳的親朋好友和醫生都認為吳活不到三十一日。總統府秘書長王世杰十分為難，他深知，蔣特別不喜歡在他生日這天有不愉快的事，如果將這個消息告訴蔣，蔣必定會不高興。最後他與蔣的心腹陶希聖、總統府副秘書長黃伯度及醫生協商，盡力維持到十一月一日，如果不行，可採取其他辦法。一定不要與蔣的生日相衝突。

▶吳稚暉。

但陶希聖認為此事還必須告知蔣，如果一旦有變故，恐怕誰也擔待不起。二十九日深夜，陶希聖、黃伯度見蔣，將吳的病情及協商意見報告蔣介石、蔣經國，得到蔣氏父子的肯允。三十日下午六點，主治醫師發現吳的病情又在惡化，當即將這一情況報告黃伯度，黃帶了一幫人馬趕往醫院，找到主治醫師，直接告訴他們實情，必須在三十日夜十二點以前，使其停止呼吸，必要時可拔除氧氣管，對親屬只可說是實在無法搶救了。在黃伯度的監督下，醫院終於停止搶救。插在吳稚暉鼻子上的氧氣管拔除不一會兒，吳就停止了呼吸，時為一九五三年十月三十日夜十一點二十八分。吳稚暉終於在蔣介石生日前三十二分鐘去世了，終年八十八歲。

十月三十一日，臺灣各界都在為蔣大張旗鼓的舉行隆重的祝壽活動，《中央日報》頭版有四個空心紅邊的「萬壽無疆」方聯。而僅在第三版的角落裡對吳之死作了簡短的報導：十月三十日，黨國元老吳稚暉先生因病，「搶救無效」在臺北逝世。

十一月二日蔣率全體中委舉行隆重的公祭，蔣特頒「痛失師表」輓額，「痛悼」這位年長自己二十二歲的「師表」。翌日蔣又頒發〈褒揚令〉，令文稱吳「高風碩德，允為一代完人」（在蔣的誄辭中，只有三人被尊崇為「一代完人」，而吳是最後一位）。四日尊吳氏遺囑實行海葬，他的入室弟子蔣經國親自參加。一九六四年三月二十五日，蔣為吳百年誕辰特撰〈吳敬恆先生百年誕辰頌詞〉，洋洋灑灑二千多字。在臺北市中心區的圓形廣場上，有兩尊銅像，一為蔣介石的，一為吳稚暉的，蔣以「一代完人」的「師表」陪祀自己，以顯示自己地位之崇高，可見其用心良苦。

第三節　西北大家長

蔣介石到臺灣後，反思大陸失敗的原因，認為是由於國民黨內部派系叢生，互相拆臺，不團結所至。所以他要改造國民黨，將一些元老級人物，或是打壓，或是趕走，或是束之高閣。如陳立夫被趕到美國養雞，何應欽只有吹牛拍馬的份兒（何曾著述撰文，如反攻大陸三年成功、蔣總統如何偉大等）。然而蔣對于右任格外關照，監察院院長的位子還給他保留著。大概是他沒有野心，也無拉幫結派的緣故吧。也正是這種原因，在臺人員以地緣鄉情故，凡西北籍人士紛紛向于右老靠攏，尊為「西北大家長」，惟此公馬首是瞻。

在臺灣的國民黨西北籍高官中，僅次於于右任聲望和地位的是田炯錦。說起此公的出仕，和他這個南開校友的金字招牌不無關係。

一九四八年，五十八歲的戴季陶因年老多病，不能視事，辭去考試院院長。蔣力邀七十二歲的南開大學校長張伯苓繼任，張再三堅辭不獲，無奈，提出三個條件，其中就有在考試院中安排南開校友的要求，得到蔣的默許。但遭到多方質疑，蔣發話，任用南開校友，是符合張伯苓先生的意願的！張在考試院的銓敘、考選兩部人選上，盡力推薦南開校友鄭道儒、田炯錦、雷法章等出任。一九四八年六月二十五日，蔣接到由西安綏署主任胡宗南轉來監察院院長于右任來電，于謂：「行憲政府組織伊始，甘、寧、青三省參加無人，田炯錦隸籍甘肅……擬請就銓敘、考選二部擇一提用，必能濟用，且藉與三省人士以鼓勵。」蔣在此電報上批示：「可！」

可見，田炯錦的仕途，首先由張伯苓鋪路，繼而于右任的力挺，則是看在他西北籍的地域背景。後來，田的官做到蒙藏委員會委員長。

至此，在臺灣的西北籍人士，莫不以于、田二公為中心。凡西北籍人士之喪，或是由此二公發起追悼，或是列名成立治喪委員會，主祭則惟此二公而無他。如陝西潯陽籍的監察委員李夢彪、甘

▶田炯錦。

肅的田崑山等人的葬禮，均為于右任主祭。而每年的成吉思汗大祭，則由時任蒙藏委員會委員長的田炯錦代表蔣主祭，並宣讀蔣的祭文。

第四節　不解之緣

民國時期，在所有的公私立大學校長中，沒有任何一位能像張伯苓那樣，同蔣介石結下如此深厚的個人感情。以至於張由無黨無派的私立大學校長，做到考試院院長這樣的高官，不能不讓人刮目相看。四九年底，蔣臨去臺灣前，兩度親臨其舍，力勸張赴臺，卻未能如願。

一、抗戰前的關係

張伯苓同蔣介石最早發生關係是在一九三一年一月，他為南開募捐經費，赴南京，經他的學生介紹，首次與蔣會面。雙方都留下良好的印象，蔣對張所創辦的南開教育大加讚揚。對於張婉轉提出的勸募請求，蔣表示「極願補助南開，惟補助方法須待研究」。

一九三三年六月，蔣禮賢下士，親自致函張伯苓，徵求他對時局的意見。張接信立即回函表示：「傾奉諭函徵求裨益時局之見聞，仰見我公無時不以謀國為心，一柱擎天，而虛懷若谷，不勝為之欽佩。華北事由何、黃二先生主持，措置均甚得宜。苓遇事勉竭愚蒙，用供采擇，但不欲一知半解動擾聽聽。茲承頒給電本，僅當密藏待用。不過知識譾陋，慮無以仰贊高深為汗顏耳。」

向文教界知名人士送「密電本」，是蔣拉攏他們的一個手段，表示蔣對他們的尊重和信任。抗戰時期的晏陽初，抗戰勝利後的梁漱溟等人，也都曾享受過蔣的這種優禮，只不過張比他們更早一些，但他從沒用過。

一九三四年設在杭州的中央航空學校舉行畢業典禮，蔣作為該校校長，張作為學生家長（張的四子張錫祜為該校學生，畢業後任空軍的一個隊長）代表出席，二人都在會上致詞，這是兩人第二次見面。標誌著張在蔣政權中的分量又一次得到加碼。就在這一年，國民政府對南開大學的補助從一九三二年、一九三三年連續兩年的六・二萬元補助，猛增到一九三四年的十四萬元，同年教育部補助四萬元，河北省教育廳補助六千元，總計達到十八・六萬元。當時南開大學的全年收入不過四十多萬元，公款補助就占四十％左右。為其他私立大學所側目。

▶嚴範孫（左）與張伯苓。

二、蔣對張的允諾

七七事變後，南開大學因被日軍仇視已久，校園慘遭日軍砲火猛烈轟擊，全校付之一炬。當時張正在南京籌畫遷校之事，經聞南開遭此厄運，異常憤怒，念及三十多年慘澹經營，一草一木皆親手建樹，今遭日軍入侵，一切化為灰燼，不禁悲從中來。

七月三十一日張面見蔣，彙報南開被毀之事，蔣對此深表惋惜，安慰張說：「在抗戰中，國家一定儘量支援南開在內地辦學，打敗日本之後，也一定會協助南開在內地復校。」並表示：「南開為中國而犧牲，有中國就有南開。」蔣果不食言，在他的關照下，南開與北大、清華組成臨時大學，幾經遷徙，最後在昆明定為「國立西南聯合大學」。可以說，沒有蔣的關照，就沒有南開大學的後來發展。

三、特別禮遇

蔣對張的禮遇，不僅是在經費補助方面，同時還有對他生活的關心、疾病的探望、生日的祝賀，子女的教育和培養等。從一九三八年到一九四六年，蔣兩次到南開參觀，五次拜訪張伯苓，還借南開校園裡的大運動場舉行閱兵式。探病、祝壽、題詞、宴請、授勳、贈款不一而足，任何一位國立大學的校長都未曾享受過如此恩寵，更何況是私立大學了。張也經常理直氣壯的向蔣提出補助南開經費的要求。

一九四四年一月一日，蔣以國民政府名義授予張「一等景星勳章」。同年四月五日為張七十壽慶（虛兩歲祝壽），在此前一天蔣赴「津南村」為張祝壽，並發表演說「希望中國的學校都能辦得像南開這樣好」。還贈送手書的條幅「南極輝光」為壽禮。

張在抗戰時得前列腺腫大，非常痛苦，曾住院治療，蔣聽說後，兩次探病，一次醫院，一次家中。張聽說孔祥熙也得過此症，是在美國得到根治，於一九四五年十二月，令長子張希陸訪問孔祥熙，了解在美治療情況。孔很快將此事告知蔣，蔣表示同意張赴美治病，並贈一萬美元。張在美國治療期間，洗澡不甚跌倒摔傷。蔣得知又贈五千美元治療費，並電令駐美大使顧維鈞代表他前去看望。

四、應蔣之邀，出任高官

一九三八年六月十六日，蔣提名張為國民參政會副議長（議長為汪精衛），七月，張違心的出任第一屆國民參政會副議長。張因與南開校父嚴修早年有約：終生不做官，專心辦教育！北洋政府幾任內閣都邀請他出來做官，均被婉辭。而蔣一請即允，足見張給蔣的面子有多大，也說明蔣、張關係已經到了非同一般程度。

一九四八年三月原考試院院長，五十八歲的戴季陶「因年老不能視事」堅辭去職（此前戴曾多次向蔣提出辭職不獲）。蔣電邀七十二歲的張伯苓出任行憲後的第一任考試院院長。張已經吃夠做官的「苦果」，再也不想做官了，蔣仍按自己的意願禮遇他，再三電邀，並電令張的學生，時任天津市長的杜建時相機勸駕，張對杜再三懇辭說：「我不願做這些事，我是辦教育的，還是辦教育為好。」

可是杜仍三天兩頭到張宅反覆勸說，卻無效果。不久陳布雷馳電曰：「我公不出，將置介公於萬難之地。」張

▶考試院院長張伯苓（左）、戴季陶（前考試院院長）、副院長賈景德（右），一九四八年六月。

知道不能再推辭了，在無奈中覆電：「介公為救國者，我為愛國者，救國者之命，愛國者不敢亦不忍不從。」就是這個「不忍」二字，再次將他「累」入違心之境。張任考試院長後，許多學生都來擋駕，張只是說：「唉，蔣先生叫我去跑龍套，我就去跑一跑吧！」到這時他實在是言不由衷，行不由思了。

五、勸說去臺

一九四八年十二月初，解放軍迫近天津，參謀次長李及蘭匆匆來津，帶來蔣給杜建時的一封信，要杜派妥人將張伯苓眷屬送往南京，杜即備專用飛機派天津市民銀行總經理、南開校友袁紹瑜護送張夫人及兒媳、孫兒去南京。杜同時電青島市長龔學遂，請他在張眷屬到青島時妥為招待。十二月二十一日，杜建時致電南京俞濟時轉蔣，報告張家屬動向：「急。南京總統府俞濟時兄轉呈總統蔣鈞座鑒：密……（四），張伯苓夫人偕家人明日上午由新築機場飛青島換機，飛京或飛渝。已託龔市長照料。職杜建時叩。」

一九四九年十一月，蔣在敗退大陸前，兩次到重慶張宅看望張，要求他赴臺灣。十一月二十一日，蔣偕蔣經國又來動員他去臺灣，態度極為誠懇，並表示：「只要先生肯走，什麼條件都答應。」張無言，主賓對坐良久。張夫人對蔣說：「蔣先生！他老了，又有病！你叫他辭職吧！」蔣又沉默了一會兒，起身告辭。張送到門外，兩人仍相對無言。蔣上汽車時，一頭撞在車門框上，張驚問：「撞得怎麼樣？」蔣捂著額頭，半晌才應到：「不要緊！不要緊！」他們就這樣話別了。又過了兩天，送來一封公文：「批准辭去考試院院長職務」。

十一月二十七日，蔣飛離重慶後，蔣經國銜命再次拜訪，還是勸張飛赴臺灣。最後說：「給先生留下一架飛機，幾時想走就幾時走！」但是這駕飛機終未能起飛。

六、真實目的

至此，蔣與張在大陸的關係結束。蔣對許多文彥碩儒是尊而實不敬，或尊而實不重，惟獨對張不同，從表面到實際，蔣都表現出禮賢下士的風度。許多人不解，國民黨政府上臺二十餘年，近千高官，沒有一人能與張伯苓相比，受到蔣的如此禮遇。原來蔣另有所圖謀：一九四七年夏，蔣來北平公務，雖然時間很緊，但仍欲前往天津看望張，並囑天津市長杜建時做準備。蔣的隨行秘書鄭彥棻與北平市副市長張伯瑾、杜建時三人閒談，鄭說：「蔣主席對各大學校長都很客氣，對張伯苓先生格外尊敬。蔣主席到北平只邀請胡適、梅貽琦吃飯敘談，從沒到北大、清華看望過他們。張伯苓先生遠在天津，主席要專程拜訪，顯然有所不同。主席尊敬張先生，是另有用意。張先生是中國教育的象徵。將來不得已必須採取各黨派聯合政府時，張先生出面組織國會，是可為各黨派接受的。設若不得已必須恢復前六年林森做主席的形式，張先生也是最理想的人選。國民黨當權人物中找不到第二個林森。」

七、飾終哀榮

一九五一年二月二十三日，張伯苓因患腦溢血，在天津寓所去世，年七十五歲。蔣聞訊大悲，手書「守正不屈，多士所宗──伯苓先生千古」輓之。三月三十一日，臺灣各界舉行追悼會。十餘單位，約六百四十餘人與祭。上午十時，蔣率文武百僚致祭。蔣的祭文為：

維中華民國四十年三月三十一日總統蔣中正謹以香花酒醴果品之儀致祭於前考試院院長張伯苓先生之位前曰：嗚呼！世事陵夷，天地方閉，老成凋謝，能無隕涕。觥觥張公，志存匡副濟，百年樹人，邦國至計。規模開創，日新又新，一時俊彥，多出其門。河朔告警，虜騎雲屯，蒲輪遠駛，嘉陵之濱。棟宇粗完，絃誦不輟，敵何能為，不可奪節。遂主議壇，為民喉舌，繼典文衡，玉尺在列。群魔亂舞，宇內蜩沸，公居巴蜀，默而自傷。疢疾在躬，未可飛翔，義不從賊，耳猶能詳。甫曉賊圍，復拒偽命，公則泰然，曰死吾分。揆公生平可傳可信，一代人師，天胡不憖。嗚呼！芳猷永謝，躬修足徵，會殲醜類，用慰九京。載陳時青，載薦庶馨，雲車風馬，祈迎公靈。尚饗！

張伯苓去世後，成為國共兩黨同時追悼的一位特殊人物。

第五節　胡適死後創造的「之最」

胡適先生用他如椽巨筆，在中國文學、史學研究上，書寫了許多令人傾慕的「之最」，如：最早用西方哲學思想研究中國古代思想；擁有最多的博士學位（達三十五個）；一九二〇年他出版了中國有史以來最早的一部白話新詩集《嘗試集》；大陸學者對他的評介是：中國近現代史上最有影響的資產階級學者；而唐德剛先生則稱他為「我國新文化運動的開山宗師」……等等。不過在他死後，竟然也創造了一項「之最」，而且蔣介石也產生了他晚年的一項誄辭「第一」，這是令人意想不到的。

一九六二年二月二十四日下午，胡適在中央研究院第五次會議上遽然而逝，年七十一歲。胡適葬禮的隆重，在當時的臺灣乃至大陸的學者中，都是前所沒有的。僅以臺灣為例，能與其相比的只有副總統陳誠。據當時臺灣官方統計，前往陳誠靈堂弔唁者有十五萬人，但這是官方行為，不是民間自願。胡適靈堂弔唁者達三十萬人，場面空前隆重。但民眾更多的是在靈堂之外祭悼，而這是無法統計的。胡適去世的第二天，臺灣及海外的學術團體發起公祭，僅一天列名的團體就有六十九個，第二天達到七十四個。三月一日是全臺灣公開瞻仰儀容的一天，蔣親來弔唁，他對著胡適遺像和躺在花叢中的遺體行三鞠躬，又安慰胡祖望不要過分悲痛，並轉告胡夫人節哀。到三月二日大殮時，登記並依序參與公祭的團體達一一〇個（此前，胡宗南的葬禮是五十九個團體，據說已經是一項「之最」），這就是臺灣喪葬史上的一項「之最」，如果把這些團體的名稱全部寫下來，就會超過千字。

▶胡適與蔣介石。一九五八年四月十日，蔣介石於臺北南港與新任中央研究院院長胡適。

胡適的治喪委員會，由陳誠出任主委，張群、王雲五、朱家驊、蔣夢麟、王世杰、黃季陸為副主委。二月二十五日早上，蔣介石派代表來到極樂殯儀館弔唁，詢問治喪事宜，並帶來了蔣為胡適寫的輓聯：「新文化中舊道德的楷模；舊倫理中新思想的師表。」

這是蔣到臺灣十三年以來，第一次撰寫輓聯，可以說十分難得。蔣在臺灣二十六年，先後為七百餘人「頒賜」過誄辭，但是只有胡適和陳誠兩人獲得他手筆輓聯的「哀榮」。可見，在蔣的心目中，胡適地位與副總統可相提並論。蔣為胡適題寫的輓額為：「適之先生千古　智德兼隆　蔣中正敬輓」。三年後，蔣為陳誠之喪，所題輓額為：「辭修同志千古　黨國精華　蔣中正題」。如果僅從輓額角度分析，蔣對胡適的尊誄規格更高。

▶蔣介石親書輓胡適聯。

第六節　于右任辭職風波

于右任有幾位夫人？眾所周知，一八九八年，二十歲的于右任在家鄉陝西三原西關，與高煥章之女，十八歲的高仲林結婚。

三十年後的九月十九日晚十時，于夫人黃紉艾在上海病逝，年四十三歲。在南京的于右任，連接上海兩電報喪，于右任同黃夫人感情深厚，當夜請假三天，匆匆趕往上海治喪，國民黨中央黨部秘書王陸一往車站送行。黃紉艾為蘇州人，一九〇五年前後在上海愛國女學就讀，是蔡元培之得意女弟子，《申報》報導說黃夫人「自前清歸於于右任」，常住上海。于奔走革命，屢遭危險，當創辦《民吁報》時，因鼓吹革命，被清吏蔡乃煌下獄，幸得黃夫人多方營救出險。當時反袁志士如宋教仁、范鴻仙、陳其美等，常得夫人接濟，每質衣鬻釵，毫無難色。後于督兵西北，夫人奔走呼號，車前馬後服侍。一九二二年于出長上海大學，夫人對學生和藹可親，每備饌相待，曾出私蓄三百元救濟困難學生。一九二八年春，上海租界巡捕房抓獲一名張姓共產黨，供出與黃夫人有關聯，致使夫人被傳訊到案，此事曾轟動一時。後經訊明無關旋即釋放，但因飽受虛驚，引發舊疾肺癆而逝。夫人生有長子名于武（于望德），及一女，均在大學就讀。

▶于右任。

一、意外辭職

于右任到上海的第二天，即莫名其妙的發出辭職電：「南京中國國民黨中央執行委員會、中央政治會議、國民政府鈞鑒：右任備委中央，謨能無似，自公履退，負疾經時。前以黨國新寧，勉分力役，彌綸區宇，誠感瞀昏，戾重思深，早當投劾，所有右任謬領本兼各職，呈請一律辭去，俾得歸休華下，以卒餘生。山水方滋，遊心文學，即以此為報獻黨國之途，務鑒其悃忱，休之伏息。准其所請，毋任祈禱。于右任叩。馬。」

南京方面接電，極為驚詫，紛紛致電慰問。王陸一在中央常委會結束後，匆匆趕往上海相勸。譚延闓、李烈鈞聯名慰問電是最早發出的。蔡元培、褚民誼、吳鐵城、沈淇泉、丁超五、楊杏佛、王一亭等則紛往于宅弔祭、勸慰。二十四日何香凝電唁黃夫人。日本駐南京領事也有唁電慰問：「上海戈登路于右任先生鈞鑒：哀悼者，遽聞夫人駕返瑤池，殊深哀感，謹電弔奠，不勝悲切之至。岡本一策。馬。」

于在上海接待弔客甚殷，但對時局態度消沉，每叩問政見，避而不談。人們紛紛猜測辭職原因，而猜測出的原因雜遝，其中有代表性的是當年十月將改組政府，設立五院制，認為與重選國府主席有關。當時外界議論最多的是，于右任將為新的國府主席，新聞界則大張旗鼓的宣傳：中國記者中將產生一位國府主席。

這種議論，終於讓蔣介石坐不住了，致電慰問：「于右任先生大鑒：夫人仙逝，不勝悲悼。喪儀完畢，請即駕回京中主持是荷。弟中正叩。敬印。」同時派中央委員邵力子代表赴上海致祭並協助治喪。蔣電與其說是慰問，不如說是催返更恰當。

二十二日，于致電馮玉祥，再一次表明辭意：「急！西安馮總司令煥章同志勳鑒：弟近以服力中央，毫無建白，深懷戾□，投劾將歸，昨已誠懇中央開去所領本兼各職，擬先赴北平一行，整理所藏金石文字。然後而歸華山之上，求所印證。身本文人，今思歸隊，欲竊以餘生盡力文學，即以為報獻黨國之途。再則關中十年征戰，所有國殤墓道及遺族，多未經營。往歲先伯母房太夫人之喪，弟又以匆猝出關，負土未卒，此皆耿耿之心，願必欲了者也。弟恐道路之言有殊心跡。公深知我，敢告此衷。弟右任叩。養。」

馮玉祥接電後，覆電勸慰：「養電敬悉，公近有鼓盆之戚並此致唁禮……切期打消辭意，共同奮鬥，中國獨立自由之時，方為吾輩責任完成之日……」

中央執委會、國民政府等紛紛挽留。九月二十四日，南京舉行第一六九次中央常委會，也做出挽留決議。

二、黃夫人之葬

九月二十一日于在上海主持大殮。二十五日出殯，至為簡單肅穆。于請沈淇泉為大賓，邵力子、陸宗輿二人為儐賓。葉爾愷、許世英、張菊生、李登輝、何世楨、許靜軒、王漢良，以及德國青年軍軍長黎胥達拉•德立志金也前來致祭。在肅穆中忽然嘈雜起來，有人悄悄說：新娘子來了。原來是去年同于武（望德）訂婚的胡瑛（胡仁源之女。胡仁源字次珊，浙江人，留學英國，曾任北洋教育部總長），在兩位女賓陪伴下到靈前行禮。因沒有過門，只圍了白布在腰間。雖然與普通女賓在一起，但身材、容貌、著裝十分出眾。滬寧鐵路局在午間十二時開行的列車附掛花車，專載靈柩，靈柩將往蘇州永安堂暫厝。國民政府有關方面已向蘇州方面發出接靈護衛令，于則派內弟黃曉山先期回蘇州籌備。靈車到蘇州站，有蘇州市、縣兩級警察局長率騎巡警隊、軍樂隊迎靈。于臂輓黑紗，右手執杖，在靈柩前步行。市、縣兩警察局長左右陪行。于武、于彭及女兒在後隨行。黃曉山悼念姐姐，情真意切：「余年十四，老親見背，憶昔時倦影機聲，情深吾姊；世界三千，魂氣何之，感此日遺簪捐珮，痛切夫君。」此外，李根源、張一麐、劉煜生、朱少屏、柳亞子等均有極佳輓聯哀悼。

《蘇州日報》則開了一個不大不小的玩笑，在所報導靈車到蘇不足四百字的文中，稱于為「國府主席」、「于主席」等十餘處，這正是于所最忌諱的，當即派人向報社抗議。第二天，該報更改為「國府委員」。

黃夫人被安葬於葑門外基督教監禮會辦的安樂園公墓。喪事結束後，于並沒有返京之意，先是整理雜亂的藏書，與李根源、朱梁任等老友詩酒往還；又受經亨頤之邀暢遊白馬湖。三十日，參觀蘇州美專的畫展，並應邀題字「松風流水天然調，抱得琴來不用彈」。不但字跡雄勁而飄灑，詞意也頗顯閒散愜意心態。

十月五日，中央執委會發表通電，懇切慰勸于打消辭意。吳稚暉受蔣委託，赴蘇勸駕，卻未能奏效。針對吳的說項，十月九日，于再電譚延闓，堅持本人脫離政治，專門研究文學，對國府委員堅辭不就！一九二九年二月四日，蔣因事過滬，並專訪于委婉致勸。于這次辭職風波前後近半年，以蔣的親臨勸慰，終告結束，到三月才正式返回南京視事。

三、再度倦政

六年後，不幸又一次降臨。一九三四年九月二十七日早九時，于右任的另一位夫人也在上海去世。當時于剛從陝西返回南京，本已染病，因同這位夫人感情深厚，在宅邸未便久留，就又匆匆踏上東去的火車。監察院秘書長王陸一到車站送行，叮囑道：「夫子，快去快回，不可再生出意外！」于接受上次教訓，對於這位夫人的所有情況，包括喪祭細節，嚴格保密，任憑記者怎樣打探，最後只得到消息，這位夫人是「粵籍陳氏，久患肺病，享年三十七歲。二十九日下午三時，在上海中國殯儀館大殮。」其他就一概不知了。

王陸一的叮囑，不是沒有道理，于到上海後，或是過度哀傷，或是因病思靜，就又「抑鬱之下」「倦於政事」了。當時正籌備「五全大會」，監察院所屬各機關要為大會準備有關材料。王陸一不得不匆忙趕赴上海，彙報院務，勸說「切不可輕言辭職」，其他人也紛紛來滬勸慰，司法院長居正奉蔣委派，十月七日專程來滬同他會談一小時，總算讓于沒有公開提出辭職，但仍意志消沉，他對居正答以「待宿疾癒後，即返京銷假」。可是葬妻後，卻沉湎於詩書中，寄情於山水間，就是不肯回南京。王陸一、高一涵、劉覺民、楊亮功、田炯錦等多次前來勸駕，監察院各機關的公務，由負責人分批來上海彙報。一直持續到十一月二十一日，「五全大會」召開前，終因「各方情詞懇切，為顧全大體，態度轉趨積極」，才乘夜車返回南京，二十三日開始辦公。

此次事件結束後，人們又關心起于的另一位夫人——沈建華的健康來。還好，沈氏一直陪伴于右任到一九四九年。一九四九年冬，沈建華送兒子中令經香港去了臺灣，住了一段時間，留子而歸（回上海）。（見張晴，〈先父張慶豫和于右任先生耳熱三事〉，《上海文史資料存稿彙編・政治軍事》第一卷，頁六六二—六七〇）

于右任的外甥周伯敏，在三〇年代曾任于的秘書，後又出任立法委員，在談到舅舅時說：于是一位多妻者，元配高仲林，生有長女于芝秀。高仲林為人開朗，和于的許多友人都相當熟識。家中長輩生辰死祀，記憶不爽，如期設祭，素為于所尊重，抗戰前曾往南京暫住。黃紉艾，在于辦《民立報》時結合，生長子于武（望德）。民元高蒞滬，曾共相處，已早逝。次有陳夫人、原夫人。陳生次子仲岑（彭）及女想想、綿綿、無名。原氏無所出，在一九三四年前後，別有所戀，求離去。于挽回無術，感喟道：也好，我老了，她能及時嫁人，免得將來無所照顧。當時原氏年近四十歲，陳夫人和原氏相處較親密，與高仲林亦偶相處，以居滬之日為多。于之次子仲岑與周錫山（廣州人，原《民立報》記者，在香港辦有英文報）的女兒結婚，男女婚前均去英留學。于隨政府遷來重慶，住康心之家，由某老友的夫人為他介紹沈建華，同居後生一子，名中令。此子頗聰明，但不為諸多兄嫂所容，使于很為難。抗戰勝利後回到南京，于芝秀以大姐身分斡旋，亦無結果。于去臺灣時，留沈建華母子在滬。一九四九年冬，沈送中令（時已十餘歲）到臺，僅住短期，留子而歸（回上海），聞已別嫁。（周伯敏，〈記于右任〉，《上海文史資料存稿彙編・政治軍事》第二卷，頁三二一）

于右任的幾位妻子為他生下了四女三男，除了大女兒留在家鄉外，其他的孩子則陸續住進青田街的家，只是這位父親心中還掛念著革命摯友的遺孤。

第十六章 祝壽篇

第一節 祝壽重於致誄

晚年的蔣介石，在性格、習慣，乃至書法，都有一些變化。以書法為例，早年的字，瘦勁有力，正如他的性格一樣，稜角分明，但飄灑不足。晚年的字，豐滿起來，雍容有度，頗具沉穩。據說是因為他經常為別人祝壽、寫壽匾的緣故。

他晚年最喜歡做得是祝壽，寫「壽」字。說來也許有人不信，他所「寫」的壽字的數量，多得驚人，僅在一九六〇年十二月，他就為四位壽星老題寫「壽」字立軸！而且總是在壽星老生日的前一天，派人將「壽」字準時送到。可以說，蔣是臺灣祝壽奢靡之風的提倡者。

一九五五年十一月四日，是馬超俊七秩壽誕，原不準備聲張，也不做壽。沒料到蔣送來四尺高、兩尺寬的大「壽」字一軸。蔣夫人送來精心畫作，畫中修竹疏密有致，婉若清風搖曳，上面有蔣親筆題字「高風亮節」。馬氏夫婦非常高興。其他人聽說，或是電話，或是趨訪，無不表示要為馬氏祝壽。這樣一來，馬也不好再拒絕，於是商議在臺北貴陽路靜心樂園做壽，招待各界賀客。消息傳出，親友故舊，紛紛致賀，三天內就收到副總統陳誠、行政院院長俞鴻鈞、監察院院長于右任，以及張群、張厲生、徐傅霖、黃朝琴、梁寒操、洪蘭友等十二個團體，數十人的賀禮、壽聯、壽匾。

一九五六年十月七日，是「空軍之母」周王倩琦六十華誕，蔣在此前一天就已經為她寫好祝壽的賀匾「教忠有榮」，特別轉託空軍司令周一塵，於七日上午，率部屬送交臺南周王氏宅邸，令周王倩琦很是意外。周王倩琦是一九四三年犧牲的空軍烈士周志開的母親。周志開生於一九一九年，祖籍河北灤縣，一九三五年六月考入杭州中央航空學校。他在抗戰中，曾有一次殲滅敵機三架的戰績，獲得蔣親自頒發的「青天白日勳章」，一九四三年十二月十四日空戰時犧牲，年僅二十四歲。周志開犧牲後，母親周王倩琦化悲痛為力量，以空軍應該報效國家，毅然將特優撫恤金轉贈空軍教育事業，並將年僅十三歲的幼子送入空軍學校。故被崇稱為「空軍之母」。臺南市有一所「志開小學」，就是紀念周志開的。周王倩琦的生日事先無一人知道，就連她的女婿，在臺南市政府任秘書的劉萬遠也毫不清楚。人們紛紛打聽總統是如何知道她的生日？又無不驚歎蔣處事之精細。

蔣有一個特點，在一般情況下，若為人題字祝壽，只祝「整壽」者。如九十歲者有梅喬林、旅泰僑領葉錬封翁葉成名、韓漢英中將之母符太夫人等。八十歲者有：張炯、監察委員趙守鈺、莫德惠、李石曾、但植之伉儷、賈景德等。七十歲者有：孫連仲、黃伯度、何應欽、郎靜山、田耕莘、萬耀煌、梅貽琦等。他們或是喜得蔣的手筆四字壽匾，或是榮享蔣親書一個大大的「壽」字立軸。

而對非「整壽」者，蔣只派代表前往祝賀。如：一九五八年三月二十八日，是鈕永建八十九歲生日，蔣特派張群為代表趕往北投祝壽，因為鈕氏夫婦為響應政府提倡節約的號召，悄悄從臺北潛來北投避壽。一九六〇年九月二十六日，許世英八十八歲，蔣特派蔣經國前來道賀。于右任七十九歲生日時，蔣氏夫婦雖親往致賀，卻並沒有題字相贈。

一九六〇年十二月十七日，是胡適六十九歲生日，蔣書「壽」字立軸慶賀他七十大壽。因胡比蔣小四歲，可能是不敢，或不願意在蔣面前稱壽，所以胡吃驚的說，我還沒到七十呢！蔣笑而不答，胡也會心的接受了。可見，胡先生在蔣心中的地位。

除了題字祝壽，蔣的另一大消遣，就是去拜訪耄耋之年而精神矍鑠者，人們知道他有這個喜好，就在他來之前，精心打扮一番。有一次，他去看望趙恆惖。進到門裡，看見年逾九十高齡的趙氏，面帶微微紅潤，舉止也顯得格外精神。蔣十分高興，握住趙的手，這時攝影記者要拍照，蔣閃過半個身子，以便讓鏡頭主要對準趙的正面。拍照後，他對記者說：「老先生如此高壽了，身體還這麼好，難得啊！」好像怕記者不明白，又補充說：「不容易呀！多拍一些吧！」據翁元回憶說，蔣回去以後許久還是很高興的。也許他用這種方法，寄託自己長壽的期望，或者僅僅是一種消遣的形式。

而在追悼會方面，他盡力推脫，更多的是由陳誠代表了。題頒的誄辭也日見減少。輓額的內容更加簡單和雷同。

第二節　兩大法寶

蔣介石拉攏部下、安撫同僚、策反異黨，很注重這些人物的「生死」問題。所謂「生」，就是生日，為其父輩或本人送賀幛，贈壽禮。「死」是死後，也就是死後的厚葬和致送誄辭。有時交替運用，有時延續不斷，或因時而做，或因事而為，十分有效。也可以說，別人的「生死」問題，就是他權謀馳騁中的難得機會，是他拉攏、安撫、策反、瓦解異黨的兩大法寶。如果他認為某人可為利用，首先在這「生死」方面尋找突破口，因為這兩種方法最省錢、最簡單而又影響久遠。

三〇年代初，山東軍閥韓復榘狂傲不羈，蔣認為他難以駕馭，就想設法控制、分化、瓦解他，後來他終於找到一個分化瓦解的突破口，這個突破口就是具有「韓復榘第二」之稱的孫桐萱。

孫桐萱（一八九五—一九七八），字蔭亭，河北交河人。西北軍將領，早年入馮玉祥部當兵，抗戰期間任第三集團軍總司令，曾參加台兒莊戰役。孫桐萱為人正派，有強烈的民族自尊意識，思想進步，傾向革命。他駐軍兗州時，任國民黨第三路軍第十二軍軍長兼二十師師長，治軍有方，紀律嚴明。孫部很少發生騷擾百姓、尋釁滋事事件。他還注重地方教育和社會公益事業。蔣最看重他的是，對韓復榘忠心耿耿，沒有個人野心，得到韓的極高信任，被稱為韓部系統第三路軍中的二號人物。

▶孫桐萱。

蔣拉攏孫的第一步是授意孔祥熙，讓韓復榘把山東省的一部分黃煙稅收，交給孫管理。這是一項肥缺，除上交稅款外，孫從中擁墨頗豐。但他用這些錢都為當地辦學校、孤貧兒童院、修橋鋪路等社會公益事業。

第二步是在一九三三年三月，蔣在廬山設立「廬山陸軍軍官訓練團」，輪流訓練各地軍官。孫作為第一批中的首選，被蔣電召到廬山任訓練團第一期營長。

第三步是：蔣囑咐訓練團副團長陳誠（蔣自任團長）要特別關注孫，並了解其家庭情況，及時報告。陳誠通過孫的交河同鄉劉萬春了解到，訓練團結束後，孫不是回山東，而是先回河北家鄉。蔣很注意這個情況，讓陳誠進一步弄清原因。劉萬春對陳說，孫要回去為父做七十大壽。陳了解蔣的習性，自作主張，要請委員長贈送相片為賀禮。回去後，陳誠報告蔣：孫軍長的父親讀過三四年書，後在泊鎮一家商店寫帳，現在老家裡還有兩位叔父種田。孫軍長的父親性格開朗，能打拳，還能騎自行車，很有老青年之氣概。過去孫軍長家裡人口多，生活困難，他年輕時投到馮玉祥部下當兵。當了營長以後就把父母接到一起奉養。七十大壽要回去同兩位叔叔一起慶賀。蔣有一種觀念：忠臣出於孝子。一個連尊長都不孝的人，還能忠誠國家，忠誠官長，聽從自己的命令嗎？所以聽了陳誠的介紹，高興地說：有孝敬父母的品德，定能忠於黨國，岳飛能精忠報國就因為他最孝。接著又說：「我送給孫軍長的父親壽幛、壽屏六幅，另送五千元。明天結業典禮後，我要離開這裡，不能親自交給孫軍長，你多取些東西代我轉送。說我祝賀老太爺健康長壽！」

六月五日上午，結業典禮後，陳誠在回海惠寺團本部的路上，對劉萬春說：「委員長送給孫軍長父親的東西和五千元支票，剛才宣鐵吾對我說已送到團本部，吃完飯後你到我屋裡去取。」陳誠自己也為孫父送了賀幛。蔣送給孫父照片的背後寫有：「錫榮老伯惠存」，落款是「小姪蔣中正敬贈」。

孫笑容滿面、感激萬分的接受了賀禮，表示：「委員長對我的深恩厚德，我一生感念不忘。」此後，孫桐萱與其四弟孫桐崗就成為蔣的忠實幹將。但孫桐萱在抗戰期間還是與蔣鬧翻。（孫桐崗為著名飛行員，在德國留學飛行，曾駕機從德國飛回南京，轟動一時，杜月笙特意捐贈「月輝號」飛機給孫。孔祥熙那時剛從德國訪問回來，想當航空部長，看到蔣重視孫桐崗，欲招為東床，為大女兒孔令儀所力拒後，孫桐崗又被孔二小姐狠狠報復了一番。）不過，蔣欲拉攏其兄，卻意外收之於乃弟，孫桐崗一九四九年官至空軍副司令。

第三節　兩大法寶之二

有人說，何應欽在國民黨政權中，是一人之下，萬人之上。此言雖過於偏頗，但也足以證實何在蔣集團中地位之高。

一九二六年，汪精衛通電反蔣。以李、白為首的桂系與蔣矛盾升級，逼蔣下野。何認為蔣樹敵太多，四面楚歌，必敗無疑。當白崇禧在會上要蔣離職時，蔣回顧何，而何一聲不吭，蔣傷心異常，拂袖而走。蔣事後說：「當時只要他何應欽一句話，我是可以不走的。」

▶何應欽。

一九二七年底，蔣復職，撤銷了何的本兼各職，將軍隊編為四個集團軍，蔣自任總司令。何在北伐中對蔣是有功的，蔣此時急需用人，經人圓場，蔣委何為北伐軍總司令部參謀長。何餘氣未消，託病於莫干山。蔣親自跑去對何說：「我離了你，沒有問題，照樣幹下去；你若離開我，就無辦法。」何權衡利弊，只好隨蔣到南京就職。

一九二八年六月，北洋政府被推翻。為了收編北洋軍隊，蔣於十月任命何為訓練總監，不久又被調去裁軍會議主持工作。在國民黨三次全國代表會議上被選為中央執行委員會委員、中央政治委員會委員，旋被任命為陸海空軍總司令部參謀長，後又出任開封、鄭州、武漢行營主任。何被蔣踢了一腳，此時又受到蔣的寵信，因此對蔣更加感激涕零，決心「將功補過」。他主持軍隊工作時，利用編遣、整軍之法，忠心地為蔣兼併異己，擴充嫡系，南征北伐，馬不停蹄。

一九二九年，何父何明倫去世，此時正逢蔣、馮、閻中原大戰，何一直在前線督軍，無暇回老家貴州興義奔喪。蔣深為感動，親往設在南京的何父靈堂祭弔，並親筆寫了誄辭致悼。就是這一紙誄辭，又一次牢牢的把何綁在蔣的戰車上。

一九四八年底，蔣宣佈「引退」，由李宗仁任代總統。何考慮到如跟李在南京，勢必引起蔣的疑慮，遂以「避壽」為名去杭州。蔣深為感動，尋機回報，恰巧轉年三月十二日是何六十歲生日，蔣為祝壽，特派張群，攜手筆「安危同仗，甘苦共嘗」壽軸，及一封情辭懇切的親筆信，在生日之前交給何，要何出任李宗仁政府行政院長，以便牽掣桂系。何感激涕零，明知臨危受命組閣無異於跳火坑，但為報蔣知遇之恩，於三月二十三日當上了行政院長兼國防部長。

到臺灣後，何被蔣冷落在一邊，但每年生日蔣還是記得很仔細。在他七十、八十歲生日，蔣都有題字慶賀。連何夫人王文湘六十大壽時，多才多藝的蔣夫人繪製了一幅墨蘭圖，蔣於畫幅左上角題寫「滿座芳馨文湘夫人周甲榮慶蔣中正敬題」，致為祝壽。

第十九章　其他篇

第一節　殷殷探視惶惶心態

對於著名人物的生老病死，蔣較為關心，在他們病後，蔣盡可能抽出時間，及時前往探望。這些人也每每以得到蔣的探病為榮。可是有一種奇怪的現象，一些人在蔣探視後不久即「化羽歸道」。所以當時有些人較迷信，認為病人身分卑微，承受不起蔣的探望，更有怕因蔣的「鴻恩」而「折壽」的家屬，把蔣的探病看作是「催命符」，猶恐避之不及。還有一些病人家屬對蔣的探視處於「盼之不祥，拒之不能」的兩難境地。

▶葉楚傖。

一九三七年二月十七日上午，蔣根據報告偕夫人到醫院探視軍委會辦公廳主任朱培德，當時他神志尚清醒，還向蔣請假十天。可是到了當天夜裡十一時終於「膏肓不治」。

一九四六年二月十三日，蔣赴上海市立療養院探視葉楚傖，當時葉的精神狀態還很好，蔣安慰他說：「安心養病，不要為公務操心。」蔣惟恐電燈刺激葉的眼睛，要護士把燈關掉。然而十五日上午葉就故去了。

一九四一年九月五日，蔣介石得知《大公報》主筆張季鸞病危，到重慶歌樂山中央醫院探視：

蔣坐在張病榻前，握著他的手，望著他清瘦的病容，眼睛含淚，吶吶數語，眉宇重凝。第二天凌晨，張即「駕鶴西翔」。因此蔣在致《大公報》的唁函中有：「握手猶溫」一詞，說的就是前一天蔣到醫院探望張時的情景。

這樣的例子有很多，而且到了臺灣後更為嚴重。

一九六二年二月五日，蔣經國看望病中的胡宗南，並告訴他總統將在星期五探病。果然二月十日，蔣帶侍從醫官來到胡的病床前。胡立即就亢奮起來，掙扎著要起身，又說：「總統，你來看我了。」家屬看到胡似乎比以前好多了，但三天後終歸不治。

一九六四年六月十七日，蔣和夫人及蔣經國來醫院探望蔣夢麟，當時他在睡覺，蔣沒有打攪，只是對他的女兒囑咐了幾句話：要他好好養病，早日康復。可是到了十八日午夜十二時二十八分他竟呼出最後一口氣。

最典型的例子是曾任空軍總司令的陳嘉尚，因他早對這種傳言有恐懼，在退役後擔任駐約旦大使時，因病返臺住進榮民總醫院，就擔心蔣來看自己。有一天蔣突然光臨醫院來看他，讓他根本連回絕的機會都沒有，只好躺在病床上接受探慰，心中卻七上八下的，不知如何是好。真所謂「是福不是禍，是禍躲不過」，幾天光景，這位風燭殘年的老將軍，就在一九七二年三月六日下午三時壽終正寢。人們對蔣探病的恐慌，更加厲害了。（參考翁元口述，《我在蔣介石父子身邊四十三年》，頁一〇九）

▶張季鸞。

連副總統陳誠也未能倖免：一九六四年八月陳誠的肝部已為癌細胞侵噬，轉年年初病情惡化，蔣命組織診療小組，在陳誠家裏設專室治療，儘管請來海外名醫，但仍未見好轉。三月四日中午一時，蔣氏夫婦看望病重的陳誠，到第二天下午七時，陳溘然長逝。（參考《中央日報》一九六五年三月五日一版）

一般而言，蔣日理萬機，他的探視是根據醫生的病情報告作決定的，一般都是在較嚴重時前往。蔣為安全考慮，行蹤無定，他人難以掌握。但有時對特殊病人例外，會在探視前，派蔣經國、張群、陳誠、何應欽等「近臣」通報。病人就會有一種興奮和期盼。當與蔣見面時，蔣會說些安慰的話，做一些許諾，使興奮達到頂點，表面上看是「精神煥發」，實則正在加劇病情惡化。在蔣走後，病人因精力耗盡而「壽終」。所以在蔣探視後，屢屢發生病人「遽然而逝」就不足為怪了。

第二節　真傳假「聖旨」拍馬惹麻煩

鄧文儀一九二四年考入黃埔軍校一期，曾是蔣介石的「狂熱信徒」，有所謂「十三太保」之一的稱號。在三〇年代任蔣的主任侍從副官，當時任何人要想見蔣，事前都非得通過他不可，其權勢之大，可想而知。

西安事變發生後，一些蔣的親信怕被扣於西安的蔣屈服，使政局發生變化，便主張炸平西安，犧牲蔣介石，另推何應欽為領袖，而鄧即是其贊同者之一。待蔣被釋放回南京後，宋美齡向蔣言明內幕，加之平時那些對鄧不滿之人，也乘機落井下石。至此，蔣就把鄧當成眼中釘。鄧失去蔣的信任後，職位隨即降低，過去是他的部下，現在見面卻要必恭必敬的敬禮，惹來黃埔同學的紛紛譏笑。他的心腹朋友賀衷寒、袁守謙、蕭贊育等也愛莫能助，不敢在蔣面前為他說情。但鄧能忍別人所不能忍之辱，受別人所不能受之氣，仍忠心耿耿的崇拜蔣。

一九三八年，經賀衷寒等人的舉薦，鄧任中央軍校政治部主任。蔣雖未加反對，但餘怒未消。一次中央軍校舉行畢業典禮，蔣在大操場邊走邊巡視，鄧作為該校的領導，理應陪同。可是蔣驟然回頭對鄧說：「你處處跟著我，是否覺得漂亮些？我不願意看到你這副嘴臉，你給我滾開！」鄧在眾多來賓面前受到如此大辱，真是無地自容，待典禮一完便立即氣衝衝地跑回家去閉門思過。思過之後，依然練習他的「忍功」。

一九四七年經賀衷寒的運作，鄧出任國防部政工局局長兼國防部新聞發言人。一九四八年七月十六日，康澤（一九〇四—一九七二）在襄陽戰役中受傷被俘。四天後，蔣與何應欽、顧祝同、衛立煌等軍事將領共進晚餐。席間談及康澤的下落，蔣頗為自信地說：「我對康澤十分了解，他是不會被俘的，很可能已經像張靈甫那樣為黨國而壯烈成仁了。」

就是蔣的這個「很可能」推斷，讓鄧文儀又看到了拍馬屁的機

▶鄧文儀。

▶康澤。

會，兩天後，鄧文儀以國防部新聞發言人的名義在南京舉行記者招待會，並宣佈康澤已經殉難。然而這一宣佈，給蔣帶來了不知多少尷尬和麻煩。

《大公報》又根據鄧的宣佈，隨即專門作了報導，似乎康澤之死成為定論。康夫人朱素懷（四川富順人，生有兩子，一九四九年偕兩子去臺灣）得知消息，哭的死去活來，像瘋子一樣，在南京城逢人便說丈夫如何為黨國犧牲，做了總統的孝子忠臣，別人問她要幹什麼去，她說去告訴總統，康澤殉國了。蔣知道後，馬上派俞濟時送去十萬金圓券。但是，當月下旬《新聞天地》便透露了康澤的真實下落：「新華社於十七日夜晚已宣佈康澤被俘。」為此，輿論一片譁然，康澤之「死」便成為笑談，國防部「大窘不堪」。

開始時，蔣的確不相信新華社的報導，認為是中共的心理戰術。到臺灣後在一次演講中，他很沉痛地說：「在大陸沉陷的大失敗之中，真正臨難死節的只有兩人，這兩人中便有康澤。」後來隨著消息的明朗化，蔣不得不相信事實，於是他又開始為自己的「很可能」，多次作種種辯解，一九六二年又對康澤的「忠貞不屈」發表談話，對康大加讚揚。（《我所知道的康澤將軍之死》，頁十）此時，他已經很少作輓聯了，卻要為活著的康澤破例撰寫「輓聯」：「襄陽當南北要衝，彈盡而莫之濟，糧竭而莫之援。十七日中閣部揚州，羸卒孤城，已分百死；忠烈昭黨國史乘，勞改而終不變，酷刑而終不屈。二十五載文山土室，丹心正氣，獨有千秋。」蔣的輓聯寫得不是很好，所以一般都不長，而此聯卻長達七十字，他不僅是要表達對康澤「不屈」精神的讚揚，更是要為自己的錯誤判斷做進一步辯解。

一九六四年他再一次提起康澤：「我曾經提到康澤同志在大陸上被俘囚禁之中，十幾年來抗節不屈的情形，今天我願意重複提出來再說一回。康澤同志遭受共匪煉獄的折磨，身體早已衰弱不堪，據說他的牙齒都脫落的快沒有了，這十多年，真不知道他是怎樣熬過來的！」

不知蔣在辯解之餘，又會怎樣的遷怒鄧文儀了。

第三節　文必躬親

許多人都認為，蔣戎馬倥傯，軍書旁午，加之政務紛繁，日理萬機，豈有如此閒情逸致，這些誄辭，未必是他自己所寫，而由秘書代筆。其實不然，筆者認為，蔣的祭文、唁電、〈褒揚令〉等可能多為秘書代筆，而輓聯、輓額則主要是他自己親筆所作。

曾在蔣氏父子身邊服侍四十三年的翁元，在他的回憶錄裡對此有詳細描述：儘管老先生只受過私塾的教育，後來到日本士官學校留學，外表上感覺起來他不像受過高等教育的，可是他的漢學造詣很扎實。他是一個非常喜歡玩弄文字遊戲的人，只要有什麼大的慶典，需要有一篇什麼訓詞的文稿，要以他的名義或者聲音發布時，這就是他最重視的時刻，修改文稿一字一句從不馬虎，斟酌的特別留神，甚至到了廢寢忘食的地步。通常，比較重要的文告稿子，是由他本人當面口述大意，秘書秦孝儀則在一旁筆記下來，然後連夜趕好草稿，先給秘書長張群看過以後，馬上就送到老先生面前，再給他過目。蔣介石像是中學老師似的，一篇文稿在他手中總要看上幾天，經常一有空就會拿起他手中的紅藍鉛筆，把秘書秦孝儀起草、秘書長張群核定的文告稿子，左塗右抹，上圈下勾，折騰個老半天，字句斟酌，反覆思索。有時秦秘書會筆直地站在一邊，等待老先生最後文章的定稿。秦孝儀為了一篇文告，經常必須連夜加班，只要老先生要發表的文告他本人沒看完，秦孝儀就不敢離開秘書室半步。有時候，老先生臨時想到文告裡邊有個字，用得不太妥，他常常會叫秦孝儀再把原稿拿回修改或從印刷廠內抽回來，等他認為改得差不多了，最後核定無誤才交代拿去印刷裝訂。另一佐證是蔣介石的日記，從一九一九年起，一直到一九七二年他患病時為止，長達五十三年，他都堅持用毛筆工整的在日記簿上書寫，極為珍貴。蔣介石一生戎馬倥傯，居然能夠天天寫日記，可見他是律己極嚴的人，這一點讓許多學者敬佩不已。

第四節　誄辭的組成部分——哭

蔣介石一生主持過許多重要的葬禮，而出席過的追悼會更是不計其數，每到悲傷至極時，都會忍不住失聲痛哭。這種哭，在大多數情況下，是他真實情感的自然流露，極有感染力。可見，鐵血男兒也有柔情似水的一面。有時他的哭也會成為誄辭的組成部分，增加追悼會的悲哀氣氛，足以彌補他所撰寫的輓聯、輓額藝術性不高的欠缺。

但這種哭，並不都是有些人認為的「做表面文章」，「為權謀服務的應景」。對於陳其美之死，蔣有三哭之說：一九一六年五月十八日，陳其美在上海被袁世凱派人暗殺，蔣得知既為盟兄、又是恩師的噩耗，當即失聲大哭。當時陳的親朋好友居上海者不在少數，卻無一人敢去收領屍體，惟有蔣不顧個人安危，匆匆趕去收屍。當見到屍體，又痛哭流涕。蔣把陳的屍體運回自己在上海的住所（這一點，被很多人認為蔣是「忠、勇、義全節」的人物，而備受稱道，廣孚人望），又撫屍大哭至深夜，並為陳撰寫祭文和輓聯：「天道無知，苦思公十年舊雨；中原多故，乃壞汝萬里長城。」

一九二八年，蔣、桂、閻、馮四系聯合北伐，擊潰奉系軍閥取得勝利後，決定在北平舉行四總司令祭奠孫中山靈墓盛典。並召集國民黨軍政要員、各集團軍總司令、總指揮，齊集北平參加。七月六日，北伐軍各路總司令、各路總指揮祭靈大典在北平西山碧雲寺舉行，蔣介石親自主祭。當守靈衛兵揭靈，蔣介石目睹孫中山遺容，忽然撫棺慟哭，馮玉祥、閻錫山等人也頻頻揮淚，全場氣氛非常哀傷，惟獨李宗仁在一旁肅立，毫無表情。蔣介石哭了很久還未停止，馮玉祥只好走上去勸了多時，蔣這才止住了哭。回去後，蔣介石對宋美齡說：「方祭告總理時，聞哀樂之聲大作，雖欲強抑悲懷，仍淚滿襟臆，體力幾不支矣！及瞻仰遺容，哀痛更不能勝。」廖仲愷遇刺後，蔣也伏屍痛哭不已。

▶一九二八年七月六日，蔣介石率北伐軍各集團軍總司令於北平西山碧雲寺祭靈。

一九三七年二月十七日，朱培德去世，第二天蔣聞訊黯然說：「智勇精誠之同志又弱一個，近年來得力於益之無形之輔助，殊非淺甚少。」蔣三臨其喪，視大殮，痛哭失聲。

一九四三年八月一日，林森在重慶去世，翌日蔣親臨靈堂致祭，潸然淚下。七日蔣率全體中央執、監委致祭，十七日手書「民國典型」輓額，主持國葬，始終含淚。

一九四八年十一月十二日，陳布雷在南京寓所自盡，年五十八歲。蔣得知十分震悼，臉色都變了，並立即宣佈停止正在舉行的中央黨部會議，驅車去陳的住處，及見到遺體時就眼圈紅了，隨即撫屍痛哭不止。十四日，蔣夫婦前往弔唁，眼裡始終含淚。十五日，蔣頒「一代完人」匾額祭之。可是，到臺灣後，蔣很少哭了（至少筆者沒有資料掌握）。也許是太多的坎坷，鍛鍊了他的意志；也許是心靈的哭泣，耗乾了他生理的淚水。

第五節　誄辭辯汙

孔祥熙和宋子文，既是蔣的親戚，又是他所依靠的重臣，兩人都是留美博士，又先後出任過國民政府的財政部長和行政院長。兩人最大的特點都是為政失德，大肆貪汙。蔣雖然本人不貪汙，但對這兩位「國戚」卻極盡袒護之能事。

而這兩人對蔣的態度，也是各有不同。孔對蔣百依百順。宋則依歐美慣例，對蔣有所抗爭。故，蔣對他倆的態度截然不同，孔雖然被蔣趕下臺，蔣畢竟還是對他有所留戀。宋的抗爭惹惱了蔣，有一次竟吃了蔣兩耳光。從誄辭方面看，更能體現這一特點。

一九六七年八月十六日，孔祥熙在美國去世，年八十八歲。翌日蔣發唁電，頒輓匾「為國盡瘁」，九月一日，又以總統名義頒〈褒揚令〉。臺北軍政界為孔舉行隆重的追思禮拜，嚴家淦主持，蔣親蒞會場，國民黨中央委員會秘書長谷鳳翔宣讀蔣撰寫的〈孔庸之先生事略〉，為孔辯白。可是宋藹齡還不滿意，認為對孔評價太低。

一九七一年四月二十五日，宋子文在三藩市去世，年七十七歲，四月二十七日，臺灣《中央日報》在第一版刊登宋的遺像，報導宋去世消息。蔣頒「勳猷永念」匾額，並派人送到美國，副總統嚴家淦、考試院長孫科發去唁電，僅此而已。

▶孔祥熙。

其實，年已八十二高齡的蔣，精力大大不如從前，對其他人去世，僅有四字輓額，足以交代過去。對孔則不同，哀思橫溢的「蔣總統」，竟洋洋灑灑，「痛悼」出二千五百多字的〈孔庸之先生事略〉，真難為已屆垂暮之年的老人了。而他在文中傾力為孔的貪汙罪名辯解，誄辭在蔣這裡，被他創造性的增加一項新功能。

蔣在〈孔庸之先生事略〉中，對孔極盡溢美之詞。首先對於孔的財富作辯解，說孔家「本為山西望族，自庸之先生之祖慶麟公起，經營商業，其在太原所設行號為義盛源、其在北平有義合昌、在西安有志成信……」蔣不厭其煩的列舉一串地名和商號名稱，然後做出結論是：「故世人皆稱太原孔氏為山西首富。」因此，蔣引導人們：孔的財富不是源於他的貪汙，而是繼承家產。這與孔自己二十多年前的辯解合拍。對於孔在抗戰後期的財政管理，蔣又為其辯解道：「惟當其正式交卸（財政部長）於後任時，其在國庫者，實存有外匯九億餘美元，而其他金銀鎳等各種硬幣，所值美金一億三千萬餘元，尚不在此數之內，以上兩項合計，實值美金十億美元以上。乃可謂中國財政有史以來唯一輝煌之政績。」在這裡，蔣閉口不談抗戰期間，世界各地華僑捐獻的十一億美元的戰費去向。

蔣一不懂經濟，二不主管財政，三不親自查帳，如何知道這個「輝煌」的政績，僅聽孔家系統的人自己如此炫耀，就得出結論，豈不是笑話。

蔣又進一步辯解道：「然當其辭職以後，國家之財政經濟與金融事業，竟由此江河日下，一落千丈，卒至不可收拾。」為什麼孔一辭職，國庫所擁有「十億美元」，最輝煌的財政就「一落千丈」，錢哪裡去了？蔣不能自圓其說，就換個藉口說到中共方面上。都說蔣介石精明一世，但僅從這一點看，如果他不是有意胡說，那就是一個大昏蟲。

第六節 「完人」探究

中國傳統，對「蓋棺」做出最高「定論」，莫過於「完人」之尊。然而官方和民間的標準是不同的。一九二九年三月十四日，天津士紳、南開大學創辦人嚴修病逝，年七十歲。《大公報》的社論稱嚴為「一代完人」，這個定論是很公允的，也得到民間的一致贊同。在嚴修去世十三年後，蔣提議為他頒發〈褒揚令〉。

在民國時期，包括到臺灣後，人們對逝者尊以「完人」者，有許多，但是呼聲較高（從所送輓聯、輓額看），僅有林森、陳布雷、吳稚暉、丁惟汾、鈕永建、胡適等數人。

蔣在青年時期，對「完人」是很嚮往、很尊崇的，曾手書「養天地正氣，法古今完人」，這副對聯在蔣生活、工作的許多地方都曾懸掛過。那麼，在蔣的眼中，什麼樣的人才符合「完人」的標準？一是不貪，二是學識淵博，三是勤奮，四是對「黨國」，也就是對他忠誠。

在蔣的誄辭中，共有五〇三位，被尊奉為「完人」。這是一個誤會，因為有五百位是集體「完人」。一九四九年四月，解放軍圍攻太原城，以山西省代理主席梁化之為首的五百餘人至死不降，最後集體自殺。到臺灣後，由閻錫山提請，被蔣尊譽為「太原五百完人」。

一九四八年十一月十二日，陳布雷在南京寓所自盡，年五十八歲。在對陳夫人慰問時，蔣許諾說：「要為布雷舉行國葬」。令他意外的是陳夫人拒絕了。蔣失望的為陳布雷題寫了「一代完人」。（當時的報紙稱布雷是：真正做到了溫良恭儉讓的一代完人。）

一九五三年十月三十日，吳稚暉在臺北去世。十一月二日蔣率全體中委公祭，蔣主祭，張道藩讀祭文。蔣頒「痛失師表」輓額。三日蔣頒〈褒揚令〉，令曰：「吳敬恆先生，開國元良，多士師

▶梁化之。

▶陳布雷。

表，淹中西之學，究天人之理，秉浩然之氣，為振奇之人。初張民族大義於神州，嗣佐國父革命於海外。藉勞力以求新知，雜莊諧而明真理。其對國音統一之貢獻，實奠民族文化之宏基。於生活則不辭粗衣糲食，於思想則兼備沉潛高明。於國家危難之際則常定大計，決大疑於機先，而以民國十六年之清黨，二十六年之抗戰，與三十八年之遷臺建立反共抗俄基地，冀贊中樞，厥功尤偉。若論高風碩德，允為一代完人。當此國步艱難，尤慟老成凋謝。茲特明令褒揚，並將其生平事蹟，宣付國史館，用昭國家崇德尊賢之至意。此令。」

蔣對陳布雷是在輓額中「頒賜」，而吳稚暉則是在〈褒揚令〉中「允為一代完人」，這其中是否有區別，誰更為蔣所傾慕的「完人」，還請讀者公評。

第三位「完人」，則是人們所想不到的宋哲元。

一九四〇年四月五日，宋哲元病逝，年五十五歲。國民政府明令褒揚，發治喪費五千元，追贈陸軍一級上將，蔣個人贈萬元治喪。十七日厝柩於綿陽富樂山，蔣親題「古今完人」（一說為「天地正氣」），又贈輓聯為：「砥柱峙中流，終仗威稜懾驕虜；星芒寒五丈，不堪殄瘁痛元良！」

在「七七事變」前，戴笠曾偵探到劉湘、韓復榘、宋哲元三人訂有反蔣密謀，蔣對三人採取分而制之。先以臨陣脫逃軍法處決韓復榘。對劉湘則制定了「病養、死葬、逃殺」的方案，後劉湘終於「病死」漢口。

▶宋哲元。

對宋哲元，採取讓他與日軍作戰，消耗他的二十九軍力量，宋看透蔣的伎倆，為保存實力，不肯與日軍死拚，以「能戰則戰，不能戰則走」，導致一九三八年二、三月間，宋部潰敗。一九三八年三月，宋被調任第一戰區副司令長官，失去了直接指揮軍隊的權力，對時局深為憂慮，終日鬱鬱寡歡，於是年九月突患肝病。一九四〇年遽歸道山。

至於蔣為何如此尊誄宋，不得而知，筆者甚至懷疑蔣是否有此輓額。（關於蔣輓宋「古今完人」的資料，來源於臺灣天一出版社出版於一九七九年十一月的《宋哲元傳記資料》，頁二〇）究其如何，看來還有待史料的發掘研究。

第七節　臺灣地位確立從屬

蔣介石到臺灣後，為鞏固其統治，刻意拉攏安撫臺灣地方知名人士。對早年反抗日本殖民統治的犧牲烈士，給予宣傳、褒揚，並題贈輓額。與此相呼應的另一項舉措是，強調臺灣是中國的一個省，堅決反對臺獨。

一、紀念、宣傳鄭成功

蔣一到臺灣，就先從紀念宣傳鄭成功入手，確立臺灣對於中國的從屬關係。

一九五〇年八月二十四日為孔誕，二十七日恰好是鄭成功誕辰三百二十六周年紀念日，蔣決定將這兩個紀念活動合併在二十七日，一起舉行。會前，蔣為孔子題寫「有教無類」，為鄭成功題寫了兩幅匾額「振興中華」和「禦侮教忠」。派人送往鄭成功祠。

蔣氏紀念、宣傳鄭成功，也是為將來他夢想的「反攻大陸」成功，理順臺灣關係做準備。

二、褒揚先烈先賢

第一位得到褒揚的臺灣地方名流，是名儒連橫，令曰：「臺灣故儒連橫，操行堅貞，器識沉遠。值清廷甲午一役，棄臺之後，眷戀故國，周遊京滬，發奮著述，以畢生精力，勒成臺灣通史。文直事該，無愧三長，筆削之際，憂國愛類，情見乎辭，詢足以振起人心，裨益世道，為今日光復舊疆，中興國族之先河。追思前勳，倍增嘉仰。應予以明令褒揚，用示篤念先賢，表彰正學之至意。此令。中華民國三十九年三月二十五日。」

▶連橫。

此時正是蔣到臺伊始，可以說他的政局並不穩定，時刻有中共打過來的可能。而從令文看，沒有絲毫不穩之態，且敢在偏隅一島，做安邦定國、「光復舊疆」的準備，足見其膽略與氣魄不凡，又實為其一險招。

第二位是羅福星。一九五三年四月三十日蔣明令褒揚：「羅福星少懷壯志，獻身革命。黃花岡之役，致命前驅，武昌起義，聞風回應。民國元年，奉命來臺，號召群英，密謀大舉，殫精竭慮，蹈險履危，不幸事敗，竟以身殉，從容就義，風骨凜然。其忠貞為國，矢志恢復之精神，殊堪矜式，應予明令褒揚。此令。」

一九五三年六月二十七日，紀念羅福星的「昭忠塔」在苗栗大湖落成，同時舉行公祭，蔣題寫「忠烈永式」，並派何應欽代表前往主祭。此塔占地四百餘坪，所費約三十餘萬元，大部分為地方捐獻，施工歷時年餘。

三、委以重任

蔣氏的第三項舉措是對臺灣世家、名流巧妙任用，如連震東、李建興、黃朝琴等人。對於他們的尊長去世，蔣也格外關注，重喪厚葬尊誄。一九五三年七月十二日李建興的母親病故，蔣以李太夫人對臺灣地方公益事業頗有貢獻，提議組織治喪委員會，派由于右任、鄒魯、何應欽、谷正綱、黃朝琴、吳三連等二十四人發起成立治喪委員會。十四日公祭，白崇禧代表白氏宗親致祭（李太夫人娘家姓白，人稱「白娘女士」），李宗黃代表李氏宗親致祭。蔣題頒「懿德永昭」悼之。

第八節　晉系善終

中國人歷來對「善終」有一個約定俗成的標準：一是高壽，二是去世時沒有大的痛苦，三是晚年享福，四是去世前聲譽清雅。如果用這個標準衡量，在國民黨新軍閥四大派系中，尤以閻錫山麾下的晉系集團，其文武主要首領，最得善終。

在晉系集團中，傅作義、商震等因坐大自立門派，或功高震主，先後投蔣。文武大員主要為閻錫山、趙戴文、楊愛源、徐永昌、賈景德等。

晉系集團第一位去世的為趙戴文，一九四三年十二月二十七日，病逝於山西省臨時省治吉縣克難坡，年七十七歲。時任山西省省長。蔣於當日得知，即以國民黨總裁名義向家屬拍發唁電，二十八日蔣派徐永昌代表赴晉致祭，蔣有祭文致悼。一九四四年一月十一日國民政府頒發〈褒揚令〉。一九六七年十二月三日是趙百年誕辰，臺北於這一天舉行紀念會，由何應欽主持，蔣題寫「典型永存」輓額祭悼，宋美齡贈送玫瑰花籃，嚴家淦致辭。

▶趙戴文。

第二位是楊愛源，一九五九年一月二日，病逝於臺大醫院，年七十三歲。公祭時，閻錫山主祭，蔣以「忠勤永念」悼之，並親臨致祭。

第三位為徐永昌，一九五九年七月十二日下午四時，因患肺炎病逝，年七十三歲。此前的頭銜是：光復大陸設計研究委員會副主任委員、陸軍一級上將。一九四五年九月二日徐永昌以軍令部部長的身分代表中國，到東京灣密蘇里號軍艦上與美、英、蘇等九國代表簽字，接受日本投降書，這是他一生最值得自豪的。

▶徐永昌。

十五日蔣至臺北殯儀館弔唁，並慰問家屬。張群、賈景德、何成濬等陪同在場。十六日，陳誠親臨靈堂弔唁，並撫慰家屬。十七日上午八時起公祭，十一時大殮，蔣題「愴懷良輔」輓之。由何成濬、吳忠信、賈景德、張知本四人將國民黨黨旗覆蓋於棺木上。靈柩暫厝極樂殯儀館。參加公祭者有治喪委員會、中央黨部、國防大學、國民代表大會、光復大陸設計研究委員會、前陸軍大學同學會、前山西省政府、山西同鄉會等十餘團體，千餘人。

第四位是核心人物閻錫山，一九六〇年五月二十三日病故，年七十八歲。五月二十九大殮，蔣親往致祭，三十日九時公祭，蔣頒贈「愴懷耆勳」輓額。八月一日，蔣明令褒揚。

第五位為賈景德，一九六〇年十月二十日病逝，年八十一歲。二十三日，蔣題「績範垂昭」。二十四日上午小殮，陳誠致送輓聯，臺灣省主席周至柔等數十人也前往弔唁。香港佛教協會的覺先法師，與臺灣省佛教會的白法法師、演培法師共同在祭靈堂誦經。二十五日上午十時，蔣親臨極樂殯儀館弔唁，並瞻仰遺容，慰問家屬。二十六日大殮之後公祭。一九六一年一月十七日，蔣以總統名義，頒發〈褒揚令〉。

▶閻錫山。

▶賈景德。

第九節　舌戰

吳忠信，安徽合肥人，長蔣介石三歲。在蔣結拜的所有金蘭中，是私隙最小的一位。吳忠信早年對蔣關懷備至，且忠厚、謙和，不培植個人勢力，低調處世，贏得蔣的信任。一九三六年八月出任蒙藏委員會委員長，所做諸事，均使蔣大為快意。其中安排九世班禪還藏，親臨入藏主持十四世達賴喇嘛坐床典禮最為人們稱道。

一九三八年七月，西藏方面傳來消息，稱十四世達賴喇嘛轉世靈童已尋獲，特請中央政府派員蒞藏臨視掣簽。一九四〇年一月吳率領有關人員從西藏南面入藏（藏南被認為是拉薩的正門）。到達拉薩的第二天，吳等一行按照慣例前往布達拉宮瞻禮。宮前臺階分為三道，中間一道以繩索攔住，不讓通行。吳問其故，得知此道只有達賴一人可行，其他人只能從左右兩道拾階而上。旁人及隨行也勸吳遵循其規。吳據理正色道：「笑話！我乃代表中央政府之大員，在本國領土之內，無處不可行走！」立即命人撤去繩索，然後執仗浩然而入。贏得眾人敬佩。

二月二十二日，十四世達賴喇嘛在布達拉宮舉行坐床典禮。英國駐藏代表無事生端，竟唆使少數藏官提出，吳應向靈童行參拜禮，並擬在坐床典禮時，將吳的座位安置在達賴正座下道左側，以貶低中央代表的地位。吳知道後，立即向攝政的熱振呼圖克等人嚴正交涉，指出：「西藏從屬中央政府已有八百年歷史。達賴喇嘛坐床事宜純數我國內政，不容他人饒

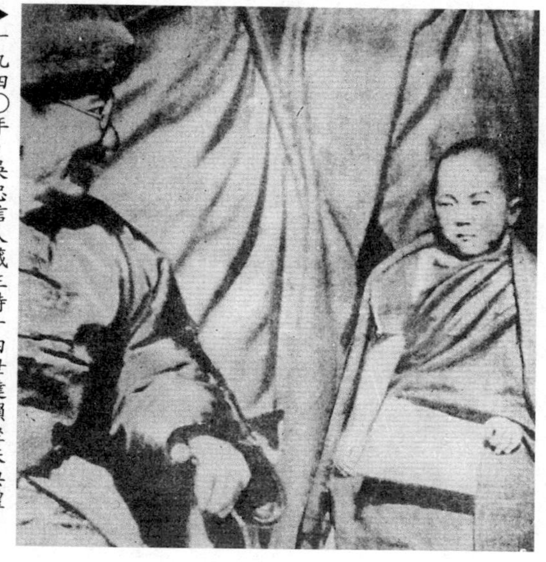

▶一九四〇年，吳忠信入藏主持十四世達賴坐床典禮。

舌。我主持坐床乃行使中央政府對西藏的主權，又為貴方恭請。如果否認中央政府代表的察看權和主持權，我立即離藏！」一時間出現僵局，但吳仍堅持不改。後來經西藏上層人士的支援和協商下，吳忠信與達賴一同坐北面南，共同接受各方參拜。英國代表見陰謀未果，惱羞成怒，憤而拒絕參加坐床典禮。

吳忠信維護中央政府的權威，進一步確立中央政府對西藏的管轄權，受到各界的讚譽，蔣得知，更是由衷欣喜。在吳返回重慶後，即設宴款待，殷殷詢問藏事，積極促進中央政府在拉薩設立辦事處。一九四一年五月，吳因病向蔣提出辭去蒙藏委員會委員長職。蔣覆函慰留：「兄主持邊政以來，賢勞卓著。現抗戰勝利愈形接近，一切邊疆大計，尤待未雨綢繆，以期逐步實施，務望勉為其難，勿萌消極，共濟時艱。」

一九五九年十二月十六日，吳忠信因肝病去世，年七十六歲，蔣於十九日題頒輓額「勳望永昭」。二十日大殮，蔣、陳誠夫婦等於上午前來祭弔。下午三時舉行「點主」儀式，賈景德任大賓。有十餘單位、六百餘人參加。

第十節　神秘的小本子

蔣介石無論是拍發唁電，還是題寫輓額、輓聯，甚至是祝壽題字，常喜歡直呼其字，或雅號。這既是對對方的尊敬，提高對方的地位，又拉近了與對方及家屬的距離，還顯示出蔣禮賢下士、平易近人的親民形象，更以此廣孚人望。從這一點可以看出，蔣治喪、處事的精細程度。抗戰時期，前線有兩位「張總司令」：一位是廣東的張發奎，另一位是安徽的張治中，所以就有人常把他倆混淆。那時以官職相稱為習俗，蔣也不例外，但他卻從不會使別人混淆，因為他稱張發奎為「張向華總司令」，稱張治中為「張文白總司令」。

一九二八年馬鴻逵駐軍武定，為與蔣示好，派人密呈長函到南京，表示服膺三民主義，擁護之赤誠，過了許久未見蔣覆示，後來移軍他往，失去聯繫。不久他在鄭州忽接蔣的密電，大為驚訝：「蔣如何知道我的密電碼。」（見《馬少雲回憶錄》，頁九一）

一九四八年，第十二兵團副司令官雷萬霆，知道將調任他職時很不高興。蔣就召見他說：「令堂大人比我小兩歲，快過甲子華誕了吧！」雷聽了，既驚奇又感動，含著眼淚說：「總統日理萬機，還記著家母生日！我真是不知說什麼好……」蔣又和藹的說：「你放心去吧！到時我會去看望老人家，為她老人家添福增壽。」蔣不但化解了雷的怨氣，而且使雷更加忠心耿耿的為他效命。

又如一九四九年，蔣為促使在淮海戰役中任國軍總指揮的杜聿明扭轉敗局，命令劉峙在徐州舉行儀式，為杜母高太夫人慶祝七十大壽。同時又令蔣經國親自到上海送給高太夫人壽儀十萬元（金圓券）。消息傳到徐州，杜聿明十分吃驚，他不知蔣如何了解到母親的壽誕日期，而且，陳誠去臺灣養病，蔣才批給五萬，這怎能不讓他感動。由於當時金圓券貶值的很快，蔣經國送去的竟然是三千美元，他還告訴杜家，南京政府要派某某官員來參加祝壽。杜夫人曹秀清和婆母都奇怪了：怎麼這樣一件小事，連總統都過問了？十天後，杜聿明被俘，曹秀清這才明白，帶著三千美元去南京，她要還給蔣，換回丈夫！這就是轟動一時的杜聿明夫人大鬧總統府事件。

如果說是蔣的嫡系部將、盟兄盟弟之喪，蔣稱其字行大小，不足為怪。而他們的父母去世，蔣在誄辭中也這樣尊稱，就令人感到讚歎了。但還有更令人稱奇之舉：

一九三六年十一月二日，段祺瑞在上海去世。十一月四日，蔣致電段的長子段宏剛：「上海吳市長譯轉段祺瑞公子段駿良先生禮鑒……」

一九三六年十一月十二日，尤列病故。十四日蔣向尤家屬發出唁電：「南京軍事委員會姚處長味辛兄譯轉尤少甫先生禮鑒……」

一九三九年九月五日，蔣電唁上海《大美晚報》編輯朱惺公家屬，對朱惺公遇害表示哀悼：「上海朱松廬先生家屬禮鑒……」

一九四四年九月十日，參政員譚贊在美逝世，蔣致家屬唁電，稱譚贊為「慕平同志」。

還有，那些與他兵戎相見，甚至是他朝思暮想，必欲置於死地而後快者，也如此禮遇，就更令人不可思議了。因為當時沒有一部專著，能記載這樣全面、詳細的人物字行大小，縱然蔣有再多的秘書，也難以搜集到如此全面的資料。蔣先後為上千人題寫過誄辭，大多如此。在一九四九年以前的二十餘年間，每年題寫的誄辭人物大都在三、四十人左右。所以人們驚疑，蔣戎馬倥傯，日理萬機，怎麼能記得住這麼多人的生卒年月、鄉里籍貫、字行大小雅稱？更何況還包括他們的父母尊親？

原來，蔣隨身攜帶著一個小本子，裡面記著許多黨國元老、軍事將才、學界耆尊、海外僑領等人的生卒年月、籍貫簡歷、興趣愛好及一般人不注意的細節。同時還包括他們的父母尊長等親緣關係。在三〇年代，記載的人數有四百多，到後來增加到六百左右，以備時用。這還不算完，如果新發現某人可資利用，就會悄悄派人了解他的家庭情況，及其他細節，然後記在小本子裡（這個小本子，如果公佈，世間對蔣的神秘感，會蕩然無存，如果出版，肯定會熱銷）。所以，一旦某人去世，蔣要拍發唁電，可以很快的從小本子裡查到他的字行大小雅稱，也就不足為怪了。又比如，你的一位親密朋友的父親去世，你正為不知道他的尊號而無法寫輓幛時，蔣的輓額卻送到了，上面赫然寫有其雅號「某某老伯千古」，你說你能不感到讚歎嗎？你的這位朋友能不感動嗎？

第十一節　十全十美

一九五七年一月二十日，是中國國民黨第一次全國代表大會召開三十三周年紀念日，當時在臺灣的十位參加大會的代表，在這一天舉行紀念聚餐會。他們是：于右任、張知本、黃季陸、張善與、白雲梯、苗培成、李肖庭、宋垣忠、李宗黃、延國符。其中于髯翁歲數最大，已經七十八高齡了。法學家張知本也有七十四足歲。為了這次聚餐，他們特意買了一本簽名冊，髯翁在第一頁上寫下：「中華民國十三年一月廿日，中國國民黨第一次代表大會出席代表在臺同志簽名」，接著是十位代表依次簽名。

歲月荏苒，但他們每人都清楚記得，當時參加大會的代表是一百五十三人。張知本回憶道：當時北方的代表都穿著貂皮的袍子，他們到廣州後的第一件事，就是趕快上街買夾衣更換。黃季陸則問大家：「你們誰還記得開會時自己的座位號？」大家面面相覷，似乎要從對方的表情上尋找答案。黃則自豪的說：「我是五十一號！」歲數最小的延國符，回憶最有趣：大會開了十天，閉幕時，離春節只有十天了。北方的代表吃不慣南方的菜，急著回去過年吃餃子。總理（孫中山）告訴大家，開會時曾經拍攝電影，過幾天就要放映了。當時許多人不知道「電影」是「何物」，後來果真放映這部彌足珍貴、極具史料價值的記錄片。代表們這才明白了「電影」的神奇魅力，令他們非常後悔的是，拍攝時沒有在意，所以對自己在鏡頭裡的形象不滿意，或是服裝不得體，或是舉止不優雅，但又苦於無法改變，只得遺憾終生。大家相約，以後每年一月二十日，都要相聚一次，以紀念國民黨第一次全國代表大會的召開，並且把簽名冊交給延國符保管，因為他不但年紀最小，而且記憶力最好。他們還把這種聚餐，取名為「十全十美」（十全食美），輪流做東。

一九六四年十一月十日下午八時，髯翁病逝於石牌榮民總醫院，年八十七歲。蔣介石頒治喪令，以「耆德元勳」輓之，十七日出席大殮。一九六五年六月十六日，蔣穿米色中山裝至臺北縣于墓前鮮花、鞠躬、致祭。對於髯翁的仙逝，「十全十美」的九位代表最為傷感，除了痛悼髯翁之外，還在於「十全」今缺一，八十三歲的張知本特別悲傷，甚至哭述道：「十全十美」總不能以「九全十美」為繼吧？

一九四九年，蔣敗退時，帶著一百三十萬軍政人員和他們的家屬，來到臺灣。這些人，遠離家鄉，生活困苦。為了互相幫助，排解思鄉之情，他們紛紛設立各種同鄉會、校友會、同業公會、聯誼會等民間組織。蔣為穩定他的統治，對此是很支援的。所以對「十全十美今缺一」問題，也關心起來，特派張群看望張知本，並給他帶來一個好消息：總統建議，何不將服侍右老多年的副官方伯勳先生，補充到「十美」之內？原來，蔣在為髯翁祝壽、探病時，經常與方接觸，還常向方詢問髯翁的病況，看到方對工作極為認真負責，所以印象很深，又曾向髯翁了解過方的情況。張知本像孩子一般的高興，愉快接受了。

一九六五年一月二十日，在國民黨一大召開四十一周年，在髯翁去世七十三天之際，張知本率領著他「十全十美」的九位老夥伴，來到髯翁的墓前獻花、弔祭。之後，舉行「十全十美」第九次聚餐會。不過這次，只有素菜，也沒有酒。黃季陸對記者說：「這是為悼念我們的老朋友于哥哥。」其他人則表情肅穆，默不做聲。最後他又提議，以後的聚餐，不要由一個人做東，改為各自出份兒，大家一致同意。

第十二節 公開宣讀嚴禁發表

一九三三年二、三月間日軍進犯熱河，中國守軍進行頑強抵抗，其中喜峰口守軍，原西北軍二十九軍將士組織五百人大刀隊，夜襲敵營，奪回喜峰口。從十日至二十五日，在喜峰口至羅文峪的長城線上，中國將士屢

▶一九五九年元月，中國國民黨第一次全國代表大會在台十代表。前排右起：白雲梯、張知本、于右任、張善與、李宗黃；後排右起：李肖庭、黃季陸、延國符、宋垣忠、苗培成。

次打敗日軍進攻。日軍受挫後，一面進擾察東，攻佔多倫、沽源、寶昌、張北諸縣；一面派兵改由山海關突進灤東。四月初攻陷石門寨、海陽、秦皇島等地，使長城線上的中國守軍腹背受敵。五月下旬，中國軍隊相繼放棄長城各口，日軍突破灤河，侵入灤西，攻陷冀東二十二縣，直接威脅平津，長城抗戰最終失敗。後北平軍分會代委員長何應欽派軍使至密雲與日軍和談，並簽訂了《塘沽協定》。

國民政府應參戰部隊、陣亡家屬及民眾要求，於一九三三年九月四日上午九時，在北平北海公園天王殿舉行「陣亡將士追悼大會」，當天北海臨時停止售票，禁止閒人遊覽，凡入園祭奠者須持有出入證。園內戒備森嚴。前往致祭者達五萬人。祭堂設在殿內，滿列殉難烈士相片和靈位，凡少尉以上軍官達五百餘，以連排長為多，團長則兩名。北平軍分會特意請白雲觀道士和雍和宮喇嘛，到會場為亡靈超度。蔣、汪、張學良各有輓額懸掛。大會收到輓聯八千多副，中央黨部輓聯為：「灑血同仇，萬古山河存正義；銜哀遺烈，千秋邦國式貞忠！」何成濬聯曰：「為國家遠殉邊陲，不問有名無名，共秉英靈照千古；痛胞澤多難遺恨，罔分先死後死，同撼悲憤在今朝。」

追悼大會由何應欽代表蔣主祭，內政部長黃紹竑（字紹雄）代表國民黨中央與祭。軍界要人徐庭瑤、鮑文樾、王以哲、何杜國、梁冠英、鮑剛、萬福麟、錢大鈞、黃杰、商震等參加。首先由何應欽恭讀孫中山遺囑，之後，何又宣讀林森、蔣的聯名祭文，再讀他自己的祭文。會場氣氛莊嚴肅穆。追悼會結束後，各大報刊記者紛紛向大會籌備處索要祭文原稿，準備第二天發表。卻被告之：嚴禁發表！記者們疑問：怕的是什麼？

第十三節　奇特暗鬥

自一九二五年孫中山去世，國民黨內部的權力鬥爭，就日趨激烈，蔣、汪、胡是這種角逐的核心與最高級別。從蔣、汪的角逐說，汪無論是公開的，還是暗中的，也無論是政治的還是軍事的，乃至各個方面，都是蔣的手下敗將。但有一次的暗鬥卻是例外，讓蔣聲望掃地，吃盡苦頭。

一、路人皆知的暗殺主謀

一九三〇年二月十八日夜十一時三十分，在上海法租界邁爾西愛路霞飛坊三一四號，發生一起暗殺，當場死三人，重傷一人。第二天，租界方面公佈調查結果：暗殺為十四人合謀所為，其中七人在外放哨，七人入內行刺。主刺目標為王樂平，陪刺死者潘行健，及重傷者趙淩翔均為黃埔軍校一期畢業生，當時正與王密談。另一死者康爾恭為王的門房，是在樓下被刺。租界方面特別強調，暗殺與政治無關，人們笑此為欲蓋彌彰。

王樂平，時年四十八歲，山東諸城縣人，名者塾，字樂平，身軀高大，對人和氣，熱心又健談。一九〇二年中秀才。一九〇六年考入山東高等學堂，一九〇七年入同盟會，曾參加辛亥革命，一九一二年當選山東省臨時議會議員。一九一三年參加「二次革命」，失敗後流亡甘肅。袁死後返魯，被選為國會參議員。一九一八年當選山東省議會秘書長。一九一九年夏，在濟南合股創辦齊魯通訊社，翌年改為齊魯書社，發行進步書刊。一九二二年去莫斯科參加遠東各國共產黨及民族革命團體第一次大會，歸國後與王盡美在齊魯書社創辦了平民學會。一九二四年出席國民黨第一次全國代表大會。一九二六年，在國民黨二次大會上，被選為候補中央委員。北伐期間任湖北省政務委員。

一九二八年二月，汪精衛在國民黨內鬥爭失利，派骨幹陳公博、顧孟餘、王樂平等到上海成立了「中國國民黨改組同志會」（簡稱「改組派」），不久王成為改組派總部負責人。改組派以汪為精神領袖，提出「擁汪護黨」、「實行黨治」，標榜「恢復一九二四年國民黨的改組精神」，反對獨裁，主張黨內民主集權制，並在全國各地和海外發展黨員。一九二九年二月在上海召開改組派第一次全國大會，逐漸形成與蔣爭權奪利的一大派系，並得到其他派系的支援，唐生智派人攜款九千元，捐助「改組派」上海總部，並匯滬三萬元接濟汪精衛。（見〈上海熊斌黃少谷致潼關宋哲元石敬廷孫良誠魚電〉，民國十八年七月六日，國史館，《閻檔》）連馮玉祥也按月接濟「改組派」二千元，津貼「中國國民黨各省市黨部海外總支部聯合辦事處」三千元，後因經費困難，數目減少。（見〈上海黃少谷致劉郁芬宋哲元石敬廷孫良誠轉馮玉祥皓〉，民國十八年七月十九日，國史館，《閻檔》，〈雜派民國十八年三月至十二月馮方往來電文錄存〉，微卷第四十三卷，頁七七九）王是改組派的行動部部長，他在文武兩個方面反蔣，文的辦報辦刊物，有聲有色，影響巨大。武的方面除與馮玉祥、閻錫山等建立聯繫，甚至在石友三砲轟南京後，主動與石聯繫，希望建立廣泛的反蔣軍事聯盟，遭蔣嫉恨。一九二九年十月十一日蔣以國民政府名義，通緝陳公博、王法勤、柏文蔚、朱霽青、白雲梯、王樂平、顧孟餘、陳樹

▶王樂平。

人、潘雲超、郭春濤等十人。王匿居上海租界，仍秘密從事反蔣活動，經常是高朋滿座。當天夜裡，如果王法勤等二十餘人若晚辭十餘分鐘，必同赴黃泉。

王死後，遺有夫人和均在求學的一女三子。因王早年奔走國事，亡命南北，收入無多，又不善積蓄，身後家中清苦異常，無以入殮，家人哭聲連宇接天，聞者無不拋灑同情哀淚。蔣立即宣佈解除通緝，但這已沒有實際意義，有實際意義的是，蔣稱：「王雖因反動，經政府通緝，但於北伐期間，亦曾努力，有相當成績」，二十一日蔣特電淞滬警備司令部熊式輝，嚴緝兇手，並賻贈二千元治喪。

汪精衛也在次日通電各界（又稱「政治聲明」）：「海內外各黨部同志，中央執行委員王樂平同志於十八日晚十一時三十分左右，在上海寓廬，被暴徒狙擊身死，連及者有趙淩翔、潘行健等，潘亦死，趙受重傷，並死工友一名。凶案內容，此時雖未詳細，但樂平同志為人，向無私仇，而其為黨奮鬥，為奸邪所側目，欲死之而快，已非一日。昔者袁世凱顛覆民國之陰謀，以殺宋教仁開端，以殺陳英士結局，覆轍具在。惟樂平之死，與廖仲愷之死，同為本黨莫大之損失，無可補償。臨電不勝痛憤之至。汪兆銘。皓（十九日）印。」

汪無愧於大政治家，不但政治敏感性極強，反映敏捷，而且辭鋒犀利，引喻得體，一語中的。此外他還十分關心家屬，積極策動王家追凶。二月二十四日，王家發出通電，同時，王樂平的長女王貞民，在各大報刊刊出與通電內容相近的啟事，稱：「本月二十二日有淞滬警備司令部王某，攜蔣介石致賻兩千元來，聲言為先父治喪之用。竊先父為何而死，與孰致之死，世人早已大白。當此元凶尚未授首，貞民何人？忍受仇賻？當經嚴詞拒絕，深恐外界不明真相，特此登報聲明。王貞民泣啟。」

王貞民的啟事，十分了得！其尖銳的「忍受仇聘？」直指蔣介石，「授首」又給蔣一個大難堪。雖然家中清苦異常，但拒收「仇聘」的大義凜然，無不使人欽佩這位「奇女子」。這是王遇害後最早、最直接的公開譴責蔣。當時有人分析，似乎不像是一個十六歲女孩子的文筆氣魄，更有人認為與汪精衛的行文風格相近。至此，王樂平遇刺真相，昭白天下。天津的《益世報》在二月二十六日則以題為：「暗殺改組派」追蹤報導此事，幾近接近事實。

但蔣大權在握，又按著葫蘆不開瓢，加之畢竟沒有確鑿證據，誰也沒有辦法。王家在改組派同人的幫助下，只得於二十日在上海草草入殮，靈柩暫厝上海萬國公墓配房。南京、上海是蔣的「中央」控制區，王家及改組派只得於三月二日，由劉金鈺主持，在北平山東會館舉行追悼會。汪精衛哀悼王樂平，更傷心改組派遭此重創，人員星散，行將瓦解。

二、不甘心的汪精衛

本來這件事就算過去了，王樂平也漸漸被人們淡忘，可偏偏汪精衛不甘心，要尋找一切機會，打擊蔣，與之角逐最高權力。歷史又眷顧與他，給他一個這樣的機會。一九三一年日本法西斯帝國主義發動「九・一八」事變，日軍迅速佔領東北全境。蔣迫於各政治派別壓力，釋放被他扣押的胡漢民，於十二月十五日再次辭職。但全國人民及海外華僑一致要求國民黨政府，團結禦侮，一致抗日。一個月後，蔣利用政局不穩，和汪精衛在杭州舉行秘密會談，決定兩人合作掌權，表面上形成蔣主軍、汪主政的局面。蔣不得不讓出一部分權力，由汪任行政院院長。還把外交部長這個燙手山芋，也作為禮物送給了汪。汪大喜過望，兼任外交部長，以親信唐有壬為常務次長。

汪在安排好班底後，沒有忘記當年因大力支持自己而被暗殺的王樂平。經過汪長時間的調查、準備，他認為破案是不可能的，但他要為王恢復名譽，定位於「烈士」，舉行公祭、公葬。汪先後接見、慰問王樂平的一弟一妹，一子一女。並徵得他們的同意，派人到濟南近郊千佛山，勘察地形，大興土木，為王修建墓園。於是，遇害三年半的王樂平被汪抬了出來，王樂平暗殺事件再次被汪炒作的沸沸揚揚。

蔣對汪的這次掌權，做足了表面工夫，如出行南京，有儀仗隊獻花、奏樂歡送，憲兵、警衛隊護衛。歸有儀仗隊禮炮、歡呼迎接。凡由蔣安排的邀請或會議則有專機、軍艦迎來送往。他對汪的「祭王」活動，無論是公開的，還是私下的準備，都了解的一清二楚，卻沒辦法阻止。因為當初王遇刺，蔣在要求熊式輝破案時，稱凶手是暴徒，義憤填膺的譴責，還表揚王在北伐時的功績，又送治喪儀（至於家屬拒絕，那是另一回事），這些都歷歷在案。那麼恢復王的「烈士」名譽，是順理成章；舉行公祭、公葬也是情理之中，料想之內的。蔣對此，所能做得只有干擾。自然的干擾是當年雙十節舉行全國體育運動大會，但這種影響遠達不到他的目的。他設法的干擾就讓汪哭笑不得。當時蔣在南昌督軍剿共，公開的理由是「難以脫身」，頻頻邀請汪「來潯」（九江舊稱「潯」，這裡代指江西）商談要務。因汪長蔣四歲，蔣還起了個好聽的謙恭名詞：「候晤」。開始汪還因得蔣重視飄飄然，幾次晤談，蔣並沒有提出實際性的問題，汪才看出蔣的真實目的，對蔣的「候晤」失去興趣。

三、奇特對壘

蔣除了「候晤」的干擾，還在尋找其他方式。找來找去找到了林業明。

林業明，字煥廷，一八八一年生，廣東順德人。一九〇五年加入同盟會，任安南（今越南）支部主盟人。在鎮南關（今友誼關）、欽廉、河口諸戰役中，均參與籌餉購械，失敗後潛赴南洋，宣傳革命。一九一一年攜鉅款，購運槍械，趕回廣東支援黃花岡起義。後在香港創辦《真報》及《黃花三日刊》，因為反對軍閥龍濟光，被港英當局逮捕入獄數月。一九一八年在上海創辦華強書局與民智書局。後來與廖仲愷負責國民黨中央的籌款及財務工作。一九二五年任國民黨廣東本部財政部長。由於林早年多次參與籌款，並清風兩袖，得到各方的信任，一九二八年在南京籌建孫中山陵墓時，出任「總理陵墓管理委員會常務委員」，負責海外華僑捐款的保管、監督和使用，並對陵墓的修建做出相當貢獻。

可見林雖是老資格，但晚年職位並不高，社會影響也有限。一九三三年八月二十五日在上海因心臟病去世，年五十一歲。八月二十七日大殮，九月二日出殯，都沒有引起應有的重視。但到九月十二日，蔣在南昌突然提議隆重追悼，得到林森、胡漢民、居正、蕭佛成、鄧澤如等人的回應。九月十六日，國民政府明令褒恤，撥治喪費三千元，讚揚他「功成不居，恬淡襟懷，群流景仰」。九月二十三日，林森、蔣正式發起追悼，並對外公佈，廣泛徵求「寵賜鴻文誄辭」。本來已經被冷落多時，現在突然由國府主席、軍事委員會委員長兩大巨頭領銜追悼，確為人們所不解。這種哀榮，也許是林生前所未曾料到的。

汪精心籌備了一年多的王樂平公祭、公葬尚未正式公佈，卻被林、蔣搶先公佈追悼林煥廷，汪感到這是與自己籌備的公葬王樂平形成暗中對壘，這不是別有用心嗎？汪本與林無任何成見，轉念一想：你追悼林煥廷，好呀！我參加！就派人通知「林煥廷追悼會籌備處」，於是，在國民黨內和國民政府內均排名第三的汪，這次卻名列「林煥廷追悼會」發起人的第四位。

同年十月五日，汪精衛精心籌備、發起的「公葬王樂平籌備委員會」正式對外公開。現在我們看看暗中對壘的雙方陣營：

汪是「公葬王樂平」的發起人和策劃人，但具體細節和實施則由王法勤、丁惟汾、陳公博、朱霽青、于洪起負責執行。其中王法勤負責上海方面的公祭，丁惟汾負責山東方面，陳公博負責南京方面，朱、于協調各部事務。而對外公佈的「公葬王樂平籌備委員會」的發起人依次是：汪精衛、于右任、張繼、王法勤、劉守中、蔡元培、丁惟汾、李宗仁、孫科、韓復榘、陳公博、閻錫山、馮玉祥、唐生智等一百四十人。這一百四十人主要由以下幾個方面組成：（一）汪派系統：如唐有壬、曾仲鳴、陶希聖、谷正綱、谷正鼎、顧孟餘、陳璧君等，是人數最多的一類。（二）山東同鄉：如丁惟汾、何思源、高秉坊、滕固、朱化魯、孔繁蔚等。（三）反蔣各派別：如白崇禧、黃紹竑、覃振、陳樹人、蔡元培等。（四）還有就是王樂平的親友故舊。

「林煥廷追悼會」的發起人依次為：林森、蔣中正、胡漢民、汪精衛、孫科、蕭佛成、鄧澤如、居正、張繼、謝持、于右任、戴季陶、鄒魯等七十七人。其人員組成較為簡單，主要兩類，一是林的廣東同鄉，二是同盟會時期的革命元老。

這裡有一些人是雙方都參加者，如孫科、于右任、居正、張繼、李宗仁等。令人不解的是，一些蔣系中堅人物，也在「公葬王樂平籌備委員會」中出現。如果說因在上海公祭，作為上海市長的吳鐵城，不得不有所表示，那麼孔祥熙、葉楚傖、何成濬等又是為何？

四、公葬王樂平

汪精衛所策劃的公葬王樂平，主要是從上海起靈，到濟南千佛山東麓安葬過程中的五大步驟，即在上海起靈並舉行公祭；靈柩運至南京下關車站，停靈公祭；在轉車到濟南途中，停靈徐州，舉行迎靈儀式；到達濟南車站舉行迎靈儀式和公祭。最後是盛大的安葬儀式。可以說舉行的儀式越多，對蔣的揭露和打擊越大。

十月十五日下午二時，公祭王樂平和王的移靈儀式在上海齊魯別墅舉行，由王法勤主祭。張知本、胡宗鐸、傅汝霖、黃少谷、輔成、何香凝、薛篤弼等百餘人參加。吳鐵城派市府第一科科長李大超代表前來致祭。各界所送輓聯極多。這些輓聯多以譴責暗殺，矛頭隱指蔣為特色。曾暗自慶幸，躲過一劫的王法勤之輓聯，當為人們所關注：「何事殺先生？萬里招魂聞夜哭！幾人同患難，三年埋骨有青山。」可以看出，聯中有作者的身影。吳山輓聯：「國無紀綱，有志未成遭忌死；黨難保障，懷才不遇空悼之。」其中以李烈鈞的輓聯最為無忌：「不死於滿清，不死於洪憲，不死於北洋軍閥。當國民秉政之時，慘遭閔凶，此志士所痛心也；吁嗟乎領土，吁嗟乎主權，吁嗟乎革命精神。在東北淪亡以後，唏噓憑弔，問逝世其瞑目耶？」

十六日上午，靈車運抵南京下關車站，下午三時公祭。汪原定自己為主祭，他要藉機好好發揮一下。但十五日蔣以有要務相商，約汪來南昌「候晤」，汪不知蔣又要什麼花招，也不知幾天才能回來，臨時安排：如果回不來，由陳公博主祭。但陳又臨時他往，轉交顧孟餘代表。當汪與蔣見面後，才知又是雞毛蒜皮的無聊，乃於十六日上午十一時半，在曾仲鳴、唐有壬的陪同下，乘永綏艦匆匆趕回南京，他顧不得與記者寒暄，儀仗隊也被冷落在一邊，同迎接他的顧孟餘鑽進小汽車。下關車站臨時搭建的會場正中，懸掛汪的輓聯：「千劫當前，邁往我儕猶此志；百身莫贖，殷憂今日念斯人。」作為主祭的汪精衛還親自朗誦他那四百二十餘字的祭文：「惟民國二十二年十月十六日，汪兆銘等謹致祭於故中央執行委員王樂平先生之靈曰……豺狼眈眈，民望嶽嶽……。」只有汪敢用這樣尖刻的字眼，聊以抒發不滿心情。有評論說「馮玉祥的祭文極為悱惻」，頗受關注，卻未予刊載。

孔祥熙也送了輓聯：「二十年謀國艱辛，竟殞賢豪，歇浦潮聲尚嗚咽；三千里間關歸葬，長懷壯烈，鵲華山勢並峨嵯。」因蔣大權在握，其他人的輓聯還是有所顧忌。當時新聞界如《申報》、《中央日報》等評論，認為佳筆是顧孟餘的哀輓：「壯業述當年，堅忍不移，卻秉赤忱光黨國；滯棺歸故土，精神難泯，長留碧血照乾坤。」

十七日，靈柩由浦口起運北上，路過徐州停靈公祭。此後進入山東境內，山東是韓復榘的地盤，受蔣的控制和中央的影響，大大削弱。韓復榘對此大力支持，在相繼途經的臨城、滕縣、泰安等地，各地方主要官員均到車站迎靈、致祭。息影泰山的馮玉祥，於十八日早六時，特派秘書長陳國梁到泰安站迎靈，這些均為汪原計劃所沒有的。十八日上午九時安抵濟南。山東省、濟南市兩府當局動員五百多人，包括省主席韓復榘代表，民政廳長李樹春、濟南市長聞承烈等到站恭迎，由朱霽青主祭。二十一日上午八時至下午六時，濟南舉行大型公祭，監察院副院長丁惟汾於十九日晚從青島趕來，代表中央主祭，並誦讀兩祭文，一為中央黨部的祭文，丁「以大武剛鬣之儀，昭告於王委員之靈」，足見儀節隆重。另一祭文為他本人名義。二十二日舉行安葬儀式，韓復榘主持，執紼者萬餘人，送葬隊伍達數里長。

從十月十五日在上海移靈起，到二十二日在濟南安葬，前後大小公祭十餘次，各種祭文三十餘篇，輓聯、輓額等六千餘份。而每一次公祭無不引起人們的猜測、議論、譴責，甚至是漫罵。那時暗殺事件頻頻發生，其中有相當一部分就是蔣的主謀。民眾普遍認為沒有安全感，除了憤慨，就是無奈，遇到發洩的機會，誰肯放過？喪家的誄辭大概是太過激烈，竟沒有人敢於報導。有人笑談：民眾的私下說法就可想而知了；另有人反對，認為：私下的說法，就不可想像！至於報刊，別的不提，僅南京的《中央日報》，前後十餘天的連篇累牘，大肆報導王樂平的事蹟和公祭情況。這哪是在公祭王樂平？簡直是汪精衛在大庭廣眾下，用刀在一層一層剝蔣介石的畫皮，戴在他頭上的領袖光環，人格魅力黯然失色。蔣很有經驗，躲到南昌去了，如果是在南京，他該如何面對這種場面？

五、林煥廷追悼會

十月二十九日下午三時，「林煥廷追悼大會」在上海貴州路湖社舉行。當天湖社門前紮白布素花牌坊，白幡飄揚。自進門內至登樓，遍懸輓聯約三千副。林森贈輓額「忠悃情操」，蔣輓以：「一老不慭遺，黨史褒崇，應樹羊碑留熲首；萬方正多難，元勳凋謝，倍傷魯殿失靈光。」汪精衛輓詞為：「抱朴有言冰霜粹素者清人，惟公篤秉茲德，所造於吾黨者，經緯以均，信老成為謀國，恆典型之與親，何萎哲於多憂，宜永歎於斯民。」胡漢民哀以：「惠人不祿無存濟，同志咸懷復舊親。」

司法院副院長覃振為大會主席，鄧祖禹任司儀、羅克典陪祭。許崇智、馬超俊、李明揚、溫建剛、焦易堂、鄭洪年、楊虎、杜月笙、文鴻恩、張知本等七百五十人參加。首先由覃振作報告，介紹林煥廷的生平事蹟，並致祭文。繼有葉楚傖代表國民黨中央致詞。其後國民政府代表吳鐵城、中央西南執行委員會代表程潛等相繼演講。

國家圖書館出版品預行編目資料

蔣介石誄辭說屑／安淑萍、王長生著.　——初版.
——臺北縣新店市：傳記文學, 民98. 05
面；　公分. －－（傳記系列；12）
ISBN 978-957-8506-69-5　（平裝）
1. 安淑萍、王長生　2. 傳記
856.6　98003590

傳記系列012

蔣介石誄辭說屑

著　者：安淑萍、王長生
出版者：傳記文學出版社股份有限公司

社　　長：成露茜
特約編輯：林伶蓁
封面設計：林伶蓁
責任編輯：簡金生

地　　址：231臺北縣新店市復興路43號1樓
客服部電話：(8862)8667-5461
編輯部電話：(8862)8667-6489
傳　　真：(8862)8667-5476
E-mail：nice.book@msa.hinet.net；biogra-phies@umail.hinet.net
郵政劃撥：00036910・傳記文學出版社股份有限公司
登記證：局版臺業字第〇七一九號

總經銷：聯合發行股份有限公司
地　　址：231臺北縣新店市寶橋路235巷6弄6號4樓
電　　話：(8862)2917-8022
印　　刷：世新大學出版中心

定　　價：新台幣三六〇元
出版日期：中華民國一〇〇年九月二十六日初版二刷

ISBN　978-957-8506-69-5